酔十夢《よいじゅうむ》

第一巻

手塚英男

同時代社

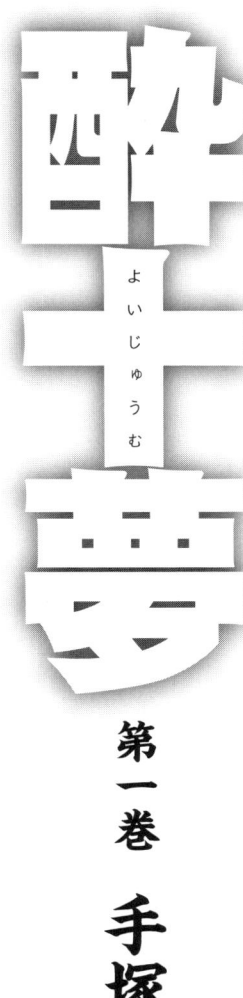

あまい酒
にがい酒
のんで　みた
みじか夜の
夢は　まぼろし

つかのまの
夢　さまよえば
かえりきて
語ろう　死者《ひと》の
声もまぼろし

酔十夢

◆第一巻◆――目次

宵梅雨……5
薔薇雨《ばらう》……41
くみ花……225
双身樹……317
【参考】各編でうたわれる「うたごえ歌」439
『枯々草』掲載号一覧 444

宵梅雨

I

午後から降り出した雨のせいか、人の集まりは予定の半分に満たなかった。雨はそのまま、梅雨入りを宣告するように、宵になっても降りつづけた。時に休《や》んだかと思うと、またいつの間にか、切ない音をたてて庫裏《くり》の軒を叩いた。ただでさえ暗く底冷えのする庫裏の広間は、ますます陰気に沈み込んだ。

集落の公民館が改築中で、人寄せは、一時、海隆寺の広間でおこなわれていた。七十戸ほどの集落の背中はすぐ山林で、杉の老樹が連なるかなり急な参道を百米も登ったところに、古寺はあった。連山が盆地を切り開くそのとっつきの扇状地の村に、海隆寺とはおかしな寺名であった。このあたり、なぜか海を連想する地名が遺っていた。その昔、盆地は、大きな湖であったのかもしれない。

旧参道をジグザグに横切って、寺への車道が通じていた。砂利を敷いた車道は、山林を切り開いた小さな駐車場に導かれていた。境内の入り口にある壁板の破れた鐘楼の脇に、公孫樹《いちょう》の巨木があった。人の背丈ほどの幹の位置に、大きな瘤《こぶ》があって、その先端から樹液を出した。ちょうど乳頭からにじみ出る母乳を思わせ、安産、子育ての祈願に、村のおんなは老樹を信仰した。秋の終わり、木枯らしが一夜、梢をゆすって落とした銀杏《ぎんなん》を一粒焼いて食べると、母乳の出をよくするというので、遠く盆地の西果てから、わざわざ拾いに訪れる婦人もいた。

公孫樹の根元に、目鼻立ちの風化した一体の地蔵があった。村人は、「雨泣き地蔵」と呼んだが、なぜそう呼ばれるのか、だれも知らなかった。

江戸後期に建立したといわれる寺は、かなり傷んでいた。住職の一家が住む庫裏は、それでもあちこち手を入れて、なんとか持ち堪えていた。その分、本堂の傷みがひどかった。

三年越しで壇家との話しがまとまり、今夏から瓦屋根の葺き替えと虫食いの著しい柱や縁床、階段の踏み板を一部取り替えることになっていた。

改修に先だって、本堂の暗がりを片付けると、長持ちに一棹《さお》、寺の古文書が出て来た。多くは、各代の住職の覚え帳、寺普請の記録、手習いの書き損じのようなものであったが、なかには過去帳や村の災害の筆録などもあって、貴重資料として市の教育委員会に持ち込まれていた。

昭和の町村合併でこの村が隣の市に併合されて二十年たつので、海隆寺文書も解明して地区史を作ろうという話しが持ち上がっていた。

公民館に事務局が置かれ、公民館主事の私が担当者となった。十余名の編集委員が決まり、今夜はその何回目かの会合であった。

ただでさえ辺鄙《へんぴ》な寺に、梅雨入りのうそ寒い夜の会合が盛り上がろうはずがない。結論らしいものも出ないまま散会した後の広間を、私はひとり残って片付けた。座机の脚をたたんで壁際に積み終わった時、奥の襖《ふすま》を開けて、住職が「先生」と呼びかけた。

「こんな晩だで、ちょいとやってかねかい」

右手の親指と人差指で輪をつくって、盃を口へ運ぶ真似をする。

いつもは「主事さん」と呼ぶのに、「先生」と呼ぶ時には、決まってこれだ。

「もう、遅いで。雨も降ってるだし」

断っても無駄なことはわかっているが、一応そう答えた。

「いいじゃねえかね。明日は日曜日だし、久し振りに寺へ見えただで」

見透かしたように、私の腕をつかみ、座敷の方へ引っ張って行こうとする。

「ほんのちょっとだけでも、つきあってやっておくれね。何んにもないだけんど」

住職の奥さんまで顔を出して、口添えをする。

「ええ、でも、車で来てるもんだで」

「車なんかうちの駐車場に置いときゃいいわね」

「そうですか。そいじゃあ、ほんのちょっとだけ」

ほんのちょっとのつもりが、ついつい調子を上げ、調子が上がると、住職のいつもの愚痴《ぐち》が始まった。

長男は、寺の跡を継がせようと京都の大学へ行かせて大学院まで出してやったのに、そのまま京都に居ついて西域の研究などして親のことなど見向きもしない、と、これは半分は自慢めいた愚痴なのである。それでは次男に継がせようと、これまた同じ大学へやったのに、卒業して帰ってくれたはいいものの、やれ庫裏を改造して自室をつくれだの、車を買ってよこせだの、もっと小遣いをくれだのと腰がきまらず、最近は流行のエレキとやらに凝っちまって、どこやらの仲間と楽団などつくってうつつを抜かしている。どこで何やってるだか知らねが、帰って来るのはいつも真夜中だから、朝のお勤めなんかろくすっぽやったことがない。どうやら、これは、ほんとうに困り果てているらしい。

いやあ、お坊《す》さま、その楽団てのは、地区の青年団のバンドで、毎週公民館で練習してるだんね、そいで休みになると、あっちこっちの老人施設や児童園などをまわって、演奏をして喜ばれている。

副住職は副住職なりきに、考えながらやってるだいね。

いくら説得しても、住職は納得が行かぬらしい。

「そこへ行くと、あんたなど、ほんとに腰が座っている」

「先生」がいつの間にか「あんた」になり、酒の勧めがしつこくなる。

「東京の大学を卒業して、自分から選んで郷里に帰り、もう十五年にもなるかね、目標を持って仕事をしている。公民館の仕事は、夜は遅いし、人付きあいも多くて大変なのに、愚痴ひとついわず、喜んでやっている。えらいもんだ、えらいもんだ」

えらい、ほんとにえらい、と繰り返していると思ったら、そのまま畳に横くずれして、いびきをかき始めた。柱時計を見ると、もう十二時近かった。

「副住職が帰って来る頃だで、送らせますんね」

奥さんの勧めを無理に断って、庫裏を出た。歩いて帰っても小一時間だ。車は明日早朝マラソンで取りにくればよい。そう決めて歩き始めた。足元が酔いでふらつく。雨は、いつの間にか上がっていた。靄《もや》がかかって、視界が狭い。闇をかき分けるように、外灯を頼って車道を下っているうちに、尿意を催した。杉の根元を選んで、用を足し始めた。

いきなり、酔いが足元から頭に突き上げて来た。外灯の照らす木立ちが回転する。来た！ と思った。この二年ほどの間に数回、同じ経験がある。どういう加減か、飲み過ぎてトイレに立つと、いきなり周囲の光景が回転し始める。意識が薄れる前兆だ。気がつくとトイレの壁に背をもたせて、深々と眠りこけている無様《ぶざま》な自分を見つける。

外灯がくるくる回る。深呼吸をしながら、足踏みをした。遅かった。外灯が遠のいて行く。

ふっと、気がついた。杉の根にうずくまって、眠っていたのだ。どれぐらい眠ったのだろう。見当もつかない。杉の枝葉のお陰で助かった。着衣のどこも濡れていなかった。

立上って車道を下った。まだ、ふわふわしている。まるで、夢のなかを歩いているような気分だ。後頭部のどこかが痛い。もう、こんなに飲んではいけない。

下り終えて、一呼吸した。外灯の明りに周囲を見渡すと、なんとなく雰囲気が違っている。いつもの舗装の農道でなく、水田のなかの、耕うん機が一台通れる幅の畔道だった。おやっ？ と思ったが、酔いが気分を大胆にした。まあ、いいや、この方角を行けば、薄野《すすきの》川に出る。川の堤防道路を下れば、三十分ほどで我が家に着く。

靄が晴れて、厚雲の隙間から月の光が淡く足元に届く。

行く手一帯、蛙の声が地から湧いて闇に満ちている。雨上がりの雑草がズボンの裾を濡らし、気持ちの悪いことおびただしい。

闇の先に、川の流れが聞こえた。やれやれ薄野川かと透かし見たが、様子が違う。薄野川は、この辺で山間から盆地に奔り出る。ここ数年の護岸工事で堅固な堤防にかこわれたかなりの幅の河川になる。堤防は、一方通行の県道を兼ねる。だが、川音が聞こえるあたり、薄野川の気配ではない。

酔いと夜陰に時間と距離の感覚を喪って、薄野川の上流にでも出たか、と思った。それとも、昨秋の台風で決壊しわずかばかりの被害を出した小河川に突き当たったか。この地区の公民館主事である私にも、知らない場所があったようだ。

足元を探りながら近寄ってみると、雑草に覆われた低い土手の下を、川は流れていた。なかなかの流量らしい、と川音から察しられた。木橋がかかっていて、道が対岸の土手下に続いている。

完全に道に迷ったらしい。引き返そうか、と躊躇《ちゅうちょ》しているうちに、また尿意を催して来た。かたわらの田んぼに向かって用を足していると、遠方から近間へ蛙の鳴き声がすーと停《や》んだ。今来た道を誰か歩いて来るらしく、明りがぽーと近づいて来る。小用をしている他人に遠慮したのか、その人物は、私の背後を黙って通り過ぎる。

背中に屋号を浮き立たせた印ばんてんをひっかけ、片手に酒徳利《どっくり》、片手に手提灯《ちょうちん》を下げた草履《ぞうり》履きの男だ。

浮世絵に登場するような、おそろしく古風な職人風の男だ。義太夫のような節をうなりながら、そのまますたすたと木橋を渡って行く。長い小便を終えて、私はあわてて後を追った。

「もしもし……」道を聞こうと呼び止めたが、振り向きもしない。手提灯の灯が、ふわっと向こうの土手下に消えた。

私も、あわてて木橋を渡った。脚の早い男だ。提灯の灯は、どこにも見えない。かわりに、闇の彼方に、街の灯が見えた。意外な近さだ。道に迷ったが、どうやら一安心だ。意を強くして、私も土手を下った。

農道は、知らぬ間に舗装路になり、濡れた路面に靴が鳴った。蛙の鳴き声は、いつの間にか背後に遠ざかっている。また、雨滴が落ちて来て、酔いに上気した頬に当たった。私は、脚を速めた。霡雨《もやう》ににじんで、赤い灯が一点見えた。急いで近づいてみると、間口一間あまりの赤提灯の飲み屋だった。

後ろの闇に、見上げるようなビルの壁が浮き上がっていた。三階あたりから電車の架橋が延びて、その高さのまま、闇の奥へつづいている。ビルの窓に灯はひとつもなく、屋上からバーゲンの垂れ幕が下がって、風に揺れている。どこかのターミナル駅だろうか。憶い出せないが、はるか昔の梅雨の夜半、ビル街の底かち、こんな光景を仰いだことがあった。あの時も、たしか、したたかに酔っていた。赤提灯から出て来て見上げると、ビルの峰の虚ろな暗がりから、霡雨が上気した頬を濡らした。あの時は、私ひとりじゃなかった。二人で飲み屋を出た途端、彼女は激しく咳いた。春先から風邪が抜けないといって、細かい咳を繰り返していた。ガード下に沈殿した梅雨の夜の冷たい空気がいけなかったのか、彼女は激しく咳いて、電柱の根元にうずくまった。咳とともに、胃のなかのものを吐いたようだ。私はおろおろし、身をかがめて彼女の背中をさすった。

「いやっ！　離れていて」

彼女は強く拒絶し、また喉の奥からとぎれとぎれの咳をしぼり出した。私は思い直して、一緒にしゃがみ込み、彼女の背中を撫でた。今度は、拒否されなかった。しだいしだいに咳の発作が収まり、彼女は立上って、私に顔を向けた。

「ごめんね」

哭《な》き出しそうな笑いだった。

だいじょうぶ？　一歩身を寄せて、腕を支えようとした。

急に、二人の間に、靄がたちこめて来た。

あの哭き出しそうな笑い顔が、うすれて行った。靄が、どんどん濃くなる。もう、何も見えなくなった。靄のなかから、彼女の咳く声だけが聞こえた。

いきなり目の前で、光がはじけた。眩《まぶ》しくて、顔をしかめた。起き上がろうとした。誰かが肩をゆすった。

「寺沼さん、寺沼さん、どうしただい。こんなところで、いびきかいてて」

目を開けると、副住職が私を起こそうとしていた。「びっくりしただいね。青年団の集まりから帰って来たら、ヘッドライトのなかに人が倒れてるだもんで。なんでこんなところで寝てるだい」

我ながら、事情が飲み込めて来た。

「うちの住職に、飲まされたずらい。しょうがねえおやじだ。まあ、怪我がなくて、よかったいね。立てるなら、早く起きましょ。車で送って行ってやるで」

Ⅱ

一九五七年。大学に入学して間もなく、私はキャンパスの五号館と呼ばれる建物の一室を訪ねた。部屋の前を何度か行き来した末、意を決して部屋の扉をたたいた。

そこは、「K町セツルメント」の部室だった。大学から三キロほどの距離にあるK町に通って、地域活動にとりくむ学生のサークルだった。

初めて体験した大都会と大学の何もかもが、私にはなじめなかった。講義も面白くなく、クラスに友人も見つけられなかった。索漠とした私に、K町に通うセツルメントサークルの学生は、いきいきと輝いて見えた。その日からは私は、セツラーの一人となった。

K町は、敗戦時までS連隊の兵舎だったという巨大な木造アパートが十数棟も建ち並ぶ、貧民の街であった。

暗く、湿った、穴ぐらのような共同住宅に、社会の底辺の人びとが集まり、肩を寄せあって暮らしていた。

戦災者、引揚者、失業者、レッドジパージで職場を追われた者……。この街からネクタイを締めて出勤するサラリーマンは、ほとんど見かけなかった。

作業衣にゴム長、軍手に日除け帽。たいがいの男たち、女たちは、こうして身を装って、その日その日の稼ぎに出かけた。一日働いて二百四十円の土方仕事を、社会の人びとは「ニコヨン」と呼んだ。

こまごました内職やガリ版の筆耕に、夜中まで精出す人もいた。

大人たちが稼いでいる間、子どもたちは放っておかれた。軍艦のようにそびえ建つ兵舎の谷間のわずかな日溜まりを探して、子どもたちは一日中遊びまわった。

共同炊事場と共同便所から溢れ出す水で、地面はいつもじとじとしていた。そのＫ町が、私たちセツルメント活動の「地元」だった。

私たちセツラーは、地元に通い、そこにＳｅｔｔｌｅ（定着）し、地域活動にとりくんだ。

大学の講義を終えてＫ町に出かけると、放課後の子どもたちがセツラーを待ち侘《わ》びていた。日が暮れるまで、まっ黒になっていっしょに遊んだ。勉強をみてやった。紙芝居や絵本を読んだ。休日には、遠足やプール通いで過ごした。冬休みには、クリスマス子ども会をやった。いっしょに夕方の銭湯に行って、背中の流しっくらをやった。母親の帰りの遅い風邪引きの子には、夜中まで枕元に座っていた。

子をかすがいに、親たち、大人たちとの交わりも持った。料理講習会、教育懇談会。青年たちとは、読書会などもやった。

セツルメントには、あちこちの大学、それぞれの学部から、仲間が集まっていた。法科の学生、医学部や看護学科の学生、保母さんや栄養士の卵。人形劇が特技の者もいれば、アコーディオンを弾く者、模型の組み立てが得意な者、野球の選手だった者もいた。それぞれの専門や特技を生かして、地元の活動にとりくんだ。私のように何も特技がない者は、もっぱら子どもたちの遊び相手だった。

今から考えると、貧民のために何かやってやるなどということは、とんでもなく生意気で尊大な発想であったと思う。何かしてくれたのは、K町の住民だったのだ。私たちセツラーの地域活動を受け入れるように見せかけて、実は生意気な学生たちを育ててくれたのだ。私が大学を卒業して、生まれ育った郷里の町の公民館主事の道を志したのも、K町の貧民たちの私への教育の結果であった、と思う。K町こそ、私の「私の大学」だった。

老朽化した巨大な木造の住宅棟には、旧兵舎にはおよそふさわしくない名前がついていた。菊、桜、梅、松、竹、桐……。住みかは暗いが、心は花だ。命名は、そこに住む人びとのユーモアの所産だったのだろう。

セツラーたちは、住宅棟ごとに班に分かれ、自分の属する班を、同じ花や樹木の名称で呼んだ。男手の足りない桐の班に、私は属することになった。緊張して初めて地元へ出かけた土曜日の午後、私は、堀井清子に出会った。真夏のように暑い日だった。木造棟の日陰で、女の子たちとおはじきをして遊んでいたのが、彼女だった。

清子は、保母学院Ⅱ部に学ぶセツラーの一人だった。昼間は、下町の街工場の事務員として働き、夜は学院に通学していたから、K町に通うのは土曜日の午後か日曜日であった。私より三つ年上で、セツル歴は二年、桐班では子ども会活動を受け持っていた。K町の子どもたちといくらも違わない背丈で、ブラウスの上からか細い肋骨が、透けて見えるようだった。子どもたちにしがみつかれると、すぐにも折れてしまいそうな危うさを感じた。

部室へは、あまり姿を見せなかった。たまにセツラーの議論の場にいあわせても、積極的にはまり込んで来ることはなかった。どちらかといえば無口な聞き役で、一呼吸遅れて「そうね」とか「どうかしら」と清子がいうと、深刻ぶった仲間の激論もやわらぐのだった。笑うと目と目の間に小さなしわが寄って、両のまぶたが垂れ目になって寄りあい、哭いているような表情になった。

高校出たての青っちょろい私など、昼間働き夜は学び休日はセツル活動にとりくむ彼女には、弟のような存在にちがいなかった。でも、なぜか、私には三歳も年上とは思えなかった。細身の躯と独特の笑い顔のせいだったのかもしれない。

清子が自分を語ることはなかった。私も聞き出すことがなかったから、彼女のことは、ほとんど知らなかった。週に一、二度会うだけだったのに、気になる存在だった。

ある日曜日の夕方、K町からの帰途だった。偶然に、二人きりだった。

「まあ、あの夕焼け！」歩を停めて、少女のように清子が叫んだ。

振り返ると、五月の太陽が沈んだところで、残照の朱を背にしてK町の木造舎群のシルエットが浮き出ていた。刻一刻、K町にうす暗がりが広がって行くのを、並んで見ていた。

郷里の町から見なれたアルプスの夕映えに似ていた。

「ふるさとの夕焼けみたい」

突然清子がそういってから、私の郷里の町から電車で小一時間ほどの僻村の名前を挙げたので、えっ？　と聞き返した。

「あなたと同んなじ。信州人」

そういって笑うと、彼女はいきなり歌い出した。

信濃の国は十州に　境連ぬる国にして
聳ゆる山はいや高く　流るる河はいや遠し
松本　伊那　佐久　善光寺　四つの平は肥沃の地
海こそなけれ物さわに　萬《よろ》ず足わぬ事ぞなき

「信濃の国」を歌えるのは、信州人の証しである。信州の山や川や平、名所旧跡、人物や産物を詠み込んだこの歌は、子どもの頃から教えられて身に染みついている。

四方《よも》に聳ゆる山々は　御獄　乗鞍　駒ヶ岳
浅間は殊《こと》に活火山　いずれも国の鎮《しず》めなり
流れ淀まずゆく水は　北に犀川　千曲川
南に木曾川　天竜川　これまた国の固めなり

身がひとりでに反応し、清子に和して、私も歌った。私がタクトを振る格好になり、二番まで歌って、顔を見あわせて笑った。

「おら知らなんだ。信州人だだかい」

信州弁が自然に口をついて出た。

「そうだんね。安曇節の本場だいね」

わざとらしくお郷《くに》ことばを使って、清子は笑った。あの哭き出しそうな笑い顔だった。

それから清子は、堰を切ったように喋り始めた。いつもの寡黙な清子とは別人だった。

父親は、旧満州政府の下級吏員だった。自小作農家の次男に生まれた父親は、若い頃農村厚生運動やその一流派の「王道楽土建設」を唱える青年塾の思想に共鳴し、新婚間もない妻を伴って、率先して渡満したのだった。満蒙開拓団に送り出された信州の貧農やその子弟を現地で受け入れ、あちこちの入植地に配置し、巡回指導する仕事をしていた。父、母、兄、清子の一家四人が、敗戦後間もなく、一文無しになって命からがら父親の実家のある信州のM村に引揚げて来られたのは、まだ幸せだったのだ。そこは、アルプスの麓の村だった。実家の長兄のもとに身を寄せた父親は、しばらくして、山麓の原野の一角を割り当てられ、一家を挙げてその開拓地に移り住んだ。

雑木林や原野を切り拓く労働は、農作業に慣れない一家に生易しいものではなかった。芽が出、葉が伸び、実が色づいた頃、霜や干ばつ、長雨や突風にやられ、山の獣や鳥類に食い荒らされることもしばしばだった。過労と栄養不良がもとで、母親は病に伏し、あっけなく亡くなった。兄が中学三年、清子が小学校五年の時だった。明日からの生活の現実がのしかかっていて、清子は涙も出なかった。中学を卒業した兄は、進学もせず父親とともに働き、清子が家で幼い主婦代わりをした。それから数年、やっと野菜や果樹類を出荷できるようになって一家が一息ついた矢先、今度は父親が脳溢血で山畑で倒れ、そのまま不帰の人となった。父親っ娘の清子だったのに、その時もなぜか、涙は一滴もこぼれなかった。一年後、実家の伯父の世話で、兄は嫁をとった。明らかに労働力の補充のためであった。兄嫁は、そのことをよく心得ていた。中卒後、同じ郡の紡績工場で五年間働いていた兄嫁は、働き者だった。清子が隣の町の商業高校に進学できたのは、兄嫁の働きぶりと兄への口添えの結果であった。

「わたしが事務員でお給料もらえるのは、高校で習ったそろばんと簿記のおかげよ」

珠算二級がわたしの特技、と清子は自慢した。

高校三年の清子に、兄は、卒業したら地元に就職して家から通え、といった。父親代わりとなって育てた妹を、手放したくないようだった。しかし清子は、小姑として、この狭苦しい住居、その出来や果樹の価格に一喜一憂する小さな世界に居残る気持ちはなかった。何よりも、これ以上兄夫婦に世話になるわけには行かなかった。

働きながら資格をとって保母をやりたい、保母になりたい。清子は、兄から当面の生活費だけをもらって上京した。

遠い親戚の口利きで、街工場の事務員に就職できた。一年がむしゃらに働き、翌年、保母学院の夜学に入学した。そして、学内の立看板に惹かれて、セツラーになった。

「わたし、やせっぽちでしょう」

子どもの頃、雑炊や野菜のくずばかり食べていたからよ。背も伸びなかったし。清子は、身を一層縮めていった。

「でも、力はあるわよ」腕まくりして、筋肉のこぶをつくって見せた。

この細い身体で、街工場の事務、夜学、セツルメント活動を続けて弱音を吐かない芯の強さの秘密が、分かったような気がした。

K町の子どもたちに、あの哭きそうな笑顔を注ぐ時、清子は子どもたちの上に、戦争に弄ばれた自分の少女時代を重ねて見ていたのかもしれない。

あるいは、親と遊ぶことの少ないK町の子どもに自分を見つけ、遊び足りなかった幼女の頃のいっ時を、取り戻していたのかもしれない。

清子が自分の来し方を語ったのは、前にも後にも、この時だけだった。

その日も、朝から小雨が降り続いていたから、梅雨の盛りの、日曜日の夕方だったにちがいない。傘もささずに、濡れそぼってK町にやって来た。原水禁のデモの後だったと思う。珍しく他にセツラーは、誰も訪れていなかった。

木造住宅棟の真ん中の階段入口の軒が出張っていて、雨が防げた。男の子がたむろして、遊んでいた。私を見つけ、「寺沼ぁ、寺沼ぁ」と口々に呼んで、むしりついて来た。自分の遊びの輪に引き入れようと、身体にしがみついて、とりっこになる。私の白いシャツは、たちまち泥だらけになった。

しばらく遊んだ後、私は、コンクリートの地べたに座って、一冊の本をひろげた。子どもたちが、静まって私を囲んだ。

本は、戸川幸夫の『牙王物語』だった。一週間前から、少しずつ読み聞かせてやっていたのだった。子どもたちは、この狼犬の冒険に瞳を輝かせた。

いつの間にか暮れ方になり、まだ読みせがむ子を納得させて、本を閉じた。

雨降りだから今日はバスに乗って帰ろうと、K町を出たところで、清子に逢った。

「こんばんは」

先に見つけた清子が声をかけ、私に傘をさし出した。

「びっしょ濡れよ」

コホンコホンと乾いた咳をしながら、ハンカチを手渡そうとする。照れながら、いいよ、と断って、ズボンの後ろポケットから手ぬぐいを取り出し、私はごしごしと額を拭いた。

「ひとり?」

「そうよ」

「どこにいたの? 気がつかなかったなぁ」

「二、三日前から、M子ちゃんが風邪で寝ているの。お母さん毎晩遅いでしょう。それでねぇ、様子を見に来たの」

母子家庭のM子は小学四年生、母親は映画館の切符のもぎりをしているとかで、いつも帰りが遅い。母親から毎日いくばくかのお金をもらって、M子が夕食のおかずにコロッケなどの買い物をしているのを、目撃することがあった。

「で、具合はどう?」

「熱は大分下がったわ。おかゆを作って食べさせたら、三ばいもお代わりしたわ。よっぽどお腹すいてたのねぇ」

また、コホンコホンと咳を繰りかえす。

「そんなら、だいじょうぶだよ。明日K町に来るから、様子を見ておくよ」

一緒のバスに乗って、ターミナル駅に出た。

「急ぐ？　もしよかったら、ラーメンでも食べて行こうよ」

昼はコッペパンをかじって済ませたので、猛烈に腹が減っていた。バイトの金《ペイ》が入ったばかりなので、多少余裕もある。

「いいわよ」清子が率直にうなずいてくれたのが、嬉しかった。

ターミナルのビルから発着する高架電車のガード下に、飲み屋やラーメン屋が狭い間口を連ねてひしめいている。赤提灯を下げた一軒に、彼女を誘った。安くて、ボリュームがあって、うまい、とセツラーに人気の店だった。

ラーメン汁や酒の臭いの染み込んだカウンターの片隅に、並んで座った。

「ちょっとだけ飲まない？」

雨に濡れて冷えた身体が、熱を要求していた。何よりも、飲みたい気分だった。

「いいわ。ちょっとだけよ」

清子の答えは、私には意外だった。そして、彼女の飲みっぷりも。

コップに満たした冷酒を私たちは、お代わりした。私は、いつになく饒舌《じょうぜつ》になって、K町の子どもたちのことを喋った。子どもたちの話題になると、清子は、もっと饒舌だった。そんなに喋る清子は、見たことがなかった。

身の内側から熱がまわると、清子の咳は前よりも著しくなった。饒舌が、喉を疲れさせたのかもしれない。隣で無遠慮にふかす私の「しんせい」の紫煙《しえん》が、一層咳を激しくしているようだった。

「えらく咳くねえ。風邪？」

灰皿を遠くへ押しやって、聞いた。

「春先から風邪が抜けないの。梅雨どきって、涼しかったり蒸し暑かったりするでしょう。あんまりよくないみたい」

店の自慢というラーメンを食べ終えて外に出ると、赤提灯に照らされて、薄い靄が二人を包んだ。ビルの峰から降る細かい雨滴が、したたかに酔って上気した頬を濡らした。

ガード下に沈殿した冷たい夜気がいけなかったのか、清子は激しく咳いて、電柱の根元にうずくまった。咳とともに、胃のなかのものも吐いたようだ。私はおろおろし、身をかがめて背中をさすった。

「いやっ！　離れていて」

強い拒絶だった。そしてまた、喉の奥から、とぎれとぎれの咳をしぼり出した。私は思い直して、一緒にしゃがみ込み、彼女の背中を撫でた。今度は、拒否されなかった。しだいしだいに咳の発作が収まった。立ち上がって、あの哭き出しそうな笑顔を私に向けた。

「ごめんね」

「だいじょうぶ？　送るよ」

清子の傘を取ってさしかけると、黙って身を寄せて来た。電車を降りて、雨上がりの夜更けの街をゆっくり歩いた。小さな遊園地の入口で、清子はまた、激しく咳いた。藤棚のベンチを見つけて休ませ、並んで座って背中を擦った。

寒いのか、小きざみに震える清子の肩に手を回して、腕のなかにくるんだ。そのまま、梅雨の闇に身を隠して、じっとしていた。

咳くたびに、背中の薄い骨身が内側から痙攣《けいれん》した。その箇所は、冷たく固まっていた。掌を強く圧し当てていると、私の熱がどんどん吸い取られて行った。

なぜか揺《ゆれ》る　細きぐみよ

突然、歌が口をついて出た。

なぜか揺る　細きぐみよ
かしらうなだれ
おもいこめて

広き川の　岸をへだて
高き樫《かし》の木
ひとり立てり

セツラーたちがよく歌う「ぐみの木」というロシア民謡だった。子守歌を歌って泣く子をあやすように、清子の背中の震えに掌《て》を当て、歌のリズムに合わせて、軽くたたいた。背中の硬直が少しずつ和らぐのが、感じられた。

「歌って」

私の肩に重みをあずけて、促した。

ぐみの想い　樫につたえん
　わがみふるわせ
　語るときに

細き枝を　君によせて
　日ごとささやく
　若葉のこえ

ぐみの心　とどかざれど
　とわのねがいは
　やがて結ばん

清子も、私に和して歌い始めた。もう一度、最初から。私が低音を歌った。清子の弱々しい高音と気持よくハモり、公園の闇の底に密かな波紋となって消えた。震えが、遠のいて行った。不思議に咳も止んだ。

「ありがとう」

私の腕をほどいて、清子が起ち上がった。

「そう、よかった」清子と真近に向きあう形となった。

「ありがとう」

もう一度つぶやいて、清子は私に微笑を向けた。笑うと目と目の間に小さなしわが寄った。遠い外灯に、いつもより一層哭き出しそうな笑みが浮かび出た。目と目を近々と、真っ直ぐにのぞき合いながら、しばらくそのまま立ちつくしていた。

「帰るわ」

目を私からはずして、清子は背中を向けた。また雨が降って来たようだ。

「送るよ。アパートまで」

あわてて傘をさしかけて、清子を追った。

「ありがとう。でも、いいの」

「だって雨が」

「すぐ近くだから。だから、お願い。このまま帰って。お願いよ」

激しく首を振って、彼女は私を拒んだ。なぜだ、なぜこの激しい拒否なんだ。

「わかった。帰るよ」

思いがけない拒否に動顛《どうてん》し、かすれた声で答えた。

「おやすみ」

「おやすみなさい」

寺沼さん、と何かいいかけた清子を振り切って、雨のなかを駅へ向かって走り出した。清子が私を凝視している気配を感じた。振り返えらなかった。ひたすら歩を速めた。

後ろの闇で、かすかに咳く音が聞こえた。


夏が来たのに、清子の姿はセツルに現れなかった。

地方出身のセツラーたちは、それぞれの郷里に暑さを逃れて帰って行った。在京のセツラーは、せっせっと地元に通った。

私は、学習塾の仕事を得て、忙しかった。一夏、K町の子どもたちと離れる気持にもなれなかった。午前中は、塾の教師役を勤め、午後はK町に通って、子どもたちと日が暮れるまで遊びほうけた。遊び疲れると、紙芝居を読んでやったり、夏休みの宿題を見てやったりした。

七月の終わりに、K町の集会所で恒例の夏休み子ども会を催した。呼び物は、セツラーが演じる「にわとり長者」という人形劇だった。人手不足で、私にも役が回って来た。芸のない私が受け持ったのは、間抜けな盗人の手下の役だった。人形劇が終わって、出演者一同がステージに並んで、自己紹介をした。私たちの名を呼んで、子どもたちは盛んにはやしたてた。その喧騒の一番後ろに、私は、清子を認めた。

私の番が来たので、ぎょろ目で鼻がでかい盗人の人形を高くかざして、すっとんきょうな声で自己紹介をした。寺沼ぁ、寺沼ぁ、と子どもたちが笑いころげ、つられて清子の表情が崩れた。いつもの哭き出しそうな笑いだった。

人形劇の舞台を片づけて、次ぎの出し物が始まったので、私は会場の後ろで清子を探した。しかし、彼女はどこにも見当たらなかった。

仲間に聞くと、具合が悪いといって、今さっき帰ったばかりだ、とのことだった。夏風邪をひいたのか、小さな咳をして、苦しそうだった、ともいった。

私は会場を飛び出し、いつものバス停に向かって、炎天下を走った。バスは出た後で、清子を見つけることはできなかった。

夏休みが終わって、セツルメントの部室は、また賑やかになった。

しかし、清子の姿は見えなかった。誰も、消息を知らなかった。

ある夕、K町から帰って、紙芝居を片づけていると、保母学院Ⅱ部に通っている清子の友人が私を呼び止めた。

「わたし怒っているの。清子ったら」

いきなり甲高い声をあげた。

「どうしたのさ」緊張を隠しながら聞いた。

「ほんとに怒ってるのよ。清子ったら、夏休みのうちに退学届を出して、学院をやめちゃったのよ。わたしたちに一言もいわなくて。何があったの？　いったい！」

彼女は、本当に怒って、手を振り回した。

「それで、清子のアパートへ行ってみたの。清子は、どこかへ引っ越してしまっていたわよ。アパートの管理人の奥さんに聞いたら、六月の始めごろから男の人と一緒に暮らしていたんだって。それが急に、七月の終りごろに、二人でどこかへ越して行ったっていうの。移転先は知らないそうよ。彼氏の故郷《さと》の方かもしれないっていうんだけど。清子ったら、何にもいわないのよ。同棲したことも、引っ越したことも、退学したことも。ねえ、寺沼さん、聞いているの？」

私は混乱し、ただ黙って立っているだけだった。

「奥さんのいうには、清子、身体の調子が悪いらしく、咳ばかりしていて、顔色がよくなかったって。心配していたわ」

その足で彼女は、清子が事務員をしていた街工場を訪ねた。やっと探し当てた下町の工場は、倒産して、有刺鉄線で封鎖《と》ざされていた。たまたま近所に、工場で長年働いていた老人がいたので、事情を聞いた。

「そのおじいさん、こういうの。親会社が不渡りを出したとかで、そのあおりで、工場も倒産したんだって。おじいさんも給料が未払いのままだって。怒っていたわ。清子は、同じ工場のプレス工の男性と仲良くなって、その男性の郷里へ帰って結婚するって、いってたらしいわ。その男の人《ひと》、よく猪苗代湖の自慢をしていたというから、福島県あたりの人かしらねぇ。おじいさんも知らないって。その人ったら男前で、以前もつきあっていた女性がいたんだって。どんな事情があったか知らないが、男と女の仲なんて分からねえもんだって、おじいさん、首を傾げてたわ。清子は咳ばっかりして、どっか身体がおかしいんじゃねえかって、おじいさん案じてた。清子ったら、ばかばかばか」

彼女は、強く拳を握って、私を何度も叩く真似をした。それでも怒りは、収まらないようだった。

私はいうべき言葉がなく、ただあの梅雨の夜の、公園の闇を思っていた。


それから数年が過ぎた。

私は大学を卒業し、信州の郷里の町で、公民館の仕事に就いた。

セツルメントの仲間は、みな散り散りになって、年賀状で近況を知らせあう程度の仲になってしまった。それなりに、セツル体験を生かして各々の道を歩いていて励まされた。見知らぬ地方へ定着《セットル》し、私と同業の仕事をしている仲間もいた。

ある時、公民館の全国研究集会に参加するため、私は久し振りに上京した。出版社の編集員をしているセツラー仲間のS君を呼び出して、一夜痛飲した。

Sは、革新的な総合雑誌の編集部員らしく、どっかりと存在感を漂わせていた。相変わらずの口調で、安保や沖縄やベトナムの問題を論じて尽きることがなかった。日本を動かす論争の真っ直中に生きている、という自信が伝わって来て、圧倒された。一層酒が強くなっていた。酔いが進むと、昔ながらの悲憤口慨《ひふんこうがい》調になるのが、おかしかった。

Sは、さすが情報屋らしく、セツラーの近況についても詳しかった。

ひとしきり話がはずんだ後、「風の便りにきいたのだが」といった。

「覚えているだろう。堀井清子さん」

「いま、どうしているの？」

遠い思い出が蘇って、内心どきっとした。

「突然セツルをやめて、男と郷里へ去った。福島県の何んて町だったかな」

Sは、町の名は忘れたらしかった。その町に清子を連れて帰った男は、両親から反対されて、実家に入れてもらえなかったのだそうだ。隣のまちに新所帯をもって、二人で働き最初は、うまくいってたらしい。結婚届は、出してなかったようだ。ところが、間もなく清子が身体をこわして入院した。肺臓疾患だった。入院している留守に、男は、どこかへ蒸発してしまった。

「こんな話しするの、ぼくも堪えられないんだ」

Sは、コップ酒をぐいっと飲み乾し、

「それから先は、もっと悲劇さ。聞くか？」

私は黙って、彼のコップに酒を満たした。

「彼女は、君と同じ信州だったろう」

「そうだ。北アルプスの麓の村さ。彼女が育った所は、戦後新たに開拓された土地で、今では高原野菜の産地になっている。そこに確か、兄さん夫婦がいるはずだ」

「そう、その兄さんが彼女を引きとって、信州の村で養生させようとしたんだ。最初彼女は、それを拒んでいたんだが、やっと郷里へ帰る気持になったんだ。兄さんが迎えに来る前日だった。病院を独り抜け出して、近くの遊園地の藤棚の下で、自ら命を絶ったのだって。梅雨のそぼ降る夜更けだったそうだ」

Sは、またコップ酒をあおった。

「遺書はなかったそうだ。ただひとつだけ、身につけていたものがあった。何だと思う」

「……」

「青年歌集だよ。ぼろぼろになった青年歌集を肌身離さず持っていたんだ。枝折《しおり》をはさんであったのは、ロシア民謡の『ぐみの木』が載っている頁だったそうだ。『なぜか揺る、細きぐみよ』って、あれだよ。ぼくたち、よく歌ったよなあ。彼女、この歌がよっぽど好きだったんだ。病院でも、具合のよい時、ひとりで口ずさんでいたというから。『かしらうなだれ、おもいこめて』。彼女どんな思いをこめて、この歌を歌ったんだろう」

私はおし黙って、酒を三口、四口無理に流し込んだ。

「不幸な者は、不幸なまま死んで行くんだ。いっ時でいいんだ、彼女に幸せという時刻があったのだろうか。今の社会では、幸福な者はますます幸せを膨らまして羽ばたき、不幸な者はますます不幸せのお荷物を重荷に背負って、黙って歩いて行くだけだ。この現実に対して、ぼくは何んて無力なんだ。総合雑誌の編集員として、国家権力の横暴に対して、論陣を張る。革新的文化人をして語らしめる。ペンと弁で闘うことは、絶対必要なんだ。だけど、ぼくが、彼女のように死に行く者を、一人でも二人でも救った？　ぼくの編集した雑誌を彼女は読んだ？　雑誌のなかの一編が彼女に生命力を与えた？　だいたいぼくは、彼女のような世界に生きる人とどれだけふれあい、語りあった？

冷暖房の効いた快適なオフィスで、煙草をくゆらし、いい給料を手にしてさ、人民に向かって社会の進歩や歴史の必然を問いかけている。ベトナムや沖縄を思う時、ぼくは猛烈な闘争心の沸騰《ふっとう》を感じる。でも、ときどき、こうした無力感に打ちひしがれる。編集者なんて、こんなもんなのかなあ。迷える羊だよ。そこへ行けば、君なんか、相変わらず一徹にセツルメント活動をしている。君のK町への打ち込みようは真似できなかったが、今でも君の真似はできないよ」

酔うと愚痴っぽくなるのが、学生時代からのSの癖だった。私はコップの残り酒をたて続けにあおって空にした。これだけ飲んだのに、少しも酔っていなかった。もう酒は、欲しくなかった。胸奥に寒々とした靄が、流れ込んで来た。

目を閉じると、酒場の喧騒とSの口調が遠ざかった。あの時、アパートまで送るよといった私の申し出を、清子は激しく拒絶した。その理由が、やっと今解けたのだ。だが、私は、あの時なぜ、背を向けた清子を強引に抱き寄せなかったのか。

靄のなかに、清子の哭き出しそうな笑顔が浮かんだ。ぼんやりとした輪郭のままだ。私は、清子を胸の深くに抱き寄せ、あの時のように、ロシア民謡を歌った。

Ⅲ

例年になく、鬱《うっ》とおしい梅雨である。

梅雨入りと思ったら、一週間ほど雨は降りに降った。

田んぼの幼苗は水に浮き、絹糸のようなか弱い根で、必死に泥土にしがみついていた。

畔を溢れた雨は、コンクリートのU字構に流れ落ち、水路から奔《おど》り出て、走り下って行った。

公民館の二階から見渡せる村の風景のすべてが、梅雨に包まれ、漠然としていた。人家の彼方、海隆寺のある里山は、麓の辺すら梅雨の厚雲に覆われ、視界から消え失せていた。時折、薄野川堤防の県道を、トラックが水しぶきを上げて走って行くのが見えた。

昨夜、海隆寺の住職と飲んだ酒が、まだ胃袋のあたりに滞っていた。小用を足している最中不覚にも眠りこけて、杉樹の根元にぶっつけたのか、後頭部に血のにじんだたん瘤《こぶ》ができていて、今でもずきずきと痛んだ。酒はもうしばらく、こりごりだった。

今日は、夜の青年団の会議のために、資料を大量にプリントしなければならなかった。資料というのは、青年団が秋の文化祭に創作劇の上演をすることになっていて、そのシナリオの第一稿だった。創作劇は、伝統的に、この地区の農村問題を取り上げ、青年の立場を地区の人々に訴えて来た。いまこの地区には、背後の高原を縦断する観光有料道路の開通や薄野川上流への多目的ダム建設、隣の地区と小学校統合をした後の跡地利用の問題が起こって来ており、住民の間で大論争になっていた。行政や企業局が権力と金をふりかざして、一方的に地区に下ろして来る計画に、青年団は反対していた。青年たちは、自分たちで資料を集めたり取材をしたりして何回も学習会を重ね、この結論に到達したのだった。

なのに、である。公民館の寺沼主事が、青年団に反対をけしかけたというとんでもない風評が教育長の耳に届いて、数日前にも、注意を受けたところだった。

創作劇は、こうした地域の問題を背景に、酪農にとりくんでいた青年団の副団長が大型畜舎建設の借金だけを残して離農し、ガソリンスタンドの従業員になって行く実際の話しを題材にしたものだった。

シナリオの第一稿は、青年団員である海隆寺の副住職がまとめた。昨夜、住職はあんなにこぼしていたが、なかなかたいした若者だよ。今度、住職に会ったら、このシナリオをこっそり見せてやろう。住職、どんな顔をするかなあ、と独りほくそ笑んだ。

プリントをする前に、午前中にまとめた事務文書を教育委員会に届け、説明して来なければならなかった。

こんな梅雨の重苦しい午後を、オートバイに乗って、市役所の五階にある教育委員会に出かけるのは、気が進まなかった。

用件を済ましてエレベーターを待っていると、後ろから肩を叩かれた。文化財課の嘱託をやっている古文書担当の老先生だった。

「ちょっと寄ってきませんか。面白い話がある」

老先生は、眼鏡の奥から柔和な眼差しを向けた。なぜかこの先生、私に目をかけてくれる。

「君がこの前、持ち込んで来たあの資料、海隆寺の古文書ですがね。あれ、実に面白い。掘り出し物ですよ」

海隆寺の古文書に誘かれて、文化財課に立ち寄ることにした。創作劇のプリント印刷は、まあ、ゆっくりやればいいか。

老先生は、インスタントコーヒーを淹れて来て、私の前に置いた。

「さっと目を通してみたんですがね、面白い文書がありますよ」

そうそう、これこれ、といって老先生は後ろの棚から一綴りの文書を取り出して来て、私に示した。度の強い老眼鏡を鼻にかける。

「海隆寺の何代目の住職なんでしょうかね。たいへん筆まめな人とみえて、目にしたもの、聞き知ったこと、何でも几帳面に書き留めてある。当時の村の事件や人びとの暮らしぶりが、いきいきと読み取れますよ。ほんと、たいへんに面白い」

古文書の話しをさせたら、老先生は停まりそうにない。話しの内容は、いくらか割り引いて聞く必要があるが。

「一番面白かったのは、これ。こんな時代にも、SFはあったんですねえ。ミステリー、ミステリーですよ」

綴りを丁寧に一枚々々めくって、老先生は、ある箇所を探し出した。

「『藤二郎伝聞』という下《くだ》りなんですがね」

老先生は、この住職、自己流の崩し方をしてあるから解読者泣かせですよ、といいながら、一字一字指を当てて読み始めた。

当村大工藤衛門倅藤二郎　本寺（というのは海隆寺のことですがね、と老先生）本堂壁板朽ちたる処あれば来たりて繕ふ。夜に入りて酒肴にて賄す（藤二郎さん、よっぽど酒飲みだったんでしょうな）。酔ひて帰らむとするに雨降り来る（季節からすると、梅雨のはしりのころでしょう）。

まあ、後は、わたしが現代語訳しましょう。一時雨が止んだので、住職は、藤二郎さんに酒徳利と提灯を持たせて帰したそうです。山門から参道を下って行くところまでは見送ったが、それっきり藤二郎さんは、行方不明になってしまったんですよ。

酔った勢いで、増水の薄野川に転げ落ちでもして流されてしまったにちがいないと、村中総出で下流まで捜索したのだが、どこにも見当たらない。好きな女でもいて恋の道行でもしてしまったのかと、八方手を尽くして探したが、見つからない。神隠しに会ったものと諦めて、ふた月後、藤衛門さんは倅の葬式の支度を始めたというんです。

ところがそこへ、お江戸から知らせが届いた。藤二郎さんが生きているっていうんです。慌てて藤二郎さんを連れ戻しに行った使いの者に、藤二郎さんは、こう顚末《てんまつ》を語ったんですね。

酒徳利をぶら下げて、手提灯を頼りに、藤二郎さん義太夫をうなりながら、いい気持で参道を下って行った。途中で小用を足して、また参道を下って行ったところが、道を間違えてしまって、田んぼの畔道に出た。藤二郎さん、酒に酔っているから気が大きくなっている。まあいいやと、木橋を越えてずんずん歩いて行くと、街道筋になって、どこかの宿場に辿り着いたっていうから、奇々怪々。

そこが、まあ、甲州街道の突き当たり、いまの新宿あたりだったのですね。当時は、ここいらからお江戸までは、どんな健脚の人でも五日や六日はかかるんですが、藤二郎さん海隆寺を出たその夜半に、宿場に転がり込んでいるんです。飛行機も電車もない時代ですよ。そんなこと考えられます？　だが、宿場の人たちが何人もそう証言しているというんですから、まあ、間違いないとしましょう。これを書き留めた住職は、海隆寺の山奥に住んだと伝えられる天狗の仕業なり、と書いているんですがね。何かからくりはあるんでしょうが、そんなこと詮索《せんさく》してみても始まらない。昔の人が信じたように、信じましょう。今流にいうなら、ＳＦの世界、異次元の世界の出来事と考えた方が楽しいじゃありませんか。気候的条件や時刻、たまたまそこを通りかかった人物の状態や行為、そういう条件が偶然に重なった時、海隆寺の参道から甲州街道辺りにつながるトンネルが開通する。藤二郎さんは、そのトンネルに入り込んでしまったんですよ。

で、藤二郎さんは、辿り着いたところが、そんな場所だとは、夢にも思わない。当然ですよ。酔った勢いで、一軒の旅籠に寄り込んで、酒を注文し、挙げ句の果て、酔いつぶれて寝込んでしまった。翌朝目が覚めて、さあ、大変。要するに無銭飲食なんですね。事情をいくら説明しても、誰も本気にしちゃくれない。本人だって訳が分からないのですから、これは致し方ない。番所に突き出されようとしたんですね。それを助けてくれたのが、旅籠で客の相手をしていた飯盛女なんですよ。そのおんなも、信州のどこかから売られて来たというから、藤二郎に同情したんでしょうよ。幸い藤二郎の大工の腕が重宝されて、あちこち傷んでいるところの修繕や下働きを命じられ、まあ無銭飲食は、それで帳消しってわけですな。とうとう旅籠に住み着いてしまったのだが、藤二郎さん、そのうちに、その飯盛女といい仲になってしまったんですね。異境の空の下で、同郷の者どうし、まあ、当然の成り行きでしょう。

ですから、村人が連れ戻しに行った時にも、藤二郎さん、猛然と抵抗したそうですよ。だが、その藤二郎を、おんながなだめたのですね。信州に帰って、親の跡目を継いで、早やーく立派な大工棟梁になってくれ。そのあかつきに、まだ気があったら、そして自分が生きていたら、買い請けに来てほしいってね。泣かせるじゃないですか。

とにかく、ひどい労咳持ちのおんなでね、ほどなく、おんなは亡くなったんだそうです。

藤二郎これを憐みて、本寺に地蔵一体を寄進す。雨強き夜に、地蔵すすり泣きて涙すといふ。依りて村人これを雨泣き地蔵と呼びて参拝する者多し。

「と、まあ、こういうわけなんですが、この地蔵さん、どうなってるんでしょうね。主事さん、知ってます？　調べておいてくださいよ。わたしも、そのうち、お参りしたいものですね」

老眼鏡を鼻からはずして、老先生は古文書の綴りを閉じた。

冷えきったインスタントコーヒーを、私は一気にすすった。

梅雨は、時折、風をともなって市庁舎の五階のガラス窓を、横なぐりに叩いた。室内の気温が高いせいか、窓は、内側から薄く曇っていた。

窓際に立って、拳でガラスの曇りを円形に拭った。その円を通して、市街地の向こうに、私の地区が見えた。

村のなかほどの黒い固まりは、神社の杜。杜にかくれて、公民館は見えない。村をつらぬく一条の灰色の筋は、薄野川。川を遡って、盆地が尽きるところ、北側から迫る山腹の樹林のなかに、海隆寺はあった。

日暮れには、だいぶ間があった。けれども、盆地の果ての辺りは、すべて厚雲と重々しい梅雨のしぶきにおおわれて、昏れかかっていた。

薔《ば》薇《ら》雨《う》　一九六〇年六月

土曜日の午後だった。

図書館の児童室は、小さな子どもたちで賑わっていた。勝手な姿勢で、絨毯《じゅうたん》の上に座ったり、寝転んだりして騒いでいる。

お待ちかねの、土曜子ども会が始まるのだ。

ヒマラヤ杉に囲まれた旧制高等学校の洋風木造校舎は、市民の文化会館として活用され、うち二部屋が図書館の分館に当てられていた。児童室は、花模様のくすんだ布壁と桜の材を緻密に組んだ腰板に装われた、昔の校長室であった。

保育短大のボランティアの女子学生たちがゲーム遊びをやった後、館長の私が絵本の読み聞かせとお話しをひとつ、子どもたちにしてやることになっていた。

八月にはまだ間があったが、私が選んだのは、『かわいそうなぞう』の絵本と『わたしがちいさかったときに』という本のなかにある広島の女の子の作文だった。

ゲームの余韻が、子どもたちの上に波立っていた。私は、あえて、騒がしい波に向かって語り始めた。

大戦末期に、上野動物園で殺された三頭の象の物語は、子どもたちをかなり惹《ひ》きつけたようだ。波のざわめきが、沖へ沖へと退いて行く。

その調子、その調子。自分に言い聞かせ、次のお話しにとりかかった。

それは、当時小学校一年生で被爆した女の子の作文だった。

＊『わたしがちいさかったときに』（童心社）から山本節子（当時小学校一年）の作文

「朝の食事を済ました時であった。どこからともなく、ピカッと光った」

ドカーンとものすごい音が聞こえ、あたりが真っ暗になる。近くにいる母の顔さえわからない。

その瞬間、なにか重いものに押さえつけられてしまった。苦しい。

思い切り足をバダバタと動かすと、やっとはい出すことができた。

でも背中の上に、大きな材木が乗っていて、どうすることもできない。

「助けてー」と叫んだが、だれ一人来てくれる人はいない。

火は、もう私のそばに迫って来た。

「お母さんは、あとでにげるから、先ににげなさい。さ、早く早く」

母は一生懸命にいっている。

作文を読んでやりながら、ふと、右手の窓に目が行った。中庭に繁るヒマラヤ杉の濃い緑を背に、開け放した窓の外から、小学校三、四年生ぐらいの女の子が一人、私の朗読に聞き入っていた。今どき珍しい、耳の上できちんと整えたおかっぱ髪だ。意志の強そうな顔立ちに真剣な目差しがかわいかった。昔、どこかで逢ったような気がした。が、想い出せなかった。

麻綱で引き上げる方式の木造校舎の古風な吊り窓は、地面からかなり高い位置にあった。女の子は、御影石の土台と板壁のわずかな隙間に足を乗せて、窓枠に懸命にしがみついているにちがいなかった。

「くたびれちゃうよ」

段落が切れたところで、胸の内で女の子に呼びかけ、入っておいでよ、と手招きをした。女の子は、恥ずかしそうににかっと笑ったまま、不安定な存在感を崩さない。

「お母ちゃん、お母ちゃん」と泣き叫びながら、火の中を夢中で走った。

まわりは火の海で、もうにげられない。

用水桶の中にとびこんだ。

まるで、お風呂のように熱い。

用水桶につかまったまま、夢のようになって気を失った。

気がついた時は、朝のようだった。

地面はやけつくように熱い。

道ばたに、たくさんの人が死んでいる。

犬や猫の死がいもころがっていて、目をそむけたい。

あんなににぎやかだった街も、見渡すかぎり焼野が原となっている。

鉄さんの洋館だけが、巨人のように立っている。

作文の最後の行を読み了えた。沖合から、また小さなさざ波が還って来る。子どもたちの間から、ため息がもれた。どの子の瞳からも、悲しみが溢れ出るのがわかる。

「この子は生き残って、宮島のおばさんの家に着いたけど」

一人ひとりの瞳をのぞき込みながら、私は語り続けた。

「原爆の炎《ひ》にやかれて死んでしまった、おおぜいの子どもたち。みなさんと同じ歳の小さな子どもたち。その子たちの歌を歌います」

保育短大の女子学生が、かたわらでギターを鳴らした。

少し気恥ずかしい。が、語るように、伝えるように、私は歌い始めた。

扉をたたくのは　あたし
あなたの胸に　ひびくでしょう
小さな声がきこえるでしょう
あたしの姿は　見えないの

十年前の夏の朝
あたしは　広島で死んだ
そのまま六つの　女の子
いつまでたっても　六つなの

あたしの髪に　火がついて
目と手がやけて　しまったの
あたしは　冷たい灰になり
風でとおくへ　とびちった

歌いながら、窓を見た。女の子が、相変わらず、窓枠にしがみついていた。試すように確かめるように、きつい目差しで私を見返し、それから目を細め頬をゆるめて笑った。ヒマラヤ杉の濃い緑が、その頬にひろがった。記憶の底に刻まれた微笑だったが、遠すぎて甦って来ない。

入っておいでよ、と私はもう合図を送らなかった。

あたしは何にも　いらないの
誰にもだいて　もらえないの
紙切れのように　もえた子は
おいしいお菓子も食べられない

扉をたたくのは　あたし
みんなが笑って　くらせるよう
おいしいお菓子を食べられるよう

署名をどうぞ　してください

歌い終わって、会を閉じた。いつもは、子どもたちの満足気なざわめきがあるのに、今日は静かだ。引き潮のように、波が遠のいて行く。

子どもたちを見送ってから、館の外に出て、窓枠の女の子を探した。女の子は、もういなくなっていた。

館を囲むヒマラヤ杉の巨木群の梢から、雨がぱらぱらと落ちて来た。梅雨空のどこか彼方で、雷が鳴った。

その日は、夜勤だった。

午後十時に館を閉じ、館内を巡回し終わって外へ出たら、十時半をまわっていた。

闇は、いつもの夜より暗く深々としていた。梅雨空が、ヒマラヤ杉の梢のあたりまで垂れ下がっているのが感じられた。幸い雨は止んでいた。今のうちだ。雨衣も携えないで、自転車をこいで慌てて帰路に着いた。

途中で、ポツリと雨が来た。またたくまに、急な降りになった。自転車をこぎにこいだが、間に合わなかった。貸ガレージの軒を見つけて、避難した。深い闇の底が抜けたようだ。雨は土砂降りとなって、鉄板の屋根をたたいた。

小一時間も雨宿りしていただろうか。

ちょっと小降りになった隙を見計らって、思い切りよくとび出した。立ち塞がる暗闇の壁を突っ切る勢いで自転車を走らせたが、すっかり濡れそぼった。下着まで濡れたのは、汗のせいかもしれなかった。ものぐさで伸ばした長髪が、べったりと額に粘りついた。

玄関先に自転車を停めた気配で、妻の操代が迎えに出た。

「どうしたの、こんなに遅くなって。館に電話してみたけど、誰も出ないし、心配で心配で」

「ごめん、ごめん。えらい目にあっちゃった。急に土砂降りになったもんで……」

夜勤の疲労と濡れた身体の気持ち悪さに負けながら、くどくどと言い訳をした。それ以上、物をいうのも億劫《おっくう》だった。　風呂場へ行って、濡れた着衣を脱ぎ捨てた。シャワーを浴びる気にもならなかった。時計を見ると、十二時を過ぎていた。

洗面台のカランを乱暴にひねって、湯を出した。ボイラーの轟音がけたたましく鳴った。夜更けの静寂をかきむしる。まったく旧式のボイラーは、図体ばかりでかくて、困りものだ。

「こんな夜中に、シャワーなんか使って……」

いつもわが子に注意していた手前、自分を咎《とが》めながら、慌てて湯を止めた。

「ビールを出しておきましたから」

妻が背中から声をかけた。

「今日は、私の職場ったら三人も休んじゃったのよ。仕事いそがしくて。もう、くたくた。わたし、明日は早出なんですから。先に、休むわよ。あなたも、早く寝て。もうお互いに若くないのよ」

とっくに五十歳を越えたのよ。あなたもわたしも。こう毎晩々々遅くっちゃあ、お互いに身体がもたないわよ。二階の階段を上がりながら、声が次第に尖って行く。

私にも言い分があったが、ぐっと堪えた。妻は学校給食の現場で、肉体労働をもう三十年近くやっている。三人の子を育て、夜間も土日も仕事々々と家を空ける亭主の妻を務めながらだ。高温多湿の職場での立仕事だから、こうむし暑い日には体力の消耗が激しい。そこへ行けば、私の仕事など不規則ではあるが、肉体の消耗度は妻の比ではない。

居間に戻って、缶ビールをちびちびやった。親の脛《すね》かじりの子が三人、親元を離れているので、妻が休んだ後の狭い家は、しんと静まっている。雨が止んだのか、隣家の向こうの田んぼのあたりで、蛙が一斉に鳴き出した。

夕刊を読むのも、テレビを観るのも面倒くさい。背もたれにもたれてボヤッとビールを飲んでいると、お決まりのうたた寝が始まった。

現実と夢想の境界のあたりで、宙ぶらりんに浮いている。

やはり、雨にびしょ濡れに打たれて、たたずんでいた。雨中を逃げに逃げまわった後の汗かもしれなかった。髪がべったり、額に粘りついていた。むし暑い深夜の空気まで、張りついて来る。

身体を拭おうと、栓をひねった。洗面器に水がほとばしる。水道の鉛管が、がんがんと鳴る。流しの排水管が、水を呑み込みながら、共鳴して唸る。周りの闇がわめき出した。こんな夜中に水道なんか使って。何時だと思ってるんです！

うるさいったらありゃしない。非常識ですよ。眠れないじゃないですか！

あんたは昼まで寝ていられるでしょうが、うちはねえ、朝が早いんですよ！

すいません、すいません。私は闇に向かって、ひたすら謝る。

ぺこぺこと謝りながら、唐突に、昼間のおかっぱの女の子を憶い出した。

意志の強そうな、興味深そうな、あの目差し。

試すように、確かめるように、私を射るあの目差し。

遠い昔、その目差しに射られ、その目差しを見返したことがあった。あれも、六月の雨の夜だったのだろうか。

その遠い昔へ夢を辿ろうとして、うたた寝から覚めた。

いつの間にか、また、雨が降っていた。

＊　＊　＊

木賃アパートの階段を誰か上がって来た。二階の一番端の私たちの部屋の前で、ピタリと止まった。スリッパの音からして、険悪だ。予感のとおり扉がノックされ、開けるといきなり女性の声が浴びせられた。

「こんな夜中に水道なんか使って。何時だと思ってるんです。下の部屋の者ですけど、うるさいったらありゃしない。非常識ですよ。眠れないじゃないですか。あんたのような学生さんと違って、うちはサラリーマンなんですからね。朝早いんですから」

すいません、すいません。そういう間もなく、ピシャリと扉を閉めて、スリッパの音は去って行った。

あの夜、雨と汗で濡れたわが身を、どうやってアパートまで運んだか、まったく記憶にない。

額に張りついた髪をかき上げながら、四畳半の部屋に崩れ込むと、小さな折りたたみの茶卓に向かって正座し、ラジオを聞いていた操代が、慌てて起って迎えた。

「大丈夫？　怪我はないの？」

「見たとおりさ」

「ラジオは絶叫してるわ。国会周辺でデモ隊に機動隊が襲いかかって、負傷者が大勢出ているって。まさか、あなたが……」

「大丈夫だよ」

「死者も何人か出ているらしいわ」

「死者？」

「確かなことは分からないけど……」

泥だらけ、早く脱ぎなさいよ。急に気づいたように、操代は、流しのガスコンロで湯を沸かし始めた。

湯は、すぐ沸いた。全身を拭いながら、何べんも洗面器の湯を取りかえた。その都度、水道管と排水管が共振し、深夜の木賃アパートに甲高い音を響かせた。階下の主婦が怒鳴り込んで来るのも、当然だった。

身体の底に、重い石を抱えこんでいるようだった。国会の周辺を離れるにつれて、石は私の身に入りこんで来たのだ。沼の泥底に、重く重く沈んでいる。私は、ひたすら眠りたかった。

ボリュームを落としたラジオから、アナウサーの興奮した現場中継の絶叫が流れていた。ラジオを消し、操代が敷いた布団に倒れこんだ。狭い部屋では、一組の布団しか敷けない。すぐに操代が入って来て、私の背中に顔を押し当てた。

「すごいデモだったわ。わたしたちの労働組合のデモ隊は、八時ごろ引き上げたんだけど、まだ後から後からおし寄せて来た。日本中の国民が、夜の国会をぎっしり取り囲んでいるみたいだったわ」

寝返って操代を抱いた。

操代の声は、どこか遠くから聞こえる。石は、どんどん重量感を増し、私を睡魔の沼にひきずり落として行く。

午後八時ごろ、私たちの学生デモ隊は、国会のわきの街路に座りこんでいた。雨もよいの夜の空間は、旗とプラカードと大群衆の熱気で埋めつくされていた。フラッシュがあちこちでたかれる。闇を切り裂く閃光は、ニュース映画の撮影だろうか。無秩序に交錯する光に浮き出た国会は、人民に完全に包囲されていた。

宣伝カーの上から、誰かがアジ演説をぶった。歓声、拍手、怒号、シュプレッヒコールが、夜の海原を津波となって伝わって行った。どこかで革命歌を歌い出す一団があった。歌は海原から、夜の曇天へ拡散して行った。

国会と国民を隔てる鉄柵の内側に、機動隊がずらりと並んで待機していた。まるで黒い戦闘服の壁だ。昼間このあたりで、新劇人のデモ隊を手荒に蹴散らした興奮が、彼等の隊列から不気味に放たれていた。

一九六〇年六月十五日。新日米安保条約の自然成立を四日後に控えて、その夜、国民の憤激が国会をおおいつくしていた。

人々が起ち上がった。宣伝カーの上で、国民共闘会議のリーダーが喋り始めた。それを合図に、デモ隊は動き出した。黒々と街路いっぱいにひろがるゆるやかな潮流となって移動して行った。

アンポ　フンサイ
キシヲ　タオセ
コッカイ　カイサン
シュプレッヒコールが闇を圧した。

激しい渦を幾重にも巻き、解いては巻き、デモ隊は、東京駅に向かって進路をとった。私も、その隊列のなかで、道幅いっぱいに膨らんで、走ったり叫んだりしていた。

同じ時刻、国会をとりまく別の闇に、もうひとつの集団があった。機動隊の分厚い壁が、その空間だけを切り離していた。なにかが始まろうとしていた。いや、もう、石は転がったのだ。

誰の意思で。しかし、もう誰にも止められない激突をきっかけに、機動隊の固くとげとげしい長靴は、雨に濡れた地を蹂躙《じゅうりん》しているところだった。私の友人も多数、その集団に参加しているはずだった。

そして、その閉ざされた闇のなかで、国会南通用門が引きずり倒されたところであった。

二十日前の五月十九日深夜、自民党は国会内に導き入れた警官隊と右翼団体に守られて、衆議院における新安保条約承認と国会会期五十日延長を強行採決した。

この暴挙から三十日後、六月十九日午前零時に、新安保は自然承認となる。即刻批准の手続きを終え、アイゼンハワー大統領の来日をお迎えする。国会のひな壇で岸とアイクが握手し、迎賓館で天皇とアイクが挨拶を交換する。新安保条約で結ばれた日米新時代の到来だ。岸内閣はめでたく延命する。それが彼等のスケジュールだった。

アメリカの戦争のために基地をはじめさまざまな便宜を無条件で提供しようという条約改定だった。日本の基地は、激化する東西冷戦の最前線となる。核を積んだミサイルが社会主義の国々に照準をあわせ、戦略爆撃機が轟音をたてて発進する。アメリカの核を背景に、日本も軍備を増強し、ふたたびアジア諸国ににらみをきかす。

こうした新安保は、十五年前、敗戦のなかから平和と民主主義を誓い、憲法第九条をもつ国民にまったくそぐわない条約だった。国民の幅ひろく必死の反対の声を無視し、民主主義を根底から破壊して。

平和と民主主義があぶない。その思いが国民を起ち上がらせた。

この一ヶ月、国会の周辺は連日数万人のデモにおおわれた。安保改定阻止国民共闘会議に結集する労働者・学生・市民・文化人、二千をこえる全国の地域共闘会議から参加した抗議の人波は、国会から主要な駅に通じる首都東京の街路を埋めつくした。労働者のゼネストによって、東京の国電はストップした。

独裁者・李承晩を打倒した韓国の国民、大学生、高校生の蜂起が、闘いを鼓舞した。空前の大衆運動に驚愕したのは、岸内閣や自民党だけではなかった。

米大統領の訪日を前に、マスコミは、「一時休戦」を声高に大合唱し始めた。反動勢力とマスコミがつくり出したこの情況を打破し、安保を粉砕する道はなにか。

これまで十七次にわたる統一行動と国会デモの先頭に立ち、果敢に闘って来た全学連のなかに危機感がひろがり、極限に達しようとしていた。

極限は、溝を深める。一昨年からくすぶっていた学生運動をめぐる意見の相違は、激しく対立するものとなった。国民共闘会議のデモに整然と参加するか、それとも、国民共闘会議の「お焼香デモ」を排して国会に突入し、状況を転換させるか。

この数日、学部の自治会室で、街頭のデモのなかで、私たちはそんな激論に明け暮れた。学生運動は分裂し、激論は平行線のまま、罵りあいに変わり、修復は不可能だった。

マスコミなどによる「一時休戦」の提唱は、米大統領新聞係秘書に対する羽田空港での手荒な歓迎に起因していた。

六月十日午後、大統領訪日の地ならしのために空港に降り立った新聞係秘書ハガチーは、デモ隊にさえぎられ、ヘリコプターに吊り上げられて、空中へ脱出した。

安保改定は、帝国主義復活をめざして、日本独占資本とその政治的代弁者・岸が自発的におこなうものであり、したがって安保闘争は、プロレタリア社会主義革命の路線上に位置づけられるものであって、民族・民主革命の路線から反米闘争として闘われるべきものではないとの論理から、彼等のセクトと全学連主流派があえて無視したこの抗議行動に、私は、反主流派のデモ隊の一員として加わった。

そしてハガチーのみじめで滑稽な脱出劇を、眼前で目撃した。

その日、秘書に抗議の意思を伝えるため、デモ隊は、空港入口に結集していた。米大使が秘書を迎えに、ヘリコプターで到着した。秘書は、そのヘリコプターで、米大使館入りをする模様だった。私たちの抗議は、空振りに終わろうとしていた。

ところが、どういう手違いか、秘書と大使は、大使館のキャデラックに乗って、いきなり空港地下道から国道を埋めつくしたデモ隊のなかに突入して来た。日本のデモ隊なんてたいしたことはないだろう。そうたかをくくっていたにちがいない。そして要人用の高級車は立往生した。

まさかそれが、あの重要人物だとは知らなかった。

「乱暴な車だなあ」

私たちは怒って、車のドアをたたいた。車内を覗きこんだ誰かが叫んだ。

「秘書と大使が乗ってるぞ」

激興したデモ隊が、車に殺到した。労組員も学生も、入り乱れて走った。ボンネットがたたかれ、車体が揺れた。小石が飛んだ。突発的な、まったく自然発生的な行動だった。人波の圧力で、いやおうなしに私は、最前列に押し出された。後部座席のガラス越しに、恐怖にゆがんだ秘書と大使の顔が見えた。前後の車列から、数人のボディガードが飛び出して来て、秘書の車の両脇に立ちはだかった。見上げるような大男たちだった。分厚い胸板を包んだスーツの内側に、ベルトで吊った護身用の拳銃でも隠している雰囲気だった。

「こんな男とやりあったら、たちまちノックアウトされちゃうな」

一瞬、場違いなことを考えた。

デモ隊のリーダーが車の屋根に飛び乗って、皆を制した。

「彼等の挑発に乗るな。われわれは、整然と座り込んで、抗議の意思を伝えようではないか」

意外に従順に、デモ隊は、その場に座り込んだ。あまりに偶発的な行動だったために、デモ隊もとまどっていた。

デモ隊の一人が、日本語のビラをガラス窓の隙間から投げ入れた。秘書は、ビラを手に取って眺め、大使と言葉を交わした。彼等もようやく、余裕を取り戻していた。煙草を吸ったり、小型カメラでデモ隊を撮ったりした。

騒然とはしていても、秘書と大使を車内に監禁しているとは信じられない落ち着いた時間が過ぎた。

機動隊が、やっと駆けつけて来た。体面を傷つけられた隊員たちは、乱暴だった。力づくでデモ隊を押しまくり、ごぼう抜きにした。機動隊との激突に慣れていないデモ隊は、乗用車を遠巻きにして座りこんだ。乗用車のまわりに、いくらかの空間ができた。が、数百人の機動隊では、数万人のデモ隊を排除して、車の脱出路を開けることは不可能だった。

バタ、バタ、バタ、凄まじい轟音がして、胴長のヘリコプターが飛んで来た。乗用車の近くに着陸しようとして、何度も失敗した。

エンジンの炸裂音、怒号。竜巻が砂塵を巻き上げ、人々を地に薙ぎ倒した。海兵隊の歴戦の操縦士も、デモ隊の頭上に舞い降りるのは、勝手が違ったにちがいない。幾度かの俊巡《しゅんじゅん》の後、ヘリコプターは、すぐ脇の草地に降下した。星のマークとMARINESの文字が、はっきり読めた。秘書が背中を丸めて、ヘリコプターに走った。戦争映画を観ているようだった。機内から延びた腕が、秘書を吊り上げた。ヘリコプターは、砂塵と轟音を残して、高々と舞い上がった。

デモ隊は、逃げ去る機影に拳を突き上げて叫んだ。

ゴーホーム　ハガチー

アイク訪日　ハンターイ

この突発的な事件は、米大統領の訪日をてこに、安保の幕引きを図っていた勢力に、ショックを与えた。

マスコミが一丸となって、「一時休戦」のキャンペーンを張った。

このままでは、怒れる民衆が道幅いっぱいにひろがってフランス式デモをくり返した都心の街路を、日の丸と星条旗の小旗をうち振って大統領を歓迎する国民が、埋めつくしてしまうにちがいない。そのセクトのリーダーたちは、焦っていた。

安保闘争の決定的な時期に、国会構内でなく羽田空港で、セクトが忌避した闘争の場で、世界を震撼させた「人民の暴動」がひき起こされたことも、彼等の焦りの種であった。

安保闘争を反米闘争にすり変えてはならない！

国民共闘会議のお焼香デモでは、安保は粉砕できない！

国会構内に断固突入し、抗議集会を開こう！

韓国の闘う学生に続け！

六月十五日の朝、そのセクトの活動家たちは、大学のキャンパスで、声を涸して叫んでいた。その闘争が、どんな展望を拓いて行くか分からなかった。またそこに、どんな罠が仕掛けられているかもしれなかった。昨年十一月二七日の国会突入デモでは、機動隊は何もすることができなかった。国会構内は、史上初めて、三時間も学生と労組員のデモ隊に占拠された。しかし今度はちがう。機動隊は、本来の暴力的弾圧者の本性をあらわにしていた。彼等が、国会に突入する学生デモ隊を一一・二七のように退いて黙認するなどということは絶対にない。警棒を振るって雪崩のように襲いかかって来るのは明らかだ。

展望のないまま、大衆のデモから孤立して、それでも突入するか、その暴力の虎口へ。

敗北感と焦燥感、安保闘争の日和見的指導部とそれを乗り越えられない労働者への不信感、ソウルの学生暴動への熱烈な連帯感。そうした感情が、いまこそセクトの存在と方針を大衆の前に鮮明にアピールする時が来たという渇望と混ぜあわされ、撹拌され、一気に熱せられて彼等の喉元から放出されているのだ。

彼等のセクトの中枢部に、猪突の熱狂に身をおくのでなく、冷徹の眼で異義を唱えるリーダーはいないのか。今は、山口は、平岡は、森川は、時田は。彼等は一丸となって全学連の現場指導者を背後から煽りたてているのか。いやすでに現場の暴走を抑えられなくなっているのか。それとも、警備当局の幹部となんらかの手打ちをしているのか。

しかし、国会突入のアジテーションが、多くの学生の心情を惹きつけたことは事実だ。

国会南通用門に向けて大学構内を出発するデモ隊を、私は、ちがうデモ隊の隊列から見送った。彼等の集団のなかに、知った顔を大勢見つけた。かつて共にスクラムを組んで闘った活動家たち。セツルメントサークルの仲間たち。日常の寝食を共にし、裸のつきあいをした学生寮の友人たち。そのなかほどに、文学部学友会のライトブルーの旗がひるがえっていた。旗を囲む女子学生の一団。白いブラウスにクリーム色のカーディガン、黒っぽいスラックスをはいた学友会副委員長の彼女の姿も、そこにあった。

学生の歌声に　若き友よ　手を伸べよ
輝く太陽　青空を　再び戦火で　乱すな

デモ隊は、学連歌を明るく賑やかに歌いながら、ピクニックにでも行くように、ポプラ並木を進んで行った。

デモ隊が行き違った時、彼女は冷ややかに私を一瞥したように見えた。思いちがいか、思い過ごしだったかもしれない。彼女は、隣の学生と、にこやかに話しを続けていた。そのデモ隊は、すぐに地下鉄の駅の方に、遠ざかって行った。

それが、彼女を見た最後であった。

国会から東京駅へデモをする途々、後方の闇を引き裂いて、パトカーや救急車のサイレンが、けたたましく伝わって来た。異様な気配だった。それでも私たちは、既定のデモを続けた。サイレンの音は、遠く近く、ますます慌ただしく不気味に聞こえた。

流れ解散の地点に近づいた。国会周辺の情報が、デモ隊のなかを飛び交い始めた。南通用門から国会構内に突入した学生たちに、機動隊が激しく襲いかかり、目をおおう惨状だ。重傷の学生が数百人、病院に収容されている。人数は不明だが、死者も出た模様だ。警察の装甲車が何台も焼かれて炎上し、催涙弾が撃ちこまれ、市街戦の様相だ。

解散地点に来て、私たちのデモ隊は、幾重にもなって渦巻きデモをおこなった。渦巻のかたわらに各大学のリーダーが集まって、国会周辺へ学友の救援に戻るか、流れ解散するか、激論していた。結論が出たらしく、宣伝カーの上からリーダーが、挑発に巻き込まれず整然と抗議の意思を示した本日のデモは解散する、と伝えた。あちこちに、再び名残の渦巻ができ、巨大な輪となって道路いっぱいに拡がった。

輪が崩れ、人々が散り始めた。東京駅の改札口への流れに逆らって、かなりの学生がいま来たコースを駆け戻って行った。私も、その一人だった。午前中大学のキャンパスですれ違ったあのデモ隊のなかに見つけた友人たちの顔が、次々に浮かんで消えた。

駆け出した一団は、闇に向かって、たちまちばらばらになった。私は、独りで走っていた。パトカーのサイレンが近くなった。サイレンの音の高鳴りが、私の歩みを遅くした。私は、立ち止まった。

今から国会へ駆けつけてどうする。身の内からささやく声を聞いた。君は、そのセクトの同盟員たちから、はっきり断絶したのではないか。君は、昨日の自治会集会で、一揆主義、冒険主義の行動から展望は生まれないと、発言したではないか。ささやきは、少し大きくなった。

君はまた、かつてのように、激しく戦闘的な街頭行動の先頭に立ちたいのか。ささやきは、突き放すようにいった。では、国会周辺へ戻るがよい。眠れる労働者階級の総決起を誘発する起爆剤となって、装甲車を焼きはらい、国会構内へ断固向かいたまえ。君の激情と彼等への友情は、満たされるにちがいない。そして、機動隊の警棒に頭を割られ、催涙弾に眼をつぶされ、着衣をはがれ、鉄鋲のついた革長靴で踏みにじられるがよい。そして、そうだ。もう一度後ろ手に手錠をかけられ、パトカーにおしこめられ、留置所に繋がれるとよい。数人がかりの腕力に屈して正面と真横の顔写真をむりやり撮られ、十本の指に墨を塗りたくられて指紋を採取され、取り調べ官から罵倒と甘言を浴びせられ、正座して点呼に答え、同房者の面前で排便をし、刑事に手錠で繋がれて検事の前に引き据えられる……そうだ、あの屈辱をもう一度味わうがよい。

私の脚は、萎えた。身体が前へ進まなかった。くるりと向きを変え、最寄りの駅の灯を目指して、いきなり走り始めた。まだ、最終電車に間に合うかもしれない。パトカーのサイレンがしだいに小さくなり、国会をとりまく闇が遠くなって行った。

逃げるの？　後ろの闇から、誰かが叫んだようだ。

君たちとは、もうとっくに断絶したのさ。走りながら、私は答えた。

怖いの？　また声が聞こえた。背中を冷たく視つめらているようだった。血を流し、警棒でぶたれ、地に圧し潰されるのが怖いの？

おれと君とは、途中でちがう道を選んだのさ。勇敢に闘うか、恐怖に退くかなんて選択じゃない。

背後の声に、そう答えた。

うそよ、怖いのよ。もう一度囚われるのが怖いのよ。でも、みんな囚われたのよ。わたしもよ。あなたより、もっと長く、もっと過酷によ。まだ繋がれている学友もいるわ。それでも、闘っているじゃないの。

声は、地を這ううめき声のように聞こえた。払っても払っても、追いかけて来た。

ちがう！　声を振り払って、私は叫んだ。

君の道とおれの道のどっちが大道か。どっちが迷路か。答えは、いま、この闇のなかの行動で決めることではない。声に向かって、もう一度叫んだ。

あなたには、長い人生があるわ。でも、わたしには、もう明日はないの。

うめき声は悲鳴にかわり、そして、少しずつ背後へ遠ざかって行った。

走りに走った。雨と汗で、身体が芯から濡れた。かまわず私は走りつづけた。しかし、冷徹な凝視の眼は、背中に張りついて剥《は》がれなかった。

＊　＊　＊

一九五七年四月。私は、大学の文科Ⅱ類に入学し、教養学部の門をくぐった。

数日後、初めてクラスの顔合わせがおこなわれた時、自治会の常任委員会から、早速オルグがやって来た。うす汚れたジャンバーを着た、不精髭だらけの男だった。食べるものも、ろくに食っていないにちがいない。頬がこけて、顎がとがって見えた。

「英・仏のスエズ侵略やハンガリー事件で緊迫した国際情勢下にあってぇ」

彼は、いきなり、こう切り出した。意外に朴訥《ぼくとつ》だった。田舎出の学生にちがいなかった。

米帝国主義者は、危険な原子力戦争準備を急速に推し進めつつあり、イギリスもこれに同調して、クリスマス島における水爆実験を強行しようとしている。岸内閣は、沖縄の永久基地化を肯定し、砂川基地を拡張して、日本をアジアにおける核戦争の前線基地にし、ソ連、中国など社会主義国に対する米帝国主義者の戦争準備に加担している。国内において、岸内閣は、国鉄運賃値上げなど大衆収奪を強め、国民の生活を不安におとしめている。

「こうした危機的情況下にあってぇ」。彼は一段と声を高めた。「昨年から平和運動や砂川基地拡張反対闘争、またぁ国鉄運賃値上げ反対闘争を軸にぃ、急速に盛り上がってきた学生運動の果たすべき役割はぁ、極めて大きいのである」

田舎からのポット出の私には、学生運動家のアジ演説は、初めての体験だった。難解で過激な用語も、初めて耳にするものだった。とうとうたる演説でなく、語尾を「あー」とか「うー」とか引きずって、どことなく地方なまりのある間延びした口調のために、私にはかえって親しみがあり、説得力があった。

脈絡もなく、数日前に別れた故郷の老父母の顔が浮かんだ。

上京する朝、年老いた母は、私に、汽車のなかで食べろよと、昼食の握り飯を渡しながら、

「頼むで、英穂やい、学生運動にだけは深入りしなんでくりょやな」

くどくどと説いたものだ。

「あい、あい」

生返事をしながら、私はふと、小学生のころのある夕方を想いだしていた。

あの頃は、しょっちゅう停電があり、また電圧が低く、ラジオには難儀した。

前夜、箪笥《たんす》の上の真空管三球のラジオの雑音がひどく、周波数を調整していると、突然雑音とともに聞き慣れない電波が飛び込んできた。

荘重な音楽に続いて、「日本のみなさま」とアナウンサーが呼びかけた。はるかシベリヤの彼方から送られてくるモスクワ放送の電波だった。波のように雑音が押し寄せ遠のく合間に、朝鮮戦争で三十六度線を越えて北上するアメリカ軍を激越に非難する内容であることが、小学生の私にも、かろうじて理解できた。

翌日の午後、家の前で竹馬乗りに興じながら、私は、おれ昨夜《ゆんべ》モスクワ放送聞いたぞ、と友達に自慢してみせた。へぇーと友達が感心するので調子にのって、掌をメガホンのようにして、「日本のみなさま」と大声でアナウサーの口調まで真似してみせた。

夕方、家に帰ると、母が声をひそめて、私を叱った。

「英穂、モスクワ放送聞いたなんて、いい触らすもんじゃないよ」

誰が聞いていて、何いうか分からんからね。あの一家は、夜になるとモスクワ放送を聞いている、なんて思われたら大変だよ。それが母のいい分だった。

人の目を気にして、小さく小さく生きている。学生運動に深入りするなという願いは、そんな母ならではの心情だった。

これまでの半生を無名無言の大衆として地域に埋もれて生きてきた父母は、世界情勢がどうだろうが、大衆収奪がどうだろうが、息子の晴れがましい将来に一縷《る》の望みを託して、今日を生きている。そんな息子にアカにだけは染まってもらいたくない。そう願いながら、父は今頃、近所の主婦や子ども相手に定年後始めた小さな文具雑貨店の店先で、いつ来るかわからない客を待って、ハタキでもかけているだろう。母は、縁側にすえたみかん箱に向かって、一個糊付けして五銭の造花の内職に精出しているにちがいない。

そんな想いを振り払ってまわりを見回すと、クラスの大半は、そっぽを向き、教科書や文庫本を開いてそ知らぬ顔をしていた。明からさまに嫌悪感を示し、声高に咳払いする者もいた。

オルグの男は、学生の無関心や反発に先刻慣れているらしく、話を一方的に進めて行った。

「諸君はぁ、わが大学の学生自治会の一員となった。きたるべき四月、五月の闘争に向けてぇ、クラス、サークル、学寮での討論を積極的にまきおこしぃ、学友のエネルギーを自治会に結集していかねばならない。そのためにぃ、このクラスのなかから、自治会のクラス委員を選出してほしい」

オルグがそういい残して部屋を去ると、咳払いをして嫌悪感を示していた男が、欝憤《うっぷん》ばらしをするように、全学連批判をぶち始めた。都立の名門校から入学したという、いかにも秀才然とした男だった。

大半の学生は、それにも無関心で、教科書や文庫本に目を落としていた。

クラス委員は、決まりそうもなかった。

「くじ引きで決めよう」

隣に座っていた男が提案した。

三浪してやっと入ったよ、しばらくは勝手に遊ぶんだと屈託なく話しかけてきた男だった。

「みんなお互いに初顔だから、決めようがないよねえ。とりあえずくじ引きで仮の委員を決めておいて、二、三ヶ月して、みな顔見知りになったところでさ、もう一度選び直したらどうだろう」

いい案だったが、だれも返事をしなかった。もしかしたら自分が貧乏くじを引き当てて、学生運動に引っ張りこまれるかも知れない。

「おれがやるよ」

業をにやして、私は手を挙げた。それで決まりだった。取り繕うように拍手がまばらに湧いた。人が何かにのめり込むきっかけなんて、案外その場の衝動的な出来心からにちがいない。

しかし、なぜかこの瞬間を、私は秘かに予感していた気がしてならなかった。

製糸の職工、女工を振り出しに社会の底辺で物いわず、波風たてず、ただただくそ真面目に働き通してきた父母が、自ら自覚しなかった怨念のようなものが、私の血のなかに流れているのだ。

その予感を一度口走ったことがあった。

上京する数日前だった。市立図書館の書架の暗がりで、一緒に同人雑誌をやっていた高校の友人と出会った。同じ大学を受験したのだけれど、なぜか私より成績優秀な理系志望の彼が落ちた。

「おれは一年、図書館通いだ」

度の強い眼鏡の奥から私を見つめていった。解析Ⅱと物理をスコッタ（失敗した）から、浪人中は徹底的に鍛えるよ、と笑った。

「いつ東京へ行くだい」

「明後日《あさって》の朝だよ」

「大学では、何に情熱を燃やすだい。また水泳部へ入るかい。それとも同人雑誌でもやるだかい」

私が水泳部のキャップテンをやっていたことを、彼はおおげさに取り上げた。

「共産主義の勉強だよ」

そう答えた自分に、我ながらびっくりした。ちょうど目の前の書架に横並びしていたあまり読まれた風もないマルクスの分厚い書物のタイトルを目で追った。

「本気か」

「本気さ」

「『学生に貧富の差あり夕焼けて』って、あのテーマの究明かい」

彼は、校友誌に掲載された私の駄句の一つを覚えていて、からかい気味の口調になった。

私は書架から、難しそうなマルクスの書を一冊取り出して、彼に示した。

「あれは、情緒の世界だけど、今度は、ほれ、哲学の世界での究明さ」

「寺沼が哲学が好きだとは、思わなんだ。夏休みに帰省したら、研究の成果と学生運動の現状をたっぷり聞かせてくれよ」

「せいぜい期待して待ってろや」

つい一週間前に笑いながら交わした友人との会話がよみがえり、ついでに市立図書館の書架の黴《かび》臭さまで懐かしく鼻をついた。

私がクラス委員に決まると、座はあたふたと解散した。一番遅れて、私は席を立った。秘かに予感し、また友人に戯《ふざ》けて予言した境域へ、いま踏み込もうとしている。その世界が眼前にある。そう思うと、軽い目眩《めまい》のようなものを感じた。

クラス代表の自治委員会は、すぐに開かれた。

自治会の役員たちの言葉の乱舞に、私は圧倒された。

私と同じ新入生の委員のなかに、もう何年も学生運動のリーダーをやっているような顔をして、弁舌をふるう者もいた。それも、驚きだった。

それから足繁く街頭デモに参加するようになった。

田舎出の私には、何もかも、初めての体験だった。地下鉄、国電、東京駅、日比谷公園、野外音楽堂、霞が関、国会議事堂、アメリカ大使館。戦闘服に身を固めた機動隊の隊列。全都の各大学の自治会旗とプラカードの林立。全学連歌、闘争歌、シュプレッヒコール。そして激しいジグザグデモ。

全学連の遠山委員長が、眼鏡の奥からデモ隊を見渡し、長髪をかき上げかき上げ、激越なアジ演説をぶった。

いまわれわれ学生は、権力の横暴な弾圧にさらされながら、身体を張って、世界史を築く闘争の最前列に立っているのだ。

さあ、前進だ。

演説の最後に拳を握って彼がそう締め括ると、地鳴りのように歓声が上がり、デモ隊が動きだした。

デモ隊のなかに、高校の同窓生やクラスの仲間を見いだすことはできなかった。顔見知りといえば、私が入居しているM寮の少数の友人だけだった。

デモ隊が流れ解散する時、必ず目を惹いた一団があった。緑の旗を囲んで、一団は、小さな輪をつくった。旗には、「K町セツルメント」と、朱色の文字が縫いつけてあった。輪の真ん中で、旗が振られ、一団はスクラムを組んで、学連歌を歌った。あちこちの大学からそのサークルに仲間が結集しているらしく、輪は次第に大きくなった。女子学生も交じっていた。彼等の集団に悲壮感はまったくなく、輪の中心から陽気な笑いが拡散した。四月の都心にまるでハイキングに来ているような明るさだった。私は遠くから、羨望を抱きながら、その輪を眺めていた。

五月の連休が明けると、自治会は急に騒々しくなった。登校する学生に、毎朝、五・一七ストを呼びかける分厚いビラの束が渡された。並木道の掲示板に、アッピールが貼りだされ、学寮の前の広場では、自治会の役員が、ひっきりなしにアジ演説をぶった。演説の合間に、音感合唱団の学生がアコーディオンを担いで登壇し、闘争歌やロシア民謡などを歌って景気をつけた。

その頃から、デモのなかに、同じ新入生の常連を何人か見かけるようになった。彼等は、みな、自信に満ちた顔つきをしていた。一年も前から学生運動に従事してきたような雰囲気を漂わせて、デモの先頭に立った。自治委員会の席上では、盛んに手を挙げ、とうとう意見を述べた。

意義ナーシ！

ナンセンス！

時には、激しい野次をとばして、自らの態度を表明した。

私は、気後れを感じ、いつも距離を隔てて、彼等を眺めていた。

常連のなかに、四、五人の女子学生がいた。そのなかの一人が、彼女であった。簡素にカールして整えた短めな髪の下で、双の眼差しが印象的だった。瞳は、彼女の内面のひたむきさや意思の確かさ、ときにはこれから始まろうとする未知への好奇心を放射して輝いていた。いつも教科書類を容れて身から離したことのない四角い革のカバンは、学問への情熱を顕していた。女子学生のなかで、自然に彼女はリーダー格であった。

その日、大教室は、いっぱいだった。

一週間ほど前、新進の経済学のT教授から、ケネーの経済表について、講義を受けた教室だった。富はどこから産み出されるのか、生産からか流通からか。はたまた土地からなのか。その学説史をT教授はたんたんと語った。大学に入って初めての本格的な講義だったが、難解な専門用語を列ねた一方的な講義に、私は戸惑うばかりだった。

教授がマイクで講義をおこなった壇上には、いま、「クリスマス島水爆実験阻止」「米英は原水爆禁止協定を即時締結せよ」「沖縄の永久原水爆基地化反対」「砂川基地拡張反対」「五・一七をストライキで闘おう」などのスローガンを殴り書きした模造紙が垂れ下っていた。

自治会の代議員大会が開かれていた。常任委員会から一九五七年五月一七日の「原子力戦争準備反対全日本学生総決起行動デー」を全学のストライキで闘おうという提案がされ、激論の最中だった。

討論は、スト決行論が圧倒していた。たまに勇敢に反対論が述べられると、それに倍する反撃と野次が振り下ろされた。高校時代の生徒会総会とまるで違う喧嘩腰の激論が、延々と続けられた。

これが学生運動だ。

これが全学連の討論なのだ。

そう実感しつつ、断固ストライキで起ち上ろうと叫ぶアジ演説に、私は興奮していた。

採決の時が近づいた。両論の差は、埋まりそうになかった。発言こそスト決行論が圧倒していたが、場内の拍手はむしろ反対の発言を支持していた。採決の結果はどうなるか分からなかった。

壇上の役員の動きが慌ただしくなった。数人の役員が、壇の上と下を行き来し、委員長や書記長に耳打ちをした。

金川委員長が発言を求めて、立ち上った。

「常任委員会はストライキの方針を撤回する」

突然の提案だった。会場は一瞬静まり、そして拍手と怒号が弾けた。

落ち着いて聞け、という風に、委員長は腕を広げた。

「かつてなく原子力戦争の危機が深まりつつあるという情勢認識において、またこの危機に対して、我々学生は、断固として反対の意思を表示し、できうる限りの行動に訴えなければならない点において、代議員大会の意見は一致した」

意義ナーシ！　場内のあちこちから、野次がとんだ。

「常任委員会は、この一致という事実に基づき、行動における団結を大事にしたい。よって全学ストの方針は取り下げ、学友の自主的な授業辞退をもって、五・一七を闘うことを提案する」

意義ナーシ！　ナンセンス！　騒然となった代議員席に向かって、議長が何か叫んだが聞こえなかった。それで、代議員大会は、解散だった。

物理的ピケによって学生の登校を阻むのでなく、個人の自由意思で授業を辞退しようというのだから、採決もなにもなかった。

あれほど強行にスト決行を叫び続けてきた常任委員たちが、最終段階で、いとも簡単に方針を撤回したのは、不思議でならなかった。多分、私のような一クラス委員がうかがい知れぬ舞台裏で、ぎりぎりの議論と決断が——いや策術や取引が、渦巻いた結果にちがいなかった。

数日後だった。M寮の夜の洗濯場で、金川委員長に会った。大学へ小一時間かかるM市郊外に寮はあった。周囲は、信じられないほど広々とした麦畑だった。金川委員長はM寮の住人と知ってはいたが、入寮以来見かけたことはなかった。多分、学内に泊りこんでいて、M寮に帰ることはなかったのだろう。

真夜中に金タライで下着を洗っていると、隣の蛇口にきて洗濯を始めたのが、金川委員長だった。自治会委員長が深夜に幾枚ものパンツを手洗いで洗濯している光景は、おかしかった。

「あっ、金川さん」

そういって、先日の疑問をぶっつけた。

「あれほどスト決行の決意を固めていたのに、急に戦術ダウンしたのは、どういうわけですか」

ついつい詰問調になった。

「ストライキで起ち上っていたら、僕のここがとんでいたかもしれないよ」

金川は、苦笑いしながら、手刀で自分の首を切ってみせた。

「処分もありうる、しかし断固ストライキで起つ、といっていたではないですか」

「これから闘いが盛り上がろうとする時に、活動家の処分は打撃だよ」

それから彼は、声をひそめて、耳打ちをするように続けた。

「君は気づかなかっただろうが、ほら、あのY教授があの場にいたんだよ」

「Y教授？」

「そうさ、独文のY先生さ。というよりも、わだつみ会のY先生、『大学の青春』の著者といった方が適切かな。われわれの運動に対する最高の理解者、そして支持者だよ」

ドイツ文学と反戦活動の両面で、Y先生の高名は、私も高校時代から聞いていた。

「で、Y先生がどうしたんですか」

「自主的授業辞退というのは、教授の発案さ」

「学生自治会が、Y先生の指導に従ったんですか」

「そうじゃないさ。学生運動は、去年の砂川闘争で劇的に復活したんだ。『反戦』は、多くの学友を巻き込みつつあるんだ。しかし、まだ彼等は、全学ストには従《つ》いて来ない。ピケを張って彼等の登校を阻止すれば、折角の反戦意識をしぼませ、彼等を傍観者に追いやりかねない。我々は孤立して、大学当局の不当処分に道を開く危険性もある。自主的授業辞退は、それを一挙に解決する妙案だよ。僕等は、自主的にその案を選択したんだ」

「へえー、自治会活動にも、いろいろ裏話があるんですね」

半ば感心し、しかし半ば納得できない思いを胸に閉じこめて、濯ぎが終わった私は、金川との会話を打ち切った。

洗濯物を乾しながら、金川が秘密めかして告げた「舞台裏」を反芻《はんすう》した。今は、復活した学生運動が、やがて訪れるであろう激動の闘いへ向かって、学生の怒りとエネルギーを総結集する準備の時期だ。学生運動を一部の活動家だけのものにし、多数の学生を時代の傍観者に追いやってはならない。学徒動員の時代を体験し、また戦後、学生運動を見つめ続け、多くの活動家と親しく接して来たＹ教授の現実的感覚が、生半可な自治会のリーダーたちの戦術的判断を上回っていた、といえないだろうか。

そして結果的には、この戦術後退が、多くの学生を結集させる力となった。日比谷公園の野外音楽堂にも、霞が関のビル街でのデモ行進にも、全都の大学からこれほどの学生の参加は初めてだった。

イギリス大使館の門前を固める機動隊は、なにも手出しができなかった。ジグザグ行進の渦のなかで、各大学の学連旗やプラカードが、大使館に向かって突き上げられ、激しく揺れ動いた。

流れ解散後には、恒例のように、Ｋ町セツルメントの小さな旗を囲んで、輪ができた。スクラムを組んで、学連歌や闘争歌がくりかえし歌われた。私はいつの間にか、輪のなかにいた。スクラムを組んだ腕を通して、両脇の学生の感激が伝わってきた。

翌日、私は、ちゅうちょなく、Ｋ町セツルメントの部屋の扉をたたいた。

その日から、私は、急に忙しくなった。仲間のセツラーたちと、毎日、貧民たちが肩を寄せ合って生きるK町に通い、子ども会など地域活動にとりくんだ。デモがあれば、セツルメントの旗をもって、必ず参加した。日銭の入るアルバイトを探して、なにがしかの金も稼がなければならなかった。大学の授業が、結局は犠牲になった。講義、つまり名立たる教授による一方的な一般教養の押し売りは、無味乾燥でつまらなかった。それは、単位を取るために耐えるべき忍従だったのかもしれない。いや、「学問とは何か」を知るための最初の忍従にちがいない。しかし、私は、その忍従を簡単に放棄し、目の前の忙しさにのめり込んで行った。

六月の下旬、東京はむしむしした梅雨の季節となっていた。

その頃、私は昼間、ある証券会社でアルバイトをしていた。投資者に送る書類を封筒に収め、宛名を書く簡単なバイトだった。家庭教師のアルバイトが一番実入りが良かったが、学生部の掲示板に貼られた求人広告には、応募者が殺到し、なかなかその口にありつけなかった。証券会社のビルの一室で一日仕事をすると、三百円になった。それは私の二日分の食費を、十分に賄った。顧客のなかに、時折有名人を見つけるのが、気晴らしになった。

バイトを終わって、夕方、セツルメントの部屋を覗いた。五、六人のセツラーが、なじみの旗を担いで、出かけようとするところだった。

「寺沼君、いいところへ来たなあ」

旗を持った仲間が呼び止めた。

「どうしたんだ。デモに出かけるのかい」

「昼間、アメリカ大使館へデモをかけた学友が五名、不当逮捕された。デモ隊は、いま、警視庁に座り込んで、抗議行動を展開している。僕らも、これから出かけるんだ」

アメリカ帝国主義者は、いよいよ牙をむいて攻撃を仕掛けて来た。アイク・岸会談の共同声明で明らかな通り、日米政府は、沖縄の永久原水爆基地化を企《もくろ》んでいる。これに反対する闘いの先頭に立っている全学連に、彼等は狂暴に弾圧を加えて来たんだ。我々は、この弾圧を断固はねかえし、不当に逮捕された学友を敵の手から取り返すんだ。

彼の口調は、次第にアジ演説になった。

「おれ、これからK町へ行かなきゃならないんだ。中学生の勉強会があるんだ。終わったら、すぐに駆けつけるよ」

そう返答して、地元へ急いだ。

三人の中学生に数学を教え終えて、都電を乗り継いで、警視庁に馳せ参じた。玄関脇の歩道に座り込んだおよそ百人ほどの学生を、機動隊がびっしり取り囲んでいた。闇のなかに、その一点だけがサーチライトに照らされて、明るかった。

意外に簡単に、機動隊の人垣をすり抜けることができた。セツラーの仲間を探して、わずかな隙間に座り込んだ。

改めて見回すと、まるで乱闘服の壁であった。機動隊の屈強な男たちが、ヘルメットと頑丈な革長靴に身を固めて、壁を作っていた。その向こうに、レンガ色の警視庁の外壁が夜空へと屹立《きつりつ》していた。時折、小雨が、街路樹の梢から降りかかった。

警視庁の玄関が、騒々しくなった。警視庁の幹部に抗議と交渉に行っていた全学連の遠山委員長が出て来るところだった。機動隊に阻止されて、進むことができなかった。

ポリ公かえれ！　ポリ公かえれ！

座り込んだ学生のなかから、自然発生的にシュプレッヒコールが沸き上がった。

学友かえせ！　学友かえせ！

学生の叫びと装甲車のスピーカーの音声がぶつかり入り混じって、警視庁の壁を夜空へ蒸発した。

ようやくデモ隊に戻り着いた遠山委員長が、例のかん高い声で、アジ演説を始めた。

「沖縄の永久原水爆基地化をもくろむアメリカ帝国主義者と岸反動内閣に対し、日本の平和運動は、力で対決する時を迎えた」

濡れた長髪をかき上げかき上げ、眼鏡の奥からデモ隊と機動隊を半々に凝視しながら、委員長の雄弁は続いた。

「学友の不当逮捕は、反戦平和運動の最前線で闘う全学連に対する戦争勢力の露骨な挑戦である。我々は、断固、この政治的弾圧に抗議し、いまこうして、敵権力の中枢である霞が関の一角を占拠しつつある。学生運動の昂揚に驚嘆した警視庁幹部は、恐れをなして面談を拒否した。我々は、さらに座込みを続行し、実力によって、学友を警視庁の牢獄から奪還しなければならない」

委員長の拳が夜空に向かって高らかに振り上げられ、同意する学生の叫びが、警視庁の壁を夜空へ突き抜けた。

遠山委員長は、すぐれたアジテーターだった。一見学者風の容貌から、激烈なことばが次々に吐き出されると、ほんとうに警視庁の玄関から突入し、学友を奪い返さなければならない気分になった。

余談だが、二十年後、この輝ける全学連の委員長は、大学教授となって、一時、はなばなしくテレビや論壇に登場した。「未来学者」として、「教育改革」論者として。

彼は、戦後総決算を唱えるタカ派の宰相に重用された。行革と軍備拡張を強行するブレーンの一人だった。能弁な首相とウマが合ったのか。眼鏡をかけた長髪の学者風の顔貌に、一八〇度の思想変換を遂げた苦悩は感じられなかった。軽やかな弁舌だけは、昔のままだった。

遠山委員長のアジテーションが終わると、興奮した座込みの学生たちは、またひとしきり、シュプレッヒコールを叫んだ。

雨が少し激しくなった。どういうわけか、数張りのテントが持ち込まれて、設営された。私たちは、肩を抱き合うようにして、テントの下に雨を避けた。機動隊員たちは、雨のなかに立ち尽くしたままだ。ヘルメットが雨に濡れて、異様な光を放った。

気がつくと、私の隣に彼女が座っていた。テントに雨を避けた時、隣り合ったにちがいない。セツラーたちの雑談のなかに、彼女も遠慮がちに入り込んでいた。セツルメントの地元での活動を興味深げに聴いている様子だった。「歴研」サークルに所属して歴史を動かす原理の研究に関心を寄せる彼女に、汗を流して貧民の子どもたちと遊び戯れるセツルメント活動は、異なった世界の情景に見えたことだろう。

闘いの中に嵐の中に

若者の魂はきたえられる

テントの中程から、歌声が沸き上がった。多分その辺に座り込んでいる音感合唱団の誰かがつぶやき始めたらしかった。

闘いの中に嵐の中に

若者の心は美しくなってゆく

小雨に濡れながら、屈強な機動隊員に包囲されながら、警視庁の玄関脇の歩道に座り込む夜更けに、この沈鬱な歌は、心を揺さぶらずにはおかなった。歌声は、静かに闇のなかに拡がった。

吹けよ北風吹雪

その中を僕らはかけて行こう

そうだ、この反動の北風、支配階級・戦争勢力の暴虐の吹雪に抗して、我々は闘い、弾圧され、座り込んでいるのだ。歌声は、じんじんと私の心に響いた。座ったまま隣同志、仲間たちは、肩を組み合った。

くちびるにほほえみをもって

僕らはかけて行こう

沈鬱なメロデーは、突然闘いの決意をこめた明るい調子に反転する。

あすは必ず僕ら若者に

勝利のうたがうたえるように

行こう皆行こう

もう一度、決意をこめて、繰り返しだ。

あすは必ず僕ら若者に
勝利のうたがうたえるように
行こう皆行こう

「メーデー事件で虐殺された青年の胸の内ポケットに、この歌詞は、ひそかにしまわれていたというわ」

隣から、彼女が話かけて来た。

「多分、伝説だろうけれど」

答えるかわりに、私は、彼女の肩に回した腕に力を入れた。やわらかく、温かい肩から、不屈の闘いへの共感の波が、私の身の内に伝わって来た。

七月上旬、セツルメント活動の合間をみて、私は、米軍の砂川基地拡張に反対する農民の闘いの支援に出かけた。

はてなく広がる武蔵野　西に果てる所
三百五十年の間　祖父たちの育て上げた村

けやき並木の連なる五日市街道の果てに、祖父たちが鍬を入れ水を引いて切り拓いてきた豊穣の農地があった。その農民の大地が、蹂躪《じゅうりん》されようとしている。

急な動員で、参加の学生は、いつも顔を合わせる常連だけだった。彼女も、そのなかにいた。

闘いは昨年から続いていた。農民の土地を強制収容するため、東京調達庁は測量強行の挙に出ようとしていた。農民と支援の労組員、学生は、測量予定地に座り込んだ。

なんという広がり。

なんという空間の暴力。

茨の刺をもった鉄線で厳重に防御された内側に、目も眩《くら》むほど広大な飛行場が横たわっていた。離着陸する戦闘機の巨大な爆音は、耳を圧し言葉を奪った。鉄線の内側を守る機動隊の背後に、武装したＡＰの姿が散見できた。

これは映画の一場面ではない。首都東京の一角の、まぎれもない現実なのだ。この光景は、信州の田舎町から出て来て間もない私には、なにもかも、衝撃だった。

アメリカ帝国主義――言葉では認識していたが、その実体が、私の眼前に展開していた。アメリカ帝国主義は、金と軍事力によって世界を支配する体制だ。砂川は、日本を、アジア諸国を、ソ中朝など社会主義国をこの圧倒的な武力によって恫喝《どうかつ》し、支配するための前線基地なのだ。

名も知らぬ巨大な軍機が、座り込むデモ隊の頭上すれすれの高さを低空飛行して、威圧した。これは戦争だ。思わず地に伏しながら、私は拳を握り締めていた。

戦闘機が一機、滑走路の端に来て、デモ隊に尻を向けた。と見るや、ジェットエンジンを噴射した。轟音と爆風が襲った。学連旗を結んだ竹竿が弓のようにしなり、堪え切れずに折れた。

土地に杭は打たれても、心に杭は打たれない！

昨年、機動隊に守られて調達庁が強行した拡張予定農地への杭打ちに、砂川の農民はそう叫んで闘った。

機動隊と測量隊に対峙して、農民が歌ったのは、「赤とんぼ」だった。武蔵野の田園風景には、「赤とんぼ」がふさわしい。先祖代々えいえいと耕して来た農地には、農民の血と汗、貧しさと忍耐がしみ込んでいる。「赤とんぼ」は、五日市街道の両脇に拓けた豊穣な土の忍苦の歴史を歌っている。貧農の次三男も混じっているであろう機動隊員たちを、一瞬たじろがせる歌だ。その土地を、アメリカの世界戦争のために、取られてなるものか。

地元反対同盟の農民・青木市五郎行動隊長の決意表明を、胸にこみあげて来る感動を押さえながら、私は聞いた。

ふと気がつくと、数人横に座り込んだ彼女が、幼女のように土遊びをしていた。両掌をひろげて地面を撫ぜ、畑土を集めて盛り上げている。土を握っては撒き、握っては撒き、また積み上げては、土の感触を愛しみ慈しんでいるのだ。

この無心な土遊びが、彼女の感動と連帯、怒りと闘いの自己表現なのだ。そう思いながら、私は、彼女のしなやかな両掌の遊びに見とれていた。

デモ隊は起ち上がった。彼女は足元に盛り上げた土の山を踏んで、決然とスクラムを組んだ。鉄線の内側で、測量が始まろうとしていた。鉄条網が倒された。デモ隊は、基地のなかに数歩、足を踏み入れ、抗議の叫びを上げた。

二ヶ月後、この闘争の先頭に立った労働組合、全学連のリーダー二十三人が逮捕され、そして七人が起訴された。

一九五七年三月、あの有名な「伊達判決」が出された。判決は、日本政府が米軍の駐留を許容したのは、憲法九条によって禁止される戦力の保持にあたり違憲として、全員無罪とした。米国の圧力と日米密約により、検察は高裁を飛び越えて最高裁に跳躍上告した。最高裁は、伊達判決を破棄し、のちに有罪が確定した。

最初の夏休みが来た。私は帰省もせず、毎日々々K町に通い続けた。

夏休みが終わって間もなくの午後、自治会のリーダーの一人が、私を人気のないキャンパスのベンチに誘った。

「君を党員候補に推薦したよ」

いきなり彼は、そう切り出した。

「えっ？」

いわれたことが飲み込めなくて、聞き返した。

「我々は、君の行動を注意深く見守っていた。理論的に君はまだ未熟だけれど、行動力は充分に評価できる。日本の革命を担う階級的前衛政党の同志として、君をわが大学の学生細胞に迎え入れたい」

日本共産党への入党の誘いだと分かって、一瞬、胸から背中へ稲妻が走った。いつか、党が私の前に現われて、私をその一員に導く時が来ると、予感はしていた。それが今だ、とは思わなかった。私にはまだ、学び、高め、確信を固めていかねばならない課題が山ほどあった。小林多喜二の時代と違うにしろ、党が権力の監視と弾圧にさらされていることに変わりはなかった。その党の一員として生き、闘いぬいて行くには、私はまだ未成熟だった。

君の理論的水準は低いが、行動力を買うよ、と彼が言明したのは正当だった。デモに欠かさず参加する行動力が認められたのか。夏休みの帰省もしないで、地元に通い続けたセツルメント活動が評価されたのか。しかし、行動と理論の間の大きな落差を、自ら私は認識していた。マルクス、レーニン、毛澤東の書物を、私は、ようやく噛り始めたところだった。

セツラーたちが読書会のテキストに用いていた『フォイエルバッハ論』『空想から科学へ』『実践論・矛盾論』などの文献は、私には難解だった。読書会の議論に、私は、なかなか溶けこめなかった。社研や歴研の連中が論じていたハンガリー事件やスターリン批判の問題は、一層難解だった。実践力はともかく理論面では入党の資格はなかった。

即答を避け、私は、勧誘者の目から逃れ続けた。誘いは、しかし、執拗だった。

思い余って、私は、K町の地元に住む有田さんを訪ねることにした。有田さんは、レッドパージで国鉄を馘首された労働者だった。今は、得意のガリ版の筆耕で細々と生計をたてている。奥さんは、毎日、ニコヨンと呼ばれた失対労働者として働いていた。小学校五年生を筆頭に男の子が三人いて、みな子ども会の常連だった。居住の党員として、K町では、有田さんを知らぬ人はいなかった。生活相談所のようなことをやっていて、地域では一目も二目も置かれた存在だった。セツルメント活動の心強い支持者だった。

子ども会が終わった夕方、私は、三人兄弟と連れ立って、兵舎を改修した巨大な木造バラックの二階の一角に有田さんを訪ねた。

暗く湿った廊下から粗末な板戸を開けて中に入ると、有田さんは、窓際の座机に向かって、ガリ切りの最中だった。

「父ちゃん、寺沼の兄ちゃん連れて来たよ。父ちゃんに話があるんだって」

小五の長男が、威張った口調で、父親を呼んだ。

有田さんは、筆耕の手を休めて、私を招き入れた。

六畳二間だけの住居には、勝手も便所もない。それらはみな、外に共同で設置されていた。下の男の子が二人、私を取りっこして、背中にしがみついて来る。有田さんが注意しても、効き目がない。背中と膝を二人の自由にまかせながら、「私の迷い」を有田さんに語った。

話し終えると、有田さんが、手を叩いた。

「めでたい、めでたい」

それから、諭すような口調になった。

「日本の労働者階級に、寺沼君が求められているって考えりゃいいんだよ。君の現在の力量がじゃないんだよ。君の誠実さと可能性がだよ」

「そうかなあ、だけど、おれなんか……」

「理論も実践も完璧な党員なんて、いないんだよ。大事なのは、勉強さ。学ぶことなんだ。闘いつつ学ぶ。党活動をしながら、しっかり勉強すればいいんだよ」

「有田さんのいう勉強って、なんですか」

「大学の勉強を積み重ねればいいのとは違う。マルクス、エンゲルスを完読すればいいのとも違う。根元が大切さ。民衆に学ぶ。K町の住民から学ぶ。それが根元さ。ほら、ゴーリキーだっけ、『私の大学』というのを書いたのは。K町が君の『私の大学』さ。ここに足場を構えて実践すれば、いろいろのことが見えて来る。それを、党活動や君の学問に生かして行けばいいんだよ」

「そういわれれば、気持ちが楽になるんだけれど」

「今まで何人も若いセツラーを見て来たけれど、君のように、夏休みも一日も休まずに通って来たセツラーは、そういなかったよ。君は、きっと、すばらしい党員になるよ」

それで決まりだった。

「めでたい、めでたい」

有田さんは、両手を私の肩に置いて、笑った。私は、有田さんに、深々と頭を下げた。

「乾杯だ」

部屋の隅から一升ビンを抱えて来て、有田さんは、二つの湯呑み茶わんに、なみなみと酒を注いだ。

三人の男の子たちも、やかんから湯冷ましを汲んで来た。

「乾杯」

「かんぱーい」

五人の湯呑みがぶっつかり合い、冷や酒が気持ち良く、喉を下った。

脳裏に、ふと、郷里の父親の顔が浮かんだ。有田さんの和やかな顔と重なった。信州の片田舎の貧農の小倅に生まれ、製糸の職工を振り出しに、和菓子職人や疎開工場の倉庫番など、ただただ下積みで働き通して来た父。世を恨むことも、不平を言い立てることも、もちろん闘うことなどひたすら自制して生きて来た父。

その老いてくたびれた父の顔が、なぜか有田さんの顔、温和だが強い闘志をにじませた有田さんの顔の輪郭と重なるのだった。そういえば有田さんは、越後平野の小作農の三男だったと、聞いたことがあった。

「今日から君は、日本のプロレタリアートの息子だ」

有田さんが、鉄筆でたこのできた指を延ばして、私の掌を握った。

「そいじゃあ、有田さんは、日本のプロレタリアートのおやじさんだ」

照れ笑いをしながら、握り返した。

九月中旬、私を含めて数名の新入党員候補は、教養学部細胞の総会において、盛大な拍手で迎えられた。私は、故郷の信濃の国をもじって、「島野」とペンネームをつけた。

「六全協」を経、「五〇年問題」の総括の上に立って体勢を確立した党は、第七回党大に向けて、アメリカ帝国主義とそれに従属する日本独占資本の二つの敵を打倒する反帝反独占の「人民民主主義革命」(国の完全独立、民主主義の徹底、売国的反動的独占資本の支配の排除をおもな任務とする)をうたった「党章草案」を発表した。

私たちの入党は、まさにそういう時期であった。全党の討議が呼びかけられ、それに応えてその日の細胞会議（S・K）が召集されたのだった。

同志平岡が指導部（L・C）を代表して、L・Cの見解を述べた。それは、ことごとに、「草案」

の内容を批判するものであった。

日本資本主義は完全復活を果たし、国家独占資本主義段階に到達している。その政治的代弁者である岸内閣は、日本帝国主義の道をひた走っている。日米両帝国主義の間には、対立と協力の関係、つまり世界市場争奪の対立と、社会主義国、アジア・アフリカ・ラテンアメリカ諸国、国際労働運動抑圧を目的とした核戦争準備のための協力という矛盾した関係が生じている。岸は日米安保条約改定を口にしているが、これは米日帝国主義の対立と協力に対応した新たな関係を構築しようとするものに他ならない。一方、社会主義体制は世界の三分の一の地域と人口に拡大し、政治・経済・文化の面で優位性を主張しつつある。国際資本主義体制は追いつめられようとしている。世界は、いまや「激動・革命・共産主義」の時代に突入した。その世界革命の一環として、来るべき日本の革命は、労働者階級の蜂起によって日本帝国主義を打倒する社会主義革命でなければならない。

平岡のいわんとするのは、こういうことらしかった。それは、「人民民主主義革命」をへて「社会主義革命」に到達するという「党章草案」とは決定的に異なる立場であった。彼は「党章」という用語も、ナンセンスと切って捨てた。

「社会主義革命をめざして、労働運動や平和擁護闘争などの大衆運動を果敢に闘わなければならない。しかし、労働組合や反戦組織は、革命勢力ではない。レーニンのいう通り、労働者階級の経済闘争は、自然発生的に革命闘争に成長するものではない。プロレタリアートの左傾化のためには、意図的な革命意識の注入が必要だ。ボルシェビキ党の存在意義は、この点にある。そうした党を建設するため、我々は、日本資本主義の現状分析と革命規定をめぐって、果敢に党内論争をおしすすめるものである」

口癖の「それでもって……」という用語が、彼の弁舌にリズムを与えた。早口で、一気にまくしたてて、長時間の発言をしめくくった。

私とたった一歳しか違わない彼の早熟ぶりには、ただ驚くばかりだった。背広が実にお似合いの都会風に洗練された容貌と身のこなしから、手振りも交えて爽やかな弁舌をあやつる平岡に、秀才という語がぴったりだった。だが、私には理解しがたかった。「プチブルの子息」をして、こうも革命的言説を語らしめる核心は何なのだろう。資本主義への体験的、心情的な憤りだろうか。冷徹な学問的興味だろうか。それとも大衆を動かすことへの野心だろうか。あるいは、青春を彩どる一時の知的遊戯なのだろうか。

部屋に紫煙が立ちこめていた。

「休憩だ。新鮮な空気に入れ替えろ」。誰かが叫んだ。

トイレから帰って、一服吹かしていると、隣席の学生が語りかけて来た。一級上の二年生で、社研のメンバーだった。デモでは、いつも一緒だった。

「同志平岡は、天才だよ。聞くところによると、一九三八年の早生れだというから、二浪の僕より三つも年下だ。高校時代に、エム・エル全集、レーニン全集を読破し、ダス・キャピタル（資本論）は英語本で読了したっていうんだ。彼の才能なら、高級官僚でも大学教授でも、なんにでもなれるだろう。だが平岡は、日本のレーニンをめざすというんだ。いま彼は、日本革命論を執筆中という評判だよ。『激動から革命　革命から社会主義へ』というタイトルでねえ。本が出版される時には、二十歳だよ、二十歳！」

日本のレーニンをめざしているんだ、と彼はもう一度強調した。そういえば、同志平岡というペンネームの名の方は、「麗人」といった。彼も髭を生やしたら、写真でみたレーニンの風貌と似て来るのだろうか。彼のイメージは、しかし、ブ・ナロード（人民のなかへ）と叫んだロシア革命初期のナロードニキに近かった。革命的人民の幻想が崩れると、ナロードニキは、容易に貴族階級に復帰し、またはテロリストに転じた。

休憩が終わって、討議が再開された。平岡の報告に対して、二、三名の者が反論を加えたが、それに倍する再反論にかき消された。平岡の報告は、圧倒的な支持を獲得していた。腕組みをし目を閉じ、頑《かたく》なに沈黙を守っている者もいた。

初めてこんな会議に出席した私には、平岡の論の成否を判断する能力に欠けていた。彼等が自由自在に操る革命的用語の定義や意味すら、充分に理解できなかった。学生党員の情熱と論争に煽《あお》られて、私自身昂揚していたが、同時にいくらかの違和感を感じながら、座の片隅で沈黙に陥っているしかなかった。

党の戦列に加わり、論争に参加している同学年生は十数名もいた。その時、彼女の姿は、まだこの場にはなかった。

ある日、L・Cのメンバーの一人が、私を呼んだ。

「同志牧村もいうように」

彼は、反戦同盟（AG）の有名なアジテーターである牧村の名とその著を挙げた。

「同志牧村もいうように、君等がやっているセツルメント活動は、一種の空想的社会主義、社会改良主義なんだよ。せっせと地元に通って地域活動をやっていれば社会が変わるなんていうのは、女学生的センチメンタリズムに過ぎないよ。理論に裏づけられない活動は、卑俗な経験主義以外のなにものでもない」

彼は、いきなり、セツルメント批判を連発した。

「だからといって、セツルメントがナンセンスと、僕はいうつもりはないよ」

セツルメント活動に革命的存在意義をもたせなければならない、と彼は続けた。つまり我々の革命運動、学生運動にとってセツルメント運動が意味を持つためには、まず第一にセツラーたちが学生運動を先頭にたって担う活動家に育つこと、第二に地域において意識的に革命的青年労働者を育てること、この二点だ。簡単にいうと、セツルメントサークルを学生運動活動家の供給地にすること、そしてセツルメントの地域拠点を学生運動と階級的労働運動の接点にすることだ。接点にするには、それなりの地域条件が必要だ。K町は、貧困世帯が多いとはいえ、その条件はない。組織労働者が居住する新たな拠点を、工場地帯に開拓することだ。

「ここまでいえば、分かるだろう」

彼は、私の顔を覗きこんで、ほとんどいい渡す調子でいった。

「君は、来るべき役員改選に際して、K町セツルメントの委員長になって、この二つの任務を遂行するんだ。セツルの他の同志じゃだめだ。君のように地元に通いつめたセツラーだからこそ、委員長に最適なんだ」

有田さんの顔を想いながら異論を挟もうとしたけれど、彼は、その隙を与えなかった。

「それだけではないよ」。彼は、話題を変えた。

君は、郊外のM寮から学内のK寮に住居を移すんだ。K寮を支配するものは、学生運動を制するというだろう。K寮をより強固な学生運動の拠点にするため、他の同志たちと協力して、寮内のオルグ活動を強化するんだ。これも君のような地方出身の同志じゃなければできないんだ。

「もうひとつ、やってほしいことがある」

彼の要求には、際限がないみたいだった。

わが党の機関紙「アカハタ」(ハタ)の学内配布をまかせたい。いや、これは直ぐでなくていいんだ。いま担当している同志が、来年から都学連の常任で出て行くんだ。その後を頼むよ。なあに、一時間半もあれば、サークル室、研究室、寮内を配り終えるよ。

「以上の三点、これは、党が君に与えた任務だよ」

私の返事も聞かずに、彼は背を向けた。行動力や馬力だけは認められているなあ。苦笑が込み上げたが、任務が与えられたことは嬉しかった。早速、実行に移した。

K寮への引っ越しをセツラーたちに相談すると、上級生の高森さんがあっさりと引き受けてくれた。

「おやじの車を借りよう。次の日曜日の朝、僕の家に来いよ」

こともなげに彼はいった。自家用車を持つ家もまれなのに、彼がその車を乗り回しているなんて、想像もできなかった。

私の荷物は、寝具と衣類、わずかな書籍と座机が一つだけであった。乗用車一台で充分だった。日曜日の朝、高森さんの書いてくれた地図を頼りに、井の頭線の駅を降りた。十分ほど歩いた静かな住宅地に彼の家はあった。門の構えに気押されながら呼びりんを押した。

「わあ、寺沼君」

高森さんが人なつっこくにこにこ笑いながら、すぐに顔を出した。

半袖のカラーシャツを着こなして、ピカピカの車を陽気に運転する高森さんは、別世界の人間に見えた。K町に通って、貧民の子どもたちと泥まみれになって遊ぶ高森さんとは、別人のようだった。

窓から、東京の朝の風が気持よく流れこんで来た。ひとしきり雑談が済むと、高森さんは突然話題を変えた。

「君も、革命の道を歩み始めたようだね」

「ええ、まあ」

私は、あいまいに答えた。

日頃セツルメントの部室で、世界革命と労働者階級の解放を熱っぽく語る彼を、私は、なんとなく党員だと思い込んでいた。しかし、党に彼の姿はなかった。どうやら党と学生党員たちの議論から、一線を画した位置に彼はいるらしかった。その彼が、私の入党をうすうす知っている口振りだった。

「君は、マルクスの金言を知っているかい」

「金言?　さあ」

知らない、と率直に答えた。

「ある時、マルクスがねえ、愛娘に聞かれて、こう答えたんだ。『すべてを疑え』、それが私の金言だとね」

「すべて」とは、すべてなんだ。高森さんは、独り言をつぶやくように語り始めた。

ブルジョアジーの国家、経済、道徳、常識。商業紙（ブル新）の報道、論調。体制のすべてを疑うことから、真実の追求が始まるんだ。だが、「すべて」とは、そればかりではない。革命そのものを疑ってかからないと、革命の真実を見極められない。マルクスは、マルクスを疑えといっているんだよ。マルクスもエンゲルスも、レーニンもスターリンも、毛澤東もだよ。ロシア革命の歴史もソビエトの社会主義体制もだよ。

私は、マルクス、エンゲルス、レーニン、毛澤東理論を基盤にしロシア革命や中国革命に歴史の必然と法則を見出だしながら、日本の革命の道を探るのが、党員の勤めだと思っていた。

だが彼は、それを疑え、という。彼の言辞を理解できなくて、私は助手席で黙りこんだ。

「そうだ、君に一冊の本を貸してあげよう」

青信号を待ちながら、彼は、運転席のボックスをごそごそと探した。

「あった、あった。これだ、これだ。とても面白い本だよ」

アメリカのジャーナリストが、その現場にいて書いたロシア革命のルポルタージュだよ。十月大革命の数日間が、リアルタイムでなまなましく、しかし冷静に記録されている。レーニンは絶賛したんだ、この書こそロシア革命の真実を世界に告げる証言だとね。だが、この書は、なぜか、我々の目に触れることがなかった。なぜだと思う？　その答えは、君がこの本を読んで見つけてくれたまえ。マルクスの金言の意味もね。

高森さんは無造作に、本を私に渡した。飾り気のない白い表紙に、こう書いてあった。

『世界を震撼させた十日間』ジョン・リード

学内のK寮は、サークルや部単位に部屋を割り当てられていた。セツルメントサークルは二部屋を占有し、十名のセツラーが入寮していた。私は、その一員になった。

同じ頃、K町セツルメントの秋の総会が開かれ、私は委員長に推された。仲間に異存はなかった。がむしゃらに地元に通う私の行動に、一目置いてくれたらしかった。

世界初の人工衛星がソ連から打ち上げられたという世紀のニュースが、新聞の一面をでかでかと飾った数日後、S・Kの席上で、同志平岡が興奮気味に報告を始めた。

「世界の人民は、数日前、歴史的な日を迎えた。人類の労働の成果が、地球の引力を克服し、ついに小さな人工の星を宇宙に送り届けたのである。これを成し遂げたのは、アメリカ帝国主義でなく、ソビエト社会主義である。プロレタリアートの科学が、ついにブルジョアジーの科学に勝利したのだ。スプートニクは、いま宇宙から、この瞬間にも、全世界の革命勢力に向けて、社会主義の労働と科学の勝利の宣言を、高らかに送り続けている」

そうだ！

異義なーし！

平岡の興奮が伝わって、誰かれとなく、同意の叫びを上げた。

「スプートニクは、一人の天才、一人の天才的科学者によって、打ち上げられたものではない。それは、社会主義労働の成果なのだ。社会主義の生産様式と労働組織が作り上げた果実なのだ」

それ故に、と彼は続けた。スプートニクは、社会主義経済の優越性を世界のプロレタリアートに、太陽のように明らかに指し示した。ソ連社会主義経済は、急速に成長しつつあり、「アメリカに追いつき追いこせ！」のスローガンは、すでに現実的なスケジュールになった。ソビェト経済の急速な成長グラフが、アメリカ経済の停滞的なグラフと交わる時点は、もはや十数年先に近づいている。社会主義は、その時、政治的にも経済的にも、世界の支配的な体制になるのだ。まさに、その故に、アメリカ帝国主義は、必死のアガキを始めるだろう。核戦争準備への狂奔は、その第一歩だ。帝国主義者どものなりふりかまわぬ意図を粉砕するため、われわれの戦列をさらに強化しなければならない。

同志平岡が、アメリカ経済と日本の経済についてさまざまな数値を駆使して説明すると、世界の資本主義体制は、すでに崩壊の過程に入ったものと思われて来た。激動、革命、共産主義の時代なのだと、気が高ぶった。

会議が終わったのは、深夜であった。

会場から出ると、興奮して上気した頬を、十月の夜気が気持ちよく冷やしてくれた。ビルの屋根に、星空がかぶさっていた。

「スプートニクを見つけよう！」

誰いうとなく、みんなで星空を見上げた。もとより、そんな光跡は、東京の夜空に肉眼で見分けられるわけがなかった。

十一月になると、学生運動は、一層激しさを増した。一一・一原水爆禁止国際統一行動は、ついに全学ストで闘われた。その昂揚に比例して、党は多くの一年生同志を迎え入れた。彼女も、そのうちの一人であった。二十歳の誕生日に、人生における最大の決断をした、と彼女は自己紹介した。偶然にも、彼女は、私と同じ班に属することとなった。

S・Kにおいて、彼女は無口だったが、班会議（H・K）においては、彼女はよく発言した。L・Cの同志たちの報告や指導を、よく消化しているようであった。発言に彼女の勉強ぶりがうかがえた。私などまだ読んだこともないマルクスやエンゲルスの著作の一節が、しばしば引用された。

同志平岡の博学で流暢な口調に多少反発を感じていた上に不勉強だった私は、H・Kの席でも寡黙を通した。

彼女とたまに、隣り合って座る時があった。討論の合間に、いくらか私語を交じわした。彼女の所属する歴研サークルの現状やセツルメント活動が話題の中心だった。K町セツルメントの数人の女子学生を友人に持つ彼女は、セツル活動に精通していた。

「学部はどこへ、進学するの」

突然、聞かれたことがあった。同じ文科Ⅱ類だったから、共通の関心事だった。

「さあ、まだ決めてないよ」

正直に私は答えた。

「君は？」

「歴史をやりたいな」

「西洋史？」

当然のことのように、私は聞いた。

歴研メンバーの彼女は、サークルのなかで「史論」と「中国革命史」の二つのグループに属し、ロシア革命とそのヨーロッパへの波及についてかなり深入りして研究していることを、私は知っていた。

「さあ――」

彼女は小首をかしげていい淀み、

「日本史にしようかしら」

「どうして？　世界の革命運動の歴史を知るには、西洋史だろう」

「日本の現状分析をするには、日本の近現代史よ。とかいっちゃって」。彼女は、あはは……と笑い、

「ほんとは、私、語学が得意じゃないの」

「卒業したら、どうするんだい」

私は、追い打ちをかけた。

「院に進学しようかしら」

「大学院に進学して、研究者になるのかい」

「なれたらね。でも、子どもたちに教えることも好きだから、中学か高校の歴史の先生もいいな。それとも……」

「どこか労働組合の専従書記で雇ってくれる所がないかしら。有能な書記になれると思うんだけれど」

「それとも?」

「有能すぎて、労組の委員長がてこずるんじゃないか」

今度は、私が、あはは……と笑った。彼女は、真顔で、私を睨み返した。

歴史の教師と労組の書記は、彼女が少し無理をしていっているように感じられた。革命の成就には、実践も理論も両方必要だから、彼女のように学問好きで、情熱を理性でコントロールできるタイプには、理論を担う研究者が向いているように思えた。

それにしても、「院に進む」という発想は、私の選択肢にはなかった。私には、金も時間も、能力もなかった。田舎の老親をどう養うかが、私の選択肢の半分を占めていた。残りの半分は、漠然と、セツルメント活動のような地域実践の道だと考えていた。いずれにしろ、大学を卒業したら田舎に帰り、父母と生活を共にしながら、地域実践を「メシの種」とする人生しか、選択の途はなさそうだった。「院に進む」とさりげなく宣言する彼女には、こんな現世的な問題はないのだろうか。大学院を修了しても、研究者に採用され、学問でメシを食って行ける保証はなかった。そういえば、いつか彼女の父親は大学教授だと聞いたことがあった。メシよりも学問、カネよりもカネにならない研究――多分彼女の学問観は、家庭のなかで父親の背中を見ながら形成されたものにちがいなかった。

十一月下旬、去る一一・一原水爆禁止国際統一行動を全学ストで闘った教養学部学生自治会に、大学側から処分が下された。金川委員長を引き継いだ嘉藤委員長に、学部細則に違反したとして「無期停学」という処分が宣告された。不当処分撤回を求めて、キャンパス内のK寮前の広場に抗議のテントを張って、私たちは座りこんだ。

夜八時ごろK町のセツル活動から戻って、私も、二十人ほどの座りこみの仲間に加わった。テントの端の小さな場所に、身を割り込ませた。

座ってから隣を見ると、彼女が膝をかかえて座りこんでいた。

「お疲れさま」

そういって、彼女は身体をずらせて、私の空間を広げてくれた。

「こんな時間まで、K町で何をしていたの？」

興味ありげに聞いた。

「銭湯に行ってたのさ」

笑って私は、答えた。夕方、子ども会が終わった後、小学生の男の子三人と連れ立ってK町の銭湯に行った。子どもたちも私も、数日ぶりの風呂だった。普段帰りの遅い父親と銭湯など一緒に行ったことのない男の子たちは、私を父親がわりにして、きゃっきゃっと歓声を上げて背中の流しっこをした。あかすりで子どもの背中を擦ると、ぼろぼろと垢がこぼれ落ちた。つい長風呂になった。

「やさしいのねえ」

そう賞めてくれてから、でも、と彼女はいった。

「やさしさだけでは、革命はできないわ」

「やさしさがなければ、セツルメント活動はできないよ」

　身体を彼女に向けて、私は答えた。

「やさしさから生まれるセツラーの行動力は、高く評価するわよ」。言葉を探しながら彼女は続けた。「地元の子どもたちと遊んだり、勉強をみてやったり、銭湯に行ったりして、子どもたちの何を解決しようとしているの？」

「K町は、貧しいんだ。大人たちは、ニコヨン労働に忙しいんだ。子どもたちは、放っておかれているんだ。もちろん、子どもの勉強なんかみてやれる親はいない。そういう子どもたちのところへ通う意味と意義は、大きいと思うんだ」

「自己満足でなければ、ね」

「マスターベーションじゃないよ」。私は、少しむきになった。「地元に行くと、セツラーを待ちわびた子どもたちが、大声を上げてとびついて来る。セツラーは、子どもたちに求められているんだ」

「確かに、ね。でも、それって、体のいい遊び相手、無料の家庭教師としてじゃないのかしら」

「現象的には、そう見えるかもしれない。しかし、地域における子ども集団とか、遊びとか、文化とか、そういうものをおれたちは大事に考えているんだ。地域のなかで子どもが育つことに、セツラーは関わって行きたいんだよ」

「地域で、どういう子どもを育てたいの？　ピオネール？　つまり革命的少年団の結成をめざすのかしら」

「それは少し飛躍じゃないか。じゃあ聞くが、君はいつか、中学か高校の歴史の教師になりたいっていったね。世界の革命史をたたきこんで、将来のプロレタリア戦士を育てるのが、君の教育目標なのかなあ」

「わたしの聞きたいのは」。彼女の口調がきりっと厳しくなった。「どんな子ども像、どんな子どもの変革観をもって、地域の子ども会活動にとりくんでいるかっていうことよ。子ども会だけじゃないわ。セツラーの皆さんは、地域をどうしようと思ってセットルしているの。K町という地域をどう分析するのか、K町の民衆の貧困をどう把握するのか、現代日本の資本主義機構のなかにK町の現実をどう位置づけるのか、日本の階級闘争のなかでK町の民衆はどんな役割を果たすのか。その問題をきちんと理論化しながら地域活動にとりくんでいるのかしら。そうした議論や確認を、セツラーたちはしているのかしら。そうでなければ、あなた方の活動は、自己満足的な経験主義、つまり経験を積み重ねれば何かが生まれるという非科学的な楽天主義だわ。理論のない実践は、不毛だわよ」

「……」

一瞬私は、口ごもった。

セツラーたちの間で、もちろん理論化の討論はおこなわれていた。ときに激しく、そして厳しく。組織労働者の居住地域にセットルしようという「地域転換論」なども、その討論の柱の一つだった。私自身はK町に深く足をつっこみながら、地域転換論を強く主張していた。その提唱は、私がL・Cから与えられた任務の一つだった。しかし、セツルメント活動は革命の一環ではない、と主張する強固な意見もあった。経験主義でいいではないか、学生が地域へ出かけて民衆と交わる、多くの学生がその機会をもてる、そうした経験や機会に遭遇することこそセツルメントの最大の存在意義ではないか。セツルメントは、主義主張を異にする多様な学生に開かれたゆるやかなサークルでいいではないか。この主張にも、かなりの説得力があった。地域転換論とK町継続論とがぶつかりあって、五号館のサークル室で真夜中まで激論を闘わすこともしばしばあった。だから彼女から、セツラーには理論がない、理論構築の議論がない、というふうに見られるのは、心外だった。

「君の意見を聞けば、まず理論、しかる後に実践、というふうに聞こえるけれど、では理論というものは、どのように創り上げるのだろうか。実践を通じて変革すべき対象に働きかけながら理論というセツラーが地元に通い、そこで活動してこそ、地域の現実、底辺の労働者のくらしや感情を掴むことができ、K町の地域変革の理論を創造できるんだよ。歴研の研究活動が、机上の理論、理論のための理論に終わらなければいいがね」


反論になっていたか、自信がなかった。毛澤東の『実践論・矛盾論』の硬直な理解に基づく受け売りだった。感情が昂ぶって、ケンカを売るような言葉をわざと吐いた。

「そうかしら。理論って、そんな甘いものかしら」。すぐに反論が返って来た。

「あなたは、理論なんて行動の指針ぐらいにしか思っていないんじゃないの。机上の理論は、絶対に必要だわ。資本論だって、大英博物館から生まれたのだわ。マルクスが大英博物館の図書館に通って膨大な資料を読みあさり、分析し、批判的に摂取し、組立てなおす机上の作業をしなかったら、資本論なんて生まれなかったわ。彼の机上の、書斎の、研究活動がなかったら、マルキシズムの壮大な理論体系を私たちは獲得することはできなかったのよ。実践家でない理論家って、絶対に必要よ」

「それは一面的なマルクス像だよ」

私は読みかじった知識で、資本主義の勃興期、前世紀の中期から後半における労働運動、革命運動の黎明期におけるマルクスの実践活動を指摘した。この活動のなかで、革命家仲間の論争のなかで、マルクスの批判精神や問題意識、資料を読み解く基本的な視点が醸成されたのではないか。それがなかったら、社会変革の理論であるマルクス主義などありえない。私は、追い打ちをかけるように、レーニン、毛澤東、野呂栄太郎の名前まで挙げた。彼等は、いうまでもなく、理論家であるとともに優れた実践家だった。

「彼等は、理論家と革命家の両面を兼ね備えた希有な歴史的人物だわ。時代が、彼等に両方の任務を与えたのよ。でも理論は、一人の天才の頭脳から、突然編み出されるものではないわよ。人類の、古今東西の、学問と文化の蓄積の上に、ブルジョアジーの理論もきちんと踏まえて、理論は誕生するのよ。その作業をする人がいなければいけないのよ。それが、マルクスだったのよ。マルキシズムは、このようにして構築された。そうでなければ、マルクスの著作なんて、当時の革命運動の綱領で終わっていたかもしれないわ」

「机上の理論、大英博物館の図書館で練り上げられた理論は、誰がその正しさを検証するのかねえ」

「大衆だわ。いや、大衆の行動だわ。理論といえども……」。彼女は、マルクスのあの有名な警句を引用した。「理論といえども、それが大衆をつかむや否や、実践的な力になる」

つまり、理論家の意識の世界の産物に過ぎない理論ではあっても、それが大衆の心をとらえるならば、古い社会を打ち壊し、新しい社会を打ち建てるゲバルトになる。マルクスは、理論というものの本質を、そう簡潔な言葉で表現したの。

「マルクスの原典はどうなっているか知らないけれど、文法上は、大衆が主語だと思うよ。理論といえども、それを大衆がつかむや否や……ではないのかなぁ」

「実践的な力を発揮するのは大衆よ。でもねえ、厳しい言い方をすれば、正しい理論があれば、大衆が自発的にそれを掴みとって、革命運動に起ち上がるのではないわ。ロシア革命の経験のなかから、レーニンが正しく指摘しているわよ。大衆の自然発生性の前に拝跪《はいき》するのは間違いだと。意識的に革命理論を注入するからこそ、労働者階級は経済闘争や改良主義から抜け出して、社会変革の闘争に起ち上がるのよ。だから、やっぱり、それが大衆をつかむや否や、なのよ」

「おれは、理論の大事さを否定しているんじゃないよ。君も、実践の大事さを否定しているのではない。問題は、理論と実践の関係なんだ。でも、君の論を聞いていると、どうしても実践に対する理論の優位性、大衆に対する知識人の優位性を主張しているように思える。マルクスの言葉を、レーニンの革命理論注入論に結びつけるのは、短絡すぎりゃしないか。一歩踏み外すと、君の意見は、容易に大衆侮蔑《ぶべつ》思想に陥るよ」

「そうかしら」

むっとした調子を彼女はおし静めて、「あなたの意見が、大衆崇拝主義、大衆追随主義でなければいいんだけれど。あなたと私の意見の違いは、セツルメントと歴研の活動の違いから生まれているように見えるけれど、根はもっと奥深いわ。多分、『大衆』というものを、どう把握するかの違いよね。大衆運動、大衆社会なんて簡単にいうけれど、つまり大衆観の相違から生まれるのだわ。ねえ、そう思わない」

「おれも今、それをいおうとしていたんだ」

彼女が上手に議論を終焉に導いてくれたので、助かった。狭いテントのなかで、これ以上の議論は、くたびれるだけだ。

「じゃあ、大衆とは何かの議論を、お互い、これからもずっと心がけて行きましょうよ」

腕時計をちらっと見て、彼女は立ち上がった。

「終電に間にあうわ」

テントの一団に大きな声であいさつを送り、身をかがめて、小声で「寺沼さん」と私を呼んだ。

「あなた、実践の人と思いこんでいるようだけれど、革命的インテリゲンチャであることから逃れられないのよ」

私の返答も待たず、彼女はテントを出た。

彼女が去った闇の彼方で、銀杏の落葉がキャンパスに降りしきる音が聞こえた。

首の辺りに急に寒気を感じた。衿を立てて、テントの端から、彼女の残したスペースに身を移動させた。

年が改まると、学生細胞（S）の組織に大幅な変動があった。二年生の党員は、それぞれ専門学部の組織に転籍する準備を始め、各種の役割が、われわれ一年生党員に引き継がれて来た。

私は、ひとつの班（H）のキャップを務めることになり、同時に柄にもなくL・C候補に推された。彼女も同様、別の班のキャップとなり、L・C候補となった。

春休みになった。学生運動は一休みし、学内に一時の静寂が訪れた。学生党員たちは、理論武装の季節だった。

新しいL・Cのメンバーや班のキャップを召集して、合宿学習会を開くという通知が来た。通知の文末に、例によって「読了後焼却のこと」と、秘密めかして書いてある。

会場は、鎌倉の海岸、L・Cリーダーの同志平岡の家の別荘だという。

理論武装は気が重かったが、別荘と海には興味がそそられた。半ば野次馬根性で、その別荘に出かけた。

海岸に程近い所に、別荘はあった。大正の初めに建てられたという木造の建物は、意外に質素で小じんまりしていた。なんとなく、幾代にも渡る日本のプチブルジョアジーのつつましい体質のようなものが、潮の香りとともに、家屋のそこここに染みついていた。

同志平岡は、子どもの頃から、夏休みや春休み、週末を、この別荘で過ごしたのだろう。自然な、解放された明るさが、彼の表情から滲み出ていた。高校時代の夏休みには、この別荘にこもって、英訳の資本論を読み下し、読みくたびれると海浜で波とたわむれたにちがいない。この春休みには、万巻の書を持ち込んで、新しい革命理論の創造に格闘したいのだという。

なるほど、なるほど、私は奇妙に感心した。鎌倉の海岸に別荘を持つ同志平岡。田舎の工場の倉庫番の倅のおれ。出身の違いは、生活の違い。生活の違いは、文化の違いなのだ。平岡の心身には、子どもの頃から、ごく自然に豊かで質の高い文化が蓄積されている。その肥沃な文化の土壌があってこそ、人類の英知としてのマルキシズムは開花するのだ。早熟な天才的理論家は、貧困からではなく、豊穣な文化と教養のなかから生まれるのだ。

合宿学習会は、平岡の独壇場だった。「それでもって……」という例の口癖を連発しながら、彼は喋りに喋った。

この数ヶ月、平岡の理論は、急速に変転して来ていた。日本の政治、経済、国家独占資本主義段階の資本主義の現状をどう把えるか。日本のプロレタリアートの力量をどう見るか。日米両帝国主義の関係を、どう評価するか。来るべき日本革命の性格はなにか。これらの諸点について、彼が党と基本的に相容れない論法を弁じていたことは、周知のとおりであった。が、最近の平岡は、激しく、決定的な「党内論争」を主張していた。論争の果てに、新しい革命的セクトの結成しかないような口振りだった。もしかしたら、私などうかがい知れぬどこかで、ひそかにその準備が重ねられているのかもしれなかった。この合宿学習会も、私たちをその流れに引き入れるための周到なオルグの一環かもしれなかった。

「論争点は、それればかりではない」

ひとしきり現状分析を論じた後、同志平岡は自信たっぷりに、皆を見渡して断じた。

「問題は、わが国の現状分析に、マルキシズム、レーニズムを、どう適用するかという点だ。従って、日本資本主義の階級規定や来るべき革命の性格規定における対立は、マルキシズム、レーニズム理解の根本的対立に突き当たる。われわれは、マルクス、レーニンの原点に立ち返って、そこから論争を始めなければならない」

そこで、と彼は、別のノートを広げた。同志諸君に僕が提案したいマルクス、レーニン見直しの論点は、次の四点だ。

第一は、われわれはなぜ、社会主義革命を目指すのか、という点だ。

人民に対する政治的抑圧や経済的搾取に反対するからなのだろうか。もちろん、そうだ。しかし、社会主義革命の基本的必然性は、人間解放にあることを忘れてはならない。この点をマルクスに引き寄せて把えると、マルクスはまず、哲学者として出発した。マルキシズムは、哲学を土台にして築かれた。初期マルクスは、人間を探求し、人間疎外の問題に突き当たった。人間疎外の原因を、彼は、労働力の商品化に見いだし、そして経済学の森、資本主義経済の研究につき進んだ。社会主義革命を、たんに、政治と経済の変革、すなわちプロレタリア独裁の確立と生産手段の私的所有の廃絶と見なし、疎外からの人間解放、つまり人間の尊厳、独立、自由、権利の確立という基本的なテーゼを見失うならば、社会主義も新たな抑圧と搾取の機構に堕落してしまう。それ故に、われわれは、いま、なぜ社会主義革命を遂行するのか、社会主義とはプロレタリアートにとってどういう社会なのかを、初期マルクスの文献にさかのぼり、マルキシズム形成の過程のなかから理論構築しなければならない。

「そうだ！　革命は、根本は人間の問題なのだ」

隣に座した学生が、大声で賛同した。そして、私に向かって無遠慮に、「おい、たばこくれよ。たばこ」と、手を伸ばした。

私は、「しんせい」の箱を投げてやった。彼はたばこに火を点けてから、急に小声になって、

「同志平岡は、いつから哲学者になったんだ。四月には経済学部に進学が決まっているから、きっと人間探求の哲学を基礎にした新しい経済理論を唱えるにちがいない。やっぱり、たいしたやつだよ」

鼻から煙を猛烈に吐き出し、一人合点した。

「第二に、ロシア革命の再評価だ」。平岡は、明快に、ずばりといった。

国際共産主義革命の一環として遂行されたはずの後進国ロシアの社会主義革命は、なぜ資本主義先進国のヨーロッパ社会主義革命の導火線にならず、一国社会主義の道を辿ったのか。国際共産主義革命に奉仕するはずのソビエト社会主義が、なぜ逆に、コミンテルン、コミンフォルムを従属下に置いて、一国社会主義の利益に奉仕させたのか。ロシア革命は、なぜスターリンによるレーニン的原則の歪曲と蹂躙《じゅうりん》を許したのか。ボルシェビキの党は、いつ、どのようにして、官僚的なスターリンの党に変質したのか。ハンガリー事件の本質も、ここから解明されるべきである。われわれは、レーニンの無謬《むびゅう》神話を打破し、ロシア革命の再評価、レーニン、トロツキー、スターリンの厳密な検証をしなければならない。

第三に、権力奪取の間近に位置するプロレタリア階級闘争と共産党のヘゲモニーの問題だ。ロシアとちがって資本主義が国家独占資本主義・帝国主義段階に到達しているわが国にとって、注目すべきは、一九三〇年代のドイツと第二次大戦後のイタリアだ。世界大恐慌による混乱のさなか、ヨーロッパ最強の勢力を誇ったドイツ共産党と労働運動が、革命前夜を目前にして、なぜナチズムとの

角遂に、ヒトラーの大衆運動との闘いに、あえなく破れ去ったのか。そして第二次大戦後、反ファシズムの武力闘争を通じて国民の間に強固な支持を築き、ヨーロッパ最強の勢力となったイタリア共産党とその指導下にある階級的労働運動が、なぜ大戦の終決をイタリア社会主義革命に連動させられなかったのか。

それは、両党のコミュニストたちが、せっかくのヘゲモニーを放棄し、歴史上の決定的瞬間に暴力の行使を躊躇したからにほかならない。

今日でもイタリア共産党はヨーロッパ最大の議会勢力を誇っているが、構造的改革の旗を掲げ、社会主義への平和的移行のプログラムを実行しつつある。けれども、イタリア資本主義の経済的土台に社会主義的統制、人民的変革を加えつつ、階級的労働運動の主流を握り、また議会で多数派を形成し、平和的に社会主義政権を構築することは、ほんとうに可能なのか。

これまで地球上に生まれた社会主義権力は、すべて暴力によって打ち樹てられた。これは、単純にして明快な事実である。社会主義革命は、議会主義など民主的外皮によって粉飾されてはいるが強大な暴力装置によって守られているブルジョア独裁の国家を打倒し、その廃墟の上に新しいプロレタリア独裁の国家を構築する行為であって、たんなる政権の移譲、つまり出来合いの国家体制の革袋に社会主義政権の葡萄酒を注ぎ替える行為ではない。問題は、武力によってか、平和的・民主的手段によってか、あるいは敵の出方によってか、などという方法論ではない。ブルジョア独裁という国家の本質を、それに代わるプロレタリア独裁という国家の本質を、どう根源的に把握するかにある。そのために、マルクス、レーニンの国家論を、もう一度厳密に検討すべきではないか。

「第四は」。同志平岡の弁舌は、止まるところを知らない勢いであった。陶酔《とうすい》に近い雰囲気が、座をおおっていた。たばこの煙が、一層陶酔を高めた。私は、新しいしんせいのたばこの封を開けた。

第四の課題は、日本革命論争史の再検討だ。問題の核心は、来るべきわが国の革命は、プロレタリア社会主義革命か、民族独立・人民民主主義革命か、にある。この核心を明らかにするために、われわれは、日本資本主義・帝国主義の現状分析と平行して、革命論争史を果敢に研究しなければならない。研究は、はるか数世紀前まで遡る、壮大なものとなろう。織田・豊臣政権とそれを引継いだ幕藩体制の本質は何か、明治維新の性格は何か、もちろんここには、講座派、労農派の論争の再検討を含む。明治天皇制国家の本質、27・32年テーゼ、日本軍国主義体制とファシズム論、占領軍の支配と役割、戦後民主主義、極左冒険主義と党分裂、そして今日の二段階革命論や構造的改革論まで、われわれの目で主体的に見極めなければならない。

例えば、戦後の民主主義をどう見るか。占領軍が与えたもの、それ故不徹底で不充分なものとしてカッコつきの「民主主義」と規定し、まず人民民主主義革命を遂行するのだという後進国革命路線は、正しいのか。そうではない。日本国憲法に規定された民主主義は、カッコつきなんてものじゃない。ブルジョア民主主義のかなり徹底した姿なのだ。もちろん人民にとって不十分な面はある。またプロレタリアートが民主主義の権利を行使しようとするとき突き当たる現実の壁がある。その点では、世界のどんな民主主義国家だって、同じだ。だが、不十分な面を克服し、現実の壁を打ち破ることは、ブルジョア独裁の国家体制の枠内では不可能である。だからこそ社会主義革命を遂行し、プロレタリア民主主義をもぎとることによってのみ、人民にとっての民主主義はさらに前進し徹底するのだ。

こうした革命論争史を検討する際に、われわれは、マルクスが構築した唯物史観とレーニンの論争法をもう一度学び直す必要がある。

弁舌のなかで、「古参マルクス主義者」「オールドボルシェビキー」「右翼日和見主義者」「民族民主派」「党内官僚主義者」という言葉がひんぱんに用いられた。同志平岡は、あたかも見えない彼らと論争を繰り広げているようだった。

いつものＳ・Ｋならば、少数ながら平岡の報告に対する反対者がいた。

一方の反対者は、アメリカ帝国主義による日本の政治的、経済的、軍事的支配の実態を平岡が見ていない、と批判した。「わが国の政治・経済を根本的に握っているのは、アメリカ帝国主義とそれに追随する日本の資本家や政治家である。真の敵を見誤って、日本独占資本に対する単純な社会主義革命を主張することは、アメリカ帝国主義を免罪するとともに、日本の労働者階級の闘いを平和・独立・民主・生活擁護をめざす広範な日本の民衆運動から孤立させるものである」と主張した。

また彼等は、草案に対する討議の仕方を問題にした。「民主集中性の原則から、党内論争は分派を結成する方向でなく、あくまでも都及び地区委員会の指導のもとにおこなうべきだ」といった。この反対者の意見は、「ナンセンス！」という声高な嘲笑でかき消された。

もう一方の反対者は、平岡の意見を、右翼日和見主義への同調、スターリン主義への妥協と批判した。「同志平岡の主張する日本社会主義革命論は、一国プロレタリア革命論の幻想にすぎない。平岡は、スターリンの一国社会主義路線やソ同盟の官僚支配を批判はするが、基本的には、ソ連を中心とする世界的な社会主義体制とアメリカ帝国主義を中心とする資本主義体制の闘争激化という緊張の結節点に、日本の社会主義革命が可能だとの前提に立っている。しかし、ソヴェト社会主義は、すでに党官僚による人民支配の体制に転化しており、したがって世界情勢をアメ帝とソ連を中心にした社会主義国の対立・激化と把え、社会主義が世界的体制になったということ自体、無意味である。ソ連は、アメ帝と抗争・野合しつつ二つの勢力による世界人民の支配を固定化しようとしてる」と論じた。「いま必要なことは、真の国際プロレタリア運動の確立であり、その一環としての日本の革命勢力の結集である」と述べた。この反対者の意見に対して、平岡の反論は歯切れが悪かった。

しかし、今回の合宿研究会の席に、これらの反対者はいなかった。多分彼等は、L・CやH（班）キャップのメンバーから巧妙にはずされ、海浜の別荘へ招待されなかったにちがいない。

同志平岡の報告が終わったのは、夜に入っていた。時間を惜しんで、出前のカツ丼を素早く食べ終えて、討論に移った。平岡の提起した論点を補強する形で、L・Cのメンバーが次々にレポートを発表した。

一種の革命的楽観主義が、場を支配していた。世界的な社会主義勢力の前進、植民地解放闘争と国際的な平和擁護運動の高揚の前に、早晩、アメリカ帝国主義は崩壊の運命にあった。日本独占資本も、国鉄、鉄鋼、石炭、教育労働者の革命的決起を恐れていた。真の革命路線が打ち立てられるならば、明日にも首都・東京の街路にコミューンのバリケードが築かれる情勢にあった。ほんとうに今、世界と日本は、激動・革命・共産主義の時代だ。固い頭の「古参マルクス主義者」に替わって、新鮮な革命理論で武装した真のボルシェビキーが革命の舞台に登場する時が来た。その理論を構築する歴史的な現場に、今、われわれはいる。日本の革命は、春の湘南海岸の闇に包まれた、このひっそりとした古い別荘から、生まれようとしていた。

時間に限りはあったが、議論に果てしはなかった。そんな雰囲気に私は圧倒され、興奮して、やたらにたばこを吹かした。喉がひりひりと痛んだ。

最後に、問題を何点かに整理して、それぞれ分担して研究し、次の機会に発表することになった。

私の分担は、世界恐慌から第二次世界大戦にいたるヨーロッパ共産主義運動の動向だった。国際共産主義運動は、なぜファシズムの登場を許したのか、経済恐慌を戦争へでなく革命に転化できなかったのか、が主要なテーマだった。もとよりその面の知識のない私には、荷が重かった。が、私は、あえて辞退しなかった。

その席で、彼女に割り当てられたのは、日本革命論争史の検証だった。同志平岡は、明治維新を基本的にブルジョア革命と断じていた。百年も前に、日本は絶対主義政権である徳川幕府を倒して資本主義革命を成し遂げている、だからきたるべき革命は、社会主義を実現するプロレタリア革命しかない、というのが、マルクスの史的唯物論から導き出した彼の歴史認識だった。それを、明治政権に対する人民の政治運動分析を基本にすえて、再検討を試みるのだ。日本史専攻志望の彼女には、最適の分担だった。

「必読文献を紹介しよう」

同志平岡が、しめくくりの提言をした。彼が示したのは、学部毎のSを統括する大学細胞機関誌『マルクス・レーニン主義　N0 9』という五十ページほどの冊子だった。自治会の旗と同じライトブルーの表紙がかぶさっている。

「同志山口一理が、『十月革命の道とわれわれの道――国際共産主義運動の歴史的教訓』という長大な論文を発表している。同志山口の論文は、もちろん彼の個人的見解ではあるが、しかしそこには、今日この場でわれわれが討議した、また今後われわれが研究しようというすべての問題が含まれている。真に階級的前衛の革命理論を構築するために、春休み中に、この論文を徹底的に学習してほしい」

その冊子が配られて来て、私の手元にも届いた。五十ページの厚さが重く感じられるのは、内容のせいにちがいなかった。同志平岡の背後に、彼に思想的影響を与えるようなもっとすごい理論家がいるとは、信じかねた。もしかしたら、その同志山口一理こそ、日本の若きレーニンかもしれない。

胸を踊らせながら、私は表紙をまくった。論文は、一九一七年四月、第一次世界大戦の最中、レーニンが敵国ドイツ軍部が仕立てた「封印列車」に乗って、ペトログラードのフィンランド駅に降り立つ情景の描写から始まっていた。ラ・マルセイエーズの演奏と労働者・兵士の歓呼に迎えられて装甲車にかつぎ上げられたレーニンは、「平和とパンと土地を！　そしてすべての権力をソヴェトに！」という単純明快な演説（四月テーゼ）をおこなった。労働者と兵士は、そのスローガンを熱狂的に支持したが、ボルシェヴィキのなかで支持したのは、貴族出身の革命家コロンタイ一人であった。ボルシェヴィキ多数派は、二月革命の成果をドイツ帝国の侵略から防衛すること、民主主義革命をもっと徹底すること、資本主義の発展していないロシアでは、プロレタリアが権力の座に座るのはもっと先だと考えていた。ソヴェトによる権力奪取と社会主義革命、そしてこの大胆な革命的路線を確立するための分派闘争――山口一理論文は、日本の革命に、四月テーゼを導入しようという意欲作だった。

各人が、この冊子をしまい終えた時、長く充実した今日のスケジュールは、すべて終った。深夜、三時を過ぎていた。

彼女が別室に去ると、男性はその場に布団を敷き詰めて、雑魚寝《ざこね》だった。

いくらか、まどろんだのだろうか。カーテンからもれる薄明りに、目を覚ました。同志たちは、ぐっすり眠っているふうだった。興奮が、まだ身体の芯にうずいていた。再び眠れそうになかった。

玄関を忍び出て、海辺へ歩いた。江の島の彼方へ、曇天が水平線までかぶさっていた。突然、日本海の荒海が、記憶に甦った。たった一度の波打ち際の体験。小学校六年生のときの修学旅行で直江津海岸に遊んだ。梅雨の盛りで、海辺は小雨だった。初めて目のあたりにした海浜だった。高く低く不規則に襲し寄せる波が恐くて、波打ち際を逃げ惑った。

あの臨海体験に続く二度目の海。けれども波は穏やかだった。

少年に戻ったような気分になって、私は靴を天に放り上げた。ズボンをたくし上げ、砂浜を一気に走って、波打ち際に立った。波が足を洗った。早朝の海辺には、誰もいなかった。三月の海水は、心地よい冷たさだった。雲の一角が、明るくなりかけていた。日の出が始まったらしい。

私は、仁王立ちになり、沖に向かって拳を突き上げた。この拳で曇天を突き破れば、早春の朝日は鋭く私を射すくめ、地上を明らかに照らすにちがいない。

思わず最近覚えたばかりの「ワルシャワ労働歌」が、口をついた。

暴虐の雲光をおゝい
敵の嵐は荒れくるう
ひるまず進めわれらの友よ
敵の鉄鎖をうちくだけ

自由の火柱輝かしく
頭上高く燃えたちぬ
今や最後の闘いに
勝利の旗はひらめかん

そこまで歌ったとき、突然背中で合唱が和した。振り向くと、数名の同志たちが手を振って応えた。彼女も、そのなかにいた。充血した眼に、興奮が宿っていた。来いよ！　私は歌いながら、身振りで示した。彼女が真っ先に靴を脱ぎ捨て、走って来た。彼女を真ん中にして、スクラムを組んだ。少し大きな波がきて、ズボンを濡らした。

起てはらからよ行け闘いに

聖なる血にまみれよ
とりでの上にわれらの世界
きずき固めよいさましく

水平線に裂目ができた。いま昇らんとする太陽が、曇天をこじ開けたのだ。そこから一条の光が放射し、スクラムを貫いた。まぶしい！　でも、眼を開け！

スクラムをいっそう固く組み直して、私たちは、ワルシャワ労働歌を歌い続けた。


合宿研究会から帰京して間もなく、都学連から緊急の動員指令がきた。

文部省は、日本の教育の反動化を推し進めようと、道徳教育の復活による教育支配と勤務評定実施による教職員支配を強行しようと企んでいる。道徳教育実施をごり押しするため、文部省は都道府県の責任者を召集して、研修会を開催しようとしている。都学連は、この動きを察知し、断固粉砕する方針を決めた。研修会阻止をめざして起ち上がろう、という緊急指令だった。

春休みで在京の活動家は少なかった。大量動員の期待はできない。しかし、教育の反動化を阻止するために、この研修会は、絶対に開催させてはならなかった。

その日の朝、文部省前に結集したデモ隊は、百人ほどに過ぎなかった。私も彼女も、その一員だった。文部省の玄関に座り込んで、参加者の入場を阻止する。阻止できなければ、会場に乱入してでも研修会を阻止するという行動方針が、事前に示されていた。私は、ジャンバーと運動靴に身を固めていた。彼女も、そうだった。

経済学部に進学する同志平岡の姿はなかった。代わりに同志鳥山が、デモ隊の後尾の目立たない場所にいた。そこが、いつも平岡のいる場所だった。私と同学年の同志鳥山は、平岡の後継者の一人と自他共に目されていた。都立の進学校から一浪をして入学したのだが、高校時代から活動家として認められ、予備校生の時にも仲間を連れて全学連のデモに参加していた経歴があるそうだ。

ふっくらした水色のセーターの上に背広を着、革靴を履いた鳥山の服装は、目立った。デモ隊を離れてそのまま通行人にまぎれて歩道を歩けば、普通の若者だった。

指導者は温存しなければいけない。いつか同志の友人がいった言葉を思い出した。実戦のリーダーは取り替えがきくが、勝れた理論的指導者は取り替えがきかない。表に現われず陰に身を隠す――平岡に習って、鳥山自身が冷静にそうした配慮をしているらしかった。

座込みを開始したとき、どこかから情報が入った。研修会会場が、上野の森の国立博物館の会議室に急遽変更されたのだった。

地下鉄に乗って、上野公園に急行した。機動隊の動きの方が、素早かった。デモ隊をはるかに上回る機動隊員が、会場へのいくつかの入口をがっちり固め、どの門も重々しく閉じられていた。門の前に座り込んで、参加者の入場を阻止するのは、不可能だった。参加者が、機動隊に守られて、どの門から入場するのかも不明だった。

公園の一角に集合したデモ隊に、リーダーが、方針変更を告げた。

「われわれは、この場で、抗議集会を開く」

「ナンセンス」「われわれは、阻止するために来たんだぞ」

リーダーは、反対の野次をなだめて、演説を始めた。

後から肩をたたかれて振り向くと、鳥山が立っていた。集会から離れた木立へ私を誘い、周囲に私服の刑事の姿を探しながら、声をひそめて告げた。彼が集会とは別の陰の指導者であることが、すぐに分かった。

「君に、別働隊になってもらいたい」

「別働隊？　何をするんですか」

私も、声を圧し殺して聞いた。

「参加者は、すでに会場入りしているということだ。四班の別働隊を急遽編成した。機動隊の注意は、抗議集会に向けられている。その隙に、君等五人の班は、あの門を乗り越えて、建物に侵入するんだ。他の三班も、それぞれ別の門から突入を企てる。会場に突入して壇上を占拠し、参加者に勤評反対の意思をアッピールするんだ」

「特攻隊ですね」

私は、興奮を隠しながらいった。飛行服に白いネッカチーフを巻き付けていれば、まさしくその通りだった。あの時代に生まれていたら、私は、戦争に反対して牢獄に繋がれていただろうか。それとも平和と自由を渇望しつつ、学徒兵に志願して南海の大空に飛び立って行っただろうか。

「特攻隊とちがう点は、君に拒否権があることだよ」

任務のためにわが身を犠牲にできるか、革命的ヒロイズムが君にはあるか。鳥山は試そうとするように、私を凝視した。

ふと抗議集会の最後列に、彼女の姿を認めた。こちらを直視している。鳥山と私の会話が聞こえるのだろうか、じっと私を見つめている。彼女の眼差しを意識しながら、私は、明瞭に応えた。

「やりますよ」

「決まった。何気ない振りをして、あの門の脇の植込の陰に隠れるんだ。いいかい。合図はしないよ。九時になったら、一斉に門を乗り越えて突入だよ」

腕時計を見た。あと数分だ。私は時計をはずして、鳥山に渡した。しんせいの煙草とマッチ箱も。

「他に預かるものはないか」

鳥山が聞いた。通学定期券など身分を証明するようなものは身につけないのが、デモの常識だった。帰りの電車賃のためのバラ銭が、ポケットにあるだけだった。パクられて、身元が明らかになるものも、喪うものもなかった。

「成功をいのるよ」

彼は煙草に火をつけ、雑談は終わったというふうに、なにげなく私から遠ざかった。抗議集会の最後列に戻り、彼女と何ごとか話を始めたようだった。

集会が、突然慌ただしくなった。隊列を整えて、広場で渦巻きデモを始めた。機動隊の注意を引き付けようとしているのだ。

「行くぞ！」

隣の植込みから、一人の学生が跳び出した。

「研修会粉砕！」

叫びながら、私も身を躍らせた。鉄格子の門をよじ登る。門の内に、密集した機動隊の隊列が待ち構えている。黒々とした戦闘服の固まりの上に、わが身を投げ出した。

身を投じるより前に、私は、幾人かの黒い手で、門の内側に引きずり下ろされた。拳がとめどなく、私を撃って、地面に薙《な》ぎ倒す。頑丈な革長靴が、腹や背をたたきのめす。無理やり引き起こされ、後ろ手にねじり上げられる。痛みに肩が外れそうだ。ジャンバーの袖がもぎ取られる。そうやって引立てられる。どこへ連れて行こうとしているのか。

遠く、広場のシュプレッヒコールは、まだ続いていた。

キャンパス内に桜の季節が過ぎた。学寮の前の広場では、葉桜のなかにわずかに残った白い花びらが、ときおり学生たちの上に散った。空は、限りなく蒼く、ポプラ並木の梢の上に広がっていた。

一九五八年の四月が、巡り来たのだ。

広場は、新入生たちでいっぱいだった。音感合唱団の学生が、アコーディオンを抱えた伴奏者を従えて、げんこつを振り回しながら、学連歌を指導していた。

歌が終わると、自治会の大林委員長が登場した。端正な顔立ちに、眼鏡がよく似合う。私は、活動家を外見のスマートさによって、都会派か田舎派かに類別する癖がある。同志平岡や鳥山は、もちろん都会派だ。前任の金川や嘉藤委員長は田舎派だったが、大林委員長は都会派だ。私は、彼が毎晩、キャンパスから井の頭線の線路を隔てた坂下の喫茶店で、ビールを一本飲むのを知っている。活動に忙しくて学寮の大風呂に入れない彼は、終い湯に近い坂下の銭湯に通う。汗を流した後、お決まりのビールぐらい空けなければ、自分の鹹さえかかった学生運動の表向きの指導者などやっていられなかったのにちがいない。私は、その喫茶店で、せいぜい月に二度ほど安いジュースを飲むのが、精一杯のぜいたくだった。

岸首相と藤山外相は、一九五一年、講和条約とひきかえに結ばれた「日米安全保障条約」は、暫定的なものとして、今日の日米関係に即した「安保改定」を公然と主張し、米国との交渉を開始していた。

迫り来る安保闘争を予感しつつ、学生運動は、原水禁と勤評に向かって盛り上がっていた。日教組は、全国各地で、勤評反対闘争を果敢に闘っていた。大林委員長は、来るべき四・二五と五・一五のイギリスのエニウェトク水爆実験阻止、勤評粉砕の統一行動を全学のストライキで闘おう、とアジ演説をした。

その傍らで、セツラーの何人かが、新入生勧誘のビラをまいた。

なんといふ素晴らしい
沈鬱な暗い夜明けだらう、
これでいゝのだ
暁はかならず
あかく美しいとはかぎらない
馬鹿な奴等は、まだ寝てゐるだらう、

りかうな奴等も寝てゐるだらう、
どっちもよく寝てゐるだらう、
ただ我々だけが、
誰にも頼まれもしないのに
夜っぴいて眼をあけて
くるしんでゐるのだ、
可哀さうだとは思はないか、
歴史の発展の途上に、
眠れない男たちを。

小熊秀雄の詩「暁の牝鶏」を冒頭に引用したビラは、新入生によく読まれているようだった。私は、K町セツルメント委員長、自治会のクラス委員、学寮の委員を務めていた。私のつくった勧誘のビラが効を奏したのか、他の大学を含めて三十人を超える新セツラーを迎えていた。彼らとともに、私はK町への地元通いも続けていた。運が重なって、家庭教師のアルバイトの口が舞い込み、三つ掛け持ちでこなしていた。統一行動があると、セツラーの仲間を誘って、欠かさず街頭デモにくり出した。四・二五も五・一五も大成功だった。

予感はあった。しかし、信州の地方都市の高校を卒業して大学に入学したウブな自分が、一年後ここまで変貌を遂げるとは、吾ながら思いがけなかった。

一年生からの新入党員を迎えて、S・KやL・Cの会合は、いままで以上に、ひんぱんに開かれるようになった。世界と日本の情勢が緊迫の度を増すにつれて、学生運動も大きな盛り上がりを示していたから、それは当然といえた。

しかし、ひんぱんに開かれる背景に、大きな何かが始まろうとしていることが、私にも分かった。同志たちを巻き込み、引きずり出し、宙に舞上げ、地に落下させる何かの企てが密かに準備されている気配を、同志たちは誰もが感じていた。

S・Kの指導部は、「党内論争」の路線から「分派結成」の路線へ、ハンドルを切り替えていたのだった。

そうした動向に、同志鳥山も関わりを持っているらしかった。L・CやS・Kの席上では、公然と発言はしなかったが、個々の同志たちへ、裏面での個別説得をしているようだった。彼に私は中途半端と見られているらしく、オルグの対象から外れていた。しかし、説得の内容は伝わって来た。

五月の全学連第一一回全国大会は、「主流派」と「反主流派」との激突の場となった。反主流派の代議員は、議場への入場を拒絶された。会場に入れろ！　壇上で発言させろ！　と迫る彼等を暴力的に排除し、全学連大会を守るために、「防衛隊」が組織された。その一員として、私は、会場の入口にピケを張った。入れろ、入れないの口論は、もみ合いとなり、殴りあいとなったが、多勢に無勢の反主流派は、ついに会場に入ることはできなかった。

六月、党中央委員会が召集した全学連大会代議員グループ会議が、党本部で開かれた。全学連グループは、党中央を難詰し、中央委員全員の罷免を要求し、暴力をともなう大荒れの「不祥事」となった。その結果、全学連遠山委員長など十数名が、除名、党員権停止などの処分を受けた。これを契機に、S・KやL・Cの会議では、「新セクト結成」が、公然と唱えられ始めた。少数ながら党中央を支持する同志たちもいたが、彼等の発言は、罵倒でかき消された。やがて彼等は、会議の席に、顔を見せなくなった。

また学内では、別のセクトが存在を主張し始めていた。「革命的」と称するこのグループは、同志平岡や鳥山の論調を、依然スターリニズムから抜けきれない右翼日和見主義と評し、学連の内部に一定の影響力を持つようになった。このセクトのオルグは、私の周辺にも行き交い、ときに機関誌を手渡されることがあった。

こうした混乱に嫌気がさして、S・Kを遠退き、やがて学生運動からも遠ざかる同志たちがいた。私は、離脱する代わりに、路線論争に関する議題には沈黙するという道を選んだ。

私の両足は、セツルメント活動、K町という地域と民衆に置かれていた。私の頭は、学生運動のなかの「革命的思潮」に漬かっていた。頭は頭だけで動き、両の足は、その貧民のまちに深く把われていた。頭と足の働きは一致せず、身体は引き裂かれた。

この二律背反が、私を苦しめ、慎重にした。頭が身体を支配するには、K町から足を引抜き、降ろす場所を戦闘的な学生運動に据え替えなければならなかった。だが両の足は、K町から離れることを拒んだ。K町に私は、ふるさとを感じていた。K町の民衆に、私は、郷里の父母の像を重ねていた。

第一、私には、沈黙を捨てて、自らを主張する学習と理論の蓄積が足りなかった。同志平岡や鳥山がぶっつけて来る階級的・先鋭的な議論に異論を述べても、倍する議論で一蹴されることは明らかだった。卑怯者、それが君流のコミュニストか、と自分に問いながら、私は沈黙し、胸の内で「おかしいな」「そこは違うぞ」と思う点を反芻した。

平岡や鳥山に、人間的なあやうさを感じたのは事実だった。あやうさ――弱さといっていいか。危うさといっていいか。あまりにも早熟で理が勝ち、文筆の達者な弁舌の徒といった平岡や鳥山に、私は常に違和感を覚えていた。彼等の図抜けた秀才振りや博学に対する畏れと嫉妬の感情が交じっていたかも知れない。しかし彼等からは、労働者的な生活臭、情緒、忍耐、強情さを感じたことはなかった。私は、変にそんなことに拘泥《こうでい》した。「革命的プロレタリア」を論じながら現実の労働者の生活を見ず、「革命前夜」を唱えながら今晩の飯代を稼ぐ労働者の苦悩を知らない――理が勝つというのは弱さであり、また同じ弁舌、文筆、博学をもって、やすやすと正反対の理を唱える危うさを、私は彼等に感じていた。事実、労働者への信頼から軽蔑へ、資本主義の否定から賛美へ、国家の打倒から擁護へ、軽々と身を変えた学生運動家は、過去に幾人もいた。

違和感を覚えながら、彼等へ、入学以来一年半ともに闘って来た連帯感を強く抱いていたことも事実だ。五・一五の統一闘争は、教養学部史上初めて、ピケによる全学ストを成功させた。大学当局は、ストを指導した大林委員長と杉島書記長に停学処分を課した。以来、二人の姿は学寮に見えない。ともに闘った同志が、そうした情況に置かれているのだ。彼等への心情が、また私なりの主張を遠慮させた。

同志鳥山からの「中間分子」「日和見主義」「経験主義」との批判は、甘んじて受けた。しかし、S・Kに踏み止まっている同志たちの幾人かが、私と同様、揺れ迷いつつ、学生運動はともに闘い、しかし路線論争においては、貝殻のなかに閉じこもって自らの立場を見つけようとしていることを、私は知っていた。

S・Kのそんなモザイク模様のなかで、彼女は、確信をもって新セクトへの道を歩いているように見えた。

会議で彼女は、思い詰めたように一点を見つめて、鳥山を支持する意見を述べた。自ら挙手して意見を述べることは、彼女にとっては珍しいことであった。彼女の真面目さやひた向きさは伝わって来た。だが私は、平岡や鳥山に対するのと同じあやうさを感じて、おし黙っていた。

勤評は、緊迫した情勢を迎えていた。全学連は、日教組の反対闘争を支援するため、激しく勤評が闘われている和歌山県に活動家を派遣することを決定した。S・Kも、何人かの同志を現地に送り出した。

同時に、学部のある目黒区の地域共闘会議に参加し、区教組を包む労学共闘を強めることを決定した。夏休みの直前だった。

「首都における地域労学共闘の組織化と闘いは、文部省を震撼させるだろう。いまこそ、真の革命理論が大衆を把む時だ」

そういいながら、鳥山は同志たちを見回した。

「この歴史的な意義を踏まえて、目黒区に派遣するオルグは……」

鳥山が終わりまでいわないうちに、

「私、行きます」

手を挙げて、彼女が名のり出た。使命感と好奇心に弾んだ声だった。

意義なし！

全員の拍手が湧いた。

拍手をしながら、目黒区とは違ったやり方で、K町でも勤評反対闘争にとりくんでみよう、と思った。労学共闘とは別の、地域での闘いがあるはずだ。

早速、セツラー集会を開いた。セツラーも大賛成だった。日頃のセツルメント活動が試されるのだ。手始めに、K町の父母に呼びかけ、地元の教組の先生たちも交えて、勤評反対の集いを開くことを決めた。

夏の午後の子ども会が終わった後、私たちはチラシをもって、一斉に各戸を訪ねた。手分けしてチラシを配り、集会への参加をお願いする行動だった。

終戦まで兵舎だった木造の巨大な建物の廊下には、暗さとそれより一層深い蒸し暑さが沈殿していた。

どの部屋も入口の戸を開け放して、暑さをしのいでいた。早めの夕食が始まろうとしていた。小さな食卓を囲む談笑の様子が、丸見えだった。

私が最初に訪ねたのは、小学三年のY子の家だった。

「こんばんは」

声をかけると、真っ先にY子が飛び出して来た。

「わーい、寺沼のお兄さんだ」

いつものように首ったまに抱きついて歓声を挙げる。

「夕飯?」

「コロッケ食べてるのよ」

Y子の口から、コロッケの匂いがした。

K町の一角にてんぷら屋があって、一個五円のコロッケを売っている。おいしいと評判で、夕方になると行列ができる。妹を連れてY子がよくこの行列に並ぶのを見かけた。

「いいなあ。ねえ、お母さんいるかい」

聞くよりも早く、母親が口元を拭いながら出て来た。四十歳にならないというのに、十歳は老けて見える。昼間のニコヨン労働の疲労が、眼から頬の辺りに浮き出ていた。中国から引き揚げて来て、ここに住んだと聞いた。

座卓に向かって、父親が茶碗酒を注いでいるのが見えた。たしか父親は、もう二ヵ月も失業中のはずだった。

「子どもたちがいつもお世話になって、ありがとうございます」

「いいえ、どうも」

「学生さんたちも、この暑いのにご苦労さまですね。Y子たちは、昼間放ったらかしにしてますので、ほんとうに助かります。で、なにか……」

「今日はちょっとお願いがあって来たんですが、あのー……」

口ごもりながらチラシを渡し、勤評問題と反対集会のことを切り出した。

勤評ってご存知でしょうか。そう、Y子ちゃんたちの学校の先生に、校長が一方的に勤務評定をし、校長のいうことをよく聞く先生、聞かない先生に色分けしようとしているんです。先生たちがなんでも自由にいえる教育の場を、校長の顔色をうかがわなければならない職場にしようとしているんです。なぜ今、先生たちや国民の反対を押し切って、こんなことをやろうとしているんでしょう。それは、教育の反動化を押し進め、子どもたちを再び戦場に送り出すために、文部省や校長のいうことをなんでも聞く先生たちをつくり出そうとしているからなんです。

「学校の先生にだって」。母親は、私の説明をさえぎっていった。「勤務評定があって当然でしょう。だって、Y子のクラスの先生なんて、ひどい先生よ。すぐK町の子は、K町の子は、っていうのよ。そりゃ、この町の子は、親が昼間ニコヨンなんかで働いているもんだから、放ったらかしよ。勉強も見てやれないし、教科書だって勉強道具だって、ちょうどに揃えてやれないわ。だいたい、こんな住まいでは、勉強する部屋だって、机だってないんだもの。学校の勉強なんか、できないのが当たり前だわ。先生がほんとうの教育者だったら、条件に恵まれない子に余計に目をかけてやってもいいんじゃないの。それをねえ、Y子の先生なんか、できる子ばかり可愛がって、K町の子なんて、いつも放っておかれるだけよ」

遠足の時だって、学芸会の時だって、家庭訪問の時だって。無口な母親が、まるで日頃の鬱憤《うっぷん》ばらしをするような勢いで話しかけて来た。

「学校の先生にだって、勤務評定があって当然でしょう。いい先生も、わるい先生も、同じ給料もらうなんておかしいでしょう」

Y子のこと、K町のことにひきつけて切実にいわれると、返す言葉がなかった。

そういう先生もいるかもしれないけれど、ほとんどが真面目ないい先生なんだと思います。いい先生、わるい先生って、勤評なんかじゃ評価できないと思うんです。いい教育を進めるには、先生たちがお互いに自由に批判したり討論したり、父母と話し合ったりすることが必要だと思うんです。

でも勤評は……。

痰《たん》のように喉元につかえた言葉を吐き出しながら、くだくだと説明した。

「いつまでも、そんなところで、がたがた喋ってるんじゃねえよ！」

突然、座卓から父親の怒声がとんだ。

「勤評反対だあ？　日教組を支援しようだあ？　先生たちに赤旗振り回す暇があったら、あんたらみたいによ、この町に来て、子どもの勉強でも見てくれたらどうだい。ビラはそこに置いておけ。後で見てやらあ」

「すいませんね、寺沼さん。お父ちゃんたら、酔っ払って」

「すいません、すいません」

夕食時の来訪を深々と詫びて廊下に出た。

夜に入って、一段と蒸し暑くなったようだ。胸と背中に汗が流れ、下着とワイシャツが肌にねばりついた。

個別訪問を終えるのに、数日かかった。他のセツラーも、同じような体験をしていた。セツラーの訴えをきちんと聞いてくれる親は、少なかった。お義理にチラシを受け取ってくれる親が多かったが、なかには玄関払いを食らったセツラーもいた。

数日後、子ども会を終えた夜の集約会議は、意気が上がらなかった。

「子ども会に、いつもの半分しか来ないいんだよ。聞いてみたら、アカい学生さんお断わりなんだって。アカい学生のやる子ども会なんかに、わが子を出せないとさ。親に黙って来ている子もいたけれど。勤評のチラシ一枚でこうさ。いままで僕たち、K町で何やって来たんだろうか。ショックだよ」

真面目屋のM君の衝撃的な発言に、皆黙りこくったままだった。

学生運動で語る言葉は、K町の住民には通じなかった。沈黙と反発の壁が立ちふさがった。長年のセツル活動を通じて、住民と心の交流が築かれていると思っていたが、その自負は叩きのめされた。親たちにとって、私たちセツラーは、子どもの宿題を見てやったり、一緒に遊んでやったりする便利屋のような存在だったのか。いつか座りこみのテントのなかで、彼女がいった言葉を思い出した。K町の民衆をオルグして反対集会を開こうなどというのは、セツラーの思い上りなのか。

その夜遅く、私は思い余って、K町に有田さんを訪ねた。

ガリ切りの鉄筆の手を休めて、有田さんは、私を迎えてくれた。二間続きの奥の部屋に蚊帳を張って、三人兄弟が腹を出して眠っていた。子のかたわらで奥さんが、昼間の重労働のためか、うたた寝をしていた。この暑さにもかかわらず、羨ましいような深い眠りだった。

私は声を押さえて、経過を話した。

「君たちの勤評反対集会の話は聞いたよ。この町の住民の反応もね」

「どう考えたらいいんでしょう」

単刀直入に、私は聞いた。

「この町の人々と勤評問題を話し合うなら、それなりの考え方や態度があるはずだよ。その点を、君たち、どう思っているんだろう」

「なによりもK町の人たちに、勤評の本質を理解し日教組の支援に起ち上がってもらいたかったんです。日米の資本家階級が、日本の軍国主義化の道を公然と歩み出し、そのために……」

「そうそう、このビラにも、そう書いてあるね」。有田さんは、座机の引き出しから私たちが配布したビラを取り出して示した。

「君たちは、住民に勤評の本質を教え込もうとしてたんじゃないかな」

「われわれなりきに、勤評問題を学習して来たから、皆さんにそれを知ってもらいたいんです」

「それそれ、君たちの気持のなかに無知な住民を指導し決起させるといった姿勢があるんじゃないかなあ」

「……」

真の革命理論が、いよいよ大衆を掴む時だ！　勤評反対の地域共闘へオルグ派遣を決めたS・Kの席での気持の高ぶりを、私は思い出した。おれだって、有田さんだって、革命的前衛党員として、大衆を指導するのは当然でしょう。勤評問題を真剣に学び、また反対闘争を果敢に闘って来たセツラーたちが、後衛の大衆の意識を呼び覚まし、闘いへの起ち上がりを促すのは当然でしょう。そう反論したい気持を抑え、有田さんの言葉を待った。私の高ぶりを見抜いたように、言葉を選びながら、有田さんは続けた。

「K町の住民は、君たちのようには、勤評を理解してはいない。学んでもいない。だがそれは、無知とは違うんだ。住民は、君たちとは違った理解の仕方で、勤評の本質を把握するんだ。そこのところを、君たちは、もっと考えなければならなかった。君たちは、まずK町の民衆から、勤評問題を学ばなければならなかった」

「でもね、ビラを配っていたら、勤評賛成という人だっているんですよ。そういう人たちから何を学ぶんですか。K町が、私たちセツラーに対して、突然に固い殻をかぶってしまったみたいなんですよ」

「君たちは、なんのためにK町に通って来ていたんだ。貧しい民衆に何かやってやろうと思っていたのかね。かわいそうな子どもたちに、何か与えてやろうと思って来たのかね。それとも、君たちの革命理論で、K町を変革しようとでも……」

「ちがいます、ちがいます。そんな気持で通ってるんじゃありません。活動を通してK町の現実、子どもたちの現実を直視したい、ほんとうの民衆の姿や生き方を知りたい、民衆の貧しさや権利が侵されている原因を突き止めたい。そして一緒に何か築こうと……」

「直視するって、どういうことなんだろう。それは、K町という地域と人から学ぶってことだろう。だとしたら、この町から、勤評問題を学ぶって、どういうことだと思うかね。君の考えをきちんといってみたまえ」

有田さんが、厳しい表情で私を凝視した。有田さんのそんな顔つきは、見たことがなかった。

「それは……」。口ごもって、返答ができなかった。

「勤評賛成という母親からも、アカい学生さんお断わりという父親からも、君たちは、学ぶことがいっぱいあるんだよ。たしかにK町には、組織労働者はほとんどいない。総評に加盟している戦闘的労働組合の組合員は、ほとんどいないよ。けれども、この町の住民のような下積みの労働者が動き出さなければ、勤評ははねかえせないだろう」

「じゃあ、勤評賛成というY子ちゃんのお母さんから、何をどう学んだらよいか、教えてください」

「答えを出すのは、君自身だよ。正直のところ、わたしにも答えは示せないよ。まあ、これは、お互いの宿題にして、これから一緒に考えて行こう。大事なのは、壁にぶっつかったからといって、へこたれちゃあだめだってことだ」。有田さんの表情が、いつものように柔和になった。「撥ね返されたら、またぶっつかる。きっとK町の住民は、君たちに胸を開いてくれるよ」

明朝までに筆耕の仕事をやってしまわなければ、という有田さんに別れを告げて、巨大な木造住宅棟を出た。

住宅棟の谷間に半月の光が降り注ぎ、微風が通り抜けた。ワイシャツのボタンをはずして、微風を受けた。

見上げると、灯りがともっているのは、有田さんの窓だけだった。K町は、寝静まっていた。

信州の年老いた父母も、寝ているだろう。ふと、そう思った。一生を実直に働いて来たプロレタリアートでありながら、およそ革命的思想からも行動からも対極に埋もれてしまって物言わぬ父母からも、何か学ぶことがあるのだろうか。

有田さんと話したお陰で、気が軽くなった。セツラーに対し、K町は「固い殻」の姿を見せた。でも、K町こそ、日本のごく普通の地域の姿ではないか。では、K町に居住するY子の母親から学ぶとは、どういうことなのか。有田さんは、答えは自分で探せといった。それはきっと、わが子の教育に対する願いや不満を、語ってもらうことなのだ。そこに、日本の教育の矛盾が、かならず照らし出される。勤評の論議は、そこから始まってこそ、K町の父母の心を把える。

翌日、仲間たちと相談して、二枚目のチラシをつくった。K町の父母（地域住民）と子どもたちが通う小中の教師と私たちセツラーが膝を交えて、わが子の子育てや教育の悩み、学校への不満や要望を話し合おうという内容だった。

手分けしてチラシを配りながら、ここ数日セツラーに寄せられた反響や反対意見を、率直に伝えて廻った。

そして、当日を迎えた。

集会には、当初の悲観をくつがえして、予想以上の住民が集まった。

Y子の母親は、定刻間際に駆け込んで来た。

「いらっしゃい。もうじき始まりますよ」

嬉しくて、声がはずんだ。

「Y子がねえ、寺沼さんがこんなにお願いに来てるんだから、お母さん行ってよ、と急かすのよ」

子のせいにしながら、笑顔をつくった。

「お父ちゃんたら、おれが子守をしていてやるから、お前、行って来い、だって」

勤評反対の訴えを！と張り切っていた区教組分会役員の教師たちも私たちセツラーも、結局は聞き役になった。主役は、語り手は、K町の住民だった。自分たちが受けた戦前の教育、戦場での、外地・内地での戦争体験、戦後の今も続く飢餓のくらしと労働、そして子に託す父母の願い。

勤評論議にはならなかった。けれども学友との勤評学習会では得られないずっしりした重みが、達成感とともに胸内に残った。教師たちも同様であった。「固い殻」は、少し口を開けて、語りかけてくれたのだ。有田さんがいう「私の大学」という意味が、少し分かりかけた。

誰がいうともなく、こうした「教育懇談会」をこれからも続けて行こうと決まった。

「こんな話したの、初めてだわ」

そういいながら、Y子の母親は上気した頬を両手ではさんだ。いつもより若く、そして可愛く見えた。

しあわせは俺らのねがい
仕事はとっても苦しいが
流れる汗に未来をこめて
明るい社会を創ること

保母セツラーが歌いだした。みんな席を立って、自然に丸くなり手をつないだ。

みんなとうたおう
しあわせの歌を
ひびくこだまを追って行こう

初めて握ったY子の母親の掌は、固くがさがさしていたが、温かかった。

母親の掌を強く握りながら、私は、いつか座りこみのテントで彼女と交わした「理論と実践」「大衆とは何か」の議論を反芻《はんすう》していた。

夏休みが終わりに近づいた頃、在京学生党員によるS・Kが開かれた。

第七回党大会によって、新しい綱領を採択し歩み始めた党に対する批判が、多くの同志から激しく述べられた。新セクト結成は、もう時間の問題であるようだった。

私は例によって、片隅に身を隠すようにして、黙然と座していた。

もうひとつの議題は、夏休み中の勤評闘争の総括だった。和歌山や高知に派遣された同志が、戦闘的に闘われた現地の模様を報告した。

続いて彼女が、目黒区の勤評共闘会議の組織活動を報告した。共闘会議の書記役を引き受け、区内の労組をオルグして歩き、区教組を中心とする共闘会議を組織した一夏の活動報告は、ひときわ高い拍手を受けた。

会議が果て近くの駅に向かって雑踏を歩きながら、珍しく彼女は、自分から私に話しかけて来た。

大学から地元の区に出て、大企業労組の支部や地域の中小労組を巡り歩いた体験を、彼女は興奮気味に語った。労働者の地域活動に興味を持ったようだ。

「私って、労働組合の書記に、とっても才能があるみたい」

「それは、いい発見をしたじゃないか」

「本気に、専従書記の道を考えようかしら」

私は拍手をして、彼女の笑顔に賛意を表した。

「夏休みっきりっていうのは無責任でしょう。だから、まだこの仕事、しばらく続けてみたいの」

「大賛成だよ」

「続けたいのには、もうひとつ理由があるわ」

頬から笑みが消えて、いつもの厳しい表情になった。

「もっと大きな発見をしたのよ」

「何だい」。私もつられて姿勢を正し、歩みを止めて向き合った。駅舎が目の前だった。

「目黒区の地域共闘会議は、区労協、社共両党、そして区内の学生自治会で組織されているの。もちろん主役は、区労協と区教組の労働者だわ。区労協の幹部や社共の代表は、全学連のオルグだというと、うさんくさい目でみるの。なんとなく敬遠していたみたい。でも、一般の組合員は、私を歓迎し、実に敏感に私たちのオルグを受け止めてくれたわ。末端の組織労働者には、闘うエネルギーがみなぎっていることを実感できたわ。これが一番の発見よ。ああ、彼等を起ち上がらせ、戦列につかせる正しい革命理論があればなあ。だから私、もう少しオルグを続けて、そこのところを確かめてみたいのよ」

一気にそう語って、彼女は同意を求めるように、私の眼を正視した。

「あなたの発見は？　K町の勤評反対闘争はどうだったの？」

私は、K町の父母集会のてんまつを簡略に伝えた。

「そう……」。眼が見開かれ、ありありと不満が示された。

「勤評は、基本的には、日教組――国労や炭労、鉄鋼労連と並ぶ闘う労働組合を弱体化し、日本の労働運動を右傾化し、もって反動化政策を押し進めようとする戦略でしょう。とすれば、いま必要なことは、闘う労働運動の構築でしょう。労働組合が、生産点でのストライキや果敢な街頭デモを闘う。中央のそうした闘いと呼応して、地域の組織労働者が起ち上がる。それによって、勤評反対闘争は、全国に広がって行くのよ。そのためには、地域の組織労働者を勤評反対という一本の糸で繋いで行くこと、つまり共闘会議に組織することだわ。それは、労働運動の末端で、閉じこめられている労働者の闘うエネルギーを結集することなのだわ。総評や社共の右翼日和見的な幹部の指導を乗り越えて、階級的労働運動を下から築いて行く道だと思うのよ」

「それは、勤評のひとつの面さ。勤評を、日教組への弾圧策、つまり労働問題として把えると、闘う労働組合の共闘が求められるだろう。勤評のもうひとつの面、つまり教育問題として把えるなら、広範な地域の父母が起ち上がらなければ、勤評を葬り去ることはできないと思うよ。そういう意味では、おれは、君に負けない大きな体験をしたよ。多分君は、勤評の本質をストレートに説いて、闘う組織労働者を発見しただろう。おれは、未組織労働者であるK町の父母の生活体験に耳を傾けて、地域活動の大切さを発見したよ」

「それは、いい発見をしたわねえ。でも厳しく言わせてもらうなら、あなたの地域主義は、かつての山村工作隊と同根の日和見主義よ。右と左の違いはあるけれどね。革命は、プロレタリアの階級闘争から生まれるものであって、地域活動や農山村の撹乱工作からは生まれないわ。地域が変われば日本が変わるなんていうのは、幻想よ。地域は、労働者の闘いがあってこそ、その余波を受けて遅れて起ち上がるのだわ。この原則を無視して、区の共闘会議の組織化をネグレクトし、K町の地域活動に埋没していたあなたは、やはり日和見主義の批判をまぬがれないわよ」

彼女がこんな調子で私を難詰《なんきつ》するのは、初めてだった。日和見主義などといわれて、おもしろいはずがない。私は、反論する気になった。

「そうかなあ。おれが日和見主義者なら、君は機械的原則主義者だよ。革命運動は、そう単純なものではないと思うよ。組織労働者の闘いを三角形の頂点に例えるならば、それを支える広大な底辺が必要だよ。頂点が突出するような鋭角三角形は、すぐ倒れてしまう。生活点での闘い、地道な署名活動、未組織労働者、自営業者、農民の闘い、地方自治体における住民の闘い――こういう分野の闘いが、幅広い底辺を形成すると思うんだよ。どっちが先なんて議論じゃなくて、どっちもきちんと取り組まなくてはならないんだ」

「どの分野でも闘いが必要なことは、認めるわ。でも、革命は図形ではないわ。運動よ。あなたは、革命運動の力学を知らないわ。三角形の頂点と底辺の例えこそ、卑俗な機械論じゃないかしら」

「君のいう革命の力学って、いったい何なんだ」

「あえて単純化を恐れずにいえば、革命の力学は雪山の雪崩と同じよ。尾根から転がり始めた最初の小さな雪塊が、やがて巨大な雪崩に成長して何もかもなぎ倒す。革命も、最初は真の革命理論で武装した少数派の闘いからよ」

「おれのが三角形の幾何学なら、君のは雪崩の物理学か。確かに単純だね。一点突破式の単純な思考だよ。おれ達、学生運動のなかで、そういう思考に慣らされて来た。学生運動を果敢に闘えば、戦闘的労働者の闘いを誘発し、やがて広範な労働者階級が起ち上がる。そして地域が一番最後から従いて来る。そういう思考にねえ、K町の住民はガツンとげんこつをくれたんだ」

「でも、革命の歴史が教えるのは……」。彼女は面と私に真向い、私の意見がもどかしくて堪らないというような苛立ちをかすかに見せながら反論して来た。

第一次大戦末期のロシア民衆の惨状、各地の工場・戦線・農場における労働者・兵士・農民の決起、レーニンの戦略と戦術、決定的瞬間におけるレーニンのスローガン（「すべての権力を労働者・兵士・農民の評議会へ！　平和！　パン！　土地！」「このスローガンを公然と否定するか、さもなければ蜂起か。中間の道はない」）、ソヴェト大会におけるボルシェビキの権力奪取、兵士・労働者による冬宮占拠、そしてプロレタリア権力の樹立。それが、革命のダイナミズムよ、と彼女は念押しした。私にはそれが、山口一理論文やリードの『世界を震撼させた十日間』を彼女なりに丹念に読み込んだ、しかし生硬な議論のように思えた。

つい数ヶ月前まで、私自身、そうした議論に熱中していたのだ。ロシア革命におけるその瞬間だけをフラスコのなかで純粋培養し、抽出されたエキスを半世紀後の日本の現状に振りかければ、東京の国会議事堂前にペテログラードの騒擾《そうじょう》を創りだすことができると、ロマンチズムを燃やしていた。同じ渦に身を置きながら、いつか彼女と交じわした論争を思った。去年の晩秋のことか。自治会委員長の処分に反対して、学寮前のテントにともに座り込みをした時だった。セツルメントの地域活動について話していたら、理論と実践を巡る議論になった。あの時も意見が合わなかったが、今はもっと決定的だ。一夏の体験をへて、二人の「革命理論」の間に、深い落差ができてしまった。埋めがたい溝だ。

そんな思いに駆られている私に、彼女は論法を変え、追い打ちをかけるように断言した。

「学生運動の先駆的役割を、あなたは軽視しているわ。でも歴史的に見たら、学生運動や革命的インテリゲンチャの運動が社会を決定的に揺り動かすことがあるのよ。中国の五・四運動だって、いまキューバで進行しつつあることだって。そんなこと、あなただって先刻承知のことでしょう。そういう確信をもって、わたしたち学生運動を闘って来たんじゃないかしら」

歴史の直訳のような議論は止めにしようよ、といいかけて、私は口をつぐんだ。私が議論したかったのは、同じ勤評反対のとりくみのなかで、彼女が発見した目黒区の労働者階級と私が発見したK町の民衆とを、どう統一的に理解したらよいか、ということだった。それは、二人の体験を突き合せることによって、職場と地域、生産点と生活点、階級闘争と住民運動との、互いの補強の関係を探ろうという論争のはずだった。革命的ロマンチズムの衣は、そっと脇に脱いで置いて、革命的レアリズムの精神をもって冷静に、階級と地域の力関係を分析する議論、三角形の図形と運動の力学をどこかで交差させる議論をしたかった。

しかし、彼女の昂ぶりの前に、私は議論を放棄した。世界の革命史から離れたこうした地味な問題は、今の彼女に似合わない。論争も噛み合わない。

「おれ、これからバイトに行かなくちゃあならないんだ」。ほんとうに時間が迫っていた。「今日は終わりにしよう。それにしてもお互いまだ発展途上の人間だろう。マルクスやレーニンを読み噛ったぐらいで、断定的な物の言い方は止めにしようよ」

「その点については、わたしも賛成だわ」

やっと彼女の表情がゆるんだ。

「発展途上なんだから、試行錯誤は当然なんだ。君の議論を聞いていると、なんだかえらく焦っているみたいだよ。目前の課題に集中し過ぎだよ。人生も革命運動も長いんだ。遠い先を冷静に見つめ、ゆっくり歩く。君には、そういう時間が必要だよ」

「あなた、いつから仙人になったの」と、彼女は笑った。

「幾何学の後には、人生論を説くわけ？　こういっちゃあなんだけど、わたしの方が人生の先輩よ。わたしから見ると、あなたはゆっくり歩き過ぎだわ。のんびり屋よ」

「そうかなあ」

「そうよ。それは、情勢をきちんと把握していない証拠。階級闘争に対して、怠慢だからよ。マルキシズムに対して真摯《しんし》じゃないからよ」

彼女の顔が笑っていたので、私はもう反論する気になれなかった。

「でも、わたしは思うの」。急に、笑いが消えた。「来年か再来年か、日本の労働者階級が総決起し、国会が労働者、農民、青年、婦人、文化人によって騒然と取り囲まれる日が来るわ。その時、求められるのは何だと思う?」

私の返事を聞く眼ではなかった。自問自答するように、彼女は自分の内側を見つめる眼差しになった。

「真のボルシェビキよ。そして雪崩を起こす革命の力学」

その時、駅舎脇の踏み切りが鳴った。彼女の乗る電車が近づいたのだ。

「その時、わたしは、なだれを起こす最初の小さな雪塊になりたいわ」

私にいい捨てたのか。自分にいい聞かせたのか。定かではない。確かなのは、さよならもいわず、手も振らず、昂ぶった活発な背中を見せて、駅の階段を駆け上って行ったことだ。

電車が走り去った方角のビル街の空を、雷雲が覆い始めていた。都会の空に、入道雲だけは、信州の山岳から発生する積乱雲に似ていた。

私は、ホームに立って、雲の成長に見とれていた。あの勢いからすると、まもなく、雷鳴とともに激しい雨足がやって来るはずだ。

夏の終わり、訪米した藤山外相は、ダレス国務長官と会談し、安保改定についての同意を得た。米国が「日本防衛義務」を負うかわりに、日本が憲法第九条改定も視野において、アメリカの基地と軍事行動に協力しようという同意だった。

そして岸は突如、十月の国会に、警職法(警察官職務執行法)改悪法案を提出した。

安保改定に向けて地ならしをするため、労働運動や学生運動を強圧的に取り締まろうというこの弾圧法の改悪は、戦前の治安維持法の復活を思わせた。労働者の激しく、幅広い憤激を呼び起こした。戦前の記憶のなまなましい一般の市民も起ち上がった。そして無党派の多数の学生たちの怒りも、燃えひろがった。

十一月四日、国会では、法案審議・採決のため野党の反対を押し切って一方的に国会会期延長が強行された。

夕刻この暴挙が伝えられると、私たちは一斉に学寮の一部屋一部屋を廻って、オルグを開始した。寮生たちの反応は、驚くほど敏感だった。そして寮食堂でおこなわれた夜間の抗議集会に、連休中にもかかわらず在寮生のほとんどが結集した。五百名が寮食を埋めつくす光景は、初めてだった。ある者は朴とつに、ある者は熱狂的に警職法への反対の意思を語った。拍手、喚声。ときに野次や怒号が飛び交うこともあったが、民主主義を投げ捨てようとする政治勢力への強い憤りが、寮食の天井を揺るがした。

集会が果てたのは、夜半十二時を回っていた。私たちは、直ちに行動隊を組織し、国労スト支援のため、品川駅に向かった。

十一月五日。その日は総評によるゼネストが予定されていた。炭労、全鉱、全金は二四時間ストで、国鉄、私鉄、港湾などの労働者も部分的に交通・運輸を止めるストで起ち上がった。占領軍の指令で中止になった四十七年のあの二・一ゼネストでも実現できなかった歴史的な政治ゼネストが開始されようとしていた。

国電の始発時間が迫っていた。国労の行動隊員と鉄道公安官が、信号所と信号手の争奪を始めた。続いて運転手の争奪も。学生の他に東京地評の労働者も続々とつめかける。

デモ隊は、駅前の広場に、改札口に、ホームに溢れかえり、座り込み、シュプレッヒコールを繰り返し、国労のストを防衛する。早朝の乗客を説得する。

品川駅を通る国電は、完全にストップした。いつもなら次々に発着する電車の轟音とアナウサーそして乗降客の騒音に満ちるホームが、今朝はデモ隊の人波とシュプレッヒコールに満されていた。電車の通らない線路だけが入り組み分岐して、奇妙な空間を構成していた。その空間を国労の行動隊員が、きびきびと動き廻っていた。

プロレタリアートの生産点におけるストライキ闘争の威力を、私は、目の当たりにまざまざと見た。「鉄路の闘い」――国労の戦闘的労働者は、首都・東京の大動脈を完璧に止めた。鉄道を動かしているのは、国鉄の当局でも職制でもない。国鉄の労働者だ。眼前のこの光景は、その事実をありありと示していた。

大衆運動への政治的弾圧と民主主義の破壊をもくろむファッショ勢力に対して、日本の労働者は、ゼネストをもって対峙した。生産と政治の主人公はいったい誰なのかを、見事に主張した。

ストが解除され、品川駅前での大集会を終えて、デモ隊は国会へ集結した。国会を包囲する一万人の労働者と学生の渦巻き。数百人の学生は、議員への面会を求めて、議員面会所に入り座りこんだ。

警職法粉砕！

国会解散！

岸内閣打倒！

夜学連の学生が合流して、デモ隊はさらに膨れ上がる。機動隊との小競り合いが始まる。学連歌、労働歌、シュプレッヒコール。デモ隊は激しくジグザグを繰り返して、機動隊を押しまくる。

大群衆は、果てしもなくどこから湧いて出て来るのか。国会の周辺をこれほどのデモ隊が埋め尽くす光景を、私は初めて見た。

その時、人民に包囲された国会の内部では、「警務法改正案審議未了」という妥結が話し合われていた。

警職法は挫折した。

だが、同じ国会で論戦が始まった安保問題への国民の目を転換させるかのごとくに、皇太子の婚約にマスコミは熱中した。

「全学連はついに労働運動の革命的左翼と共闘した」。S・Kの冒頭に、同志鳥山はそう切り出した。日本のプロレタリアートは、自らの実力行使によって、ブルジョアジーの政治攻撃をはねかえし、警職法を粉砕した。炭労・国労などの敢然たるストライキは、支配階級を恐怖に陥れ、また革命運動、労働運動の日和見的幹部を震撼させた。この闘いは、プロレタリアートにとって、階級闘争の学校であった。総評の下部労働者は、自らの闘うエネルギーに目覚め、労働運動の最前線に革命的左翼を形成しつつある。

「こうした情勢のなかで、彼等が痛切に求めているものは何か。それは、階級闘争を指導できる理論と現実的な能力を備えた真の革命的な指導部の結成である」

そう締めくくって、鳥山の長い報告は終わった。

「しばらく休憩して、続いて『プロレタリア通信』第四号の討議に入りたい」

司会者が宣言するまでもなく、会場はざわついた。これから何が始まろうとしているのか、誰もが分かっていた。

S・Kは、最後の解体の過程に入っていた。鳥山に対して強固な反対意見を持つ者は、すでに出席しなくなっていた。彼等は、どこに行ったのか。新たな再建のとりくみが、どこかで始動しているのか。その兆候を、私は見つけることができなかった。

鳥山を左から批判する者たちも、この場にいなかった。彼等は、すでに別のセクトに移行しつつあるようだった。

S・Kに残っているのは、鳥山などへの同調者だけではなかった。「日和見主義者」「中間分子」と批判されながら、なお学生運動の統一と発展の可能性を求めて、踏み止まっている者たちもいた。私もその一人だったが、S・Kの最期を見届けて席を立ちたいという意地のようなものに支えられて、その場に沈黙していた。

『プロレタリア通信』第四号は、学生運動の表舞台の、また影のリーダーとして有名な今茂郎が執筆した「最近の学生運動について」というレポートを掲載していた。

L・C候補になった時、私はL・Cのある同志に伴われて、この伝説的な人物を小さな借家に訪ねたことがある。彼から直接教えを受けるのは、将来のリーダー候補に挙げられた者の特権だ、と私を伴った同志がいった。

彼は大学当局から処分を受けて、その時医学部を休学中だったか。表舞台のリーダー役は遠山委員長などに譲って、専ら陰の理論的指導者として知られていた。学生運動の同志だった奥さんが茶を出してくれた。忙しい身なのにわざわざ数時間を割いてくれた彼に、私は好感を持った。都会派のスマートな論客を予想していたのに、彼のイメージは違った。弁舌に長けたアジテーターでもなければ、理路整然と弁論を操る理論家とも違った。陰で学生運動を動かす権謀家のような不敵さ、不遜さも感じられなかった。自宅でくつろぐ彼が見せた素顔なのか。それとも、その時、別の素顔を見せなかっただけか。

彼が新セクト結成の中心人物の一人であることは、周知の事実であった。「学生運動の転機はもはや言葉ではない」に始まり「革命的左翼の結集を組織せよ」で終る数頁の今レポートは、公然と激越に新セクト結成を呼びかけたものであった。

何日か前、L・Cのメンバーの一人から手渡されて読んでみたが、それは熱狂的な闘争宣言であった。あの素顔の彼のどこに、この熱狂が隠されていたのか。熱狂は、彼の役割ではなかったはずだ。少なくとも新セクト結成を呼びかけるならば、彼らしくがんとした冷徹な文脈を列ねるべきではないか。

もしかしてこれは、今の手になるものでなく、何人かの執筆を伝説的な人物である彼の名で発表したものかもしれない、と思ってみたりした。

いずれにしろ激越な言葉は人を熱狂させるが、熱狂は冷めやすく、分解しやすい。熱狂は、もっと過激な熱狂を呼ぶ。今レポートに、私はそんな危惧を感じた。

私に今レポートを手渡したL・Cのメンバーは、情報通らしく、私にこう耳打ちをした。

「新セクトの結成は、もう時間の問題だ。名称も決まったよ」と。

それから彼は、山口一理、今茂郎、平岡、森川、時田……などの名前を挙げた。「彼等が指導部を形成するんだ」と、彼はいった。そして急に声をひそめて私に告げた。

「この新組織のもとで、誰かが命を落とす。指導部はそこまでの覚悟をして、革命の道を切り開こうとしているんだ。これは、まさに命をかけたゲバルトの闘いなんだ」

誰かが命を落とす！　その覚悟をした指導部の誰が？　だが、いっときの嵐が吹き荒んだ後、命を落としたのは彼等ではなかった。彼等のある者は、大学教授となってアカデミズムに身を置き、アメリカに留学して国際的な経済学者となり、異国に空しく事故死して果てた者もいる。政治評論家に転身してテレビに登場し、地方都市のホテルの大ホールで、金屏風を背に、地方財界人に向かって政界の内幕をとくとくと語るのを業とする者もいる。一開業医として僻地の診療活動にとりくむ今茂郎は、別格というべきか。

「しばらく休憩して、続いて『プロレタリア通信』第四号の討論に入りたい」

司会者がそう宣言した時、会場のざわつきのなかに、一人の学生が立って声を張り上げた。

「異義あり！　それは、S・Kのやるべきことではない」

いつも寡黙な、小柄な、真面目一徹な高野が顔を紅潮させていおうとしていることが、即座に私に伝わった。同じく座の一同にも。

「ナンセンス！」

「日和見主義者は、戦列を去れ！」

怒声が、高野を取り巻いた。直立して彼は発言を続けたが、怒鳴り声にかき消された。

「ぼくは、ぼくは……」。高野も負けてはいなかった。「ぼくは、この会議をS・Kと認めない。ぼくは今日限り、君たちの集団を去る」

「高野よ、お前は前衛に名を借りた裏切者に同調するのか」

「出て行きたい者は、勝手に出て行け！」

怒声を背中いっぱいに浴びて、高野は座を蹴って部屋を去った。振り返りもしなかった。

数人の学生が、黙々と彼に続いた。

後に高野は、経済学部を卒業して、大手の電気メーカーに就職した。幹部候補生の彼がとりくんだのは、労働組合活動だった。しかし、会社側と労使協調路線の組合は、それを許さなかった。彼は会社と組合の両方から激しい思想差別を受け、一労働組合員として闘いながら四十数歳の生涯を終えた。

しばらく間を置いて、三、四人の学生が座を去った。

私は……。

私はどうするか。去るか、残るか。

「他に去る者はいないか」

鳥山がいった。断罪の宣告をするような冷たい響きだった。

みなの視線が私に集まった、ような気がした。

去るか残るか。

去ることは、ともに激しく学生運動を闘って来たこの仲間たちとの決別を意味した。

残ることは、この運命共同体に一層身を沈め、見通しのない熱狂に突き進むことを意味した。

「有田さん、おれはどうすればいいんですか」

自分に問うのでなく、胸の内で、K町の有田さんに問うた。けれども、有田さんが答えるはずはない。

「答えは、自分で見つけるんだよ」と、ただ穏やかに笑っているだけだ。

仲間との友情？　運命共同体？　そんなものは、選択の基準にはならないよ。

胸のどこかで、別の自分がいった。

去るのは卑怯？　残るのは勇気？　そんな心情も捨てろよ。その声はいった。

君は、いまこの場で明快に決断を下せるような人間なのか。そんな理論も実践も持ち合わせていないくせに。迷いは、当たり前だ。そういう時には、一歩退いて、もっと冷静に、もっと客観的に、自分を正視するってものではないか。

君がほんとうにやりたいことは、何なんだ。激しい街頭デモか、地道な地域活動か。

去ることは、戦列を離れることではない。この場を去ること、それが勇気だ。高野が引き返して来て、大声で呼んだような気がした。

君は、いまもこれからも、日本のプロレタリアートの息子だ。K町の民衆から学ぶ気持ちが大切なんだ。有田さんの声が聞こえた。

英穂やい、お前はあととりだで、父ちゃんや母ちゃんのことは頼むでな。これは、老いた父母の声か。

私は、緩慢《かんまん》に席を立った。椅子に粘り着いた鳥モチから身を引き剥がすように。そして私が最後だった。

会場の入り口近くに座を占めていた彼女と、目が会った。

あなたも？　そう問いかけた眼を彼女はすぐに反らした。皮肉っぽく結んだ唇の端に、嘲笑がうかんだ。無視が彼女の答えだった。

卑怯者　去らば去れ
我等は赤旗守る

背中で誰かが、すっとんきょうな声で歌いだした。

その揶揄《やゆ》に向かって、私はつぶやいた。S・Kは解体した。おれはおれの道を探す。君たちは、君たちの事業を始めろ！


一九五九年の年が明けて、私は、教養学部に留年を決めた。あんなに全学ストを、試験ボイコットを叫んでいた自治会のリーダーたちは、叫んだことを忘れ、苦もなく単位を取って、専門学部に進学を決めた。

信州の親には、「一年留年します」と簡単な文面のハガキを書いた。「落第しただかや」と嘆く父母の顔が浮かんだが、金銭面で負担をかけるつもりはなかった。三つかけもちの家庭教師のバイトのペイで、なんとかやって行けた。

K町セツルメントにも、学生運動の路線問題が、複雑に影を及ぼしていた。セツラーの間に、学生運動のあり方をめぐる意見の相異があらわれて来た。しかしサークルのなかでその論争を闘わすことを、セツラーたちは慎重に避けた。

その代わり、セツル活動にあきたらない者は、都学連中執など学生運動の前線へと、セツルメントを去った。

労働者の町でセツルメント活動を！　そう意気込んで金属・化学関係の労働者が居住する品川区の労働者街を調査したが、セツラーを受け入れてくれる新たな地域は、見つからなかった。

私たちは、K町の活動拠点を残しながら、川崎市のF町セツルメントへ参加することを決めた。N鉄鋼の労働者住宅が軒を列ねるF町のセツルメントは、診療所やレジデンス（セツルメントの独立ハウス）を持つ歴史の長い活動にとりくんでいた。N鉄鋼労働組合は、鉄鋼労連のなかの最強組合で、地域で「労働学校」など青年労働者の学習活動に積極的にとりくんでいた。F町セツルメントは、「労働学校」にも協力していた。

私は、キャンパスの学寮を出た。F町に近い木賃アパートの六畳間を借りて居を移した。

K町の子どもたちと、お別れ会をやった後、私は有田さんを訪ねた。有田さんは、コンロに炭火をおこし、すき焼きを整えて迎えてくれた。

「めでたい、めでたい」。それが有田さんの口癖だった。

「君は、K町で十分に学んだんだ。君は、K町を巣立って行くんだ。めでたい、めでたい」

奥さんと三人の男の子たちもすき焼きを囲んで、質素だが賑やかな晩餐が始まった。酔いがまわるにつれて、有田さんは「めでたい」を連発した。その一言にこめられた有田さんの思いが分かって、私も飲めない茶碗酒を重ねた。

有田さんが酔い潰れてしまったので、私は部屋を辞した。男の子たちは、とっくに隣室で重なり合って眠りこけていた。

奥さんが住宅棟の出口まで送ってくれた。

「こんなに酔ったお父さんは、久しぶりだわ」

奥さんは申し訳なさそうに腰を曲げた。「嬉しいんだけれど、ほんとは淋しいんだわ」

大通りに出て振り返ると、私を育ててくれたK町の巨大な木造棟の建物群は、三月の闇のなかに、深く寝静まっていた。

一九五九年二月、安保改定「藤山試案」が発表された。それは、驚くべき内容だった。沖縄、小笠原は米軍の施政権にまかせ、日本の防衛義務を負う米軍に対する武力攻撃に日本は共同防衛の義務を負う。在日米軍の使用・配備・装備は日米間の協議事項、海外派兵は事前協議とするというが、米日の力関係からいえば日本に拒否権などあろうはずがなかった。共同防衛の範囲が「極東」まで拡大するのは明らかだった。日本はアメリカの核戦争の最前線基地になり、核を積んだ米軍の爆撃機や艦船が、日本の基地や港湾に好き勝手に出入する。ソ・中・朝の社会主義国を恫喝し、アジアの国々を支配下に繋ぎ留めようという米日の戦略が明瞭だった。

三月、広範な反対勢力を結集して、「安保改定阻止国民会議」が結成された。全学連が参加する「青年学生共闘会議」も、その一員だった。

四月が巡って来た。

セツルメントの同年生の仲間も、かつてのS・Kの同志たちも、それぞれ専門の学部に進級して、キャンパスを去った。

彼女は、志望どおり文学部の国史科に進学した。

私は、教養学部に残り、新しいF町セツルメント活動に没頭した。

彼女とはますます疎遠になった。

学生運動は、まだかろうじて統一が保たれていた。今までのような活動家としてではなく、一学生として、私はデモに通った。違う隊列の彼女と何度か顔を合わせたが、口をきくことはなかった。

彼女は、かつての同志たちとともに、新セクトの旗を掲げる集団のなかにいた。そのセクトの事務局員として、彼女は活動しているらしかった。いかにもひたむきな彼女らしい選択であった。あんなに没頭したがっていた日本史の勉強を後回しにして、彼等の当面の政治目標と行動に自分自身を捧げようというのか。

「来年か再来年か、国会が騒然と取り囲まれる日が来るわ」

「その時、わたしは雪崩を起こす最初の小さな雪塊になりたいわ」

去年の夏の終わり、勤評闘争について論争した別れ際に、彼女が語ったその抜き差しならない道へ、自分を駆り立てているような気がした。

そして、激動の歴史は、「その日」に向かって、確実に転がり始めた。

四月十五日、安保改定阻止国民会議による第一次統一行動がおこなわれ、「私達日本国民は『再び戦争を起こさない』という誓いの下に、安保条約の改定に反対することを宣言します」との中央集会宣言が採択された。

再び戦争を起こさない——政治の支配者に対して、安保改定を謀る勢力の目論みに反して、ことばが、これほど国民を深く把え、奮い立たせたことはない。

全国のいたる所に「地域共闘会議」が結成された。

統一行動を重ねるにつれて、労働者のストや時間内職場集会が拡がった。中央集会は、学生や労働組合員、文化人や市民でふくれあがり、国会周辺は、デモ隊の抗議の声で取り囲まれた。商店の主人、農家のおやじ、主婦、高校生まで参加するようになった。

右翼がなぐりこみをかけ、小競り合いが起こった。政治の裏の世界に蠢《うごめ》く闇が、動き出したのか。

機動隊の隊列も部厚くなった。装甲車やトラックが、前面に据えられてデモを威圧した。全学連の現場リーダーの幾人かが、その場で逮捕されるようになった。

十月、第七次統一行動のさなか、隊列のなかにいた私まで、不当な拘束を受けた。

身に覚えのない指弾をされて、機動隊に隊列から引きずり出された。いかにも柔道の猛者《もさ》という大男が、襟首を掴んで地面に投げ倒した。数人がかりで後ろ手に捩じ上げられ、丸ノ内署に連行された。

抗弁をしたが、聞き入れられなかった。

抗弁が反抗的と見られたのか、いきなり悪罵がとんで来た。腕を背中に回されて手錠をかけられ、パトカーに押しこめられた。そして、連れて行かれた所は警視庁だった。ベルトと小銭など所有物の一切を取り上げられた。捩じ上げられた痛みで、肩を持ち上げることができなかった。弁解録取書を取るから、意見を述べて署名しろという。私は、弁護士の接見を求め、黙秘した。

夜遅く、留置場に放りこまれた。

翌朝、指紋を取られた。抵抗して両の指を握ると、数人の係官から恫喝され、寄ってたかって指を開かされた。墨をべったりとつけられ、捺印させられた。十本の指すべてである。次は、椅子に座らされた。正面と横から、顔写真を撮るのだ。シャッターが押された瞬間、私は目をつぶり、舌を出した。それが私の抵抗だった。

調べは断続的に、終日続いた。

デモの一参加者に過ぎない私を絞り上げたとて、話すこともなければ、出て来るものもない。私は、沈黙を守った。

午後、弁護士と面会できた。黙秘を貫いているというと、多分二晩か三晩で釈放されるだろう。私も努力するから、それまでがんばれと励ましてくれた。

頑丈な金網で通路と隔てられた留置場は、五人の雑居房だった。管理売春、窃盗、置き引き、詐欺、無銭飲食が罪状だと分かった。管理売春のでっぷり太った中年の男が、同房者を取り仕切っていた。起床後、食事の前、就寝前などに点呼が取られた。正座して房内に整列し、番号を呼ばれて、大声で「はい！」と答えるのだ。私が無言で答えないと、同房者に連帯責任が及ぶ。私は、仕方なく、「うふっ！」と答えた。

食事は、でこぼこのアルミ食器に麦飯と粗末な一汁一菜だった。飯に不服はなく、私はすべてを平らげた。

房の片隅に、水洗の便器があった。便器の前に、小さなコンクリートの衝立てが取付けられていて、かろうじて尻を隠した。しかし、同房者の面前で用を足すのは、屈辱的であった。新入りの私が、便器の清掃を受け持たされた。それは当然であった。

同房者は、時々呼び出されて、取り調べを受けた。彼等は、司直に驚くほど卑屈で、憐れなほど腰を低めた。

夜になると、露骨な猥談が始まった。自分の女との体験を明からさまに語って、欲望を発散させていた。

夜の点呼を終えて、雑魚寝の寝具が延べられた。布団は薄く、何百人かの犯罪者たちの汗と涙の臭いがしみついていた。

取り調べに当たった公安官は、恫喝はしなかった。むしろ、優柔といった方がよい。世間話や天候の話などを持ちかけて来る。自分の郷里の話や東京のせち辛い生活の苦労話をする。ちょっと気をゆるめると、いきなり「あんたの郷里はどこ?」と尋ねるのだった。私は、さしさわりのない雑談にも応じることを止めた。

「あんた等は、信念に基づいて行動しているから、立派だよ」ともいった。「だから、自分の信念を堂々と述べることは、恥でもなんでもない。ひとつあんたの主張を聞かせてくれないか」と続けた。それも、彼の手慣れたやり方にちがいなかった。

時に、最近逮捕された全学連幹部たちの名前を挙げた。

「リーダーは黙秘を通していると、あんたは思うだろう」

彼は、机の上に、幾束かの書類を投げ出して、ぱらぱらとめくってみせた。

「ほら、これはNやRの供述書だよ。ちゃあんと署名し、指紋を押印してある」

Oの名前も挙げた。

「彼は立派だったよ」といった。「黙秘をして十何日目だったかな」

郷里から、母親が心配して上京したんだ。母親の気持を汲んで、面会させてやったねえ。女手ひとつで、百姓をしながら息子を育てたんだ。腰の曲がった年老いた母親でねえ。息子と面会しても、何もいえないで帰って行った。母親が差し入れたカツ丼を出すと、Oは突然泣きだし、丼の上にはらはらと涙を流したよ。Oが取り調べに応じたのは、それからだよ。ほら、これがOの調書だ。署名と捺印があるだろう。

今度は浪花節か。

そう思いながら、私は沈黙の鎧《よろい》を固めて、身を守った。

次の日の一番に呼び出された。その部屋には、十数人の被疑者が集められていた。検事か判事の前に、連行されるのだ。彼等は腰縄に結わえられ、じゅず繋ぎとなって部屋を出て行った。

「政治犯を腰縄というわけには行かないからなあ」

振り向くと、公安の取り調べ官が立っていた。

「その代わり、これで頼むよ」

彼は、私の右腕に手錠をはめ、自分の左腕と繋いだ。袖を下ろし、繋ぎ目にハンカチをかけた。

「温和しくしてもらうよ」といって、私を促した。警視庁の裏口を出て、ビルの裏手から裏手へ。人目を避けるこの道が、いつもの彼の通路だったようだ。人目につかないといっても、白昼の路上の手錠は屈辱だった。若い検事の前に据えられ、手錠をはずされた。

検事がお決まりの尋問を始めた。

私は、返答を拒絶した。刑事と検事は、国家権力だ。だから黙秘を貫く。判事は、制度上は弾圧者とはちがう。だから判事の前では、不当逮捕であることを主張する。

そう私たちは、逮捕された際の心得を教えられていた。

若い検事は、お説教に転じた。

ぼくも学生時代は、学生運動に熱中したよ。かなり過激にねえ。運動を通じて社会正義に目覚めたから、ぼくは検事の道を選んだ。いくらでも可能性がある君たちが、つまらない傷を負ってつまづくのは、馬鹿らしいじゃないか。ぼくは君たちを救いたいんだ。そこの所を冷静に考え給え。

私は、検事の目を見て、首をふって拒絶を示した。

こんな些末な事件にかかずらわっていられない。そういう態度を明らかに露出して、検事は席を立った。

釈放を言い渡されたのは、その日の夕方だった。

「初犯だから、今回は大目に見よう」。取り調べ官は、恩着せがましくいった。

「次に逮捕された時は、こうは行かないよ。それを忘れるなよ」

彼は、最後に恫喝《どうかつ》の表情を覗かせた。

二晩の間にかすかな連帯意識が生じた同房者たちが、「出所」を喜んでくれた。

「しゃばに出たら、おれの女に電話をしてくれないか」

窃盗の男が、私に電話番号と用件を告げた。いつごろ出られるから、待っていてくれという他愛もない用件だった。

セツラーの仲間たちが差し入れてくれた下着類を携えて、三日ぶりに自由の空気を吸った。

電話番号を忘れないうちに、私は公衆電話に寄った。通話先は、バーかなにかのようだった。

女の名前を告げると、その女は半月前に辞めていないといって、バーテンダーらしい男の電話が一方的に切れた。

川崎のアパートに帰る電車のいくつか手前の駅で降りた。自由の身になったことを、真っ先に操代に、報告したかった。操代は、女子大の栄養学科の四年生で、F町セツルメントの栄養部のリーダー格だった。

木賃アパートの玄関で、操代の部屋のブザーを押した。とんとんと活発に階段を下りて来た操代は、私に目をみはった。

「うれしい」と笑いかけ、それから「お風呂にいっていらっしゃい」と命令口調でいった。

銭湯から帰って来ると、夕食の支度ができていた。ビールを飲んで酔いつぶれた私は、その四畳半の部屋に泊った。

十一月二十七日、第八次統一行動日。

この日未明、自民党は、南ベトナムに対する賠償協定を強行採決した。戦争被害の大きかった北ベトナムを除外した一方的な協定は、安保の本質を浮き彫りにするものだった。

午後三時、国会に通じる三つの道路は、八万人のデモ隊で埋めつくされた。装甲車やトラックをおし並べて、坂の上を機動隊は完全に封鎖した。デモ隊の後続部隊が後から後から押し寄せた。機動隊の壁に阻まれて、デモ隊の密度が圧縮された。

「今日こそ国会へ突入して、岸を引きずりだそう！」

デモ隊の上を言葉が飛び交い、それがきっかけとなった。圧縮の極に達したデモ隊は、一気に膨張した。装甲車の間に激流となって流れこみ、機動隊の壁を押しやって、国会正門に迫った。激流の最初の一撃で、国賓しか通行を許されないという国会正門はあっけなく開かれた。ダムの一角が崩れたのだ。放流水はもう止めようがない。次から次へ、正門を押し広げて流れこむ。塀を乗り越えて合流する。労働組合旗と学連旗が渦巻きのようにゆれる。シュプレッヒコールが、白亜の大理石に反響する。そして遂に、三万人のデモ隊が、国会構内を占拠してしまった。

私も、その渦のなかにいた。私は、半信半疑だった。デモ隊のほとんど誰もが信じがたかっただろう。

「神聖な国会」の正門が、こうも簡単に押し開けられたのだ。安保粉砕、岸内閣打倒、国会解散を叫ぶデモ隊が、自然の流れのように国会に押し入ったのだ。そしてデモ隊は、国会議事堂への大階段を駆け上り、赤旗をひるがえす。

その光景は、信じがたかった。だが、私は、そのなかにいる。

これが、闘う人民のエネルギーなのか。自然発生的なエネルギーの爆発なのか。誰が、導火線に火をつけたのか。機動隊は、デモ隊のエネルギーをみくびったのか。それとも意図的に後退して、爆発を黙認したのか。

だが、信じがたい光景のなかに、確かに私はいた。

信じがたいのは、デモ隊ばかりではなかった。

遅れて国民会議の宣伝カーが、構内に乗り入れた。そして、宣伝カーの上から、幹部たちが、集会の終了と解散を指示した。続いて、社共両党の幹部も。

解散反対を叫ぶ野次と怒号。宣伝カーに駆け上って抗議する労働者。

しかし一方、自らが引き起こした事実への奇妙な当惑が、デモ隊の上に広がった。

間もなく機動隊が、棍棒と催涙弾で鎮圧を開始する。自衛隊に治安出動の命令が下った。

そんな噂が、会場を駆け抜け、当惑を膨らませた。

興奮は、急速にしぼんで行った。

全学連のリーダーたちが、大理石の階段に立って、集会続行のアジ演説を繰り返した。

労働者階級の血のなかに流れる革命的エネルギーが、遂に爆発した！

労働者と学生の連帯に基づく実力闘争のみが、安保を粉砕する!

日和見的、裏切り的幹部を乗り越えて、断固前進しよう!

旗を巻いて退散するか、断固座りこんで集会を続けるか、道は二つに一つだ!

階段に近い辺りで、かつての同志たちが学連旗を振り、拳を突き上げて、盛んに同調の気勢を上げていた。

遠巻きに囲む全学連のデモ隊のなかから、私は彼等のアジ演説を聞いた。「この場にいた」「この光景を目撃した」という事実は、全学連の幹部のように、私には浮揚感をもたらさなかった。

反対に、この重たい現実は、なぜか私を冷静な思いの沼に沈めていた。

背後で、波が引くような勢いで、労働者の隊列が、この歴史的な舞台から静々と退散して行った。

そこに、ぽっかりと大きな空洞が生じた。

「国会が騒然と取り囲まれる日が来るわ」

いつか彼女がいったその日が、ついに来たのだ。

彼女は、どこだ。今この情景の最中にいて、昂揚しているのか。沈思しているのか。

デモ隊のなかに彼女の姿を探したが、人混みにまぎれて見つけることはできなかった。


「ちょっと、そっちへ寄れよ」

町田が頭上から声をかけて、促した。

キャンパスの売店からコッペパンと牛乳を購って、ほど近いベンチで、遅い昼食をしていた時だった。

かつては、同志町田だった。今は、新セクトのメンバーだ。お喋りで無遠慮な奴、しかしアジ演説の能力を買われて、都学連の常任に派遣されている。

彼には、もうひとつ、特異な能力がある。人に金を借りて、すぐに忘れるという特技だ。飯代を何回か貸してやって、返してくれた例はない。彼は、すっかり忘れているだろうが。

一一・二七の責任を追求されて、全学連書記長の水上と法学部委員長の富山に、逮捕状が出されていた。二人は逮捕を逃れて、学内に立て篭もった。教養学部内の学寮には、水上が身をひそめていた。大学の自治に関わることなので、警察当局は手を出しかねていた。

どういうわけか、水上と富山は、私の分類によれば、二人とも「田舎派」だ。都会派の理論的指導者たちは逮捕を免れて、田舎派の現場監督が責任を追及される。

大学側は、厄介者を退散させたがっていた。だから学内に緊張が高まっていた。町田は、どうやらその闘いを指導するため、都学連から派遣されて来ていたものらしい。

私が横へ移って開けた場所へ、町田は、どかりと座った。

「たばこあるか」

いつもの調子で要求した。しんせいの箱を差し出すと、彼は二本取り出し、一本を胸のポケットに収め、一本に火を点けた。

「どうだ、戦列を離れ、留年して、学業に専念しているのか」。煙を吐出しながら、なんというぶしつけないい方だ。

私は、町田を無視して、コッペパンを噛った。

「一一・二七に君は行ったのか」

「行ったよ」

「あの闘いを、君は、どう評価する?」

答えを求める聞き方ではなかった。

「安保闘争の観点からでなく、日本プロレタリア革命の観点から、徹底的な総括が必要だと、ぼくは思うんだ」。そういって無遠慮にたばこの煙を、私に吹きかけた。「一一・二七は、日本革命のタイムスケジュールを一歩速めた歴史的な日として、歴史に刻まれるよ。君は、そう思わないか」

私の返答にかまわず、彼は続けた。

「ぼくの関心は、一一・二七を、ロシア革命のどの段階に位置づけるかという点だ」

大胆にいえば、いままさに、一九一七年の二月革命の火ぶたが切って落とされた。第一次大戦の末期的情況のなかの二月、パンと平和を求めて、ロシアの民衆はツァーリ権力を打倒して臨時政府を誕生させた。臨時政府は新旧勢力の寄せ集めなのだが、実質的な指導者は、エスエル(社会革命党)の社会主義法律家ケレンスキーだよ。同時にロシア民衆は、全国各地の工場に、兵営や塹壕《ざんごう》・軍港に、地主の支配する農村に、労働者・兵士・農民評議会つまりソヴェトを組織した。二重権力がロシアの大地に出現したんだ。ソヴェトの主力は、エスエルやメンシェビキが主流派で、真の革命的ボルシェビキは少数派に過ぎなかった。レーニンは、まだスイスに亡命していたんだ。ケレンスキーは、無力だった。パンと平和を何も解決できず、ブルジョア勢力との妥協を重ねた。四月、レーニンがドイツからの封印列車に乗って帰国し、「すべての権力をソヴェトに！」のスローガンを掲げた。このスローガン、つまりレーニンとボルシェビキの掲げた四月テーゼが、民衆を把えたんだ。十月、ソヴェトが権力掌握を宣言し、武装した労働者と兵士が冬宮を占拠し、ケレンスキー内閣と背後のブルジョア権力を駆逐した。

これが一九一七年二月から十月にいたるロシア革命の経過であることは、君も承知の通りだ。

彼は、ちびた吸い殻を、空になった私の牛乳ビンでもみ消した。彼は興奮すると、立て続けにたばこを吸う。胸ポケットから取り出した二本目のしんせいに火を点けた。

「その二月革命が、いままさに東京で始まろうとしているんだよ」

一一・二七は、第一歩だ。あの闘争で、首都の労働者は、自らの革命的エネルギーに気づいたんだよ。同時にメンシェビキ的裏切りや誰が真のボルシェビキか、にもね。次の闘いでは、国会は何十万のデモ隊に包囲され、国会の機能はマヒするんだ。岸内閣は崩壊し、国会は解散される。安保を闘う民衆は、社会党を支持し、浅沼内閣が誕生する。つまりケレンスキー政権が樹立されるんだ。同時に、全国津々裏々の安保阻止地域共闘が、闘う人民によってソヴェトに転化する。二重権力が出現するんだ。浅沼内閣は無力だ。その時こそ、「すべての権力をソヴェトに！」のスローガンを掲げたわれわれが、労働者階級の面前に登場するんだ。

革命ごっこ、革命幻想、のんきで陽気な空想的革命主義者。胸のなかで、彼にそう罵倒を投げつけてベンチを立った。彼は三本目のたばこを欲しそうだった。それを無視して、私は彼に背中を向けた。

一九六〇年があけた。

一月十六日、岸首相と藤山外相は、安保改定の調印のため、アメリカへ向け羽田空港を飛び立つことになっていた。

一一・二七の弾圧は、全学連だけでなく、総評など労働組合にも打ち下ろされた。この弾圧は、安保反対の激しい街頭行動に対する、政府の宣戦布告であった。

その意図を察知してか、一二・一〇第九次統一行動は、国労や炭労の実力行使で闘われたが、国会包囲デモは実施されなかった。

国民会議は、一・一六の闘いを、羽田でなく都心での抗議集会で闘う方針を示した。

全学連は、これを裏切り(労働者階級が日和見的指導の下に封じ込められた)と規定し、羽田空港における岸渡米阻止を呼びかけた。

「残された日を羽田動員のため死力をつくせ!」

全学連は書記局通達を出し、こう悲痛に動員指令を発した。

全学連の委員長は、昨年から、都会派・アジテーター型の遠山委員長とまったくタイプのちがう田舎派・突撃隊長型の河原委員長に替わっていた。遠山が情熱的なアジテーションによって学生を煽動するリーダーならば、河原は自ら突撃することによって学生を決起させるタイプだった。新セクトの理論的指導者にとっては、まさにこの時期うってつけの人物だったといえる。一・一六で彼が逮捕された後は、第二指導部の西大路委員長代行がリーダーとなった。彼は、京都派で、遠山とはまたちがったタイプの能弁な煽動家だった。安保闘争が終息した後、「職業的革命家」として新セクトにこだわり、そのゲバルト路線の前面に立ったのは、一一・二七の逮捕を拒否して教養学部の学寮にたて篭もった水上と西大路の二人だった。

またこの時期、全学連の指導部のなかに、新セクトと新々セクト、そこから別れたいくつかの分派の間で、「ヘゲモニー争い」「学連権力争奪戦」が開始されていた。彼等はより先鋭的な方針を掲げて覇を競っていた。

「学連権力争奪戦」は、全学連に上納された加盟大学自治会からの資金の争奪戦でもあった。

学生運動と金、革命と革命資金。

かつて山口一理論文を論議したS・Kの席で、休憩時間の雑談の折りに、鳥山が真顔で「レーニンの封印列車」について問うたことがあった。

第一次大戦末期の一九一七年四月、敗戦の兆しの見え始めたドイツ帝国は、対戦国ロシアの内政を撹乱するため、「敵の敵は味方」とばかりに、スイス亡命中のレーニンを探し出し、ベルリンからレーニンを閉じこめた「封印列車」をロシアに送り込んだ。ペテログラードの駅頭に降り立ったレーニンは、「すべての権力をソヴェトへ！」のスローガンを大胆に掲げ、ロシア革命は一気に最終局面へと加速されたのであった。

「封印列車」は、ドイツ軍部とロシアの革命家の「化かしあい」が生んだ歴史的な大陸横断列車であった。

「優れた革命家は、同時にまた、優れた戦略・戦術家でなければならない」と、鳥山はいった。「革命家は、マヌーバー（策謀）を駆使する権謀術数家である。必要とあらば、革命家は悪魔とでも手を結ぶのだ」

それから彼は、論理を飛躍させた。

「革命はきれい事ではない。革命は物量だ。革命家も飯を食わねばならない」

つまり革命と金の問題を、彼は明からさまにいったのだ。

金はどこから調達するか。労働者階級の資金カンパによってか。資本家階級が搾取によって懐に溜め込んだ金を奪い返すか。いずれにしろ、金にきれいな札と汚い札はない。金は金だ。

彼はそういい切って、「封印列車」に関する雑談を打ち切った。革命家における階級的倫理と権謀術数。だがマヌーバーは、容易に堕落と裏切りに通じた。休憩が終わって、この問題はうやむやになってしまったが、鳥山などの論理の一遇に、革命の資金調達のためには、悪魔とでも手を結ぶというつぶやきが宿っていたことは事実だった。

学生運動も物量を否定できない一面があった。運動のリーダーたちも、飯を食わねばならなかった。逮捕者が増えるにつれて、救援資金を必要とした。

政治の闇に蠢く者が、独特の嗅覚で、これを嗅ぎつけた。そして札束を積んで囁いた。彼等の密かな囁きは、運動家の心を掴える。

君たちの行動は、正義だ。

社会を変革する若者の情熱だ。

思う通り、存分に闘い給え。

君たちの闘いによってこそ、輝かしい国家の未来は切り拓かれる。

「残された日を羽田動員のため死力をつくせ‼」という悲痛な書記局通達は、そういう情勢のなかで出された。

そのスローガンが教養学部のキャンパスで叫ばれ、ビラが洪水のように配られた時、私は、かつての同志たちの悲鳴を聞いたような気がした。

岸が渡米し調印を済まして、得意顔でアメリカから戻ったら、すぐさま国会が召集される。ろくな審議もせず、多数にまかせて承認・批准だ。新安保は大手を振って歩き始める。春闘は労働運動右傾化の絶好の機会となり、三池など炭鉱労働者を始めとする労働者階級を資本の蹂躙《じゅうりん》にひざまずかせる。

だから岸の渡米は絶対に阻止するのだ。都心の公園で静穏な抗議の声を挙げるのではだめだ。

そのなかに、あの彼女の声も混じっていた。

「国会が、騒然と取り囲まれる日が来るわ」

その日が来たわ。でもなぜ闘う労働者階級は、後込《しりご》みするの？

なぜ日和見的指導を乗り越えないの？

闘う労働者が後に続くために、わたしたちはどんな困難を乗り越えてでも羽田へ行く！

全学連の悲痛な叫びは、多数の学生の心に響いたのではない。「羽田実力阻止闘争」に公然と反対し、国民会議の方針と指導のもとに闘うことを主張する大学自治会があらわれて勢力を増した。教養学部のキャンパスでも、同様だった。セクトや分派のなかにも、冒険主義と批判する勢力が台頭した。

全学連の方針は、あきらかに孤立化していた。孤立化は先鋭化を生む。細い錐が先端をさらに尖らせて、鉄製の大扉をこじ開けようというように、彼等は叫び続けた。

機動隊も、一一・二七から学習を積んだはずだ。彼等の分厚い鉄の扉は、容易に尖った錐を撥ね返すだろう。羽田空港のはるか手前で、彼等の圧倒的な物量は、学生たちを軽々と追い返すだろう。

だが、機動隊は虚をつかれたのか。みくびったのか。あるいは袋のなかに入り込んだ学生を一網打尽に捕まえる意図があったのか。

岸渡米が十六日深夜から早朝の八時に急遽変更されたことを知って、成人の日の十五日深夜から羽田空港に集結した数百名の学生は、機動隊の壁を突破して建物に進入し、ロビーに座り込んだ。そして一部が、食堂に座り込んだ。

ラジオは、三十分おきに、羽田空港のロビーから臨時ニュースを繰り返した。

「また全学連が暴れたんだってよう」

「今度は、羽田だってさ」

「いいご身分だよなあ。親のすねかじって、騒いでいられるんだから」

国電のO駅にほど近い朝の果物店に、いっとき客足がとだえた。店の奥から、ラジオが聞こえた。三人の若い店員が、私に聞かせるように、口々にいった。

昨年の暮れから、私は、この果物店でアルバイトをしていた。駅と病院に近い店は、土産や贈答、見舞いに、高級な果物がよく売れた。学生部のアルバイト紹介の掲示板に貼りだされた「果物店店員募集　長期　日給五〇〇円」というカードを見て、即座に応募した。昨秋から共同生活を始めた操代との日々の生活費はなんとかなったが、来年度の前納の授業料を稼ぐ必要性に迫られていた。店員を四十日ぐらいやると、その額に達した。応募したのは、私一人だけだった。

店には、若い店員が三人働いていた。東北の村々から、中学を卒業して集団就職で上京した若者たちだった。住み込みで働いて、もう四、五年になるという。とすると、私と同年輩の二十歳前後にちがいなかった。

店の裏手が倉庫になっていて、その一角に簡単な休憩所があった。彼等の住みかは、二階の八畳間だった。

九時に店に出勤すると、彼等はもう働いていた。五時になって私が仕事を切り上げても、彼等にはなお、夜の店番や配達が待っていた。

昼食は、倉庫の休憩所で交替に済ませた。店主の奥さんが整えた一汁二菜の食事が、私にも支給された。もちろん昼食代は、日給から差し引かれた。

彼等の働きぶりに敵うはずはなかった。私より小柄で貧弱なのに、重いりんご箱やみかん箱を軽々と運んだ。小さい頃から農作業で鍛えた肉体が、腰の入れ方や重心の据え方を心得ていた。小まめに身体が動き、よく気がついた。腰が低く、客の心を掴らえるのに、そつがない。

店員として何も能力がない私は、いわれるままに倉庫で、終日肉体労働に従った。荷を受け取り、積み上げ、積み降ろし、梱包を解き、商品を取り出して磨き、店先に運ぶ。肉体労働などしたことのない私は、初日で腰に痛みを発した。店員たちは、私を哀れみの眼で眺め、もたもたした姿態をぶざまだといって笑い転げた。

人出が足りない時には、店にも立った。子どものころから母親の小さな文具・雑貨店を手伝って客扱いの経験はあったが、そんなものは何の役にも立たなかった。客が店先に立つ。さっと寄って行って、お愛想笑いを浮かべ、もみすり手しながら、「いらっしゃいませ」という一言がいえなかった。店員たちがやすやすとできる客との基本的なコミュニケーションが、自分を卑下することのように思えて、「らっしゃいませ」「まいどあり」の言葉が喉につかえた。

だが、これが労働であった。果物店という世界での労働において、私は、労働力にもならなかった。中学しか出ていない店員たちが、ごく普通に当たり前にやりおおせることが、私にはできなかった。学問などは、金を稼ぎだすこの労働に、クソの役にも立たなかった。私は、やりきれない劣等感に陥った。そして数日で、辞めたくなった。

意地っ張りの精神があったことが、救いだった。歳末から松の内が終わるまで半月も勤めると、私にも、いろいろな仕事ができるようになった。「らっしゃいませ」「まいどあり」への抵抗感が薄らいだ。腰や腕の筋肉痛もやわらいだ。果物についての即席の知識も覚えた。高価な贈答品が一かご売れた日は、うれしかった。

三人の店員たちとも、打ち解けて来た。店員のはしくれとして、多少は認めてくれたのか。冗談をいいあい、店主や奥さんの陰口をいいあって笑った。購う客、購わない客の品定めを教わった。さんざん説明させた挙げ句に購わずに帰った客に対する悪口。店主や奥さんの見ていない所で、適当にサボる方法も伝授された。

興味にかられて、彼等の賃金や生活の実態を聞いた。東北出身の中卒の金の卵たちだ。彼等の手取りの給料は、意外に、私の三つかけ持ちの家庭教師のバイトのペイより低かった。意外といってはいけない、これが、店員たちへの搾取の現実だった。家庭教師は、たかだか夕方のまたは夜間のパート労働に過ぎなかったが、彼等の労働は全一日の労働だった。家庭教師などという「精神労働」と商店員の「肉体労働」との厳格な格差。学歴による労働力の価格の落差。これが搾取を合理化させる社会的な定理になっていた。

私は彼等に、なんだか申し訳ない気分になった。肉体を以て稼ぐことの大変さを痛感すればするほど、申し訳なさは膨らんだ。

店員たちを搾取して、商店主がぜいたく三昧《ざんまい》を尽くしているのではない。せいぜい週に数日のパチンコと赤提灯が、ささやかな店主の気晴らしだった。それでさえ、奥さんにぐずぐずとイヤ味をいわれ通しだった。

奥さんといえば、一日働きづくめだった。

果物店の二階が住宅で、そこに年老いた姑と三人の子どもたちがいた。奥さんは一階と二階を、一日何十回往復することか。店に立ち、そろばんを弾き、店員たちの食事を世話する。店員たちに対して、つい言葉がきつくなるのも止むをえなかった。歳末には、借金が返済できない、と愚痴をこぼし続けていた。

私がバイトで得る金と操代への実家からの仕送りを合計すると、食事代、部屋代、交通費などの生計費の他に、多少の剰《あま》りが生じた。そのほとんどは書籍代に当てたが、それでもたまに、操代と外食したり、コーヒーを飲んだり、映画を観たりすることはできた。

郷里への仕送りと貯蓄――それが、店員たちの稼いだ金の使途のすべてだった。

私は、操代が郷里の親から月々仕送りしてもらっている金も共同の生計費の一部にして生活している。

だのに彼等は、郷里の父母に仕送りをしているのだ。それが優先で、残りは将来の自分のために、堅実に貯えている。この点でも、私は彼等に頭が上がらなかった。

日々の楽しみ、憂さ晴らし、文化的欲求――それらをささやかにも満たすことなしに人間は生きられないが、彼等はそれをひたすら自分の内へ内へと封じ込めているように見えた。仕送りと貯蓄のためには、彼等は、たまの休日も、金銭の浪費に耐えた。

その忍耐は、どこから生じたのか。

東北の農村の貧困が、忍耐を生んだのか。

人間的欲求に対する忍耐が、貧困からの脱却を妨げているのか。

いずれにしても、農村から離脱して都市プロレタリアートになった店員たちには、親から、またその親から引き継いだ日本の農民の悲しい心魂がしっかりと宿っていた。

私は、彼等に、信州の郷里の父母の姿を見た。

尋常小学校を卒業して製糸の職工・女工となって懸命に稼ぎ、一刻でも早く親を楽にさせること。それを第一義の生きがいとして、父母は製糸の苛酷な長時間労働に耐えた。大正、昭和初期と今とでは時代は違うが、一九六〇年の東京のど真ん中に、信州の父母の後裔は生きていた。

店員たちは、私に、心底から打ち解けていたわけではない。表面的には受け入れても、内面の深みに、私を拒否するようなところがあった。

「村の同級生のなかで大学に進学する者は、一人か二人だけだよ」

あいつとあいつ。東京に出て来て大学に通っているはずだけれど、あいつら、どうしているかなあ。

午後のお茶の時間に彼等は、同級生の名前を挙げて、そういいあうことがあった。

三人が気を許しあえる時間を持つ時、どういうわけか彼等は東北弁に戻って、語りあうのだ。

その語調には、幼なじみにたいする懐かしさ、遊学への羨望、そして「選ばれた者」の環境と資産への反感が入り混じっていた。

羨望と反感の対象である大学生の実物が、いま彼等の目の前にいた。

彼等は、私と打ち解けつつ、ときに羨望、ときに反感の眼差しを私に向けた。

ラジオのニュースで全学連のデモが報じられると、彼等は、あらわに反感を示した。

また全学連が暴れたんだってよう。

今度は、羽田だってさ。

いいご身分だよなあ。親のすねかじって、騒いでいられるんだから。

聞こえよがしに、彼等はいいつのって、私の顔色をうかがった。私の反応、返答を期待している素振りだった。

「今朝、羽田からはねえ、岸がアメリカに飛び立ったんだ。安保改定の調印にね」

喉まで出かかった言葉を、呑みこんだ。

いうべきか、いわざるべきか。安保をどう説明すべきか。学生運動のなかで語って来た硬直な言葉でなく、彼等の言葉で。

彼等の労働や搾取や東北の農村と関連づけて、安保が国民に多大な不幸をもたらすものであること、だから学生・労働者・広範な国民が反対運動に起ち上がっていることを、私のどういう言葉で理解してもらうことができるのか。

「安保、安保って騒いでいる連中と比べれば、寺沼さんはえらいよ」。店員の一人が、すかさずい足した。「だって、寺沼さんは、アルバイトしながら稼いでるんだもの」

なあ、そうだよなあ。彼が促した同意に、他の二人も口々に同調した。

「えらいよ。えらいよ。こうやって朝から夕方までおれ等と一緒に働いてるんだから」「あんなアカい学生さんとは、おおちがいだ」

誉められたのか、からかわれたのか、私にはよく分からなかった。店に客が来て、会話は打ち切られた。実のところ、私はほっと安堵し、額に出かかった汗を掌で拭った。

彼等にとっては、たまたまラジオから流れたニュースを話題にした気軽な雑談にちがいない。だが、その軽い会話に、私は、「学生さん」なる選ばれた同世代に対する下積みの青年たちの密かな階級的反発を感じた。

彼等は、岸が頼りにする「声なき声」の民の一人かもしれない。

安保闘争が山場を迎えようとする時、岸はこう断言したのだ。「安保反対といって騒いでいるのは、国民の一部に過ぎない。その証拠に、後楽園の巨人戦は、今日も満員の客だ。安保賛成の声は挙げないが、圧倒的多数の『声なき声』は、安保を支持している」と。

しかし店員の青年たちを、政治的無関心、隠れた安保の支持者などと批判することはできない。もしかしたら、彼等の気軽な会話は、安保闘争が持っている一面の弱さをえぐり出している。それにしても、と私は暗い感情に陥った。なぜ私は、この場で彼等に安保を語ることを躊躇《ちゅうちょ》したのか。それは、私の重大な弱さではないか。革命的インテリゲンチャなどと自分を規定して来たことを恥じなければならない。

信州の父母とK町の住民と果物店の店員たち。彼等と解りあえるには、どうしたらよいか。社会の表層に荒々しく波立つ安保闘争の背後に、物いわずたたずむ「一般大衆」。私もその群衆の一人となって苦楽を分かち合う覚悟をしろ！

そう自分にいい聞かせて、私は、裏の倉庫へ果物の荷を解きに向かった。

同じ時刻、岸はゆうゆうと太平洋の上空をワシントンに向かって翔んでいた。

羽田空港のロビーや食堂に座り込んだ学生たちは、深夜のうちに蹴散らされ、排除された。彼等は、身体を拘禁され襟首を掴まれて、一人一人首実検された。公安のリストに載っている者は、その場で逮捕、他の者は外へ放り出された。機動隊には、学生運動の表舞台のリーダーと陰の理論的指導者の区別はなかった。

七十七名が逮捕された。全学連中執となっていた平岡も、その一人だった。鳥山も、彼女も。そしてスクラムを組んだかつての幾人かの同志たちも。

一九六〇年四月。

私は、教養学部の三年間の生活を終えて、専門学部に進学した。そこは、教育学部の社会教育専攻コースであった。私は、セツルメント活動の必然の帰結のごとく、そのコースを選んだ。二年間の勉学の後、私は、信州で、できたら郷里のまちで、公民館など地域の社会教育活動に打ち込みたかった。セツルメントの幾人かの先輩たちが、この道を先に歩んでいた。同時にそれが、年老いた父母とともに郷里でくらす唯一の道でもあった。

一歳年長の操代は、女子大の栄養学科を卒業した。在学中、仲間の学生に呼びかけて安保のデモに参加したことが、伝統ある女子大の教授の怒りを買った。教授は、操代を呼んで、そうした行為をしないよう説教した。操代の拒絶が、教授の逆鱗《げきりん》に触れた。教授は、栄養士関係の職場への就職斡旋をしない、と断言した。操代は、川崎市の通信機器専門メーカーの事務員の仕事を、遠い親せきのツテで探して来た。会社は小さくても、その機器製造に関しては業界に名の通った企業らしく、景気がよかった。四月当初から、残業が続いた。

会社の景気がよいせいか、職場にも従業員にも活気があった。労働組合の活動も、小企業には珍しく元気があった。女性の少ない職場なので、操代はすぐに、婦人部の役員に就かせられた。春闘や安保の地域闘争で帰宅が遅いこともしばしばだった。

私も家庭教師のバイトからの帰宅時間が遅かった。木賃アパートの四畳半の部屋で、折畳みの小さな四角い食卓に向かい合って、二人で遅い夕食を食べた。

三月中旬から、国会では、「安保特別委員会」の審議が始まっていた。五月中旬までに衆参両院で新安保の条約案を可決し、六月の中旬にアイゼンハワー大統領の訪日を迎えて批准書を交換する、というのが、岸内閣のもくろむ政治日程だった。

三池では、炭鉱合理化と一二〇〇名の指名解雇に反対してストで闘う労働組合に対して、経営者側と第二組合、暴力団が一体となった攻撃が加えられ、三月二十九日流血の闘争のなかで、第一組合員久保清さんが刺殺された。

四月中旬、韓国・ソウルの街頭と広場を学生のデモが埋めつくし、独裁者・李承晩を退陣に追いやった。

全学連は、これまでの「主流派」に対して、国民共闘会議のもとに闘うことを主張する「反主流派」が勢力を増していた。「主流派」のなかでは、さまざまな分派の抗争が激化し、全学連は自壊しつつあった。

キャンパスには、それぞれの主張と攻撃を叩きつけるようなビラや立看があふれていた。学部の自治会は、互いの意見と批判を投げあう口論の場になりかけていた。

学部のセミは、少人数で活気があった。教養学部時代の大教室での一方的な講義とは、大違いだった。だいたい社会教育を専攻する者など、極めて少数の変り者だ。もしくは、他の学部に進学できなくて、落ちこぼれた者だ。いずれにしろ、一風変わった学生がたむろする学科であった。

セミはしばしば中止され、安保の討論集会になった。教授も加わって、延々と議論をやりあった。いままでデモに参加したことのない保守またはノンポリと見られていた学生が、過激な意見を吐いて、皆を驚かせた。セミを途中で止めて、そのままデモに直行することもあった。

セミでは、七月に信州の北信濃のある農村を訪ねて、一週間の宿泊実習をおこなう予定であった。

その村には、セツルメントOBの千田さんが三年前から、公民館主事を勤めている。公民館に寝起きしながら、村の公民館活動の実際を体験することになっていた。私が、信州出身であることから、戦前の信州の社会教育の自由の伝統についてレポートをする役目となった。上田や下伊那の自由大学、青年団自主化運動などの歴史を調べ、戦争の影が忍び寄り、自由が抑圧される体制のなかで、信州の農村青年や勤労青年たちが、どう自由な学習活動を守って来たか。それが私のレポートのテーマだった。

安保や勤評とからめて、我が身にしみる痛切なテーマであった。

他のセミが休講になったので、レポートの下調べに、早朝の大学図書館に行った。数部の資料を借り出して机に座ると、

「やあ」

隣の机から、いきなり声をかけられた。かつての同志の野辺山だった。私と同学年だったが、たしか昨年法学部に進学したはずだ。私を「日和見主義」と批判し、新セクトのメンバーになった一人だった。

「君も、ようやく進学したか。学部はどこだ」

野辺山が人なつっこく笑顔を向けたので、私も話をする気持ちになった。

「教育学部だよ」

「学校の先生にでもなるのか」

「社会教育さ」

「社会科教育の研究者にでもなるのか」

「公民館主事だよ。地域の社会教育の仕事をするのさ」

「公民館？　そんなもの知らないなあ」

そういえば彼は、東京の有名進学校出身だった。彼が田舎の公民館など知るはずはない。私の借り出して来た資料は何だと聞くので、説明してやった。興味はなさそうだった。

「ぼくは毎日、図書館通いさ」

聞きもしないのに、彼は、机上に自分で持ち込んだらしい数冊の本や雑誌を指差した。

「研究論文でも書くのか」

「そんな暇はないよ。司法試験の勉強さ」

「弁護士か」

「まだ決めてないよ。とにかく試験に合格することが先決だ」

「では、講義にデモにその上図書館通いじゃ、毎日いそがしいだろう」

「講義？　あんな無駄なものは出ないよ」

野辺山は、あっさりといった。

法学部の少壮の学者の講義は、私にも魅力があった。政治学のM教授、憲法学のW教授、法社会学のH教授、家族法学のK教授などの講義は、経済学部の農業問題のO教授、文学部の農村社会学のF教授、農学部の農業経済のK教授などの講義とともに、もし許されるなら学部を越えて聴講したい講義だった。多分、教授等の講義には、信州の農業・農村問題を解き明かすキーが隠されているはずだった。それは、私が向かおうという信州の社会教育の実践を、より確かなものにしてくれるにちがいなかった。そしてこれらの教授は、安保についても、積極的に論陣をはっている面々だった。

私が教授等の名前を挙げると、彼は、あははっと笑った。私を嘲るような響きがあった。

「大学という安全地帯に身を置いて、万巻の書を積み上げた研究室から安保を論じてみても、国家に向かって空鉄砲を射かけるようなものさ。これら教授たちの精緻で進歩的な講義を聞いた優秀な学生たちは、結局何になると思う。国家のエリート官僚さ。政治学の知識や法律の技術を駆使して、国民を指導するんだ。ぼくだって真面目に講義を聞いていたのは、最初のうちだけさ。なんだか、ばかばかしくなって、途中から図書館通いだよ。いまでは、ほら、この司法試験の受験雑誌が、ぼくには最良の教授なんだ」

「デモは」

彼等のセクトの名前を挙げて、私は聞いた。

「デモ？　安保闘争？　ぼくにとって、まつりは終わったのさ」

あははっと笑ったが、今度は自分に向けた嘲りのような響きを感じた。

ぼくばかりじゃないよ。彼は、幾人かのかつての同志たちの名前を挙げた。ほら、あいつ。彼は、少し離れた席にうつむいている学生を指差した。最後のS・Kで、退席する私に「卑怯者　去らば去れ　我等は赤旗守る」のすっとんきょうな歌を投げつけたやつだ。ほら、あいつ。あいつは、国家公務員上級職試験だよ。自治官僚になって、将来は県知事になるんだと公言しているよ。反体制運動で国家を変革するより、県知事になって社会をリードする方が、はるかに現実的だからな。外交官試験を受ける者、大学院に進んで本学の法学部教授をめざす者。ぐるっと首を回して見ろよ。一緒にスクラムを組んだ連中を、十人は見つけることができるよ。

それから彼は、いかにも秘密めいた囁きを告げるように、顔を近づけた。

「とっておきの話しを教えてやろうか」

同志平岡――彼はわざとらしく、平岡をそう呼んだ。

天才的理論家・同志平岡は、どういう風の吹き回しか、今は全学連の中央執行委員をやっているよ。組織部長さ。だが彼は、アジテーターでもなければ突撃隊長でもない。あくまでも理論の人だよ。闘争の現場でとっさの判断を迫られる時、彼は明快に一瞬の決断を下せる人間じゃない。まして国会の塀を乗り越えて構内に突入するタイプじゃないよ。これは、明らかにミスキャストだ。全学連もよっぽど人材不足なんだろう。まあ彼等のセクトだって今さら、今や森川を全学連中執に送りこむわけにはいかないからな。

「まあ、そんなことは、どうでもいいや」。野辺山は、本論に戻った。

同志平岡は、六月が最後さ。安保とともに平岡のまつりも終わるのさ。その後は? もちろん、理論構築のための学究の道に入るんだよ。ドクターに進んでなんていうケチな話じゃない。アメリカ留学さ。世界のなかで日本ほど、マルクス経済学が隆盛を極めている国はない。わが国ほど、マル経を自由に研究できる国はないよ。アメリカのマル経などスターリニズムの亜流だからな。にもかかわらず、同志平岡はアメリカに遊学する。アメリカ帝国主義をつぶさに見極めに行くんだろう。

そしてマルクスやレーニンをさらに発展させた地平に、新しい経済学と革命の哲学を構築するにちがいない。『激動から革命　革命から社会主義へ』の次に彼が世に問う著作が、いまから楽しみだよ。

「まつりはおわり、まつりはおわり」

彼は、歌うようなリズムで繰り返した。

りこうなやつらのまつりは終わった。もう少しの辛抱で、まつりは終わる。

ばかなやつらは、装甲車乗り越え、乗り越え突き進む。

田舎の公民館主事だあ？　そんなやつは、お話にならんよ。

「時間だ」。彼は机上の参考書類をばたんと閉じて、立ち上がった。

「これから、司法試験を受ける仲間との研究会があるんだ。いまのぼくにとって、このサークルの連中が最良の同志だよ」

野辺山の話につきあわされて、レポートの下調べにならなかった。私も、席を立った。

図書館から外に出ると、四月の陽光が樹木に乱反射して、身体いっぱいにふりかかった。

スピーカーが叫んでいる。四・二六第十五次統一行動への決起を呼びかけているのだ。荘重な石造の図書館の壁に跳ね返り、谺《こだま》となって鼓膜をふさぐ。

私は、学部の自治会室に急いだ。四・二六への参加をめぐって、セミ代表の自治委員会の討論がおこなわれるのだ。

情勢は逼迫していた。国会では、衆議院安保特別委員会の審議打切り、強行採決が画策されていた。五月下旬の国会会期内に批准を成立させようという策謀なのだ。

安保闘争は、最後の正念場を迎えていた。

彼等のセクトは、「すべての指導部が闘争の高揚におそれおののいて逃げ出した」とし、「四月こそ決戦の時期である。われわれは新安保条約の粉砕のため、あらゆる力を投入して闘う」「この闘いによって、われわれはブルジョアジーの攻撃を挫折させ、労働者階級の無限の力をときはなち、プロレタリア権力樹立のため新しい前進を開始するであろう」との全国大会宣言を発表した。

彼等にとって、国会請願と都内での集会とデモで四・二六を闘うという国民会議の方針は、闘争の高揚に対する背信以外の何ものでもなかった。全学連はこれを「団結と統一」の名による闘争の回避であるとし、盛り上がる人民大衆の闘争力を武装解除する「お焼香デモ」と呼び、全学連独自の断固とした「三万の国会デモ——警官の壁を破って前進」「チャペルセンター前に集合」の方針を打ち出した。

国民会議は、全学連指導部に対し、「国民会議の決定を無視するもの」として遺憾の意を表明して反省を求め、「全国の学生諸君が全学連指導部のあやまった方針にひきずられることなく、国民会議の請願行動に積極的に参加するよう要請」する声明を発表した。

これを受けて、反主流派の都内十余の大学自治会は「東京都学生自治会連絡会議」（都自連）を結成し、全学連指導部のセクト主義と挑発的な行動は、安保を推進しまた統一行動をなしくずしにしようという勢力に弾圧と分裂の機会を与えるものだと批判し、国民会議の方針の下に闘おう、と呼びかけた。

この二つの方針をめぐって、学部の自治委員会は大激論となった。

両極の意見は果てしなく続いた。私は、「国民会議の方針の下に闘う」側にいた。ののしりあいになっても、私は冷静だった。かつて反戦平和運動や勤評反対闘争のなかで、私を貫いた興奮は、いまの私にはない。冷静なのが、自分でも不思議なくらいだった。

最終局面に至った国会の強行採決を阻止するには、国会突入で血を流すしかない。追い込まれ、せっぱつまった心情は、私にもわかる。私も、そうした心情に突き動かされて闘って来たのだから。だが、物理的な激突と流血の先に、何が開けるのか。労働者は、国会の柵と国民会議の「ダラ幹」を乗り越えて、全学連の旗の下に陸続と従うのか。いや、かんじんの広範な学生自体が、激突と流血を望んでいるのか。

いまほど多くの学生が政治に怒り、闘う決意を高ぶらせ、行動に起ち上がっている時はない。だが、それは労働者階級の前衛としてではなく、幅広い反対運動の一翼として、一大衆としてだ。安保闘争の一翼として闘うことは、大衆運動の後衛に落ちることではない。労働者階級から「声なき声」を発する主婦にいたるまでの隊列のなかで、ともに腕を組み闘うことは、国民の意志と力を確認することだ。社会の変革は、その意志と力のなかにある。

もし私が、断固国会に突入して後を振り返った時、そこに見出だすものは何か。一部の学生だけが寸断され、孤立した重々しい空間ではないか。そして感じることは何か。自己満足か。焦燥と敗北感か。労働者、国民に対する不信感と絶望感か。未来に対する暗い展望と挫折感か。そして「まつり」は終わるのか。

K町の地域共闘から参加する有田さん、川崎の鉄鋼労働者、操代もその一員である中小企業の労働者、そして間もなく公民館活動の友となる信州の青年団員たち――私は、彼等を国会突入へと導くデモのなかにではなく、彼等とともにスクラムを組む隊列のなかにいたい。

　両論は伯仲していて、溝が深まるばかりだった。どちらかのデモに参加するのか、個人の意思に基づく自由参加にするか。それすら結論に遠かった。

「採決で決めよう」

　委員長が苦しそうな吐息をしながら、同意を促した。委員長は、国民会議派だ。採決の結果によっては、彼が先頭に立って、国会突入のデモに参加しなければならない。だから彼の吐息が、私には理解できた。

「ちょっと待てよ」

　ひとりの学生が手を挙げた。両論の狭間で、沈黙を守っていた幾人かの学生の一人だ。

「ぼくは、ノンポリだ」と、彼は切り出した。

「はっきりいって、ぼくは両派の意見に距離を置いている。どちらの理論と方針が正しいかの採決をするなら、ぼくは棄権するしかない。また両者の激しい議論のやりとりを聞いていると、多数決によってどちらのデモに参加するかを決めるのは、無意味だし実効力がない。だから基本的には、個人の意思に基づく自由参加を認めたらどうだろうか」

　ナンセンス！

　反主流派の策謀に手を貸すのか！

　学生運動の分裂を容認するのか！

激しい野次がとんだ。

「静かに聞けよ」。彼は、野次を制して、発言を続けた。

「ぼくは、全学連のデモに参加する。それは、全学連指導部の方針を支持するからでなくて、全学連の統一を守りたいからだ。ぼくはノンポリだから、君たちのように学生運動に積極的に関わって来たわけではないけれど、安保と非民主的な政治に対する怒りは、君たちと同じように持っているつもりだ。ぼくは、この怒りを全学連の一員として、直接国会へ叩きつけたいんだ。全学連は、まだはっきり分裂したわけではない。何が分裂に導く原因なのかを、ぼくは、全学連のデモに参加しながら見極めたい。それが、ぼくが全学連のデモに参加する理由だ。かといって、ぼくは国会突入という行動には反対だ。ぼくの気持は、今日発言を控えているノンポリといわれる学生の共通の気持だと思う」

そうだ、幾人かが無言でうなずいた。

「そこで提案だけれど」。彼は委員長の方に向き直って落ち着いていった。

「どちらのデモに参加するかは、個人の自由な意思で決める。そのことを前提とした上で、学部の自治会としては全学連の呼びかける集会に参加したらどうだろう。ただし､学部の自治会としては、国会突入には加わらない。整然と座り込んで、われわれの安保反対の決意を表明する。五月の行動は、四・二六を総括するなかで、討論をすればいいじゃないか」

激論に生じた亀裂が埋めがたい時には、彼のような真面目で良心的なノンポリの発言がかろうじて裂目を繋げる。ノンポリの多数の学生が起ち上がっていた。彼等の気持、彼等の気分を無視しては、どちらのデモにしろ何万人を動員する運動はとりくめない。玉虫色ではあったが、それがノンポリの率直な気持であり、またかろうじて統一を保つノンポリの智恵といえた。提案は、この場の救いだった。

積極的な反論はなかった。

「今われわれにとって大切なのは、自治会民主主義に従うことだ」

委員長はそういって、ノンポリ学生の提案に基づき行動することを確認した。自治委員会はようやく終了した。

四月二十六日の午後、私は、チャペルセンター前に集合した全学連のデモのなかにいた。一万人のデモ隊は、三重に配置された装甲車と青カブトに黒服の機動隊のバリケードの内に閉じこめられていた。

宣伝カーの上に代わるがわるリーダーたちが登場して、激越なアジ演説をぶった。

国会へ、正門前へ前進しよう！

正門前で大集会をおこない、支配階級への怒りを叩きつけよう！

あの一一・二七を再現しよう！

ことばが機関銃のように発射され、デモ隊のあちこちに興奮が伝播した。興奮は地殻を突き破る熱湯の源泉のように沸騰《ふっとう》していた。しかし、その点を囲むようにして、奇妙な静寂が広がっていた。熱湯と冷水。一般学生は、黙りこくって座っている。これから何が起きようとしているのか。期待と不安に、ただ沈黙して座っているのだ。

その何かが、前方で起こったようだ。

叫び、叫び。怒声、怒声。悲鳴も混じっている。

全学連の河原委員長が装甲車に飛び乗る。そして機動隊の頭上に飛び降りる。

委員長に続け！　一人、十人、百人。数百人の黒山となって、装甲車によじ上り、彼方の空間に落下する。

チヤペルセンターの条網が工具によって切断される。わずかに開かれた流路から、前方の一団が国会正門前へなだれ込んで行く。細い流路は、機動隊の戦闘服がすぐに塞いでしまう。棍棒が抜かれる。振り下ろされる。正門前に突入し、多数のデモ隊から分断された一団の上に、何が始まっているのか。残った全学連のリーダーたちが、絶叫している。

進め、進め！　続け、続け！　突入だ、突入だ！

機動隊の指揮車が、倍のボリュームを挙げて、わめき返す。

デモ隊のなかから、ばらばらと前線へ駆け出す者がいる。装甲車に飛び乗る。引きずり下ろされる。また飛び乗る。引きずり下ろされる。

その時、学部の委員長が、大声で叫んだ。学部の一団の前に大手を広げて。肉声はかき消される。

だが、必死の叫びは伝わる。

われわれは、暴挙に組しない！

挑発にのるな！

整然とこの場に座り込もう！

怒った学生が、委員長を取り囲む。委員長を支持する学生が、割って入る。デモ隊は、委員長の指揮に従ってその場に座り込む。見渡すと他の学部も、他の大学も。

正門前に突入して制圧された数百人のデモ隊とチャペル前に座り込んだ数千名のデモ隊に、膠着《こうちゃく》した時間が流れた。機動隊に管理された空間と時間。

ようやく夕暮の気配が流れて来た。学連の指揮者を逮捕され無防備に座り込んだ抗議行動に終わりの時間が来たのだ。デモ隊は、立ち上がって退去を始めた。両側を固めた機動隊が許す黒壁の通路を。どこへ去るか。今日のデモは、いったい何だったのか。次のデモは、さらに突入、さらに流血へとすすむのか。

デモが解散した後、私は仲間と語らって、日比谷野外音楽堂へ駆けつけた。国民会議主催の中央集会が終了し、東京駅八重洲口までデモ行進がおこなわれていた。ちょうど最後の労働組合の一団が行進に移っていた。その後に、清水谷公園で全学連とは別の集会を終えた都自連の一万数千人の学生デモが合流した。

アンポ　フンサイ！

キシヲ　タオセ！

コッカイ　カイサン

シュプレッヒコールと闘争歌がビル街に轟き、激しいジグザグ行進と渦巻きデモが交差点を支配した。前方見渡すかぎり、延々とデモ隊は連なって、東京駅を目指していた。

私たちは、デモの最後尾に従いた。

叫び、歌う。拳を突き上げる。スクラムを固く結んで、ジグザグデモに移る。汗がしたたり乾燥して、顔面がひりひりする。声が擦れる。

振り向くといつの間にか、私たちの背後におびただしい数の市民が従っている。はるか後方まで、市民のデモは続いている。この大群衆は、都心の地殻を破って、忽然《こつぜん》と登場したのだ。労組や学生のデモとちがってスクラムを組んだり、叫んだりしない。しかし、確かな足取りで決然と歩いている。

歩道に立って見送る市民が、手を振って声援を送ってくれる。デモ隊に行く手を遮られたタクシーの運転手までが、手を振りクラクションを鳴らして、連帯の意を示す。

もう、ジグザグもシュプレッヒコールも必要なかった。労組、学生、地方から上京した人々、一般の市民。ことばもいらない。ただ、ともに歩いているだけでよい。

デモ隊は、道幅いっぱいに溢れ、暮れかけた首都の街路をひとつの意思で統一された大河となって悠然と流れて行った。

玄関の呼び鈴を押した。いつもなら小学校六年生の京子が、「先生」と呼んで招き入れてくれる。

二回、三回、空しくベルが鳴る。ようやく迎えに出たのは、母親だった。

「どちらさまですか」

ドアの内側で、声がとんがっている。

「寺沼です」

答えると、ようやく内鍵がはずされドアが開いた。

渋谷駅から歩いて十分ほどの住宅街に、家はあった。毎週二回その家を訪ねて、夕方の二時間ほど京子の家庭教師をしていた。

父親に会ったことはない。京子によれば、一流商事会社の営業課長で、家にいたことなどないという猛烈サラリーマンらしい。家の隣の豪邸に近いお屋敷は、母親の実家で、どうやらこの家の土地も、かつてはお屋敷の一角だったようだ。この辺り、けっこう有名人が居を構えている。

京子は来年、中学受験を迎えていた。高校・大学へそのまま進学できる中学を受験するため、家庭教師がつけられたのだ。

一人っ子の京子には、母親から注文が多い。ネイティブ・イングリッシュとかの勉強で、イギリス人の教える英語塾に通っている。今どき英会話を習っている小学生など、他にいまい。将来は海外勤務するかもしれない父親について、ロンドン辺りに住む準備か。ピアノの先生が週に二回通って来て、応接間でピアノのレッスンをする。これがまた、きつい先生だ。レッスンが長引くと、私は京子の部屋で、けっして上手いとはいえない練習曲の繰り返しを聞きながら、小半時も待たされることがある。

私の前に現われる京子は、いつもくたびれていて、ぼんやりしている。顔に表情が乏しい。母親の期待と圧力を一身に受けて、寡黙と無表情という殻のなかに、自分を防御している。私が話しかけなければ、自分から語ることはない。K町の子どもたちとおよそ対極にいる。

勉強をやる気があるのか、ないのか。それも、よく分からない。問題を出すと、それなりに出来る。まあ、これぐらいの出来ならば、目標の中学はぎりぎりの合格ラインらしいからと、私も積極的に教えることはしない。

適当に教え、適当にお喋りをする。といっても、私の一方的な会話が多いが、それが、京子に対する私の家庭教師ぶりだ。京子にだって解放された時間が必要だ。京子はそれを嫌がっていないから、それで私は一年半も、この家を週に二回訪ねることができた。

ドアをはいると、母親が上がり口に立ちふさがるようにして、私を迎えた。腰に手を当て、いきなり何かいいたそうな雰囲気だ。

「寺沼先生、先生は安保反対のデモに参加してるんですか」

案の定、頭ごなしに詰問が降りかかって来る。

「ええ、参加してますけれど……」

真面目な大学生なら、みんな参加していますよ。

いい足そうとする私を、母親は遮った。

「やっぱり。では、あのテレビに映ったのは、間違いなく寺沼先生ですわ。先生もあんなに荒らびて乱暴する全学連の仲間なんですか。大人しい先生だから安心していたんですけれど、あんな恐ろしいことを、先生もなさるんですね」

「いえ、あのう……」

「安保のデモに参加する学生さんなんて、京子の家庭教師にお願いすることはできませんわ。京子も先生になじんでおりましたので、とても残念ですわ」

「あのう、馘ってことですか」

「主人にも、きつくそういわれておりますのよ」

「でも、それって……」

「ちょうど月末で区切りのいいところでございましょう。これ、今月分のお手当てですわ。どうぞお納めくださいませ。あいにく来客中で、とりこんでおりますので、お引取りください」

とんがった声が一層上ずって、私にペイの入った封筒を押しつけた。弁明も抗弁も、一切聞きませんよという強い調子で、ドアを開けた。押し出されるようにして外へ出ると、ドアがしまって内鍵がカチリとかかった。

まあ、しょうがないか。私も諦めが速かった。京子とは、ご縁がなかったんだ。代わりの家庭教師など、すぐ見つかるだろう。もしかしたら、もう探してあるかもしれない。押し売りと全学連の学生お断りか。大手商事会社の課長だか奥様だか知らないけれど、これも安保をめぐる社会の一断面なんだ。乱暴に自分にいい聞かせて、家を後にした。

それにしても、月に四千円の収入がなくなるのは痛いな。早く次を探さなければ。

そうつぶやいて、何気なく振り返った。

二階の窓が開いた。レースのカーテンを乱暴に開けて、京子が上半身をのぞかせた。無口の、表現力に乏しい京子が、体操をするように両手をいっぱいに振っている。私も、両手をいっぱいに振って返した。すぐに窓が閉じられ、カーテンがきつくしめられた。

今年の五月は、なんと重たい月だ。

ナチが滅亡し戦争から解放された一九四五年五月のパリを、パリ市民は、「五月の恋人」と呼んで歌った。恋人とはもちろん「旗の波うずまく、わが恋人パリ」のことだ。

一九六〇年五月の東京を、われわれはなんと呼んだらよいのか。旗の波は渦巻いている。だが、林立する旗は、歓びの旗でなく怒りの旗だ。

ソ連の領空に侵犯したアメリカの黒いスパイ機U2型機が、ソ連上空で撃墜された。米ソの緊張は一気に高まった。スパイ機は、何を偵察していたのか。どこから飛び立ち、どこへ着陸しようとしていたのか。まるで、世界の空はアメリカの空みたいだ。在日米軍基地のどこかから飛び立ったのは、公然の秘密だ。

日本政府は、アメリカに抗議するどころか、反対に緊張激化の元凶はソ連の側だといい張っている。日本をソ・中に対するアメリカの最前線基地と化す安保の本質が、現実の国際情勢のなかで、くっきりとさらけ出された。

韓国では、独裁者・李承晩大統領が、ソウルの学生運動のデモによって打倒された。

北京の天安門広場では、安保に反対し、日本人民の闘いを支援する百万人の集会とデモがおこなわれた。

国民の怒りに包まれる国会では、社会党など野党の抵抗と自民党内の謀反によって、岸の目論む審議日程は、遅れに遅れていた。通常国会終了は、五月二十六日。それまでに衆参で安保改定の批准を可決し、六月二十日には晴れてアイゼンハウワー米大統領をお迎えしようというのが、岸の日程だった。

国会の演壇で、岸とアイクが固く握手を交わす。この手打ち式は、日米新時代の始まりのはずだった。

アメリカ帝国主義は、日本列島を新たな軍事同盟の支配下に繋げ直すことによって、圧倒的な核と軍事力を誇示し、ソ・中・朝鮮半島・インドシナ半島に対してニラミをきかすことができる。岸は、アメリカの威信を嵩《かさ》にきて、アジアの覇者として、アジア人民に君臨する。そして岸は、池田や河野などのライバルを蹴落とし、アメリカに信頼される日本の名宰相として、長期政権を担当できる。

その目論みが、大幅にはずれてしまった。

五月十九日。米大統領訪日の日程から逆算すると、この日が「最後の一日」だった。

憲法第六一条（条約の国会承認と衆議院の優先）を武器にとって、岸は、国会でクーデターを起こした。十九日が終わろうとする深夜に。審議の一方的な打切り、衆議院での可決と参議院への送付、三十日以上の会期延長。そうすれば放っておいても、衆議院の議決が国会の議決となる。

国会の外を数千の機動隊に守られ、国会の内では数百名の警官を導入し野党の議員を排除して、国会史上かつてなかった暴挙が、おこなわれようとしていた。

五月十九日。豪雨。

第十六次統一行動は、明日五月二十日に設定されていた。

「学友諸君、いまやわれわれは、あす五・二〇を待つことはできない。

政府・自民党は、今夜五時、安保承認と五〇日間会期延長の強行採決を策している。

まさに非常事態に突入した。

学友諸君！

いますぐ国会議面（議員面会所）前に行こう！

自民の暴挙を断固粉砕しよう！

すわりこみも辞せず闘いぬこう！」

午後、全学連の主流派も反主流派も、非常事態宣言を発し、緊急動員指令を出した。

国民会議や総評も、同様の指令を発した。

午後五時、国会正門前と衆議院議員面会所前は、駆けつけた労働者と学生で埋めつくされた。

主流派も反主流派もなかった。事態が、いっときの統一を復活させたのだ。

梅雨のはしりか、時折激しい雨が横なぐりに座りこんだデモ隊を見舞った。そのまま、夜の闇が垂れこめた。頭の先から靴のなかまで、濡れそぼっていた。寒さは感じなかった。密集した学友たちが、互いに熱を伝えあった。シュプレッヒコールや闘争歌が、体内に熱を沸き立たせた。

国会内の情勢が、刻々と伝わって来た。

安保特別委員会において社会党横路議員の質問中、突如自民党議員が質疑打切りの動議を出した。

国会内に数百人の警官が導入された。右翼団体までが、自民党議員の秘書を装って国会内を闊歩《かっぽ》している。

これらの者たちに守られ、議事運営委員会は安保批准・会期五十日延長のための衆議院本会議開催を強行採決した。

野党議員が座りこんでいる。警官隊が野党議員の排除を始めた。

清瀬衆議院議長が、警官隊に守られて議長席に就いた。

自民党の一部派閥議員が、岸の手法に反対して、着席を拒否した。

深夜十二時をまわった。

デモ隊は、全員総立ちになった。日本の命運を決する議決が、いままさに、目の前の国会の議場でなされようとしている。

声を限りに叫ぶ。天に届く数万の民衆の叫びは、国会のなかには届かないのか。

二十日、午前零時二十六分。

一部の自民党議員のみによって、ついに新安保条約締結と次いで会期五十日延長が「決議」された。

自民党は、万歳を叫んでいる。後は寝て待てだ。国民がどう騒ごうが、参議院がどう紛糾しようが、六月十九日午前零時に新安保は自然承認となる。即刻閣議で批准を決定し、天皇のハンコをもらえば、日本側の手続きは一切完了だ。日米の批准書を交換して新安保条約はただちに発効。後は米大統領を快くお迎えし、めでたいまつりの宴を催そう。

その報がもたらされた時、デモ隊にほんの一瞬、信じられない静寂が訪れた。数万の民衆の沈黙は、深く悲しかった。民衆の叫びは、天に吸いこまれたのか。地に浸透したのか。それから、ぐあーんと轟音がひろがった。豪雨をついて天雷が落ちたようだ。

それぞれが勝手に、叫んでいる。怒鳴っている。悲鳴をあげている。日蓮宗徒が太鼓を乱打している。怒り、悲しみ、憂い、焦燥、決意、敗北感。闘う者の感情が濃厚に攪拌され、圧縮され、一気に爆発したのだ。豪雨も、これを冷却することはできない。

宣伝カーの上から、全学連の水上書記長や西大路委員長代行が叫んでいる。別の宣伝カーから、反主流派随一のアジテーターの野田が叫んでいる。野田は、W大文学部の学生だ。日本古典文学の研究を志すだけあって、その語彙《ごい》は豊かで、文学的表現が随所に折りこまれている。水上や西大路より、一般学生の心情をしっかり掴えるにちがいない。

つかの間の統一。つかの間の共感。いまは何を叫んでもよい。何を叫んでも受け入れられる。そうやって立ちつくしたままで、時が流れて行く。

労働者の部隊が、少しずつ解散を始めた。時計を見ると、はや午前三時をまわっていた。

明日がある。いや、明日はもう暁けようとしている。第六次統一行動は、十万の群衆で国会を包囲するのだ。学友は、全学ストで起ち上がる。

解散だ。学内に戻って準備だ。五・二〇の闘いを成功させるために。そして、今後一ヶ月の闘いへの決意を新たにして。

五・二〇以後の一ヶ月ほど、歴史の表舞台に民衆が登場したことはなかった。

全国を毛細管のようにおおう地域共闘組織からは、二千万にのぼる署名が集められた。

地方からぞくぞくと、デモ隊が上京した。二回にわたる空前の政治スト。国会は、連日安保粉砕、岸打倒、国会解散を叫ぶ大群衆と林立する赤旗の波に取り囲まれた。

国会から東京駅へ新宿駅へ向かうデモ隊には、ふつうの市民の参加が目立った。急増のプラカードを掲げ、てんでに叫び、歌い、お喋りをしながら、歩いている。プラカードのかわりに、店ののれんを竹竿にしばりつけて行進に加わる商店主もいた。

もはや、安保反対どころではない。民主主義そのものが踏みにじられたのだ。十五年前の記憶は、まだ鮮やかに人々に彫まれていた。あの敗戦のなかから、ようやく掴み取った平和と民主主義。それがいま、痛ましく蹂躙《じゅうりん》されている。安保のデモに合流する市民は、それが許せなかった。

都心の四車線道路は、デモ行進の大群衆を呑みこむには狭すぎた。行進は、道幅いっぱいに広がり、ゆっくりと大河となって歩んだ。交通を止められた市民は辛抱強く待ち、フランス式デモに声援を送った。

大学の授業は、ほとんど閉鎖された。いまは、進行しつつある歴史が教科書だ。私たちは、寄るとさわると、安保の討論に激した。いままで学生運動にまったく背を向けていた学生まで、連日のデモや座りこみに参加した。

しかし、学生運動のいっときの統一は崩れ、亀裂が深まっていた。もはや統一は不可能だった。学内では、双方の主張がぶつかりあい、双方のデモへの呼びかけがおこなわれていた。学生は、自分の意見とその時の気持で、どちらかのデモへ自由に参加していた。私の参加する国民会議の側のデモは、日に日に参加学生が増えた。だが、五・二〇以後、全学連主流派のデモも、かなりの動員を誇示していた。国民会議に歩み寄るか、孤立して突撃の道を進むか。幹部のなかの迷いと動揺はしりぞけられ、ただひとつの道が残されただけだった。

ソウルの学生に従おう、と彼等は呼びかけた。李承晩大統領のインチキ選挙を告発した馬山市の高校生デモは、警察隊の発砲によって三十名の死者を出した。数万の馬山市民が暴動をおこし、警察署を襲撃した。炎は、たちまちソウルに飛火した。独裁者の圧政に対する怒りが爆発した。ソウルの学生は、自由党本部、与党系新聞社を焼きうちした。放送局を占拠し、大統領官邸におしかけた。大学教授や市民がこれを支持し、民衆の蜂起は独裁者の退陣を求めて、全国に広がった。李大統領は、前線の軍隊を呼び戻して、武力弾圧の構えを示した。

だが、アメリカが待ったをかけた。民衆は李承晩を乗り越えて、どこまで突き進むのか。冷静な分析のもとに、アメリカは、子飼いの大統領を冷酷に見捨てた。十二年の専制支配は崩壊した。李承晩は、五月二十八日、私邸に独裁者の孤独を慰めた愛犬までうち捨てて、アメリカのチャーター機で、慌ただしくハワイに亡命した。

韓国の戦闘的学生の決起につづけ！　東京をソウルに！

それのみが安保を粉砕する唯一の道だ。

その単純明快な主張と激しさは、民主主義の破壊に怒る学生の心情を誘きつけた。学内から出発する彼等のデモに、かなりの学友たちが参加して行った。同じセミの友人、かつてのセツラーの姿があった。ライトブルーの文学部自治会の旗の下で、デモ隊に情勢を報告する自治会副委員長の彼女の姿も見た。学友たちは、まったく無防備だった。身に帯びるものは、何もない。あるものは、ただ生身の肉体と結ぶスクラムのみだ。彼等は、それのみを頼んで、無謀にも機動隊を打ち破ろうというのか。訓練された暴力の壁を圧倒して、国会に突入しようというのか。その瞬間に、冷静に彼等を引き止める者はいるのか。

だが、全学連のリーダーたちは、非暴力主義者ではないのだ。

闘いはゲバルトだ。暴力と暴力の激突だ。立ちふさがる装甲車を排除し、閉じられた国会の門をひきづり倒すには、それなりの武器が必要だ。彼等のデモの先頭には、工具や引き綱を携えた「突撃隊」が立つようになった。

こじ開けた口から、国会へ突入だ。後につづけ！

突撃隊がこじ開けた口を、無防備の学友たちも突入するのだろうか。

われわれのデモへの呼びかけを一蹴して、彼等は出かけて行く。

「誰かが命を落とす！」

ちがうデモ隊から彼等を見送りながら、新セクト結成に際して指導部がいったということばを思い出して、私は暗然としていた。


六月に入っての一夜、私は、北信濃の農村の公民館にいた。

社会教育セミの宿泊実習の事前打ち合せに、セミから派遣されて来たのだ。

宿泊実習は、七月の中旬に迫っていた。その村で公民館主事をしているセツルメントＯＢの千田さんが、一週間の日程や受け入れ団体の調整を済ませてくれていた。私はそれを現地で確認し、千田さんに連れられて役場や団体への挨拶をして歩いた。村の概要が把める資料も入手した。千曲川ぞいに開けた村は、米づくりとりんご栽培がさかんだった。青年団や農家の主婦の生活改善運動や読書会活動が活発な村として知られていた。

この村は、また保守の地盤で、二人の自民党代議士の後援会が、集落の隅々まではりめぐらされていて、村長選、県議選、村議選にいたるまで、なにかと両派は張りあうらしかった。もっともこの後援会、自治研究会だの政治経済研究会だのを名乗っているところが、いかにも信州らしかった。昨日は、午後のデモの後、夜のバイトを終わって、そのまま上野駅から夜行列車に乗りこんだ。今日は終日千田さんに連れられて村内を歩き回ったので、どっと疲れが出た。今夜は千田さんの下宿――といっても、大きな農家の離れの一軒家とのことだが――に泊めてもらって、酒でも飲みながら、千田さんから公民館主事の心得をゆっくり聞こうと思っていたが、千田さんは許してくれなかった。

夜八時から公民館で、安保問題を語る会を予定しているとのことだった。

「講師は、寺沼君、君だよ」

いたずらっぽい笑いを浮かべて、千田さんは私に告げた。

「ちょっと待ってくださよ」

抵抗したが、千田さんは聞き入れてくれない。

「帰京運動のつもりで話せばいいんだ。どんな反応があるか、それが君の勉強なんだよ」

そういわれれば、返す言葉はなかった。

公民館で千田さんと出前の天丼を食った。てんこ盛りの天丼だ。空腹を満たすに充分過ぎる飯の量だ。

千田さんには、ひっきりなしに電話がかかって来たり、青年が訪ねて来たりする。千田さんは、その度に、立って行って応対する。なるほど公民館主事は、ちょうどっこに夕飯を食えないほど忙しい。東京生まれという彼が、いつのまにか信州弁になっているのがおかしかった。

そのうち、事務室の有線放送のスピーカーが鳴った。

「公民館から、安保を語る会のお知らせをします」と来た。

国会は連日安保反対のデモに取り囲まれています。

日本の政治をゆるがしている安保とはいったい何でしょう。

安保は、日本の平和や民主主義にどんな関係があるでしょう。

安保は、わたしたちのくらしや村の農業にどんな影響をもたらすでしょう。

安保に賛成の人も反対の人もよく分からない人も、いっしょに話しあってみませんか。　今日の講師は、全学連のデモに参加し反対運動にとりくんでいる大学生の寺沼さんです。

今夜八時から、場所は公民館の大広間です。

お知らせが終わると、背中に冷汗が流れた。千田さんは、にやにや笑っている。

まあ、やるしかないか。腹を決めた。

この村のいつもの時間とかいうことで、会は定刻より十五分遅れて始まった。農繁期だから、当然のことだ。二階の畳の大広間に、五十人ほどの村民が集まっている。千田さんは、予想以上の参加者だ、と喜ぶ。

千田さんの司会で、「語る会」が始まった。

はげ頭の公民館長が立ち上がった。国を揺るがす安保の問題はむずかしくて敬遠されがちだが、だからこそ村民の話しあう場をつくることが公民館の使命だ、と立派なあいさつを述べた。日焼け顔や分厚い掌を見ると、本業は、この村の農民にちがいない。

館長に紹介されたので、立ち上がって頭を下げた。会場の後から、

「よう、全学連のカミナリ族！」

すかさず冷やかしがとんだ。晩酌に一杯ひっかけて来た年寄りのようだ。寄席でも聞きに来たつもりらしい。笑いと拍手が起きた。いきなり先制攻撃を食らった気分だが、なんとなく温かみのある拍手だ。

デモの体験を率直に話した。なぜこれだけたくさんの国民が署名し、反対運動に起ち上がったのか。国会でどんな民主主義のぶちこわしがおこなわれたのか。岸内閣は、どうしてことをいそぐのか。また安保は、日米の戦争同盟であるとともに経済同盟でもある。安保を背景に、日本は経済大国の道を歩む。犠牲になるのは農業だ。工業製品の輸出と引き替えに、農産物の自由化を押しつけられ、アメリカから安い農産物がどっと入ってきたら、日本の農業はどうなるか。学んだなりきに、体験したなりきに、語り終えた。

「せっかくの機会だで、なんか質問やご意見はありませんかいね」

千田さんが聞くと、後の方でさっと手が上がった。さっき田んぼから上がってきたばかりという感じの農家の父ちゃんだ。

「おれは、この前、うちの研究会の代議士先生から安保の話を聞いただいね。だけんど、今日の全学連の兄さんの話は、まるっきり違うじゃねえんかい。おれは、学生さんが嘘いってるとしか思えねえわい。だいたい公民館も公民館だ。こんな嘘っぱちの話をおれたちに聞かせるなんて、おかし

いじゃねえんかい。公民館が安保を批判するような会をやるのは、賛成できねえだい」

千田さんが何かいおうとするのを遮って、別の父ちゃんが手を上げた。

「おれは、そうは思わねえよ。おれも、代議士先生の話を聞いただがよ、確かに今の学生さんの話とは、まるっきりちがうわい。だからって、嘘っぱちと片づけちゃあいけねえよ。もしかしたら、先生の方がおれたちを騙《だま》くらかしているかもしれねえじゃねえんかね。だいたいおらた百姓は、田んぼの消毒やりんごの撤果の時期だもんだで、ろくすっぽ新聞なんか読んでねえわね。頭が空っぽの所へもってきて、代議士先生のいうことならって頭のてっぺんから信じちまう。だで、おらた百姓は、いつまでたっても馬鹿のまんまだ。だもんだで、おれは公民館がこういう会を開いてくれたことを感謝してるだいね。じゃあなきゃあ、おれも代議士先生のいうことを鵜《う》呑みにして、国会のまわりで一部の不届きな連中が騒いでいるわいって思い続けていたんでねえかいやあ。大事なことは、ほう、両方の意見を聞いて、自分の頭でよーく考えることでねえんかい」

「ほいじゃあ聞くが」と、さっきの父ちゃんが私に矢を向けて来た。兄さん、と私のことを呼ぶ。「兄さんは、安保は日本を戦争に巻き込むっていうが、戦争ってもんをほんとに知ってるだかい。この前の戦争が終わった時にゃあ、兄さんいくつだったいねえ」

「小学校の一年生でしたが……」

「そいじゃあ知ってるとはいえねえわ。おれは、兵隊にとられて満州の奥地に行ってただいね。ソ連が中立条約を破って一方的に攻めこんで来たもんで、満州にいた日本人は、そりゃあひどい目にあったってことは、兄さんだって聞いて知ってるでねえかい。おれもシベリヤの収容所へ連れて行かれて、三年目に命からがらやっと復員して来たわい。極寒の地で、ろくに食物も与えられないで重労働をさせられて、戦友がどれほど死んだことやら。ソ連は日本と何日戦争しただか知らねが、樺太や千島をぶんどって、中国や北朝鮮まで共産主義の国家にしちまったじゃねえかい。次にソ連が狙ってるのは、日本でねえんかいやあ。侵略勢力はソ連さね。おら共産主義は、大っ嫌いだい。自衛隊なんかソ連にかないっこねえ。アメリカに守ってもらってるからこそ、おれたちはこうやって好き勝手なこといっていられるだいね。だで、おら安保大賛成」

ぱらぱらと拍手が湧く。こうした意見への根強い賛同者がいることは事実だ。

「ちょっと待っておくんなさいよ」

今度は、前の方の席から、中年の女性が口をはさんだ。

「戦争体験じゃあ、わたしだって負けないよ。とにかく終戦後、満州から三人の子どもを負ぶって、抱っこして、手を引いて、やっと還って来たんだからね。父さんは、現地召集されて、それっきりさね。戦後この村で、女手ひとつで三人の子どもを育てて、お姑さまの面倒みて、やっと一息つけるところまで来たんだでねえ。戦争体験は男衆ばかじゃなくて、女衆だって、たいへんな目に会ってきたんでねえかい。戦争はもうこりごり、だで、わたしは安保絶対反対」

今度は、前よりも少し大きな拍手が湧く。

「女衆は、政治のことなんか何んにも分からねえくせに、すぐに感情的になってものをいうで、困るわなあ」と、さっきの父ちゃんがいいかける。

「女、女って馬鹿にするけど、今は、女衆の方が父ちゃんたちより、勉強してますんね」

年配の女性が手を上げて反論した。

「だいたい男衆は、農作業から上がって来ると、酒飲んで夕飯食べて、馬鹿みたいにでかい口あけて、いびきかいて寝てしまうけど、女衆は、それから公民館の分館に集まって、話しあいしてますんね」

「どうせ、姑や旦那の悪口いってるにちがいねえ」

さっきの父ちゃんは、どうしても一言いわなければ、気が済まないらしい。座がどっと笑い転げる。

「そりゃあ、悪口もいいますけどね。今やっているのは、村の婦人会が、公民館の千田さんにも手伝ってもらって、戦争体験の文集をつくるので、その話し合いをしているんですわね。戦争が終わって、まだ十五年しかたたないのに、男衆はもう忘れちまってる。憲法第九条だって、かすんでしまっているんではないですか。だからわたしらの記憶がなまなましいうちに、文集をつくって次の世代に残そうってわけですわね。今日の学生さんのような若い世代が、戦争反対を一生懸命訴えているのは、心強い限りですわ。村の青年団の若い衆も、安保反対のデモで何度も東京へ出かけてますんで、わたしらカンパして応援してますんね」

「うちの倅も、安保反対にかぶれて、国会のデモにばっか出かけて、困ったもんだい。デモに行く暇がありゃ、田んぼのこびえのひとつでも抜いてくれりゃあいいに」

さっきの父ちゃんが、ほんとうに困ったようにいうので、また笑いが広がった。

「おれにも、いわせておくれや」

若い男性が手を上げた。

「それじゃあ、青年団長さんに話してもらうかねえ」

千田さんの指名を受けて、青年団長が立ち上がった。

「おれも、ほう、安保反対にかぶれて、国会デモにおしかけてってる一人だがせえ」

青年団長が真面目にいったのがおかしいと、満場が笑いに包まれる。

県連青や郡連青の動員指令が来たもんだで、おれら東京見物のつもりで国会デモに参加したんだけんど、行ってみたら、もうおったまげちまったいね。とにかく人、人。あれだけの人が、声をからして安保反対を叫んでいるだに、岸内閣は見向きもしねえだんかい。それで野次馬じゃいけねえと、おれら真剣に安保の学習会をやっただいね。話しあえば話しあうほど、安保のたいへんなことが分かって来ただいね。一般団員は意識は低いし、なかみが難しいだで、役員だけの学習会になっちまう心配があったんだけども、何回もやってるうちに、一般団員の方が威勢よくなっちまってせえ。それで、みんなでカンパ集めて、国会デモに行ってるだんね。で、この前は、安保と農業って題で話しあったいね。そうしたら、まあ、いろんな問題が出て来てせえ。みんな今の農政に不満を持ってるだいね。米つくったって米価は安いし、りんごつくったって、ちっとも報われねえ。この頃じゃあ、どこのりんご農家だって、でっかいスピートスプレア買って消毒しているもんだで、農協へ借金ばか増えちまって、まるで借金払うためにりんごつくってるようなものだいね。それでは養豚でもやるかと、豚を育てて売ってみりゃあ、餌代にもならねえだんかい。

それで百姓じゃ食ってけねえから、町場の工場へ稼ぎに出て行かざるを得ねえ。青年団員なんか、もう半分以上が勤め人だんね。工場に出りゃあ、毎日残業残業でしぼられてせえ。だもんで、この頃は青年団の集まりやるったって、夜の九時ごろからせ。そのうち青年団なんか、おっつぶれてしまうんでねえかと、おらほんとうに心配してるだんね。いまに父ちゃんや母ちゃんたちだって、勤めに出るようになるんね。村に残るのは、じいちゃんやばあちゃんだけになっちまう。農業を犠牲にして儲かる資本家は、労働力の次は、土地をよこせ、土地の次は水をよこせ、と来るんね。それを一層おしすすめようというのが、安保ではねえんかい。安保改定で、アメリカの言いなりになってみましょ。農産物の自由化をおしつけられて、日本の農業なんか、ひとたまりもねえわい。そうしたら、父ちゃんたち、どうするだい。田んぼ売って、ごっつい手して、サラリーマンにでもなるだかい。

「こんな情況放っておけねえだんかい。で、青年団では、農業問題の学習会をやろうって決めたところだいね。あととりのおれらは、みんな農業が好きで一生懸命やりてえだ。安保も、もうわずかで決着がつくだで、父ちゃんたちよう、田んぼのこびえ抜かねえなんて、怒らなんどくれや」

団長の熱弁に笑いと拍手が起こった。どういうわけか、さっきの父ちゃんも拍手をしているではないか。

それを機に、公民館の「安保を語る会」は、お開きになった。

私の稚拙な報告は、この村の農民たちを納得させはしなかっただろう。青年団長の方が私よりはるかに説得力があった。しかし、私の話を種に、いいたいことをいいあったのはよかった。その一石になれたことを、率直によろこばなければなるまい。

それにしても、これが、岸が頼みとする票田だ。この票田が存在する限り、国会の周辺を十重二十重にデモ隊が取り囲もうと、自民党政治は安泰だと、岸はたかをくくっているだろう。だが、そう一筋縄に行かないのも、日本の、そして信州の農村だ。安保闘争は、ゆっくりとではあっても、村の青年たちを、農家の母ちゃんたちを、そして父ちゃんたちをも確実に動かそうとしている。

その信州の大地が、私の目の前にある。郷里の公民館が、私を待ちかまえている。

千田さんが村に居をすえ公民館活動にとりくんでいる様子を、垣間見ることもできた。千田さんに続け、だ。

安保闘争は短い。されど、地域の変革は永い。胸の内から、自然にそんな言葉がにじみ出た。

一九六〇年の六月は、もうすぐ終わる。だが、おれの闘いは、それからだ。

公民館を囲む四方の田んぼから、蛙の鳴き声が闇を充満させているのに、その時やっと気がついた。蛍の光が、五すじ十すじ、田んぼの上の闇をゆっくり流れて行った。

その土曜日の午後は、ぽっかりと開いた自由の時間だった。

数日後、六月の最後の決戦がやって来る。十日には米大統領訪日の地ならしに、ハガチー新聞係秘書が来日する。六・一一の第十八次統一行動。それに続く六・一五、六・一七、六・一九の国会会期末は、労働者のゼネストを含む最後の決戦の山場となろう。そしてアイク来日阻止闘争。戦後の大衆運動史上、これほど緊迫した一週間はないだろう。

土曜日の午後の半日といえ、天がくれた自由の時間はいい。まるで梅雨の晴れ間のように、気持まで明るくなる。雨が上がって、渋谷の雑踏に薄く陽光が差し渡っていた。

私は、午前中勤務の操代と、いつものように渋谷の蛇屋の前で待ち合わせた。駅前の繁華街にまったく不釣りあいだが、十数匹の生きた蛇たちがくねくねととぐろを巻きあうショウウインドを持つ店の前だ。東京にも結構漢方薬の愛好者は多いとみえる。蛇を眺めていると、つい時間のたつのを忘れる。

操代と落ち合って、道玄坂の映画館に直行した。話題の『青春残酷物語』だった。日本のヌーベル・バーグの旗手といわれる大島渚監督のデビュー作は、社会に対する若い世代の反抗を描いて評判だった。セックスと暴力の日常を生きる大学生の清と真琴。画面いっぱいにそうした情景が大胆に、リアルに、延々と映し出される。セックスと暴力が、青春の爆発であり、古い世代の規制や道徳をぶちこわす若者の反抗なのだ。画面の背景に、韓国の学生動乱や安保反対の全学連のデモが登場する。二人は政治闘争とは別世界に生きる傍観者に過ぎないのだが、暴力とセックスも、社会変革の暴力的学生デモも、ともに既成社会へのやむにやまれぬ若者の反乱なのだ、と暗示される。セックスと暴力が二人の死に直行する青春の残酷さ。同じく学生デモも、「若者の反乱」をつらぬく限り、権力による圧殺または自爆の結末を迎えるしかないことを、映画は予見しているようであった。

滅入ったような気分になって、映画館を出た。気分を直そうと、恋文横丁に入った。ビール一本と大盛りの餃子を操代と分け合って気を晴らし雑踏に戻ると、もう夕刻だった。

信号が青に変わって、駅前の横断歩道を操代と並んで歩き始めた。それは、まったく突然だった。対向の群衆のなかから、湧きだすように彼女が歩み寄って来るではないか。母親らしい年配の女性と腕を組んで近づいて来る。雑踏のなかで、夕日を背に二人の存在するそこだけが切り取られ、アップされて迫って来る。

同伴の女性は多分、いや確かに母親にまちがいない。お似合いの母娘だ。母の力は、娘を解き放ち、軽やかにさせる。新セクトの事務局員として、羽田闘争で逮捕され獄中に縛られた活動家として、文学部学友会の副委員長として、いつも見せる厳しい表情ではなかった。ちがうデモ隊のなかから私を射る冷徹な眼差しでもなかった。母親と買物の話でもしているのだろうか。なんと温和で、嬉々とした年頃の娘の素顔なのか。

対向の群衆が接近し入り交じった時、彼女は私に気づいたようだ。私に向けた瞳が見開き、そしてゆるんだ。

「元気かい。お母さんだね」

声にならない言葉を、彼女に放った。

「元気よ。恋人?」

彼女は目をちらっと操代に移し、そう語りかけたようだ。

「安保闘争が終わったら、近代史の勉強にうちこめそうだね」

「そうよ。あなたは?」

「おれは、信州へ帰って公民館主事になるのさ」

私は無言で返事を返した。

「そう、それがあなたの道なのね」

すれちがいざま、彼女はまともに私に顔を向けた。掌をさし延ばせば届く距離だ。近々と真正面に見る彼女。口元に笑みがほころんだ。右の掌を腰に当てていっぱいに開き、さよならというふうに小さく振った。口元から頬へ、微笑がゆっくりとふくらんだ。

操代も母親も気がつかない。雑踏のなかの誰も気がつかない。ただ私にだけ向けられた、一瞬の人知れぬ微笑だった。

＊　＊　＊

次の土曜日も雨だった。

図書館の午後の子ども会に、私は「お話し」をかって出た。

児童室の書架から、小川未明の『野ばら』を選んだ。雨は小降りにはなったが、いつもより出足が遅い。七、八人の子どもたちが私を囲んだ。私は膝の上で、『野ばら』をひろげた。

「大きな国と、それよりはすこし小さな国とが隣り合っていました。当座、その二つの国の間には、なにごとも起こらず平和でありました」

都から遠い国境の石碑を守る大きな国の兵士の老人と小さな国の兵士の青年。いつしか二人は仲よしになりました。いっしょに起きて、顔を洗い、天気の話しをしながら、あたりの景色をながめました。老人が将棋を教えると、青年はどんどん強くなり、老人が負かされるようになりました。こずえの上で小鳥はおもしろそうに唄い、白いばらの花からは、よい香りを送ってきました。

冬がきました。老人はせがれや孫が住んでいる南の方を恋しがって、「早く帰りたいものだ」といいました。

読み進めながら、私は、祈るような気持で顔を上げた。部屋の内にも、開け放した窓の外にも、あの女の子は見当らなかった。私は、先を読み進めた。

なにかの利益問題から、二つの国は戦争を始めました。仲のよい二人は、敵、味方の間柄になってしまいました。「わたしは少佐だから、私の首を持ってゆけば、あなたは出世ができる。だから殺してください」と老人はいいました。「どうしてあなたと私が敵どうしでしょう」といって、青年は遠い北の戦場へ去ってゆきました。残された老人は、茫然として日を送りました。野ばらの花が咲いて、みつばちが群がります。耳を澄ましても、空をながめても、黒い煙の影すら見えません。青年の身の上を案じながら、日はたちました。

私を囲む子どもたちは、静かに聞き入っている。ある子は目を上げ、ある子は目を伏せ、それぞれの感じ方で、耳を傾けている。でも、あの女の子は、どうやら今日はやって来ないらしい。

ある日、そばを通りかかった旅人が、小さな国の兵士がみなごろしになって、戦争は終わったと告げました。老人は、それなら青年も死んだのではないかと思いました。そんなことを気にしながら、いつしか居眠りをしました。

そこまで読んで、右手の窓際に目を移した。先週と同じその窓に、女の子を認めた。不自然な姿勢で外から窓枠にしがみついて、私に聞き入っている。耳の上で切り整えたおかっぱ頭、意志の強そうなあの真剣な眼差し。

「やあ、待ってたんだよ」

私は、胸の内で呼びかけて、最後の段落に入った。

するとかなたから一列の軍隊がきます。馬に乗って指揮しているのは、かの青年でありました。隊が静粛に、声ひとつたてずに老人の前を通るときに、青年は黙礼して、ばらの花をかいだのでした。老人がなにかいおうとすると、目がさめました。

「それから一月ばかりしますと、野ばらが枯れてしまいました。その年の秋、老人は南の方へ暇をもらって帰りました」

声を落として、読み終わった。いつもは立ち上がってすぐに騒ぎ出す子どもたちが、静まりかえっている。枯れた野ばらが、ぽとりと地面に落ちる音に、耳をそばだてているような静けさだ。子どもたちの上から、もう一度、右手の窓際に目を移した。

女の子が真正面から、私を見据えた。目からきらきら光が注ぐ。三十年前のあの六月の夜、国会をとりまく闇のなかで惨殺された彼女の眼差しを、私は思い出した。それから女の子は、口元をゆるめて笑いかけた。人知れず、私にだけ分かる微笑だった。

『野ばら』を閉じて、私はすぐ館の外へ出て、中庭へ回った。女の子の姿は、もう見えなかった。館を囲むヒマラヤ杉の梢から、ふたたび大粒の雨が降り始めた。六月の雨、彼女の雨。中庭の一遇に咲き乱れるばら園に、雨はあの夜のように激しく降りかかる。

私はわけもなく、頬を撃つその雨に、「薔薇雨」と名づけた。

木造校舎の屋根を越えてそびえ立つヒマラヤ杉が、雨の重みに耐えかねて、身を震わせた。どの樹も、どの樹も、連鎖反応となって身を震わせる。その勢いで空気が震え、中庭を風が過ぎる。だが、すぐに、ヒマラヤ杉は瓦屋根すれすれに梢を垂れる。うなだれて、何ごとか祈っている。雨足は、一層いそがしくなったようだ。私は「薔薇雨」を浴びて、そこに立ちつくしていた。

参考資料　『人しれず微笑まん　樺美智子遺稿集』樺光子編　60・10　三一書房
『友へ　樺美智子の手紙』樺光子編　69・7　三一書房
『最後の微笑　樺美智子の生と死』樺俊雄著　70・4　文藝春秋
『資料　戦後学生運動』4、5　三一書房編集部編　69　三一書房

くみ花

——真夜覚めて「りんごの花」の歌うたふ　妻逝きて三月　冬の雨降る

役所の土曜日は半ドンだというのに、急に長野県庁内の教育委員会に出張することとなった。市のK地区公民館を建設するための補助金申請を県に出しておいたのだが、急遽そのヒアリングをやるから出てこい、との電話が入ったのは、金曜日の夕方だった。

県の補助金の額なんて僅かばかりだが、書類の束は、二センチほどにもなる。七面倒くさい書類の束を作るのも煩雑だが、何回かのヒアリングにいちいち呼び出されるのも、堪ったものではない。そしてヒアリングは、急に電話がかかってきて、明日出でこいという呼び出しが多い。

だが、市町村は県には逆らえない。僅かでも補助金をもらわなければ施設は建てられないし、県の担当者の機嫌を損じては、後々まで何かと影響が出る。

仕事のない久しぶりの土曜日のはずだった。

公民館の仕事は、夜や土・日が忙しいから、半ドンの土曜日もたいがい仕事が入っている。だから、仕事のない土曜日は、ほんとうに珍しい。このところ、操代のご機嫌は、すこぶる悪い。この数週間、土日は家にいなかったから、当然かもしれない。

たまに妻とドライブでもして、溜まったストレスを抜いてやらないと、ご機嫌はもっと斜めになる。

それに、いくら働き盛りの四十台前半の私だって、たまには息抜きも必要だ。と思って、数日前に操代に、初秋の安曇野のドライブを約束したのであった。どうせ子どもたちは、部活で夕方まで家にいないから、妻と二人だけの午後を過ごすことができる。が、県からの電話で、せっかくの計画がだいなしになってしまった。

金曜日の夜も遅くまで担当の講座があった。夜中の寝床で、急な出張の事情をくだくだと説明したのだが、妻は聞く耳を持たない。

「あなたって、いつも、そう。約束したって、守ったためしはないんじゃないの」

「どうせ、あなたは、女房や家族より、仕事の方が大事なんだでしょう」

「人の幸せより、自分の家族の幸せを考える方が先じゃない？」

いちいちもっともだから、反論も説得もできない。

「もう、いいですから、好きなように出張でも何でも、行ってください」

そういうと、操代はかたくなに拒否の意志をあらわにした背中を私に向けて、寝てしまった。縁の下のどこかで鳴く虫の声が、妙に頭に染み透って眠れない。

早朝、出がけに、

「そいじゃあ、行ってくるで」

洗濯機を回している操代に、おそるおそる声をかけた。寝不足で頭痛がする。

「いってらっしゃい」

妻の機嫌は、いくらか直ったようだ。

「仕事は、何時に終わるんです？」

洗濯物を取り出しながら、聞く。

「昼までには、終わるよ」

「なら……」。妻の目が急に輝いた。「なら、安曇野でなくてもいいわ。長野でデイトしようかしら。わたし後から、電車で行くから。善光寺なんて、一年ぶりだわ。わたし、今日は仕事ないし」

妻は、学校給食の調理員をしている。土曜日は、給食がない。自分で、もう勝手に決めてしまっている。

「ふん」。急にそういわれても、あまり気がすすまない。

「子どもたちは？」

「どうせ部活で、夜にならなければ帰ってこないでしょう。それとも、あなた、わたしとデイトできない理由でもあるの」

いきなり妻の口調がけわしくなる。これ以上、ご機嫌を損ねてはならない。

善光寺の山門前で、午後一時に待ち合わせることを決めて、駅へ急いだ。

予定どおり、昼にはヒアリングは終わった。待ち合わせの場所へ急いだ。

土曜日のせいか、善光寺の参道は、おお賑わいであった。人込みを縫って、本堂の階段を上った。

操代は、信心深い。これには、いつも感心する。何事か、一生懸命祈っている。

「何を頼んだんだ」

「一年ぶりに善光寺さんにお参りしたんだもの、お礼することも頼むことも、いっぱいあるわ」

晴れ晴れした口調で、操代はいう。

参拝を済ませて、人の群れに身を委せて、参道を下った。秋日のなかで、両側に並ぶ店を、操代はいちいち覗く。参道の入口の手打ちそば屋に寄って、ざるそばを食べた。

そうやって時間をつぶしても、夕方の列車まで、大分時間があった。雑踏を逃れ、わき道にそれて、裏路地をぶらぶら歩いた。

何の目的も、予定もない散策。妻のおかげで、こんないっ時をもてたことを感謝しなくてはなるまい。

その辺りは、私も、初めて足を踏み入れた門前町の裏側である。

善光寺の裏路地は、坂の街であった。ゆるやかな坂の両側に、音をたてて側溝が流れ、昔風の民家が並んでいる。

民家が切れたところに、斜面をけずって狭い平地がつくられ、崩れかけた土塀に囲まれて、小さいお堂があった。善光寺の賑わいがうそのように、静まり返っていた。

土塀の内側にケヤキの老樹が一樹、色づき始めた紅葉の下に、ベンチ代わりか、ほどよい丸みの石が二つ並んでいた。

「休んで行かない?」

ハンカチでうっすらと額ににじんだ汗を拭いて、妻はいった。

堂に賽銭を投げ入れて、操代は長いこと、掌を合わせていた。ケヤキの梢ごしに薄日の当たった妻の背中を、丸石に腰かけて、私はぼんやり眺めていた。

ふと、足元に、水がちょろちょろ流れているのに気づいた。流れを目で追うと、土塀の隅に、小さなお地蔵様が立っていた。地蔵のすぐ後ろ、斜面を切って積んだ石垣のすき間に、細いビニールパイプが差しこんであり、湧き水はそこから石の水受けをへて、地蔵の足元に、小さな池をつくり、溢れて私のかたわらを通り、土塀の外へ通じていた。

池の中ほど、三段に並んだ石造の蓮の台座の上に、背の丈五〜六十センチもあろうか、静かに合掌した地蔵像であった。長い風雪のためか、ところどころ磨耗したり、破損した箇所が目立つ。しかし、精緻とはいえない彫りの柔和な面差しに、思わず私の心がゆるんだ。

今でも、秘かに信仰を集めていると見える。台座の上に、新しいみかんや米粒、十円貨が供えられている。池の底にも、十円貨が沈んでいる。地蔵の後側に、小さな木の枠が組んであり、願掛けでもしたのだろうか、数枚の絵馬が懸かっている。

私は、地蔵の際に立った。掌を合わせてから、丸味をもった柔和な彫りの立像を見直した。像を支える台座まで目を下ろした。蓮の花弁の内側に、幼児と分かる三人の石像が彫り込まれていた。目も鼻もない、ただ頭と胴が識別できるだけの小さな石塊であった。石塊のまま、この子たちは、蓮の茎根がからみ合う水中に産み落とされたにちがいない。果てしもなく、池のなかを泳ぎ回って、いま、ようやくに地蔵の足元に泳ぎ着いたところだ。救いを求めて、地蔵の足下にまとわりついている。一心に、地蔵の慈悲にしがみついている。合掌した半眼の地蔵は、温和な笑みをたたえて、いたわるように、語りかけるように、その子たちを見下ろしている。

私の目は、地蔵の後の絵馬に行った。雨風にさらされ、色あせた数枚の板切れの絵馬が、重なり合って吊る下がっている。何を願掛けしたのか、目を凝らしたが、よく読めない。それでも、何枚かは判読できそうだ。

ピンクのリボンを結わえ付けた一枚を読んだ。それは、いかにも、幼い文字であった。

はじめての赤ちゃんだったのに、

　ごめんね

　ママも　泣いています

いつのまにか、妻が後ろに立っていた。妻も一心に読んでいる。読みおわると、長いこと地蔵に掌を合わせていた。そして「行こうか」と、心なしか小さな声でいった。

列車までの時間を、駅近くの居酒屋で、軽く飲んで行くことにした。

ビルの二階の古民家風の居酒屋の暖簾《のれん》をくぐった。宵にはまだ大分時間があって、店に客はいなかった。アルバイトらしい若い女性が、衝立てで囲った上がり間口の畳敷きに案内してくれた。

店の名物だという鍋物と、厚手の素焼き徳利に熱燗が届いた。奥信濃の地酒が喉にしみて、私も妻も、つい盃を重ねた。私は、すぐ顔に酔いがまわるが、妻は青白くなる。酒飲みの津軽人の血のせいだ。店の奥の小さな窓から西日がさしこんで、妻の白い顔をあかあかと染めた。夕陽に照らされた操代の紅潮した顔には、見覚えがあった。いつの操代だったか。だが、遠すぎる記憶で、思い出せない。時計を見ると、ぼつぼつ切り上げる時刻であった。

妻がトイレに立った。一人になると、急に眠気がやってきた。壁に寄りかかって、そのまま寝込んでしまったらしい。

赤ちゃんの笑い声に、目を覚ました。妻がテーブルの向こうで、赤ん坊を抱いて、おっぱいをふくませている。若やいだ操代のはだけた胸に、赤ん坊は顔を押し当てて、おっぱいを吸っている。ごくごくと意気込んで飲み下す音が聞こえてくる。

「あなた、生まれたのよ。女の子よ」

目を覚ました私に、妻は顔中くちゃくちゃに笑いを広げていった。

「とうとう、生まれたか」

私は、女の子の顔を覗き込んだ。

「そうよ。わたしたちの初めての子よ。くみ花、くみ花っていうのよ」

もう名前がついているのに、ちっとも不思議と思えない。

「そうか、くみ花か。やっと生まれたか。ちっぽけな赤ん坊だな。おれの掌に入っちゃうよ。目もまだ開いていない」

「当たり前でしょう。やっと生まれたんだから。でも、きっと生命力の強い子よ。ほら、こんなに強くおっぱいを吸うわ」

妻はうっとりとした声になり、もうひとつの乳房をはだけて、くみ花の口に当てがう。「自分でも不思議なくらい、おっぱいがよく出るわ」

三人の子たちの時には、産後すぐ職場に復帰したこともあって、おっぱいの出のあまりよくなかった乳房が、見事に充満している。そこから、母胎の生命を吸い取るような勢いで、子は一心に吸い続けている。

私は、急に若返った操代の白くはだけて張り切った胸元と、赤ん坊の無心の哺乳に見惚れていた。腹がくちくなったのか、満足気なげっぷをして、子は乳房を離れた。私の顔を見て、にっと笑った。いつの間にか、双の目がぱっちり見開かれている。

「おいおい、この子、おれの顔を見て笑ったよ」

「父親だもの、当然でしょう」

胸元をしまいながら、妻も嬉しそうだ。

いない、いない、いない、ばー

いない、いない、いない、ばー

両掌を広げて顔を隠し、ばーをやると、赤ん坊はけっけっと笑って、小さなこぶしを振り回した。そのはしゃぎ振りがおかしくて、私は、何度も、いない、いない、ばーを繰り返した。「おむつ片付けてくるわ。しばらくみていて」

妻が立ち上がって、私に子を渡した。

ぶよぶよの身体を抱き取ると、かつて三児を育てた感触が、膝に蘇ってきた。私のあぐらを、揺りかごにして独占し、ふんぞり返って、揺りかごを揺すれと催促する。軽くリズムを取って、揺すってやった。子のやわらかな身体がごむまりとなって撥ね、子はまた、けっけっと笑った。

チョーチ　チョーチ　チョーチ

あやし言葉が、自然に口をついた。
信州のばあさまが孫をあやす時の、なんとも意味不明なあやし唄だ。子の両掌を握って人差し指を立て、両の頬をつついて、チョーチ、チョーチと囃し立てた。子はおかしいといって笑い、いっそうごむまりとなって身体を弾ませる。
　ワック　ワック　ワック
人差し指を、今度は互いにくるくる回す。また子は、おかしいといって、身体をそっくり返らして、けっけっとはしゃぐ。
　オイデ　オイデ　オイデ
今度は、子の掌を広げ、おいで、おいでの手招きを大げさにする。私の膝に幼い脚をつっぱって、子のリズムは激しくなる。
　チッチボ　チッチボ　チッチボ
顔の前で、子の延ばした人差し指の先端を、互いにつつき合わせてやる。子は、うれしい、うれしいと、全身で弾む。
　オツム　テンテン　スッテテンノテン
最後は、子の掌をありったけ広げ、タイコをたたく調子で、子の頭を交互にたたく。子は笑い転げ、脚で私の膝をつっぱった拍子に、あぐらから転げ落ちそうになる。
「おとうさん！」
躯を立て直し、急に子が言葉を発したのに、私は少しも不自然さを感じない。

「ん？　なに」
「もういっかい、もういっかい」
子は、自分で両の人差し指を延ばして、私に命令した。
「そんなに、おかしいの。もっとやろうね」
　チョーチ　チョーチ　チョーチ
　ワック　ワック　ワック
　オイデ　オイデ　オイデ
　チッチボ　チッチボ　チッチボ
　オツム　テンテン　スッテテンノテン
何度も何度も、繰り返した。
　チョーチ　チョーチ　チョーチ
　ワック　ワック　ワック
子の身体から力が抜け、あぐらの上に縮こまった。頬が上気して、ピンクに染まっている。瞳が真っすぐに、私に向けられた。
「こんどは、ごほん」
「本を読むの？」
「そうよ、ごほんよむの」
「なんの本読もうかな」

子は、いきなり私の膝に立ち上がり、背伸びして、私の肩越しに、背後の書棚から『ぐりとぐら』の絵本を抜き出した。
「これ、よむの」
三人の子も、この絵本が大好きだった。
あぐらの真中にどっかり座り直し、自分で最初のページを開く。
のねずみの　ぐりと　ぐらは、おおきな　かごを
もって、もりの　おくへ　でかけました。
ゆっくりゆっくり言葉を楽しみながら読み始めると、子は、掌でほんものの野ねずみを可愛がるように、「いいこ、いいこ」と、ぐりとぐらを撫で回す。
三人の子も、こうやって、ぐりとぐらのスキンシップを楽しんだものだ。
ぼくらの　なまえは　ぐりと　ぐら
このよで　いちばん　すきなのは
おりょうりすること　たべること
ぐり　ぐら　ぐり　ぐら
三人の子に歌ってやったように、我流の陽気なメロディで歌う。
読み進むにつれて、ほかの子に繰り返し繰り返し読んでやった言葉のリズムが、胸に戻ってきた。
野ねずみのぐりとぐらは、森のなかで、大きなたまごを見つける。ホットケーキを焼いていると、おいしそうな匂いにつられて、森の動物たちが集まってくる。

「さあ　できたころだぞ」
　ぐらが　おなべの　ふたを　とると、
わざと大げさに、期待いっぱいに頁をめくると、黄金色の大きなホットケーキが、両頁にまたがって、こんがりと焼き上がっている。あまく香ばしい匂いまで、立ち昇ってくる。子は、指を伸ばしてできたてのホットケーキをつまみ、口に運んで食べる真似をする。森の動物たちにも、つまんで分けてやっている。
ほかの三人の子たちも、この頁までくると、みな決まって同じしぐさを繰り返したものだ。
大きな卵のからを、連結の車に仕立てて、ぐりとぐらは、歌を歌いながら森の野道を帰って行く。
　ぼくらの　なまえは　ぐりと　ぐら
このよで　いちばん　すきなのは
おりょうりすること　たべること
ぐり　ぐら　ぐり　ぐら

＊『ぐりとぐら』　なかがわりえこ　と　おおむらゆりこ　福音館書店

手づくりのホットケーキに満腹し、陽気に家路を帰る歌なのだ。

ほかの子に歌ってやった時には、軽快な長調だった。いま、膝の子に歌う歌は、なぜか暗い単調になってしまう。音程が下がって、陰気なメロディに転調したままだ。まるで、住みかを追われた野ねずみの子が、森の闇をさ迷い歩いているようだ。

むきになって、いくら繰り返してみても、暗い音程を抜け出せない。

「もういいよ。おとうさん」

あくびをしながら、子はいった。

「ねむい？　寝んねしようか」

「うん」

子は、率直にうなづいた。

床を延べて、子を裸にした。

三人の子にしてやったように、洗い晒しのタオル地で、裸の胸をごしごし擦る。それから引っ繰り返して、背中を乾布摩擦してやった。

　くみちゃんは　元気な　風の子さん
　くみちゃんは　おてんば　お姉ちゃん
はだかになって　ごしごしごし
大きなタオルで　ごしごしごし
お腹と背中を　ごしっごしっ　ごしごしごし

歌がひとりでに口をつき、リズムに乗って手が動いた。

真っ白い肌に、たちまち赤みがさし、子は気持よさそうに、きゃっきゃっとはしゃいだ。「こんどは、おふとんたいそうして」

子は、自分からふとんの上に寝ころがって、ふとん体操をせがんだ。

両足首を掴んで、一、二、三と声をかけて、乱暴に屈伸運動をしてやった。

くみちゃんは　元気な　風の子さん
くみちゃんは　おてんば　お姉ちゃん
はだかになって　いち　に　さん
ふとんの上で　いち　に　さん
　元気に体操　それっ　それっ　いち　に　さん

はだかの身体を裏返し、脚を押さえて上体をそらし、最後は仰向けに寝た私の脚に乗せて、飛行機まわしをしてやった。

子は、すっかり満足したようだ。パジャマを着せると、自分から率直に横になった。

「いっしょに　ねて」

「うん、いいよ」

ふとんをかけて、子を抱いた。冷たい冷たい身体。赤ん坊なのに、なんでこんなに冷えきった手足なのだ。冷たい海から、上がってきたみたいだ。そして寒風の戸外を歩いてきたのか。

「おはなし　して」

近々と私の目をのぞきこんで、子がいった。

「なんのお話しようかな」

「きりんさんの　おはなし。それから　ぞうさんの。かばさんも　らいおんさんも　おさるさんも
　でてくる　おはなし」

「それじゃあ、目をつむって」

目を閉じる子の冷え切った身体をふところにくるんで、私は、三人の子にかわるがわるしてやったお話を、憶い出しながら語った。
「くみちゃんは、バナナだいすきだね」
こっくんと、子は、ふところでうなずいた。
むかし　むかし　きりんさんも
バナナが　だいすきだったんだって
そうそう、こんな出だしのお話だった。
バナナの木の下で
おいしいバナナたべたいなあって　見上げていたら
どんどん　どんどん
首が　ながーく　なっちゃったんだって
子は、身じろぎもしない。私のふところに、しがみついている。
「つぎは、ぞうさん」。子は、続きを促す。
むかし　むかし　ぞうさんも
バナナが　だいすきだったんだよ
バナナの木の下で
おいしいにおいを　かいでいたら
ぐんぐん　ぐんぐん

お鼻が　のびちゃったんだって

かばさんが、あーんあーん大きなお口になったのも、らいおんさんが、顔じゅうごわごわ髭だらけになったのも、おさるさんが、お尻をすりむいてまっかっかになったのも、みんなバナナが食べたかったからだ。

体温が子に移り切って、同じ温かさのなかに、私も気持よく浸かり始めた。ふところから、静かに、規則正しく、子の寝息が伝わってくる。そっと身をずらして、子から離れ、起き上がろうとした。ぴくっと緊張が子の身体に走り、ゆるんでいた掌に力がこもって、私のふところを掴んだ。

「いっしょに　ねてて」

「うん、ごめんね」

目覚めかけた子に、ふたたび身を密着させた。

「うたって」

ふところに深く顔を埋めながら、子は泣き出しそうなか細い声でいった。

「なんの歌　うたおうか」

「いつもんの」

「えっ?」

「どんぐり　ころころ」

「あっ、そうか。じゃあ、目をつむろうね」

子は、うっすらと目を閉じる。

子の背中を軽くたたきながら、子守歌のリズムで歌い始めた。三人の子も、この歌が好きで、添い寝の私に、何度もせがんだものだ。講談社の童謡絵本のなかに、この歌が載っていて、青空のような明るい池の底で、どんぐりが魚たちと楽しそうに泳ぎ回っている絵が描かれていた。三人の子は、だれもこの絵が好きで、寝床に入っても、歌を私に要求した。

どんぐり　ころころ　どんぶりこ
おいけに　はまって　さあ　たいへん
どじょうが　でてきて　こんにちは
ぼっちゃん……

「じょうちゃんよ」。子が、私をさえぎった。
「えっ？」
「じょうちゃん。あたし　おんなのこよ」
「ごめん、ごめん。そうだったね」

どじょうが　でてきて　こんにちは
じょうちゃん　いっしょに　あそびましょ

「にばんも」
ふところに、ますます深く入り込みながら、子はいった。

どんぐり　ころころ　よろこんで

しばらく　いっしょに　あそんだが
　やっぱり　おやまが……
「とうさん　でしょう」。子が、また私をさえぎった。
「えっ？」
「やっぱり　とうさん」
「ああ、そうだったね」
　やっぱり　とうさん　こいしいと
　ないては　どじょうを　こまらせた
歌い終わると、「おとうさん」と、子はいった。
私のふところ深く、いや、身体の深くに入り込んで、私の身内から、その声は響いた。「おとうさん」
とろけそうに、甘えた声であった。
　あたし　おとうさんの子よ
おとうさんが　あたしのなまえ　つけてくれたの
くみ花って
わすれたの？
でも　うれしい
おとさんに　だかれて
やっと　おとうさんの子に　なったの

私の身体の奥深いところから、歌うように、子は私に告げた。

あたし、くみ花よ。お父さんの子よ。お父さんが名前つけてくれたの。うれしい。やっと、お父さんの子になれた。

くりかえし、くりかえし、私の身内からそう伝える声があって、やがて次第に、波が引くようにかすれて行く。遠ざかって行く。消える波の向こうから、私の歌だけが、こだましてきた。

　どんぐり　ころころ　どんぶりこ
おいけに　はまって　さあたいへん
　どんぐり　ころころ　どんぶりこ
　やっぱり　とうさん　こいしいと

「お父さん！」。肩を揺すられて、目を覚ました。酒を飲むと青白くなる妻の顔が、間近にのぞきこんでいた。

「寝ぼけて、なにいってるの。あなたったら、お酒を飲むと、すぐ寝ちゃうんだから」

「あれ、寝てたのか」

「だいじょうぶ？　ぼつぼつ行かないと、電車に乗り遅れるでしょう」

「だいじょうぶさ」

妻の手を振り払って、勢いをつけて立ち上がった。

居酒屋の窓から差し込む西日が、妻の顔を真っすぐに射て、あかあかと染めた。急に遠い記憶が点滅した。そうだ、あの時と同じ夕陽の海だ。真っ赤な海原の波に翻弄《ほんろう》されながら、操代は、私を探して泳いできたのだった。

＊　＊　＊

一九五九年。

舞田操代が、F町セツルメントの部室に顔を出したのは、四月下旬の午後だった。

大学のキャンパスのかたすみに、学生が自由に利用できる木造の五号館があって、その一階にセツルメントの部室はあった。

このたまり場にセツラーたちは集まって、議論し、学習会をし、部会を開き、人形劇や紙芝居の練習に励み、労働歌やロシア民謡を歌い、川崎市の鉄鋼労働者の社宅街であるF町のセツル活動に出かけ、また国会周辺の街頭デモに繰り出して行った。

F町セツルメントは、戦後すぐに開設された。学生たちは、授業が終わるとF町に出かけ、そこにセットゥル（定着）して、地域活動に取り組んだ。子ども会、母親たちとの料理講習会、青年たちとの読書会や労働講座。法学部の学生は法律相談を、医学部の学生は医療相談を行なうこともあった。町の一角には診療所があり、セツラーOBである医師や看護婦が常駐して地域医療に当たっていた。診療所から少し離れた所に小さな民家を借りて、セツルメントのハウスが置かれていた。セツル活動は、ここを拠点に行なわれた。

都内の保母学院やいくつかの女子大から、女性セツラーも参加していた。彼女等は、子ども会や料理講習会を担当した。

「セツルメントに入れてください！」

部室の扉をいっぱいに押し開け、ものおじする気配もなく、明るい声で彼女はいった。少し前に、クループスカヤの教育論の定例学習会が終わり、セツラーたちは、F町へ出かけて行った後だった。夕方からの執行委員会の資料をまとめようと、私ひとり居残って、ガリ切りを始めたところだった。

「どうぞ」

立ち上がって彼女を迎え、テーブルの向い側の席に誘った。

腕をまくり上げてざっと羽織ったピンクのカーディガン、ウエストをぎゅっとしめた水色の縦縞のロングスカートが眩しかった。どちらかといえば地味な服装の女子セツラーにない華やかさがあった。

「舞田操代です。J女子大食物学科の四年生です」

私の目を真っすぐ見つめて、彼女はいった。

「寺沼英穂です。事務局長みたいなことをやってます」

見つめられて、どぎまぎしながら答えた。

キャンパスで、ときどき彼女を見かけたことはあった。五号館の二階に、うたごえ運動の音感合唱団の部室がある。都内の女子大から大勢の女子学生が参加していた。彼女は、そのメンバーの一人だった。

音感の連中は、ときどき五号館前の広場に集まって、ロシア民謡を歌ったり、フォークダンスを男子学生と女子学生が入り乱れるその輪のなかに、目立つ女子大生の一人として、彼女には見覚えがあった。

「音感でしたよね。かけもちで、やって行けるかな」。直截に、私は聞いた。

「卒業したんです」。きっぱりした調子だった。

「歌って踊ってのサークルは卒業したんです。わたし、ほんとは前から、セツルメントに憧れていたの。地域に入って、なにか実践的な活動がしたくって。今年は、大学最後の年だから、悔いのないように、セツルでお仕事したいんです。お仲間に入れていただけます？」

「大歓迎だよ」

立ち上がって、私は、後の棚から、セツルメント総会資料を取り出して渡した。

「差し当たって、これ読んでくれよ。F町セツルメントのことは、全部わかるよ」

五月の連休が終われば、総会が開かれ、新しい活動計画や新委員の態勢が決められる。私は、引き続き事務局長を務めることになっている。大学三年の専門課程に進学しないで、教養学部に留年中の私には、うってつけの役割だったにちがいない。

その日から、操代は、F町セツルメントの一員となった。

栄養士の卵としての特技を生かして、栄養部に所属し、F町の母親たちとの料理講習会などの活動に、早速加わった。

栄養部の他のメンバーは、ほとんど年下だった。操代が栄養部のリーダー格になるのに、そう時間はかからなかった。

活発で、姉御肌のところがあった。金も、あまり不自由していないようだった。いつか雑談のなかで、彼女が岩木山を間近に仰ぐ津軽平野のりんご農家の長女であることを聞いた。どうりで、操代には、少し東北訛りが交じっている感じだった。

実家は、農地解放前は、その地方のちょっとした地主であったそうだ。りんご園は、信州とは比べものにならないほど大規模に経営しているらしかった。実家から月々の送金は、それなりにあったにちがいない。

ときどき、大学の坂の下の学生食堂に、腹をへらした年下のゲルピンの男子セツラーを連れて行って、夕飯をおごっていた。アルバイトの家庭教師を掛け持ちして食いつないでいた私も、ゲルピン学生だった。が、なぜか私には、操代からの誘いはなかった。多分、部室の主のような顔をした事務局長は、敬遠されたにちがいない。それとも、操代より一歳年下の私であったが、年少と感じなかったせいか。私も操代を、年長と感じたことはなかった。

みんなの議論には、すぐに入り込んできた。思ったことをはっきりと言い張り、いつの間にか、議論の中心に近いところに座っていた。直観的な物言いが、理屈っぽいセツラーの議論のなかで、新鮮に聞こえた。

部室で歌を歌ったり、たまにキャンパスの広場でフォークダンスに興じるとき、操代は、いつも輪の中心にいた。音感合唱団で鍛えてあったから、お手のものであった。二月もたたない間に、操代は、すっかりF町セツルメントに溶け込んだ。

古参セツラーのような振る舞いにも、だれも違和感を感じなかった。

ある日、五号館の入口で、音感合唱団の鈴本に出会った。街頭デモによく行く仲間だったから、親しかった。

「舞田さん、元気にやってる？」

彼の方から聞いてきた。

「元気元気、セツルの水が合うみたいだよ」

「そりゃよかった。気にしてたんだ」

「何を」

「舞田さん、歌って踊っての音感に飽き足らなくて、セツルに行ったたっていってただろう」

「音感を卒業したっていってたよ」

「もちろん、それも理由の一つかもしれないけどね、彼女にとっては、音感の人間関係からの脱出だったんだ」

「人間関係？」

「要するに、ふられたんだ」

「あれ、音感に彼氏がいたのか」

「神田君だよ」

聞きもしないのに、鈴本の方から、名前を告げた。

神田は、私も、少しは知っていた。音感の若手のリーダーの一人、毎週土曜日の午後、キャンパスの学寮前の広場で行なわれる「マンモス合唱」で、おなじみの指揮者だった。アコーディオンの伴奏者を従えて台の上に立ち、てきぱきとした身振りでロシア民謡や反戦歌を指導していた。先週も、アメリカの黒人の悲しみを歌った「プアボーイ」を教わったばかりだ。

おふくろは　死んじゃうし
　おやじゃ　ずらかるし
妹はヤクザと　行っちゃうし
　おらまで　ヘマやった

神田と聞いて、哀愁を帯びた「プアボーイ」の一節が、自然にこみあげてきた。たしか、北陸の地方銀行の重役の息子と聞いた。私より一歳下、一学年下の童顔の学生で、法学部への進学をめざしているらしかった。

「二人の会話を聞いていると、とてもいい雰囲気だったんだ。互いにアケスケにものをいい合ってさ。あれだけ遠慮なくいい合えるってのは、ふつうの関係じゃないよ。ぼくも、音感の仲間も、そう見ていた。だけど、多分こわれちゃった。去って行ったのは、舞田さんの方さ。もしかしたら、舞田さんの側からの一方通行の思い込みだったかもしれないけどね」

「姉御だから、ただ、可愛がっていただけじゃないの？」

そう冗談ぽく笑って、鈴本と分かれた。

六月の下旬になると、農村セツルメントの準備が始まった。

夏休みを利用して、信州の北端にあるS村を訪ねることになっていた。農業試験場の宿泊施設に一週間ほど泊まり込んで農作業体験をしながら、集落を回って、人形劇、子ども会、青年団や若妻会との交流会、母親との料理講習会、開拓地の実態調査などを行なう計画になっていた。

都会から学生が一週間ほど村に押しかけてきて何かしたところで、何ほどのことができるわけではない。農繁期の最中に、学生たちの相手をするなど、はた迷惑だったかもしれない。しかし、多少の好奇心も手伝ってか、村民たちは積極的にセツラーを迎え入れてくれようとしていた。私が合宿の責任者になって、地元との折衝や村で行なう活動の準備を進めた。

合宿の最後の夜は、村の青年団とのお別れ大交流会をやることになっていた。キャンプファイアーをしながら、うたごえとフォークダンスの集いを盛大に行なうのだ。歌集づくりやフォークダンスの曲選びが、操代にまかされた。

ロシア民謡や青年歌、反戦歌など二十曲ほどの選曲を終えたのは、夜の九時を大分回っていた。さきほどまでローカで人形劇の練習をしていた子ども会のグループも、部屋の片隅で農村調査のための打ち合せをしていた仲間たちも帰って行った。部室は二人だけだった。

「腹へったなあ」

夕食も忘れて選曲に熱中していたので、急に空腹を覚えた。

「わたしもよ」。操代は大げさに腹をさすって見せた。「お仕事手伝ってくれたから、わたしにまかせて」。姉御ぶっていった。

坂の下の菱田屋食堂で、学生定食の他に一本だけビールを注文した。率直に、おごられることにした。

「ごくろうさま」

「ありがとう。でも、楽しかったわ」

ビールのグラスをコツンと合わせて、乾杯した。

「予備調査で、明日からS村に行くよ」

喉ごしのビールをゆっくり楽しみながら、操代に告げた。それから煙草に火を点けた。「知ってるわよ。平川君と智子と三人で行くんでしょう」

「村の公民館主事の大池さんが、とても協力的で、三人を泊めてくれるんだってさ。大池さんは、積極的に受入れ体勢づくりをしてくれている。大池さんに紹介してもらって、S村のいろんな人たちに会ってくるんだ。これが最後の事前調査だから、具体的な日程や交流の中身を決めてくるよ」

「そう、たいへんね。何泊してくるの」

「五泊の予定だよ。三人で分担してさ。おれはもっぱら、役場や農協や村の顔役、各団体の役員の人たちを訪ねてくるよ」

「智子は？」

「智子さんは、生活改良普及員や保健婦、農協の技術員を訪ねて、S村の抱えている農村婦人の問題を整理する予定だよ。もちろん、村の婦人会や若妻会、生活改善のグループと、ぴっちり打ち合せを済ませてくるよ」

「智子の調査や打ち合せで、わたしたち栄養部の活動も決まるのね」

「そうだよ。なにか智子さんに注文があったら、伝えておくよ」

「いいわ。智子なら、きっときちんとやってくれるわ」

「それから、平川君には、子ども会のために、学校やＰＴＡ回りしてもらうことになっている。町村合併した広い村だから、小学校が四校あるし、開拓地には分校もあるから、たいへんだよ。うん、そうそう、青年団との交流の準備も頼んであるよ」

「ねえ、Ｓ村の青年団って、活発に活動しているの」

「うん、活動家が何人もいて、がんばってるんだって。みな農家の跡取り青年なんだけどね。ついこの間、青年団長の加藤さんから手紙をもらったんだ。日本の農業問題と政治課題をテーマに据えて、農村青年と学生と意見を大いにぶっつけ合おうと書いてあったよ」

「村の青年たちが考える政治課題って、何かしらね」

「ずばり、平和問題さ。おれたち、首都の政治の最前線で、砂川、原水禁を血を流して闘ってきただろう。勤評だって、教え子を再び戦場へ送らないという教師たちの誓いを抑圧しようとするものだから、根源的には平和問題さ。来年は、安保改定の年で、もう、前哨戦が始まっている。六〇年安保の闘いこそ、戦争と平和をめぐる戦後最大の政治闘争なんだよ。これらの問題を、Ｓ村の青年たちと語り合えたらいいんだけど」

話しているうちに、興奮してきたらしい。私は、グラスのビールをゆっくり飲み干して、体内の火を鎮めようとした。何本目かの煙草に火を点けた。

「学生の硬直な政治論をぶっつけても、議論噛み合うのかしら」

操代が、二人のグラスにビールを注ぎ足しながら、異論をはさんだ。

「加藤さんからの手紙によれば、S村の青年団は、伝統的に社会問題への取り組みや政治学習への参加が盛んなんだってさ。そうそう、原水禁のデモにも、代表が上京して参加したらしいよ。そういう蓄積があるから、ぜったい議論は噛み合うよ」

「そうだといいんだけど。村のことなら、あなたよりわたしの方が知っているはずよ。だって、わたし農家の娘よ。わたしの生まれた村の体験からいえば、農村って、まだまだ封建的よ。戦後の民主化なんていったって、イエとムラの封建的基盤はなかなか崩せないわよ。そして、それが、日本の保守政治の基盤になっているでしょう。私の祖父も父も、そういう保守の末端を担わされてきたの。わたし、子どもの頃から、それを見て育ってきたから、身に染みて分かっているの。それが嫌で、わたし村を出て、東京にきたんだもの。村の人たちは、そんな簡単にわたしたちの議論を受け入れてくれないと思うわ」

「そこだよ。もちろん青年団も村の人たちも、学生の青っちょろい議論を簡単に受け入れてはくれないはずだよ。もしかしたら、アカ呼ばわりされて、警戒されないとも限らない。だからといって、日本の農村の風土にぶっつかって行かなければ、都市と農村はいつまでも分断されたままなんじゃないか」

定食は、すっかり食べつくしていた。昼は、コッペパンと牛乳で済ましていたから、まだ腹が満たない。操代が、これも食べてといって、焼き魚の皿を私の前に置いた。

「あなたって、痩せてる割に、よく食べるわね」

「子どものころから、飢えてるのさ」

「でも、わたし、大食いの人って好き」

私は、遠慮なく、焼き魚の頭からかぶりついた。

「もう一本ビール飲もうか」

私の高揚を面白がってけしかけるように、操代は残ったビールを私のグラスに注いだ。空のビンを掲げて、おじさーん、ビールもう一本ちょうだーい、と奥に声をかけた。

操代の前で、ぐっとビールを干すと、もう冗舌は止まらなくなった。

「安保の闘いひとつとってみても、労働者が生産点でストを打ったり、国会を壮大なデモが取り囲んだりするのは、一番強力な闘いなんだ。だけど、安保を現実的に廃棄するには、国会の多数派が安保破棄の議決をして、アメリカに通告しなくちゃならないんだ。ところが、国会の絶対多数は自民党で、その議席を支えているのは、日本の農村なんだ。だから、農村が変わらなければ、日本の政治は変わらない。では、農村の意識は、どうやって変革されるのだろうか」

「分かった！　あなた、そんなだいそれたこと考えてたの。それで、農村セツルメント活動を計画したのね」

真面目なのか、からかわれているのか、分からなくなった。

ほんとうは、そんなだいそれたことを企図していたのではなかった。農作業体験をしながら、子ども会や村の人たちとの交流会を通じて、日本の農村の現実の一端なりとも知ろう、学ぼう。それが、この計画の目的だった。村を変えるのは、そこに働く農民自身なのだ。農民が、自分の村を、村の農業の現実をどう見ているか、どう変えようとしているか。もしかしたら、村人との語り合いのなかから、保守の基盤といわれる農民の心の底に灯されているほんとうの気持が、ほんの少しでも掴めるかもしれない。それは、私たちが日頃工場労働者の住まう地域のなかで取り組んでいるセツル活動の精神と同じだった。

心にもない大言壮語を、操代の前で演説している自分が、不思議だった。ビールのせいか。操代の存在のせいか。

新しい煙草を思い切り吸い込んだ。口をすぼめて煙の輪を三つ、四つと吐き出した。

「あなたとお酒飲むの初めてよ。でも、あなたって、お酒飲むと真っ赤になる。そしてお喋りになる。おもしろいわよ」

操代が、残ったビールを、私のグラスいっぱいに注いでくれた。

「農民のなかへ！　ブ・ナロード！」

だいそれたことを口走ったついでに、ロシア革命黎明期のスローガンを唱えながら、一気にビールを流し込んだ。急に酔いが、全身に回ってきた。同時に眠気が襲ってきた。無理に眼を押し開けて、大あくびをした。煙草の吸いすぎで、口のなかが、ひりひりする。

「眠そう！」

操代がいった相手は、私ではなかった。二人の足元に、先刻から、この学生食堂で飼われている小さな老犬が、うつらうつらしながらうずくまっていた。

「おりこう。わたしたちの話し、ずっと聞いていたのね」。操代は、老犬の頭を撫でながら、アハハと思い出し笑いをした。

「わたし、前から思っていたんだけれど、このワンコちゃん、あなたにそっくりよ。顔がくしゃくしゃしていて、ぼさぼさの髪の毛が目の上まで垂れ下がっている」

「ひどいな、おれは、もっと男前なんだけど」

それを潮時に、店を出た。渋谷から東横線に乗った。彼女はT駅下車、歩いて十分ほどの所に、アパートを借りているという。私は、多摩川を越えてM駅で降りる。F町に通いやすいように、キャンパス内の学寮を出て、同じセツラー仲間の友人と、四月から六畳間の木賃アパートに移ったばかりだった。

電車のスピードが落ちた。

「送って行こうか」

吊り革の手を離して、聞いた。

「いいわよ。S村へ行くのに、明日早いんでしょう」

それから、私に、がつんと身体をぶっつけてきた。

「智子に代わりたいわ」

「えっ」

「これ、お餞別《せんべつ》」

バッグのなかから、赤い包装紙にくるんだ丸い箱を取り出して、私に押しつけた。

「なに?」

電車が停まった。

「なに?」。もう一度聞いた。

返事はない。操代は、ロングスカートをひるがえしてホームに降りた。私を振り返りもせず、階段に向かって足速に歩いて、視野から消えた。

掌のなかに、もらったばかりの煙草のピース缶の感触が残った。


七月下旬。

信越国境の山稜を間近に望む信州S村での、一週間にわたる農村セツルメントの合宿は始まった。セツラーたちにとって、なにもかもが、新鮮で未知の体験だった。

出発の夜、上野駅に集合した仲間は五十人を越えていた。スラックスをピチッとはいた操代も、その一人だった。私は、作業衣に長靴ばきだった。

信越線の小さな駅に夜行列車から降りたった初日の朝、東京からアカい学生等が山村工作隊になってやってくる、という噂が流れていることが分かった。

駅に出迎えてくれた公民館主事の大池さんが、おかしそうに笑って、教えてくれた。

真っ先に馴染《なじ》んでくれたのは、村の子どもたちだった。セツラーたちの腕にぶら下って、村道の案内役を買って出、合宿所となる農業試験場まで連れて行ってくれた。子ども会や人形劇は、初日から盛況だった。

大人たちは、少し遠くから見ている気配があった。その雰囲気を変えたのは、二日目の夜の事件だった。試験場から二キロほど離れた集落で、ボヤが起こった。遠くで半鐘が鳴った。高台の試験場から、山畑をへだてた闇のなかに、かすかに燃え上がる炎を認めた。居合わせた男子セツラーが、手に手にバケツを持って、飛び出した。慣れない夜道を馳せ参じた時には、ボヤは消えた後だった。バケツは、役に立たなかった。

が、この夜から、私たちを見る村人の目が、親密になった。

事前調査で、受け入れは難しいと諦めていた集落からも、子ども会や料理講習会に出てきてほしい、との声がかかった。

午前中は、試験場の山麓の山畑で、慣れない大鎌を握って掌にいくつもマメをつくりながら、飼料用の草刈りをし、束ねて積出しに励んだ。炎熱の日差しの下で、その作業さえ、セツラーにとっては、楽しい痛苦だった。東京から長靴をはいてきたのは、正解だった。食事は自炊だった。栄養部のセツラーたちが、献立表をつくり、交替で買い出しをして、三食を整えた。

午後は、グループに分かれて、子ども会や料理講習会、農村調査の聞き取りに出向いた。夜も、いくつかの集落に出かけて行って、若妻会や青年団との交流会が行なわれた。

夜遅く、セツラーたちが合宿所に戻ってくると、それから反省会を開いた。新たに声のかかってきた集落の公民館へ、なんとか都合をつけて出かけることも決めた。あらかじめ決めてあった活動予定は、どんどん過密になって行った。

夜の反省会が終わった後も、私の仕事があった。

壁一面に張り出した模造紙の日程表・分担表を書替え、速報係の当番と一緒に、セツラーたちに明朝配る合宿新聞をつくった。

作業は、開け放った窓から侵入してくる虫たちとの闘いでもあった。

一仕事終わると、窓の外は、白み始めていた。朝食をつくる早番のセツラーが、起き出してきた。

それからの二、三時間が、私の睡眠時間であった。

操代のことは気にかかったが、話しをする暇がなかった。操代も、私を無視するかのように、近づいてこなかった。

操代を探しても、見かけない日があった。試験場から山道を歩いて二時間の距離に、戦後満州から引き揚げてきた村の次三男たちの開拓地があった。一泊の予定で子ども会や料理講習会に出かけたグループが、もう一泊と引き止められて、帰ってこなかった。操代も、そのグループの一員だった。

久しぶりに顔を見たのは、三日目の夕方だった。真夏だというのに、標高の高い開拓地の夜はまだ寒い。簡素な開拓団の家々に分宿し、いろりのまわりでごろ寝した体験を、操代は、興奮気味に報告するのであった。帰りの山道には熊が出るかもしれないといわれて、鈴を鳴らしながら戻ってきた、と笑った。合宿が始まって、初めての短い会話だった。

その夜ふたたび操代は、合宿所に帰ってこなかった。夜の青年団との交流会に一緒に出かけた仲間に聞くと、仲良しになった女子団員の家に泊りに行った、とのことであった。翌朝、差し入れだともらった野菜類を、山ほど担いで帰ってきた。操代には、初対面の人とすぐに親密に打ち解ける特技があるらしかった。人に臆する私の性格とは、正反対だつた。

日程も、残り少なくなった。例によって、深夜の残務を終えて、片付けていた時だった。操代が一人、起きだしてきた。

「あら、まだ起きていたの」

「終わったから、寝るよ」

「事務局長さん、たいへんね」

「まあね。明日一日で終わりだから。でも、えらい早起きだね。朝食の当番？」

「そうよ。でも、その前に、お洗濯しなくっちゃあ」

「そうか。じゃあ、寝るよ」

「ねえ、寺沼さん、お洗濯するもの出しなさいよ。一緒に洗ってあげる」

あっけらかんと笑って、命令口調でいった。

「ないよ」。ぶっきらぼうに答えた。

「うそ、じゃあ、その靴下だけでも脱ぎなさいよ。あなたったら、東京を出る時から長靴はきっ放しなんだもの、おかしくって」

「いいよ。そんなもの、自分でやるよ」

むきになって拒んだが、心臓はどきどきしていた。私は、逃げるように、自分の寝る部屋に退き、かいこ棚のベットにもぐり込んだ。

その日の夜は、試験場の下の広場で、青年団とのお別れ交流会だった。積み上げた薪に火が点された。ファイアーを囲んで、いくつかのグループができた。草っ原に座り込んで、この数日間の交流で話し足りなかったことを、夢中になって語り合っている。どのグループの輪からも、大声の議論と笑いが聞こえた。操代のいたグループが、一番賑やかだった。話しは尽きなかったが、うたごえとフォークダンスの集いに移った。村の青年たちとセツラーたちが入り乱れて、大きな輪をつくった。操代がガリ切りして製本したコンパクトな歌集は、人気だった。フォークダンスの輪のなかで、操代の軽快なステップは、ひときわ目立った。

終わりがけに、私は一人、フォークダンスの渦を離れ、広場を囲む木立に分け入った。急に疲れが出た。手ごろな樹に寄りかかって、ファイアーを見下ろした。

この村にきて、ほんとうによかった。セツラーの青っちょろい議論は、村の青年たちに受け入れられるか。平和問題や安保の闘いを、胸を開いて話し合えるのか。そんな疑念は、まったくの杞憂だった。

来年の春先から、青年たちが農業問題の学習会を毎月定期的に開くことも決まった。私も東京から、参加させてもらうことになった。来年、一九六〇年の四月、私は、社会教育を学ぶ専門課程に進むことを決めていた。社会教育の実践を、この村に通って、青年たちの生き方や活動から学ぶのだ。その先には、私自身が歩む信州社会教育の道が連なっていた。

木立から見下ろすと、最後の大きな炎が燃え上がったところだった。積み上げた薪が崩れて、火の粉が夜空に高々と舞い上がった。それも一瞬だった。残り火の周囲を闇が包み込んだ。残り火にセツラーたちが土をかけたのか、残照もすぐに消えた。

闇のなかに、感動するほどの輝きを帯びて、満天に星座がきらめいていた。

翌朝は、村の駅で現地解散であった。

うれしいことに、公民館の大池さんと青年団役員が見送りにきてくれた。駅頭で再会を約束し、「しあわせの歌」をみんなで歌って別れ、ホームに入った。

この駅から直接、夏休みの帰郷をする者もいた。

私は、信州の郷里にも寄らず、すぐに帰京しなくてはならなかった。もう十日余り、アルバイトの家庭教師をさぼっている。三つかけもちだから、たいへんだ。高校と大学の受験を迎える子を教えていた。七月下旬から、集中的に勉強をみてやる約束をしていた。第一、早く月末のペイをもらわなければ、もう金がない。

操代が気になった。あの洗濯の一件以来、会話をしていない。操代は、ホームの少し離れたところで、年下の男子セツラーたちと輪になって、なにかお喋りしている。

わざと私を無視し、男子セツラーとの親密さを見せつけている気配を操代の背中に感じた。

あのグループは、妙高山に登山してから帰る、といっていた。

昨夜反省会が果てた後、もう事務局長としての深夜の仕事もないので、私はぐーぐー眠ってしまった。その後、遅くまで起きていた連中が、ワイワイいいながら、帰りの計画をたて、妙高登山を急に決めたらしい。

羨ましいが、仕方ない。早く東京の現実に戻らねば、明日から食って行けない。

上りの汽車がホームに着いた。盛大に蒸気を吹き出している。この駅で、妙高方面に行く下り列車とすれ違う。

帰京する仲間たちが、どやどやと列車に乗った。

それを見届けてから、ホームに残ったセツラーたちに手を振って、私は、デッキに立った。操代を探した。

ちょうどその時、下り列車が到着した。同時に、上り列車の発車を知らせるベルが鳴った。デッキから、もう一度手を振った。突然、操代が駆け寄ってくる。蒸気が激しく噴出し、デッキの足元の車輪が廻り出した。

「なんだよ」

操代はデッキに追いつき、手に持った紙包みを、投げるように、私に手渡した。

「おにぎりよ。今朝、いっしょに握ったの」

「ありがとう。まだ、温ったかいよ」

「わたし、夏休みには津軽へ帰らないから。ねえ、東京で会える?」

返事をする間がなかった。身を乗り出し、手を振って別れを告げた。汽笛を鳴らして、列車はホームを離れ、あえぎあえぎ濃緑の山あいに分け入って行った。

毎日が慌ただしかった。

バイトの遅れを取り返すために、午前中から家庭教師をしている家々を回って、子ども等の受験勉強の手助けをした。午後は、原水禁のデモや平和行進に参加したり、セツルの部室で資料づくりに励んだ。夜は、F町に通って、青年労働者に呼びかけて開催した夏の労働学校へ出かけた。その他、その他、あれこれと用事がある。

夏休みが、こんなに慌ただしくてよいものか。

慌ただしいとは、心が荒れる、と書く。

帰郷したセツラーたちは、多分のんびりと読書したり、昼寝したり、スイカを食べたりしているだろう。私は、心を痩せさせながら、炎熱の東京で駆けずり回っている。慌ただしくなければ、世間に申し訳ないなどと思う性分は、早くなくさねばならない。

それにしても、この暑さ、東京で三年目の夏体験だけれど、こればっかりはなじめない。東京都民は、よくこんな暑さに文句もいわず、暮らしてきたものだ。

操代から、何にもいってこないのが、気にかかった。せっかくおにぎりをもらったのに走る列車のデッキから返事もしなかったから、怒っているのか。それにしても、何かシグナルを送ってきても、よさそうなものだ。

五号館の部室に半日座ってガリ切りをしていても顔を合わせないし、F町にも出かけた気配がない。もしかしたら、やっぱり津軽へ帰郷したのかもしれない。

夜遅くF町から帰ると、操代からハガキが届いていた。

お元気？　わたしは、いたって元気よ。

あなたって返事もしないで、冷たい人。怨んでやったわよ。

でも、妙高へ登ったら、あなたのことなんか、忘れちゃった。

日本中の山が、みんな見えたわよ。わたしと一緒に、見たかった？

男どもは、みんなへバっちゃった。男子セツラーって、だらしないこと。

東京で会おうなんて、わたし、あなたを誘惑したのかしら。津軽へ帰らなかったのは、ほんとはね、卒論の実験のためなの。柿の葉からナントカっていう成分を抽出して、分析するの。実験室にこもって、白衣を着て、試験官を振ってるわたしって、想像できる？

あなたが失望するといけないから、会ってあげる。S村の藤枝ちゃんが上京するの。わたしを泊めてくれて、野菜をどっさりくれた、ほらあの娘さん。一緒に上野駅に迎えにいって、どこかで遊んで、おいしいごちそうを食べましょうよ。八月○日　午後一時　T駅のプラットホームで、待ってる。

操代

PS　長靴で来てはダメよ！

命令口調のハガキをポケットに入れて、私は、東横線のT駅で、操代と落ち合った。二人で上野駅に向かった。

なんだか、生まれて初めてのデートをしている気分だった。

信越線の列車から降り立った藤枝ちゃんは、すぐに見つかった。S村で出会ったままの、向日葵のように明るい笑顔を、ぱっと私たちに向けた。

「藤枝ちゃーん」

操代が駆け寄って、抱き合った。

大きな旅行カバンを私があずかり、上野公園の喫茶店に入った。

親戚の新盆の法事に、出かけてきたとのことだった。信州の畑作地帯の八月は、親も兄夫婦も忙しい。藤枝ちゃんが、法事への役を受けたのであった。

「高彦さんには、ほんとにお世話になっちゃった」

兄の名を上げ、藤枝ちゃんに礼をいった。S村の元青年団長、今は公民館の分館主事をやっている。村人や青年団の信頼が厚く、合宿の時は、ずいぶん大きな陰の力になってくれた。来春からの農業問題の学習会を呼びかけたのも、彼だ。

操代と藤枝ちゃんは、ずいぶんウマが合うらしい。セツルメント合宿の時の出来事を、夢中になってお喋りしている。私など、まったく付け入るすきがない。

あの時のセツラーとの出会いは、藤枝ちゃん個人にとっても、大きな刺激になったようだ。農家の娘に生まれ、村で成長し、やがて農家の嫁さんになって、夫とともに働き、姑に仕え、子を産み育て、嫁を迎え、しわが寄って年取って行く、そんな人生を当たり前のように受け入れていたのだけれど、もしかしたら、わたしにだって、ちがう生き方があるんだ、と気付いたのだという。

どんな道があるのか分からないけれど、若いんだから、とにかく自分の可能性をもっとがむしゃらに追っかけてみたっていいじゃない！　セツラーの学生さんと付き合って、そんな気持が高まってきた、と藤枝ちゃんはいった。

「そうよ、そうよ」

操代は、うれしそうに、うなづいている。

「どんなことなら、できそう？」

私も、会話の輪のなかに入って聞いた。

「青年団にはやることがいっぱいあるってことが、こんどの交流を通して分かった。だから、青年団活動をもっと熱中してやっても、いいかな。村の青年団、郡の連合青年団、県連青の活動、青年団は奥が深くて、やることいっぱいありそう」

「そうだよ。青年団の女子活動だって、やることいっぱいあるんだもんね」

彼女なら、きっと活発で思慮深く、すばらしい女子リーダーになれそうだ。うれしくなって、相づちを打った。

「それともさ、あたし、東京へ出てこようかな」。肩をぐるぐるまわして、藤枝ちゃんがいった。いかにも、やってやるぞという感じだった。

「あたしね、農閑期に洋裁学校に通っていた。自分でいうのもおかしいけど、ミシン踏むのは、得意だよ。県連青の文化祭に出展したら、あたしの作った洋服、最優秀賞もらったことがあるよ。東京へ出てきて、仕事探して、洋裁の道で生きていこうかな。ねえ、東京って広いから、仕事あるよね」

「いいな、いいな。それ、賛成」

操代が、けしかけるようないい方をしたので、三人で大笑いをした。

上野公園で遊んだ後、操代が精養軒に案内した。音に聞く精養軒は、藤枝ちゃんも私も、初めてであった。すべて操代におまかせだった。こういうことには場慣れしている様子で、ワインや洋食のコースを、てきぱきと注文した。

マナーが分からなくて緊張したが、ワイングラスを合わせると、緊張が取れた。

若い食欲にまかせて、どんどん食べた。洋食のフルコースを食べたのは、初めてだった。親戚の家に近い最寄り駅まで藤枝ちゃんを送ってから、渋谷に出た。夜の駅前広場には、人と光と騒音が溢れていた。

「飲んで行こうか」

まだ帰りたくなくて、操代を誘った。バイトのペイが入ったからばかりだから、ちょっとだけ飲んで行く余裕はあった。

「付き合ってあげる」

操代は、わざと御着せがましくいった。

自然に、恋文横丁へ足が向いた。

餃子に焼酎、それが、この猥雑に混み合い、狭い露地が入り組み、餃子を焼く匂いと紫煙が立ちこめる街にふさわしい貧乏学生の定番だった。

油のしみがこびりついたカウンターの椅子に、並んで座った。酒にそう強くない私なのだが、焼酎のおかわりをしても、酔わなかった。

例の通り、冗舌にはなった。昼間聞き役に回っていた分を取り返すように、一方的に喋った。藤枝ちゃんのこと、S村のこと、セツルメントのこと、学生運動のこと、安保のこと。珍しく操代は寡黙になり、言葉を挟まなかった。

時計を見ると、十時をとっくに過ぎていた。腰を上げて、渋谷駅に出た。東横線の座席に座ると、電車はすぐに発車した。

「わたし、酔ったのかしら」

電車が揺れて、操代の肩が、私に触れた。そのまま、私に体重をあずけた。T駅に、電車が停まった。

「送って行くよ」と、座席を立った。操代は断らなかった。

駅から小河川ぞいに歩いた。しばらく歩いて右手に折れた。学校のような建物の脇を抜けた。道の反対側に、小さな森の暗闇があった。曇っているのか、月明かりが足元に届かない。操代との間隔を保ちながら、慎重に歩いた。互いに、何も喋らなかった。

森のはずれに材木屋があり、街灯が点っていた。道ばたに、夜目にも白い材木が積んであった。木の香が漂っていた。

「ここよ」

操代が、歩みを止めた。材木屋が建てたアパートの玄関は、森の闇を照らして、明るく電灯が点っていた。

「そいじゃあ」と、手を振った。「共通の思い出ができて、いい一日だったよ」

「帰るの？」

背を向けかけた私に、操代がいった。

「帰る。まだ、終電車に間に合うから」

「わたし、喉かわいちゃった。あなたは？　ねえ、一緒にお水飲まない」

「飲もうか」。焼酎を飲んだ私の喉も、渇していた。

「じゃあ、ここで待ってて。お水もってくる」

玄関を入って、とんとんと二階への階段を上った。

手ごろに積んだ材木を見つけて、腰を下ろした。足元から漂う木の香を、深く吸い込んで、操代を待った。

白い液体の入ったコップを二つ持って、操代はすぐに戻ってきた。

「はい、カルピス」

ちょうど、甘い飲み物が飲みたかった。街灯のほんのりした翳《かげ》のなかで、材木の上に、並んで座った。コップをカチンと合わせて、一息に飲んだ。焼酎に焼けた喉に、酸っぱい甘味が刺激的に染み透った。すうーと、顔中に浮き出ていた汗が引いた。

「カルピスって、なんの味？」

「甘くて、酸っぱくて、冷たい牛乳の味かなあ」

とんちんかんなことをいった。

「ど、ん、か、ん」

そういって、突然肩をぶっつけてきた。

「男の人って、そうなの？　わたしの気持、分かっているくせして。いざとなると、あとずさりして、背中向けちゃう」

なんとなく、前のサークルの彼のことだと分かる。私は、ただ黙っていた。

「出世する男は、そうよ。あなたも、出世したいの？」

「おれは……」

「おれは……どうしたの？」

「出世なんて、縁がないよ」

「よかった。わたしの気持、あなたに通じている?」

「えっ? うん」

「それなら、わたしのお部屋へきて。好きなら好き、嫌いならこんな女ダイッキライ!って、わたしの耳元でいって」

返事の代わりに、腕時計を見た。いまなら、終電車に間に合う。

「時計見る人なんて、キライ」

操代は、私の手から、空になったコップを奪い取った。

「二階の一番奥のお部屋よ。五分待ってあげる。決めるのは、あなたよ」

返事も待たず、操代は、玄関の奥に消えた。

カルピスで引いた汗が、額に吹き出してきた。

この五分間で、もしかしたら、私の生涯は決まるかもしれなかった。二十年の人生のなかで、一番長い、果てのない五分。行くか、帰るか。いま走って帰れば、T駅発の最終電車に乗れる。瞬間の激情に身をまかせるな。二人の絆に、ずっと責任を持てる? いっ時の陶酔の後には、必ず後悔があるよ。自分の生涯は、もっと成長してから、もっと時間をかけて決めるものなんだよ。さあ、立ち上がって、駅へ急いで走れよ。理性の声が、冷静にそう命じた。

だが、私は、立てなかった。いや、立たなかった。

運命という漢字が、頭のなかに点いては消え、消えては点いた。

津軽の娘と信州の息子が出会った。あの日、あの五号館の部室で。それから四ヵ月、運命がこの暗い森はずれの街灯の下に、おれを連れてきている。扉の前に立たせている。扉を開け。踏み込め。扉の向側の運命は、自分で拓け。

運命という言葉に押されて、私は、もう迷わなかった。扉の向こうの階段を上った。手前の部屋は、みな寝静まっているようだ。忍ぶように歩を運んだ。一番奥の部屋の狭い扉の前に立った。扉を開けた。

部屋のなかは、真っ暗だった。左手に触れたのは、小さな流しの金属の感触だった。右手が、壁の先の柱に触れた。しばらく、そのまま立ち尽くした。

かすかな呼吸が聞こえた。もっとかすかな香水の匂いがした。そこに向かって、足ずりをし、手を延ばした。

操代は、意外な近さにいた。肩を抱き寄せると、やわらかい全身の重みが崩れてきた。小さな部屋の暗さと蒸し暑さが、私を大胆にした。

＊　＊　＊

私の決定的な日　青春の最後
決して決して忘れない　こう思う心の底から悪魔がいう
「イヤ違う　忘れるよ全て　彼のことさえも　彼の名前も」

風の様に私の室に入り　私の心をつかみ　メチャクチャにした人
どうして　どうして　彼とこんなことになったの
火遊び　太陽族　セツナ主義
これが青春？　そして私は彼を本当に好きなのか　ツブヤク口がもどかしい

猫の目の様に　私の目はだんだん広がる
自分でしたことの驚き　とりかえしのつかない失敗
二人には　赤い糸があった　運命の糸
私はさがしていた　でもニセではないのか

かち誇ったような顔をして　鼻をならして　甘えて彼をあつかった
実際には　ちっとも興奮などしていなかったのに
私は　人のみにくい所をかぎつけないと　生きてゆけない人間なのか
そして　尊敬を失う
次に求める　新しいものを
鏡に私が写っている
イヤな鏡　一人ぼっちの時の相手　苦しい事の相談相手
喜びを分かち合ってきた唯一人の人

もう足もとれてないのに　まだ私と一緒

ライオン！　ガラスのライオン
どうしてそんな顔をするの
にぎりしめてあげたじゃないの
どうして不思議そうな顔するの
私のうれしい時のように　笑っておくれ
お前は　私の中学時代から知っているはず
私に　どうしたらよいか　おしえておくれ
おしえてくれなかったら　彼にやっちゃうぞ！　これが私ですって
私の夫になる人か　分からない　分からない
ねえ　ライオン　おしえて　おしえて

♤　♤　♤　♤

とても幸福です　私を必要な人がこの世に存るのだと思うと
私がいないと寂しいと思う人がいるのだと思うと
でも　でも　時々不安がサイギ心が襲ってきます
彼は私を愛していないのだ
誰だってこの位のことをするのだと思うと

♤　♤　♤　♤

明日は彼がくるの　管理人の奥さんは　赤ちゃんができるのを心配している
「卒業まで待ってもらった方がよくってよ」
ダンナさまも同意見　男の人の気持ってそんなものかしら？
ダンナさま　とてもヤキモチヤキらしい　ホホホ　美人の奥さんの苦労すること　苦労すること
「ヨロメキなさいよ」「そうしようかしら？」

♤　♤　♤　♤

彼が来る迄あと十五時間　どうしよう　どうしよう
今日は　寒くもないのに　クシャミを5、6回
彼　他の人に云ったのかしら？
イヤだな　はづかしい

♤　♤　♤　♤

夜　私がセツルのハウスから帰ると　室に明かりがついており　彼一人がいた
お酒で相当苦しいらしい　真赤な顔とからだをして　海老みたい！
彼の苦しいの分かる気もしたけど　同情してやらない
帰れそうもないから泊まるように云ったら　十一時頃にはもうさめて　帰れそうなのに泊まった
何でかしら？
私は彼にさかんに「貴方は本当に私を愛しているのか考えてごらんなさい」と云った　彼はだまっ

ていた

Y子さんのお部屋にいって、彼のジャンバーの繕いと明日の母親大会の準備をした

繕いが終わったので、室に帰ると、彼は寝ていた。ジャンバーをかけてやったら、目をさましたので、「私ここに寝てもいい?」と聞いた。この室の主は私なのに　ヘン

「いいよ」というので、Y子さんの部屋をかたづけてきて寝た

♤　♤　♤　♤

遠藤和子さんの石塚さんへの手紙

――私がほんとうにあなたにとって必要であるかどうかは、考えれば考えるほど自信がなくなるのです。こんなところにモタついているのは、非生産的だと何度思いかえしてもだめです。私は何もあなたのことを知らない。何もお役に立っていないということで、すぐ苦しくなってしまうのです。

私はもうほんとうにメチャメチャになりそうなほど、自分の無能が悲しいし、憎らしいのです。私が今いちばん恐れているのは、あなたからはなれてしまった自分を考えるときです。あなたがパクられて拷問をうけている様子を想像しては身ぶるいし、ぜんぜんそれに堪えられる自信がありません

――あなたが選択をあやまったのではないかという不安―どんなにしても私はあなたに追いつけないのではないかというおそれが、あなたにすまないような気持でいっぱいにさせてしまうのです。

もっとも重要なことは、あなたの戦いが今どんなところでなされているかをハッキリつかみとることです。あなたは強いから今までもじっと堪えてこられたように、その強い目の色でものをみつめ、ひとり苦しみ、自分を叱りつけ、戦っていかれる、そうしてきたえられたあなたを思うとき、私はほんとうに自分がはずかしく、それだけにあなたを愛し尊敬せずにはおられなくなるのです。でも私の介入する余地がないようで、ちょっとさびしいような気もするのです。機転のきく、すばらしい頭の持主でしたら、どんなにかいい助手になれるでしょうに……

♤　♤　♤

ゆうべはコワイ夢ばかり見て寝られなかった　彼と会った夜はいつもそうだ
安心してねむられない　さびしくて　頼りなくて　一人でいることが出来なくなるのではないかしら　でもいいの　幸せ　幸せ　彼と会うととても自分が美しくなった様に見える　会った夜が明けた頃　その後もずっと　会う度毎に

♤　♤　♤

少女の時、私が夢見ていた家庭は、貧乏をしないこと、人間並のぜいたくをし、プチブル的な生活をし、理解ある夫と世俗的な楽しい家庭をもち、子供を育て、そして死ぬ、そんな平凡な家庭だった。

津軽の深い雪の下で、そんなこと、考えていた。

でも、彼とはそれはムリ。彼は個人より社会を優先させる人だし、私はちょっとばかり左翼っぽい、ただのプチブルのおじょうさん。

夢捨てる？　彼捨てる？

「無辺の曠野の上、凛冽の大気のもと、キラキラ旋回しながら舞い上がるのは、雨の精か……そうだ。それは、孤独の雪である。死んだ雨である。雨の精である」——魯迅作品集「雪」より

♤　♤　♤　♤

私達の恋愛は何だ　肉体関係　それ以外の何ものでもないのではないか
お互いに陶酔し合いたい為に　魂と魂のふれ合い以前に、全身体の感覚で相手を知ろうとしている
恋愛だろうか　私の考えていた恋愛は　こうではなかったのでは
とにかく一ヶ月は会わないこと　絶対に
それでくずれる関係なら、初めからなかったのだと思うこと

♤　♤　♤　♤

同級のK子さんに今日会ったら　同棲しているとの事
私は顔色が悪く（皆がそういうから）落着かない。
ヒステリー症状？　違う　K子さんがやけるなあ　チクショウ
落着かない　落着かない　みんな彼のせい　恋しいなあ　バカバカ！

♤　♤　♤　♤

私の室は真空状態だ。呼吸したくても空気がなく、胸はかきむしられ、しめつけられ、ひきのばされる。そして私はもがく。「新鮮な空気が欲しい。たった私の小さい室いっぱいで沢山なのだ」手を伸ばし、胸をひろげる。よごれた空気が胸に入り込み私の体も、きたなく真黒になった様だ。

いけない！いけない！　もっと早く、今すぐ窓を広くいっぱいにあけるべきだ。そうは思うが、体は意思を反映してくれない。そして又私の　苦しみは続く。

♤　♤　♤　♤

買物して帰る間に彼が必ず室にきていてくれる——　そう私は思い込んで電気を消して出る。帰り道ほとんどの室に灯がともっているアパートを見上げ、私の室も灯がともっているはずと考える。一番むこうの隅の室はついていない。ガッカリしのろのろと足をはこぶ

♤　♤　♤　♤

安保のデモに出かけた彼がパクられた事を知る。
足は地につかず、心は平静なのだ。部室へ行く。持主のない彼の紙袋が机の上にドサリと置いてあった。中から本をひっぱって読む。いつも事務局の主みたいな顔している彼が居ないことが実感として来る。いつもドッシリ（軽いに違いないが）腰を下ろしている彼が居ないと落着かない。彼は居ないのだ。ここにも、下宿にも、私の室にも、バイトの家にも、安映画館にも、本屋にも、全ての電車の中にも。いる所は四角い堅いつめたい壁がどこまでもそびえ立ち心を狭める室。皆が私の顔を気の毒そうに眺める。「心配しない方がいいよ」といってくれる。きっと私の顔は悲しさにゆがんでいたのかもしれない。
室に帰り、何をしていいか分からない。ゴーリキーの「母」を読む。パーヴェルと小ロシア人の友情が爆発する所に、何本も何本も線をひき眠る。

♤　♤　♤　♤

夕方ぼんやりしていたら、突然彼が顔を出した。釈放されたのだ。四角い箱に閉じこめられて、青白く、やつれていると思ったら、前より顔色がよくて太ったみたい。よっぽど待遇がよかったのかしら。うれしくて泣こうと思ったけれど、おかしくて笑い出しちゃった。

洗面器と石けんを渡して、お風呂に行かせた。お洗濯するからと下着をぬがして、替わりに私の貸してやった。彼、銭湯で、どんな顔して下着ぬいだかしら。

「出所」のお祝いにお酒ちょっと飲んで、夕ご飯食べたら、彼ぐーぐー寝ちゃった。

真夜中なのに、ちっとも起きてくれない。期待していたのに。ばか
でも、こうして彼の顔みていて、今ごろ泣いています。

♤　♤　♤　♤

疲れている。何に？　彼との関係に？
彼は私の生活と、どの部分で連なっているのかしら？　全ての部分。
そうに違いない。
私はどうしたらよいのか分からない。唯苦しい。何もしていないことが。
いけない　いけない
私はもっともっと　さびしさに会わなくては。
人間は孤独の時に創造する。

いいえ、こんなことは、理屈です。私は恋しいのです。

潜在する不可抗力が、人間（〜的な力）を内部から支配するのです。

生理的な快感への欲求は万人の求めるところだし、又社会はそれを認めなければならないのです。

彼と私の時間は、何なのでしょう　二人の間には、新たな発見と驚きの交錯した黄金の羽根の生えた鳥がいるのです。

それなのに、どうして私は苦しむのでしょう
彼が、密室で二人でいる間に感ずる革命からの疎外の問題。
これは一生つきまとう問題でしょう。

でも、と思うのです。疎外されてるのかしらと。

疎外ではないのです。決して疎外ではなく、一つの人間形成の過程なのだわ。

♤　♤　♤　♤

昨日彼の所へ行った。3時間位おしゃべりして、ケンカ別れ。そして午後「ごめんね」を云いに行った。

昨日まで、私は苦しんでいた。彼が下宿を代えるこの機会に、一緒になる方がよいのではないかと。機会だからでなく、必要なのだからと云った方がよい。彼はそれを望んでいるけれど、私はどうしても進めなかった。

K子さんに云うと、一緒になった方がよいというし、Oさんもそういう。

昨日「ごめんね」の後話し合って、やっとその気を表すことが出来た。一緒になる決心をした。彼はとてもよろこんでくれたが、私はそんなに嬉しくも何ともない。唯彼と一緒に進める所まで進むことを誓った丈。いつか実感となる日が、きっとくるでしょう。

♤ ♤ ♤ ♤

文化の日

やっと一緒になり、新しい出発点に立つ。

今日で三日目、どうにかうまく行きそう。

今日迄は勉強しなかった、だから彼に云わせると「まつり」なのだって。

明日から、いいえ今日から、すぐ平常生活を開始するべきです。

婦夫生活であり、共同生活であり、学生生活はきっとむずかしいに相違ないけど、今まで学んだ全ての事を応用し利用して生活しよう。

家には知らせない、このことはずい分ひっかかったんだけど、その方が親孝行だと思うから。

今彼はバイト中、十時になったら駅迄迎えに行こう、小雨にぬれるといけないし、風が冷たくなったから。

いつまでも若々しい、みさよであるように努力しよう。

もう彼と一緒のノートがあるから、お前とは時々、よっぽど嬉しい時か悲しい時か、ケンカした時の外は会えないかもしれないね。

今日迄私のグチなんでも聞いてくれたね。ありがとう。彼に見られないように、おふとんの下にじっと隠れていてね。

＊　＊　＊

東京に秋の気配が深まる頃、私は、友人と借りていた川崎のアパートを引き払って、操代のアパートに転がり込んだ。友人は、西千葉の個室の学寮に空きができて、先に引っ越していた。東京の同じ空の下にいながら、操代と別々にいることが耐えられなかった。それは、二人を結ぶ強い愛のためか、それとも堰をきって溢れる激しい若さのためか、実のところ、操代にも私にも分からなかった。

もう一つ、私には、現実的な事情があった。私のアルバイト収入では、友人が移転した後の部屋を一人で借りることは不可能だった。だからといって、またキャンパスのなかの雑居の学寮に舞い戻ることもできなかった。

私の方が、決断のつかない操代に、かなり強引に迫った、といえる。

こうして、木賃（木造賃貸）アパートの四畳半の小さな部屋で、二人の生活は始まった。操代は、卒論の実験に精を出し、なんとか完成の見通しがついた。私は、相変わらず、部室とF町に通い、夜は家庭教師のバイト先の家々を掛け持ちで回った。

操代もF町の栄養部活動に通い続けた。わが家の四畳半には、賑やかに若いセツラーたちが出入りし、笑い、議論し、愚痴をこぼし、飯を食って帰った。

安保の統一行動のデモが激しさを増した。操代も私も、街頭デモの渦のなかにあった。

操代への仕送りと私のバイト収入を合わせると、なんとか新所帯のやりくりはできた。たまには、デートして映画を観たり、喫茶店に入ったりすることもあった。

卒業を間近にひかえても、操代の就職は容易に決まらなかった。栄養士や食品会社の研究員の求人はあったが、主任教授が推薦を拒否したからだ。

学生運動などこれっぽちも認めていない女子大で、警告を無視して、安保反対のビラをまいたり、デモへの参加を呼びけたりした左翼学生に、就職の斡旋などできない、というのだった。操代も、教授への謝罪と懇願を拒否した。

遠い親戚の伯父が、知人の会社の事務員の口を紹介してくれた。川崎市に工場をもつ通信機器専門の小企業だった。

一九六〇年四月。

操代はこの会社に出勤し、私は、念願の社会教育専攻の学部に進学して、二人の新しい生活が始まった。

操代は、総務課に配属された。掃除、お茶汲み、電話番、書類の清書・配達などの雑務が、毎日の仕事だった。たまに清書の仕事を、家に持ち帰ってくることがあった。

まもなく、労働組合の定期総会が開かれた。新入組合員として、操代は紹介された。二言、三言発言し、労働歌を元気に歌ったことが認められて、操代は、いきなり青年婦人部の役員にまつり上げられた。もともと、女性の組合員が少ない職場であった。

組合の春闘は、例年になく長引いていた。会社側の賃上げ回答には満足せず、闘いが続いていた。安保や三池闘争をバックにして、この中小企業の労働組合は元気がよかった。組合員の意気は高く、団交や職場集会で、操代の帰りは毎晩遅かった。セツル時代の体験を生かして、機関紙づくりや労働歌の歌集づくりに、いきいきと活動していた。

教養学部で一年留年した私は、専門学部に進んで、まだ二年の在学期間を残していた。F町セツルメントの事務局や役員は、若いセツラーに引き継いで身軽になったが、安保闘争の高まりのなかで、学部の自治会活動が忙しくなっていた。

学部のセミナーには、身を入れてきちんと出席した。教養学部時代の大教室での一方的な講義とはちがって、少人数のセミは、気が抜けなかった。

将来、村の公民館など社会教育の現場の仕事をめざす仲間が集まって、院生の指導のもとに行なっている研究会にも、欠かさず参加した。研究会のメンバーに連れられて、定期的に信州に出かけ、農村青年の学習会に参加することもあった。

家庭教師のバイトを三つやっていると、夕方と夜かけもちで回っても、週に四、五晩はこの仕事に費やさざるをえなかった。

幸い、奨学資金をもらえるようになったので、バイト収入と併せると、操代の初任給を上回るほどになった。東京のこの小さなアパートで、二人の「共働き」の生活は、なんとかやって行けそうだった。

共同生活を始めても、私たち夫婦は、ほとんど毎晩すれ違いだった。早く帰ってきた者が、夕食を整え、相手の遅い帰りを待った。真夜中の夕食をしながら、操代は、会社の出来事をよく喋った。団交や座込みの様子など、臨場感があって、面白く聞けた。

アパートの隣室の夫婦に気を使って、声を押さえながら笑った。

メーデーの朝、操代は、全国金属の旗のもと、東京の中央メーデーに参加するといって、私より一足早く家を出た。私も、自治会の旗を掲げて、同じ集会に参加することになっていた。

デモ行進が流れ解散したら、たまには渋谷でデートしようと約束した。いつもの本屋で立ち読みしていると、「待った?」と操代が背中をたたいた。

「ねえ、お友達連れてきた」

振り返ると、高校を卒業したばかりのような若々しい青年が立っていて、ぴょこんと頭を下げた。

「高田です」

緊張した面持ちでいった。

ビアホールに入ることにした。席に座ると、操代は、

「この人だーれだ」と、私を紹介した。「寺沼英穂さんよ。ねえ高田くん、わたしたち恋人どうしに見える?」

「見えます、見えます」。高田は、まだ緊張していた。

「みんなには秘密よ」

操代がいうと、高田はこくんとうなづいた。一緒に暮らしていることは、いわなかった。操代は、このことは絶対隠しておきたいらしかった。

生ビールで乾杯をすると、高田の緊張がゆるんできた。口元が少しやわらくなって、聞かれるままに喋り始めた。

生まれは、岩手県の奥羽山脈のふもとの村だった。中学を卒業して、川崎にいる兄を頼って、出てきた。兄は、製鉄労働者であった。兄と同居し、操代の勤める通信機器工場で、精密部品の組立をしている。歳を聞くと、私より三歳下であった。

兄は、その製鉄労働組合の活動家であった。鉄鋼労連のなかでも、戦闘的な組合として知られていた。

三年前、砂川基地拡張反対闘争に参加した時、基地と農地を分断する有刺鉄線の際に、その労働組合の赤旗がへんぽんとひるがえるのを見て、感動したことがあった。

大学に入学し、セツルメントサークルに入って間もなく、初めて泊込みで参加した大闘争だったから、その光景は昨日のことのように鮮やかに甦ってくる。

基地拡張のため農民の土地を収奪しようと、測量が始まろうとしていた。有刺鉄線のすぐ脇に、ピケ隊は座り込んで、測量を阻止しようとした。米軍のジェット機が滑走路の端まで移動してきて、われわれに尻を向けた。突然、天と地がひっくりかえるような轟音をたてて、ジェット気流を噴射した。組合旗や学連旗を結んだ竹竿が、弓のようにしなって折れたが、ピケ隊はその場を動かなかった。米軍のこの暴挙が、デモ隊に火をつけた。基地を守る鉄線を踏み倒して、デモ隊は基地内に数歩侵入して座り込んだ。

　富士山めがけ　オネストジョンを

ポカポカ　撃ち込んだすえ
ヤンキーどもは　口をそろえて
砂川まで寄こせという
　ゴーホームヤンキーヤンキー　ゴーホーム
　おれたちの歌を聞け
　日本人は　基地は許さぬ
　ヤンキーの戦争のためには

「あのヒットラーにも　踏ませなかった　祖国イギリスの土地を　ヤンキーどもが　のさばり歩くチューインガムを吐き捨てて」

戦後間もない頃イギリス人民が歌った反戦歌をもじったこの反戦歌・反米歌を歌って、デモ隊は、テコでも動かない意思を示した。

兄は、あの製鉄労働組合の旗の下で、学連のデモ隊と一緒に座り込んだのにちがいない。数日後、労組の指導者が逮捕されたから、もしかしたら、彼の兄もその一人かもしれない。話しの端々に、この青年が兄を尊敬し、誇りにしている気持がにじみ出ていた。

彼が、小さな組合の青婦部の役員をやっているのも、兄の影響だった。

「これからは、手先の技術だけじゃなくて、学問が必要だ」

学ぶ機会のもてなかったわが身に照らして、兄は常々、弟に諭した。その助言に従って、彼は今、定時制の普通高校に通っていた。

「初めて参加したんだけど、おれ、びっくりしちゃった。中央メーデーって、すごいんですね」

ビールの酔いのせいばかりでなく、メーデーの感激の余韻で、高田の顔は上気していた。デモ隊のシュプレッヒコールもプラカードも、安保一色だった。六月に向けて、闘いは最終段階を迎えていた。

「アンポ　フンサイ！　キシヲ　タオセ！」。シュプレッヒコールを唱えて、高田はこぶしを天に突き上げる真似をした。「叫びすぎて、おれ、声がかすれちゃった」

「わたしもよ」と、操代もこぶしを突き出した。

「これまで参加したメーデーのうちで、今日が一番感動したわ。なんといったって、わたし労働者なんだから」

アンポフンサイを誓って、カンパーイ！

口々に唱えて、三人でもう一度乾杯をした。

気持が解き放されたのか、操代と高田が、東北訛りを丸出しにして、話し始めた。

津軽と南部の出身のよしみで、操代は、高田を気にかけ、また気持が合うようだった。岩手の田舎で、父は、高田が中学二年の時に、脳溢血でぽっくり亡くなった。二人の姉は、近在の農家に嫁ぎ、今は母一人でわずかばかりの農地を守っていた。

「兄貴と二人でさあ、おふくろに月々仕送りしてるんですよ」

「えらい！」。彼の年齢の時には、私は親のスネを噛って大学に入学したのではないか。率直に彼を讃えた。

「たいした額じゃないですよ」

照れ笑いを隠さなかった。すぐに真顔になって

「兄貴の給料も安いし、おれも夜学に通ってるからあんまり残業できないしさあ。低賃金って、ほんとうに厳しいですね」

「お母さんはお元気なの」。操代が聞いた。

「神経痛だ、腰が痛いって、いつもこぼしてばっかりだよ。歳だから。いつまでも、一人で田舎に置いておくわけにいかないしさあ、将来は兄貴と一緒に家を建てて、おふくろを呼んでこっちで暮らそうって、相談しているんだ」

「親思いね。お母さん、きっとお喜びだわ」

「おふくろのやつ、いい歳して東京へ出てくるなんて、ちっともうれしくないと思うけど、飯つくってもらわないと、おれと兄貴の男所帯じゃ、ろくなもの食えないからなあ。それが、本心さ」

「あら、ひどい。親不孝もん！」

高田の背中をどんと大げさに操代がたたいて、大笑いになった。

高田がトイレに立った隙に、操代がいった。

「ねえ、おもしろい子でしょう」

「しっかりした青年だよ」

「あなたと気が合いそう?」

「弟分っていう感じかな」

「よかった。これから、いっしょにお付き合いしましょうよ。いいわね」

「いいよ」

「たまには、わたしたちのお部屋へ連れてきてもいい？」

「いいけど。だけど、おれは恋人であって、亭主ではないんだろう」

「いいのよ。そのうちいつかはバレるわ」

三人でビアホールを出た時、渋谷の雑踏には、初夏の夕暮が迫っていた。

しばらくして土曜日の夕方、操代は、さっそく高田を連れてきた。組合の集会に参加した帰りだという。

操代と私が同居していることは、すでに話してあったらしい。

「こんちは」と快活に挨拶して、もの珍しげに四畳半の部屋を見回した。

「夕ご飯つくるから」

T駅を降りて、買物をしてきたらしく、操代はエプロンをしめて、流しに立った。

「ねえ、今日は、とことん飲みましょうよ」。操代が陽気にいって、私にビールや酒を買ってくることを命じた。

駅の近くの酒屋から戻ると、晩餐の手料理が小さな折畳みのテーブルの上に並んでいた。すぐに、ささやかな宴が始まった。

未成年なのに、高田は、けっこうビールがいけた。

「兄貴にいつも、つきあわされているんです」と笑った。

操代と高田が話し役で、私はもっぱら聞き役そして酒の注ぎ役だった。

会社のことも、組合運動のことも、安保のことも、彼なりによく勉強して知っているのに驚いた。

高田は、私にもよく質問した。信州の郷里のこと、セツルメントのこと、学生運動のこと、バイトのこと、将来の社会教育の仕事のこと、そして私の読書のことについてまで好奇心をあらわにして聞いた。

「おれの読める本って、あるかなあ」

首を巡らして、部屋のかたすみにぎっしり積み上げてある本棚の本を覗いた。

「小説、それとも社会科学の本？」

「おれ、マルクスやレーニンの本、読んだことないんだ」

「読む？」

「読みたいけど、おれに読めるかな」

「読めるよ」

文庫本の『共産党宣言』を、本棚から引っ張り出して、彼に手渡した。

「わー、むずかしそう」

そういいながら、ぱらぱらと頁をめくり、

「おれ、これ読みたかったんだ」

「貸してやるよ。一頁でも二頁でも読んだら、家へおいでよ。三人で読書会やろうよ」

「やろう、やろう」

操代がすぐに賛同した。

「いいんですか」。高田は、目を輝かして『共産党宣言』をカバンにしまいこんだ。

夜が更けていた。高田は、さすがに眠そうだった。

「泊まって行きなさいよ」と、操代が高田に声をかけた。

「そうだ、今日は泊まってけよ。ザコ寝だけど」

私も賛成した。四畳半の部屋は、私の勉強机、操代の座机、食卓のテーブル、二人の本棚をおくと、操代と抱き合って寝るほどの空間しか残っていなかった。事実、そうして、私たちは眠った。着のみ着のままで操代を真ん中にして、ザコ寝となった。それが、操代の希望だった。毛布を一枚かけて、電気を消した。

高田の寝息が、すぐに聞こえた。毛布のなかで、操代が私の方を向いて、手を握ってきた。その手を胸に導いた。まるくやわらかい感触を軽く握りしめたまま、私も眠りに落ちた。

少し肌寒くて、目を覚ました。カーテンの隙間から、初夏の薄明が入り込むところだった。

トイレに行こうと起き上がった。夜中、暑苦しくてはね除けたのか、毛布は足元にまるまっていた。

操代が向こうを向いて、高田を胸に抱いていた。高田は母親の胸に頭をつっこんで乳の匂いをかぐような恰好をしていた。二人とも、それと意識せず、ぐっすり眠り込んでいた。迷える羊を抱く聖女の光景だった。二人の上に、ふわっと毛布をかけて、私は、トイレに立った。

その日から高田は、私たちのアパートを、訪ねてくるようになった。何かの集会の後、操代とくることもあれば、一人でやってくることもあった。

安保闘争は、最終局面を迎えていた。そういう情勢のなかで、青年労働者である高田と『共産党宣言』を読み合うのは、面白かった。一行一字、互いに声を出して読んだ。話題は『宣言』の文面からすぐに離れて、職場のことや安保の国会デモのことに移った。頁はちっとも進まなかったが、学生仲間の研究会で読むのと違って、新鮮な発見があった。

たまに、数学の問題が分からないと、定時制の教科書をもってくる時もあった。数学を教えるのは、得意であった。「寺沼先生」と私を呼んで、学校の教師より教え方がうまいと、高田はいった。そう褒められると、私もうれしくてならなかった。

『青年歌集』を開いて、ロシア民謡を教えてやることもあった。メロディはすぐに覚えた。私が低音を歌うと、われながらすばらしい男声合唱になった。

脇から操代は、二人の兄弟ぶりを眺めて、喜んでいた。

わずか一、二ヶ月の間にすぎないが、高田が急速に成長し、大人びて行くのを見るのは楽しかった。

六〇年安保の季節が終わって、東京に暑い夏がきた。安保の余韻が恨み火となって滞っているように、例年になく暑い夏に感じられた。

その夜、東横線のT駅を降りたのは、十一時を回っていた。バイト先の大学受験の子と話し込んでいて、遅くなった。上り電車が先に到着していて、出札口はしばらく賑わった。一番最後から、ゆっくりと駅舎を出た。広場から、すぐに人影は散った。

広場から左に折れ、小河川沿いの道を行くのが、いつもの道だった。街灯を頼りに、その道を急ぐと、行く手に二つの人影があった。街灯の淡い光で、ぼんやりとしていたが、一人は操代、一人は高田にまちがいなかった。

操代も今夜は組合の会議があるから、遅くなるといっていた。組合の会議が終わって、先刻の上り電車で帰ってきたらしい。しばらく高田はわが家に見えなかったが、久しぶりに寄ってゆくのかなあ。

追いつこうと歩調を速めて、すぐに足を停めた。二人の背に、私を躊躇《ちゅうちょ》させるものがあった。はからずも、後方から、私は二人を尾行する格好になった。

二人の間隔が狭まったと思ったら、どちらからともなく腕を組んだ。とても自然な振舞いに見えた。輪郭のぼやけた二人の翳《かげ》は、恋人どうしのように見えた。見てはならないものを、見てしまった。嫉妬が胸に立ち上ってきて、一瞬呼吸が苦しくなった。

小河川沿いの道を右手に折れると、神社の森翳に出る。鳥居をくぐると、闇のなかに木立が続き、神殿がひっそりとたたずんでいる。森翳を右に曲がると商店街、左に曲がって女子高校との間の道をたどると、森の切れた辺りにアパートはあった。

そこだけ街灯がなくて、闇がよどんでいた。よどみの一番深い所まできて、突然高田が、操代を抱いた。操代は、少し抗ったが、すぐに動きを止めた。高田は、ただ操代の肩に顔を埋めているだけだった。操代は、そのままにさせていた。女の香をかいでいるのか、もしかしたら、母の香を探しているように見えた。ほんの短時間だったのか、長い時間だったのか。すべては、影絵の人形芝居のように、現実からかけ離れた幻だった。操代が、高田を引き離した。高田の頬に掌をやった。

姉が、いじめられて帰ってきた弟の涙を拭ってやっているような仕草だった。

高田が身をひるがえし、静まった商店街を駅の方角へ駆け出して行った。操代は、ぼんやり見送っていた。しばらくして、気を取り直したように、アパートへ向かって行った。今の幻を振り払うような速足であった。

ゆっくりゆっくり歩いて、私は、アパートに着いた。

操代は、服の着替えもしないで、窓際にべったり座っていた。窓も閉じられたままで、蒸し暑い空気が、部屋に沈殿していた。

「ただいま。おそくなっちゃって」

操代の目を見ないで、わざと快活にいって、窓を開けた。

「わたしも、いま帰ったばっかり」。操代も、私の目を見返さなかった。

流しの水道を乱暴にひねった。なまぬるい水が迸り出た。コップの水を何辺も捨てて、冷たい水をたてつづけに飲んだ。頭からじゃーじゃーと水をかぶった。まとわりついてくる闇の記憶を洗い流さなければならなかった。

頭を拭うと、にわかに空腹を覚えた。バイトに行く前に、ラーメンを食べただけだから、腹がへるのは当然だった。

「腹へったなあ」といったが、操代は立ってこなかった。流しに置いてある手持ちの柄のついたアルミの鍋に、今朝炊いた飯が残っていた。水を多めに入れて、火にかけた。煮立ってから、卵をといて入れた。醤油をたらすと、粥の匂いが立ちこめてきた。これでじゅうぶんだった。

「食べる?」と聞いた。操代は首を振って、いらないと答えた。一人だけで、がつがつと空腹を満たした。

「ねえ、寝ない? 今夜はもう、くたくた」

そう私を促して、操代が狭い空間に布団を敷いた。

「先に寝ろよ」。冷たく答えた。

「ねえ、一緒に寝て」

「だめ」

「どうして」

「明日のセミの準備さ。レポートしなくちゃならないんだ」。それは、嘘ではなかった。

「どうしても?」

操代に答えず、布団の足元の座机に向かった。

「いじわる」

この暑いのに、夏布団を頭からひっかぶって、操代は横になった。

電気を消して、机だけを照らすスタンドに切り替えた。

布団のなかで、操代の泣く気配がした。参考書を乱暴に開いて、私は操代の悲しみを無視した。

盆が過ぎた。

盆が過ぎると、信州は、吹く風も空の色も秋の気に染まってくる。

なのに、東京の晩夏は、かえって暑さを増したようだ。

東京の残暑を逃れるように、私は、社会教育研究会の先輩や仲間とともに、信州に行った。定期的に開かれている農村青年の学習会に参加するためだった。

飯田、松本、大町、篠井の学習会を巡る四日の旅を終えて、土曜日の朝、長野駅で仲間と別れた。私だけ、S村の学習会に向かった。

昨年夏の農村セツルメントの合宿の後、村の青年たちが始めた学習会が軌道に乗り始めていた。夜、駅に近い公民館に農作業を終えた青年たちが集まってきた。村の公民館主事の大池さんも仲間だ。農基法や貿易の自由化、農産物価格の保障、畜産の共同化など、青年たちの関心は深かった。今農業をやっているおれたちのうち、いったい何人が村に生き残れるか。きびしいサバイバルが目の前に迫っていたから、議論は尽きなかった。

農業問題の本をちょっと読んだぐらいで、農業の体験も知識もない私は、もっぱら聞き役だった。聞き役に徹することが、私のめざす公民館活動の第一歩なのだと言い聞かせて、みなの発言を一生懸命ノートに取った。

普段なら、学習会の後は茶碗酒の放談会になる。酒がはいるとホンネが出、より辛辣な議論が果てしもなく続く。たいてい明け方になって、議論は果てる。徹夜で語り合っても、青年たちの翌朝の農作業に支障はなかった。解散した後、私は、公民館の一室にごろ寝するか、高彦さん藤江ちゃんの家に泊めてもらっていた。

学習会の最中から、風が強くなった。村の有線放送が、関東地方への台風の接近を報せていた。

収穫近い早生《わせ》のリンゴの落果が心配だった。茶碗酒も呑まずに、いつもより早めに解散した。私も予定を変更して、上りの夜行列車に乗った。まともに台風がきて、汽車が不通になってしまう心配があったからだ。

翌日曜日の早朝、列車はどうにか上野駅に着いた。東京は、かなりの突風だった。時折、激しく雨が降った。電車は動いていた。ずぶ濡れになりながら、アパートに辿り着いた。突風も雨も、激しくなりそうな気配だった。

部屋に操代はいなかった。この土・日、湘南海岸で平和友好祭が開かれ、労働組合の青年婦人部の一員として、昨夜の前夜祭から泊込みで、操代は参加しているはずだった。この高波と風雨のなかで、ご苦労なこった。独り言をいいながら、ゴロンと横になった。朝刊を広げて読むと、昨夕から湘南海岸に打ち寄せる高波の写真が出ていた。記事の終わりに、「高波と突風で労働組合の平和友好祭は中止」と書いてあった。

操代が帰ってきたのは、昼少し過ぎた頃だった。寝不足ではれぼったい目をしていた。私が先に帰っているのを見て、

「あら、帰っていたの」。驚いた素振りをした。「今夜帰ってくるんじゃなかったの」「台風で帰れなくなるといけないから、夜行列車で帰ってきたんだ」と教えた。

「お前も早いなあ。平和友好祭は、今日の午後まであるんじゃなかったけ」

「そうだったんだけど」。操代は少し口ごもり、「台風の余波で、午前中で取り止めになったのよ」と答えた。

私は、それ以上聞かなかった。

窓の外は、いつのまにか薄日がさしていた。急に用を思い立った振りをして、外出を告げた。

「いやよ」

操代は、内鍵を閉めて、通せんぼした。

「通せよ」

「いや」。強い拒否だった。

「ここにいて！　今日は、わたしといてよ」

「退けよ」。操代の肩に手をかけた。

操代が、私にしがみついてきた。

「五日もわたしを独りにして。わたしの気持ち分かる？　わたし、逃げ出すかもしれないわよ。逃げ出さないように、しっかり掴えていて。逃げ出そうとしたら、ありったけぶって。ねえ、放さないっていって。ぜったいに放さないって！」

操代は昂ぶって、わけのわからないことをいった。全身の体重をぶっつけてきた。私の肩を強く咬んだ。

胸内にじっと閉じこめていたものが、小さく破裂した。そして大きく爆裂した。返事の代わりに、私は、目の前の肉体に向かって狂暴に突進した。

それから、半月ほどたった。

操代が、身体の変調を訴えた。

「くるものが、こないのよ」

私も、それは知っていた。

「それに、気のせいかしら、胸の辺りがムカムカする」

私たちのような身で、ぜったい避けねばならないことだった。そのために二人で、細心の注意をし、コントロールしてきたつもりだった。

操代は、毎月の訪れが、いたって正確だった。最初の数か月、毎朝体温計を口に含んで、基礎体温をチェックしていたが、その必要もないほど正確で、毎朝の習慣はいつの間にか止切れていた。

「あかちゃんできたのかしら」

眉毛の間にしわを寄せて、操代は困惑した顔をした。

「それって、ほんとに……」といいかけて、私は言葉を呑み込んだ。それをいってしまえば、信じ合って結ばれてきたものが、一瞬に断ち切られてしまう。代わりに、

「まだ、そうと決まったわけじゃないだろう。もう少し、様子を見てみたら」

気休めにもならない無責任なことをいった。

そのまま、ずるずると十日ほどたった。

もう、間違いなかった。にもかかわらず、私たちは、煮え切らなかった。

産むか産まないか。

私が「産もうよ」といえば、操代は、それに従うだろうと思った。

けれども、生命を産み落とす代わりに、生活の困苦を覚悟しなければならなかった。

もっと覚悟が必要なのは、その困苦に陥らないために、つまり家族の生計を支えるために、学業を断念し、カネを稼げる職に身を投じなければならないことだった。それは、また、ライフワークとして社会教育の現場で仕事したいという私の意志を変え、別の人生を選ばなければならないことを意味した。

それがいやなら、操代の宿した小さな一つの生命を、小さな生命のままで暗闇に葬らねばならなかった。

小さな生命が大事か、父親の都合が大事か。

それは、自明の理であろう。しかし、私は、それを自明の理として受け入れることができなくて、操代との真剣な会話から逃げ惑っていた。また、数日が過ぎた。操代には食欲がなく、ツワリのような兆候があった。

「わたし、あなたの足かせにはなりたくないの」

バイトから帰って、夜遅い食卓に座った時、操代が私に飯を盛りながらいった。

「わたし、あなたの人生を縛りたくないの。だから、あなたの考えをはっきりいって。産むのは止そうといえば、それでもいいのよ。産もうといえば、わたし、津軽へ帰って産んでもいいのよ。あなたが、大学を卒業して、やりたい仕事を見つけて、収入が得られるまで、わたし、田舎で子ども育ててもいいの。だから、あなたの本心を、はっきり聞かせてほしいの」

それは、操代なりきの決心だった。

が、操代にそう迫られても、なお私は決断を避けた。

「それとも、これを機会に別れようか」

操代は、優柔不断な私をからかうようにいった
「別れたって、離婚じゃないよね。たんなる共同生活の解消なのよね。ある日、世間知らずで向こう見ずな若い男と女が出会った。男と女は恋をし、二ヵ月後一緒に暮らし始めた。一年後、男と女は恋から冷め、そして笑って別れた。アハハ、ただそれだけの物語なのよ。何もなかったの。熱病にかかって垣間見たいっ時の夢だったの」

「ちょっと待てよ」

「待て待てってて、あなたはずるい。自分で結論を出そうとせずに、わたしに出させようとする」

「もう二日、じっくり考えさせてくれよ。頼むよ」

なぜ二日なのか自分にも分からなかったが、手をすり合わせて、操代のご機嫌を取るように頼んだ。

「もう一日よ」と操代が折れた。

「理路整然としているあなたが、自分の問題になると、からきしダメね」

そういって、操代は、本棚からノートを取り出した。

二人の共有の「対話ノート」で、共に暮らし始めて以来、愚痴や伝言、思いついたことなどを互いに書き留めてあった。

「あなた、書くこと得意でしょう。明日、これに書いて、わたしに読ませて」

「じゃあ、そうしよう。明日、午前中に書いて、机の上に置いておくよ。帰ってきたら読んでおい

に甘えてきた。

「そうするね」。操代の機嫌は、どうにか収まった。食卓を片づけると、さあ、寝ましょうと、私

てくれよ。おれ、バイトで遅いから」

翌朝、操代の出勤を見送ってから、私は、ノートを開いた。一晩、まんじりともせず考えたが、

結論は導き出せなかった。

「オレに子どもができた！」

何を、どう書いていいか分からないまま、私は、万年筆を取った。

オレに子どもができた！　オレの子どもができたのだ。

実感として全く信じられないが、厳粛な事実に間違いない。

いくら細心の注意を払っていたつもりでも、若い二人が共同生活をすれば、これは、必然の

結果である。

だが、未だ、オレは、この必然がもたらした事実を受け入れられないでいる。二十一歳の大

学生で経済的能力も社会的責任能力もない青二才のオレに、父親の資格があるのか？　一体

どんな甘っちょろいバカ野郎なんだ、オレという男は。

愛する男と女が愛し合い、その結果宿した人間の生命は、二人の最高の生産的創造のはずだ。

本当は、歓喜すべきなのだ。感謝すべきなのだ。

だが、オレは、恐い。不安だ。

今のオレたちに、子どもを生み、育てる力があるのかと考えると。生まれて来る子どもに、

父親として責任を果たせるのかと思うと。

もし生むとしたら、生み落とすまでの一年、そしてその子を育てる数年間、オレたちの生活は、どうなるのだろう。オレの一生やる仕事、操代が生涯を貫いてやりたい仕事、それを放棄し、ただ食い永らえて行くための卑屈で安易な生活に従属しなければならないのだろうか。人生の一時でなく、生涯の永きに渡って。

一個の生命の出現に関する一切の責任は、オレたちにある。一個の生命を生かすも殺すも（そのどちらも不道徳なのだが）、オレたちの意思に委ねられていると思うと、恐くてならない。子どもの生命とオレたちの生き方を、天ビンにかけることはできない。

二者択一の他に道はあるのか？

どちらを取るか、決断しなくては。もうその最後の時間が、迫りつつある。

だが、決断できない。困った、困った、困った……。

時は、待ってくれない。

言ってしまおう。オレの結論は、こうだ。

子どもを生み育てる能力がないのに、生むことは無責任だ。生まれる子にも不幸だ。そうであれば、母胎の安全のためにも、おれたちの将来に向かっての生活闘争のためにも、まだ生命にならない萌芽のうちに処理することが、よりましな方法だと思う。

抹殺！　この二文字を一生胸の奥に刻んで生きて行くのだと、自分に言い聞かせながら、この結論に到った。

われながら、身勝手で無責任な言い分だと思いつつ、二人のノートに、そう書いて家を出た。夜遅くバイトから帰ると、電気を暗くして、操代は先に寝ていた。

枕元に、吐く時の用意か、洗面器と濡れタオルが置いてあった。

食卓に、フキンをかぶせて、二人分の夕食が用意してあった。操代が食べた形跡はなかった。かたわらにノートが伏せてあった。スタンドを灯して開くと、私の書いた文章の後に、いつもより大きめな字で、こう書いてあった。

　言い訳ばっかし

でも、あなたの本心は分かりました

あとは、私が決めるわ

あなたの革命的人間観って、何だったの?

　先に寝ます

ミソ汁は温めて食べてね

　寝ていたら、私の頬に「ただいま」のチュ!をしてね

私の無責任と優柔不断に対する、操代の押さえた憤りが伝わってきた。そして、それにも増して、でも一緒に生きて行こうね!というメッセージも。

髪を掻き分けてチュ!をしたが、操代は目覚めなかった。

二人分だけアルミのナベに都市ガスで炊く飯は、固まって冷えていた。操代の辛さ、怒り、切なさを飲み込むように、冷めた味噌汁をぶっかけて、喉元に流し込んだ。

「あれほどいったのに、なんで、注意してなかったの。でも、できちゃったものは、仕方ないわね。生むの？　堕ろすの？　どうするの？」

渋谷の喫茶店の片隅に向かい合って座ると、白金のおばちゃんは、いきなりそう切り出した。周囲の客に聞かれはしないかと、思わず周りを見回した。

「白金のおばちゃん」と呼ぶ初老の女性は、操代の遠い親戚だった。祖父の時代に、津軽から東京へ出てきたらしい。言葉にまったく訛りはなかった。

戦前の一時期作家を志ざし、当時の文士や画家たちと多少の付き合いがあったというから、この年代のなかでは、開けた女性であろう。手広く貿易関係の仕事をしていた夫は先に亡くなり、財産収入で暮らしていた。

操代は、このおばちゃんをずいぶん頼りにしていた。私と同居するのをためらっていた時も、彼女に相談に行った。

「一緒になっちゃいなさいよ。結婚なんて、早い方がいいのよ。でも、赤ちゃんにだけは、ぜったい気をつけるのよ」

そういってくれたのが、操代を踏切らせる大きな力となったのであった。

今回のことでも、操代は、おばちゃんを頼って電話をかけた。他にこんな問題を相談できる人はいなかった。

おばちゃんは、この喫茶店を指定し、すぐに出かけてきてくれた。私は初対面だったが、気さくで元気な女性で、心強い味方になってくれるような印象を受けた。しゃれたシガレットケースからピースを取り出し、黒っぽいライターで火を点けた。一瞬見惚れるほど、鮮やかな手つきだった。

「で、どうするの。もう決めたの」

おばちゃんは、操代と私を交互に見ながら、単刀直入に聞いた。

「まだ、迷っている……」。操代が答えた。

「産むつもりはあるの」

「このままでは産めないわ。産むとしたら、実家へ帰って産む」

「ばかいうんじゃないわ、操代ちゃん」

おばちゃんは、煙草の煙をぷーと吐き出して、操代を叱った。

「あなた、第一、津軽の両親に同棲してるの、まだいってないでしょう。どうやって帰るの。舞田家の長女が、大きなお腹を抱えて、突然帰ってきてごらんなさい。そんなこと、ぜったいに許されることではないわ。自分たちのしてしまったことは、自分たちで解決するものよ。それぐらいの覚悟がなければ」

おばちゃんは、私を凝視して、「あなたは、どうなの」と聞いた。

「あのー、そうですね、えーと」

とっさに返事ができなくて、私は口ごもった。

おばちゃんは、呆れたように、私たちを見つめた。

「迷うのは、当然よね。若いんだから、しょうがないわ」

おばちゃんは、新しい煙草に火を点け、私にも一本すすめた。

「あのねー、心配することは、ぜんぜんないのよ。いま、都会では、若い夫婦の間で、こんなこと、よくあることなの。狭いアパートで、共稼ぎでやっと暮らしている若い夫婦は、東京にはいっぱいいるのよ。そんな生活で、子どもを産んだら、どうなるの。子は幸せになれる？　昔の女は、望まない妊娠をし、産みたくない子どもを仕方なく産んだんだけど、今は、そんな時代じゃないのよ。望まない妊娠、出産のために、女が犠牲になる時代は過ぎたわ。女には、産む権利もあるし、産まない権利もあるのよ。産まないことを決めたとしても、誰にも非難されることではないわ。でもね、社会や法律の方が、時代に遅れているのよ。経済的な事情で産めない夫婦だって、おおぜいいるのよ。でも、それが認められないから、母親にも生まれる子どもにも、悲劇が絶えないのよ。産む、産まないは、社会が決めることじゃないの。夫婦が話し合って決めることなの。あなたたちがよく考えて、そう決めたら、それでいいんじゃないの」

諭すようにそういわれて、私はほっとした気持ちになった。これこそ、私のほしかった理論だった。私たちは、都会のなかの貧乏な共稼ぎ夫婦。産めない事情のある若い夫婦がおおぜいいる。産む、産まないを決めるのは女性の権利、社会的にその権利が認められていないから、現代の社会には母子の悲劇、女性の人権侵害が絶えないのだ。そう思うと、思い詰めていた気分が軽くなった。おばちゃんの意見に同調しよう。そうすれば操代も私も、罪の意識から解放されるのだ。

おばちゃんは、結構そういう若夫婦の相談に乗ってきたらしい。

「顔見知りの病院の院長さんがいるのよ。世話してあげるわ。法律的には厳しい制限と面倒臭い手続きがたくさんあるので、法律の保護のもとでは、この手術はできないわ。やるとしたら、モグリみたいなものよ。でも、他に手立てはないわ。手術は、三十分も横になっていれば終わるし、次の日からどんどん働けるわ。費用は、三、四千円ってところかしら。お金はあるの？　なければ、心配しなくていいわよ。わたしが出してあげるから。出世払いでいいのよ。操代ちゃん、そういうわけだから、ぜんぜん心配することないの。どう、決心ついた？」

「よろしくお願いします」

操代が立ち上がって、深々と頭を下げた。私もあわてて立ち上がって、頭を下げた。

「これで決まりね。ことは早い方がいいわね。来週の木曜日に診察に行って、その場で最終的に先生と相談して決めたらどうかしら。もしかしたら、すぐ手術することになるかもしれないから、そのつもりできてね。病院は、わたしが手配するから。また連絡するわ」

話しは終わった。おばちゃんが、すばやく伝票をもって立ち上がった。

「こんなこと、若い夫婦の間では、当り前のことなの。ほんとうに心配することないのよ。くよくよ悩む必要もないわ。あんた方、まだ若いんだから、こういうことを乗り越えて行けばいいの。それも人生の体験と思って、受け入れるのよ」

そう何遍も繰り返えすおばちゃんと、喫茶店の入り口で別れた。去って行くおばちゃの後ろ姿を見送りながら、私はふと、もしかしたらおばちゃんも若い頃、こんな体験をしたのかもしれない、と思った。

「帰ろうか」というと、操代が腕を組んできた。私たちは、打ちひしがれていた。渋谷の雑踏のなかをとぼとぼ歩く一組の夫婦、小さなアパートに帰る貧乏な若夫婦であった。

その夜、操代をひどい悪阻《つわり》が襲った。

食べたものをみな吐いた。吐くものがなくなると、茶色い胃液を吐いた。胃液がなくなると、吐き気だけが胃の深くから断続的にこみ上げて止まらなかった。

熱が出て、身体が震えた。動悸が高まり、頭痛にうめいた。

腹のなかの小さな生命が、存在を主張し、ありったけ叫んでいるようだった。

布団に伏せて一晩中声を忍んで泣き続ける操代の背中を、私はただ擦ってやることしかできなかった。

その日、白金のおばちゃんに案内されて、私たちは緊張して、白い小さな病院の入り口に立った。モグリという連想から遠く、近代的で清潔そうな医院のたたずまいに、少し緊張がほどけた。

「男の入る場所ではないわよ」

おばちゃんが、通りの向かいの喫茶店を指差した。

「一時間ほどで終わると思うわ。あそこで、待っていらっしゃい」

操代の手を握り、がんばれよ、と励ました。

「ちょっと行ってくるね」

買物にでも出かけるように、わざと明るく手を振って、操代は、医院のなかに消えた。

喫茶店の窓際に座った。道の真ん中に、歴史を感じさせるケヤキの並木があり、両側の車道を車の列が続いていた。

ポケットから、文庫本を取り出したが、読む気になれなかった。コーヒーは冷え、時間は遅々として進まなかった。葉を落とし始めたケヤキの並木に、午後の日差しが当たっていた。

君をまつひととき　幸にみつこころ

突然、メロディが浮かんだ。

君をまつひととき　幸にみつこころ

繰り返すと、この歌を操代と一緒に選んだ夜の情景が、明瞭に甦ってきた。

昨年六月、F町セツルメントの夜の部室。二人の他に、だれもいなかった。信州S村の農村セツルメント活動の合宿に持参する歌集の選曲を、二人でしていたのだった。

「最後の一曲を選んで終わりにしようぜ」

そういって、私は、操代の手から四、五曲ほどの楽譜を取って、机の上に並べた。

「どれにする？　勇ましいやつ、楽しいやつ」

操代に聞いた。

「わたしは、これ。だって、これ、わたしの歌なんだもの」

操代が選んだのが、この曲だった。

「わたしの歌？」

「そうよ。歌えば分かるわ。ねえ、一緒にうたってみない？」

右手で軽く拍子をとりながら、操代が歌い出した。私も、すぐに追った。

若葉かおる五月の庭　リンゴの花咲き

流れてくる乙女達の　うたごえはたのし
　君をまつひととき　幸にみつこころ
　風そよぎ　花匂い　のぞみははるか
　あーあ　のぞみははるか
最後の節だけが、二部合唱になる。操代と私は、みごとにハモった。
「分かった。舞田さんは、りんご園の娘だ」
「そうよ。やっと気づいたの。二番よ」
　露深き野の小みちを　うたいつつゆけば
　リンゴの花月にさえて　うるわしい今宵
　君とあるひととき　幸にみつこころ
　風そよぎ花匂い　のぞみははるか
　あーあ　のぞみははるか
最後の一節、ウットリするようなハモり方だ。
「三番！」といったのは、私だった。
　岸辺によす波をつたい　バイヤンのしらべ
　春に生きる若者のひとみはかがやき
　君とかたる明日の　幸にみつこころ
　風そよぎ花匂い　のぞみははるか

あーあ　のぞみははるか
「ねえ、繰り返しましょう」と操代がいった。
君とあるひととき　幸にみつこころ
風そよぎ花匂い　のぞみははるか
あーあ　のぞみははるか
「決めた。最後の一曲は、これにしよう。S村だって、リンゴの実る里だから、りんご園の乙女たちがいっぱいいいるよ」
「うれしい」
「腹へったなあ」。突然空腹を覚えた。操代が、おごるといった。
それから二人で、坂の下の菱田屋食堂に出かけたのだ。あの夜が、操代との運命をつなぐ最初の夜だったのだ。
「操代の歌」を三番まで、ゆっくり胸のなかで歌った。操代は、いま、ベッドに横たわっているのだろうか。局部麻酔をかけられた胎内に、冷たい金具が差し込まれたのだろうか。そして、小さな肉塊が、引き剥がされ、取り出されつつあるのだろうか。それにしても、なぜ、この「りんごの花」の歌は、こんなに哀愁を帯びて心を震わせるのか。りんごの花が咲きこぼれるロシアの大地で、幸せに満ち満ちた若者と乙女が、花の香に酔いしれながら、遠い望みを語り合う歌なのに、なぜ、こんなにも悲しげなメロディなのか。そうだ、わかった。これは、愛し合った二人が、別れる時を歌ったのだ。りんごの花ほころぶ岸辺で、若者がカチューシャを偲ぶ歌なのだ。

とりとめのないことに思いを巡らしつつ、繰り返し繰り返し、何回歌ったことだろう。医院の入り口の扉が開いた。おばちゃんが出てきて、私を招いて、すぐに引っ込んだ。

終わったのだ。

私は、喫茶店を飛び出して、道を横切った。乱暴に車の列をやり過ごして、道の向こう側に走り着いた。ちょうどその時、背中の方からケヤキ越しに、夕日が射した。ビルの隙間を縫って、スポットライトを当てるように、医院の入り口を真っ赤に染めた。

真っ赤な光だ。深紅の海だ。その波のなかに、おばちゃんに手を引かれて、操代が出てきた。おばちゃんが何かいった。私に向かって、操代が笑った。いや、笑ったのか、泣いているのか。波をゆっくりとかき分けて、私の方に泳いでくる。

操代の後に小さな渦ができる。渦さえ、深紅なのだ。くるくる巻きながら、渦は小さな花になる。深紅の海原にただよう花一輪。

「お父さん、お父さん」

花が私を呼んだような気がした。

「紅海花、くみ花」と私も花に向かって呼びかける。きっと女の子だったのだ。あわれにも、紅い海の波間に捨てられ、当てもなく、父を求めて、永遠にさ迷う。

操代が泳ぎ着いた。手を延ばして、肩を捉まえてやる。波のなかで、操代は私にしがみつく。安心して、ため息をはく。

片手で操代を抱き、片手を延ばして、花を捉まえる。届かない。もっと手を延ばす。その先の方で、花はただ、ゆらいでいるだけだ。

波が引き始めた。花も遠ざかって行く。波間に紅海花は見えたり、隠れたりする。

大きな波がきて、とうとう見えなくなる。花が沈んだその一点だけがぼーと光る。海が消えた。

そして現実が帰ってきた。

夕陽がビルの陰にかくれ、ケヤキの根元から薄暮がひろがっていた。

「ねえ、帰りましょう。わたしたちのアパートに」。耳元で操代がいった。

タクシーを停めた。操代を押し込んで、続いて乗った。

操代が私にぐったり全体重を預けてくる。肩を思い切り強く抱き取って、支えてやる。

「ゆるめて。痛いわ」と操代はささやき、もっと小さな声で、「急にお腹すいちゃった。なんにも食べてないんだもの。どこかで、お寿司でも買って行かない」といった。

双身樹

杜《もり》では、朝から郭公《かっこう》が鳴いていた。

新芽の杜に、己れの存在を主張し、数日来、日がな一日鳴きやむことがなかった。カッコウともクックウとも聞こえる。ホットウ、ホッホッホッホッと叫ぶ時もある。

遠くの神社の杜でも鳴いている奴がいる。こちらの郭公も、負けずに鳴き返す。時々、声がかすれて変調を来す。これだけ叫び続けるのだからやむをえまい。

郭公のひそむ欅の樹群に、ヒマラヤ杉の並木が続いていた。

樹齢七十年というのに、なんという巨木たちだ。ヒマラヤ杉は、伸びやかに思いのまま枝を差しひろげて、天を支えている。行儀のよい立ち姿ではない。枝の伸びっぷりは、自由奔放で放恣《ほうし》としかいいようがない。ヒマラヤを原産地とするシーダーの、原始の立ち姿のようだ。巨木たちは、たっぷりと緑の針葉を繁らせて、重々しい影を並木路に落としていた。

並木路をはさんで、淡い空色の洋風木造校舎と講堂が、常緑の大樹に抱かれるようにして建っていた。校舎は、中庭をはさんで、コの字型になって南に連なっている。

御影石を三段に組んだ土台の上に、見上げるような高さの二階建の木造校舎である。同じく木造の講堂は、空気抜けの洒落た小塔と四つの小屋根を持つ。建物そのものが芸術作品のような洋風建造物だ。

ヒマラヤ杉の梢の先端は、校舎や講堂の屋根を越えて、風に気ままに揺れている。大正時代に文部省が建築した官立の旧制高等学校の学舎は、さすが寸分の狂いもない。どっしりと風雪に耐え、六十年に渡って旧制高校と新制大学の学徒等の学び舎となってきた。廃校となって数年が経つが、全国に残る唯一の旧制高校の木造校舎として、欅の樹群やヒマラヤ杉並木のあるキャンパスとともに、文化財として保存されている。

廃校となった校舎とキャンパスを国から買い上げた市の当局は、最初、建物の保存に積極的ではなかった。

建築後数十年も経つ木造校舎など、維持管理に金がかかってやりきれない。芸術作品のような講堂一棟を残し、校舎は取り壊して更地にする。そこに、白銀のアルプスをバックにした白亜の国際会議場を建てよう、などという案も浮上した。

待ったをかけたのは、市民だった。全国唯一の旧制高校木造校舎を保存しようという住民運動が巻き起こった。併せて、市民の新しい学習・文化活動の場として活用しようという住民運動も盛り上がった。郷土史の著名な先生や旧制高校出身の文化人たちが先頭に立った。プラカードを掲げて、市内の大通りを駅までデモ行進した。大先生たちには初体験のデモだった。

運動に取り組む市民の多くは、私が公民館活動を通して繋がりのあった市民たちだ。市民の声を力にして、私は、公民館職員として行政のなかで、保存と活用を主張した。「白亜の国際会議場」

を唱える市の幹部職員と、二年越しの激論を闘わしてきた。

市民の熱意と運動が行政を動かした。市は、校舎・講堂・キャンパスを、全面保存することを決めた。

必要な修復を終えて、木造校舎は、市の地区公民館や図書館分館、旧制高校の資料を展示した博物館として甦った。おまけに、住民票や戸籍の謄抄本、印鑑証明書などの交付をおこなう市役所市民課の出先窓口にもなった。

二万平方メートルのキャンパスは公園となって、市民に開放された。

「保存と活用を主張した者が、後々まで面倒を見ろよ」ということだろうか。四十歳の私に、初代館長の辞令が下りた。

教育長から辞令をもらって退出した時、市役所のローカで、白亜の国際会議場建設を強硬に主張した企画部長に呼び止められた。市長の懐刀と噂される影の実力者だ。

「冷房も暖房もないあんなボロ校舎を、いまどきの市民は利用なんかしっこないよ」。やや口惜しさを滲ませながら、からかうようにいった。

「火事でも出さないように、まあせいぜい木造校舎のお守りでもしてましょや」

「はい、気をつけます」と率直に答えた。

ボロ校舎が利用されるのかされないのか、答えを出すのは市民だ。私は、現場職員として、縁の下で市民の活動を支えればよいのだ。

館長とはいっても、吹けば飛ぶような存在だ。公民館主事、図書館司書、博物館学芸員の兼務辞令をもらって勤務している。おまけに、市民課窓口の責任者、木造建築の防火管理者、利用料をいただく現金取り扱い出納員なども兼ねている。

要するに「何でも屋」だ。これだけの建物を管理し、これだけの仕事をこなすのに、職員はたったの五人だから、これはやむをえなかった。だいたいスーツにネクタイ姿で館長室で執務するなんて、性に合わない。まあ、これもよかろう。

朝は、Tシャツにトレパン姿で、園路に飛び出して行く。竹ぼうきを持って、ヒマラヤ杉並木や駐車場や中庭の清掃をするのだ。ヒマラヤ杉は、おかげさまで一年中、枯葉、花粉、花房、松かさなど何やかやと撒き散らしてくれる。それが終わると、モップに持ち変えて、館の廊下やトイレの床磨きだ。冬は、各部屋のストーブに灯油を注いで回る。さすが官立旧制高等学校の校舎だけあって、面積も部屋数もなまはんかではなかった。

朝の肉体労働が終わって、やれやれと一息入れると、もう十時近くなっている。

それから、公民館や図書館、博物館の事業が始まる。住民票などを取りにくる市民もみえる。仕事に追い回されていると、一日があっという間に終わる。館は、夜の方が賑やかだ。閉館は、夜の十時。館内外の見回りを済ませて、家路につくのは、十一時近くになる。土日開館で月曜休館だから、休日の家庭サービスなどとんとやったことがない。家族には、まったく頭が上がらない。共働きの妻の機嫌がよくないのは当り前だ。

仕事が面白いから、こんな不規則の長時間労働に甘んじていられるのだ。もしかしたら、私も、仕事中毒患者の一人かもしれなかった。

それでも、「なんでも屋トレパン館長」などと呼ばれて、利用者から頼りにされ、また便利屋扱いされることが嬉しかった。

市民は、この館を「ちくまの杜」と呼んで、親しんでくれている。王朝時代、この辺は「ちくま（筑摩）の郷」と呼ばれ、一時、信濃の国府が置かれていたとの説もある。

近くを流れる薄野川の少し上流に、万葉歌碑が建っている。

信濃なるちくまの川の細石も
　君しふみてば玉と拾はむ

ちくまの川のほとりに住む信濃の乙女が詠んだ東歌だ。君とは、任務を終えて都へ帰る位の高い若者だろうか。それとも、防人におもむく信濃の若者だろうか。多分乙女は、人知れずこの川原で若者とデイトしたにちがいない。あなたが踏んだ細石《さざれし》は、わたしには珠玉のように大事な石よ。その石をそっと拾って懐に仕舞い、あなたのご無事をお祈りしますわ。そんな乙女心を詠んだ万葉歌だ。

もっとも、この「ちくまの川」には、諸説がある。千曲川のほとりにも同じ歌を刻んだ万葉歌碑が建っていて、こちらが本家だと主張している。千曲川には、万葉橋もあるから、力の入れ方がちがう。まあ、本家はどっちでもいいけれど。

「ちくまの杜」の会館と公園はオープンしてから、三年経った。

おかげさまで、サークル活動に、講座や講演会に、コンサートや演劇の公演に、昼も夜も賑やかに利用されている。図書館分館も盛況だ。旧制高校の資料を展示した博物館には、全国からお客さまが訪れる。校舎と公園を利用して、さまざまなお祭りやイベントも開催される。音楽室から、誰が弾くのか、ショパンのピアノ曲が聞こえてくる。

「ちくまの森文化」「文化の解放区」。市民は自分たちの活動をそう呼んでいる。

木造校舎とヒマラヤ杉並木、西にアルプス、東に美し峰を近々と仰ぎ見る公園は、いかにも信州のこの盆地の、自由の歴史と文化の伝統に似付かわしい。

冷房は整っていないが、古風な吊り窓を開ければ、ヒマラヤ杉並木から緑の涼風が部屋を通り抜けてゆく。現代風の暖房はなくても、石油ストーブの炎が冷えきった冬の心を暖めてくれる。企画部長の心配は、まったくの杞憂だった。

でも、企画部長は、何かを言わないと気が済まないらしい。

近ごろ、部長が酒を飲んだ帰りの深夜に、ちくまの杜の脇をタクシーで通りかかったら、木造校舎に明りがこうこうと灯っていた。怠慢による消し忘れと勘違いしたらしい。

「電気料がもったいないから、深夜には照明をすべて消すように」

企画部長が、課長にそう指示したらしい。課長がすっとんできて、同じ指示をする。

市役所のなかだけで偉くなって出世した部長には、現場の施設のことなど分からない。消防法の規定で、深夜無人になっても、必要な防災機器の照明は点けておかなければはならない。真闇の杜だから目立つのだ。課長には、そう返事をした。それっきり、企画部長は何もいってこない。

今日は日曜日。五人の職員全員が、日曜出動だった。館は、日曜日がいたって忙しい。三十余の教室には、ほとんど利用の予約が入っている。午後には、講堂で、消費者団体などと共催で、「ごみ問題」のシンポジウムを開催することになっている。図書館でも、ボランティアのグループといっしょに子どものつどいを予定している。いそがしい日曜日が始まる。

例の通り、朝の清掃を終わって茶をすすってから、私は職員に断って、広場で開かれるクラフトフェアの見学に出かけた。館長の立場で、一応は祭りの様子は見ておきたい。

木造校舎の南側の旧キャンパスは、ひろびろとした芝生の原っぱとなっていた。いまどき、ただの原っぱなんて珍しい。ヒマラヤ杉の巨木と木造校舎に囲まれたこの空間は、街なかのそこだけぽっかり穴が開いたような、信じられない広がりを示していた。ヒマラヤ杉の分厚い針葉が、街の喧騒を吸収して、芝生やベンチに憩う人びとの心を落ち着かせた。

いまにも降り出しそうな曇天の下、広場では、クラフトフェアが開かれたばかりだった。県下の各地から、手仕事屋たちが作品を持ち寄って参集し、それぞれ好き勝手な場所に一坪ほどの店を開いていた。

木製の家具、民具、遊具、やきもの、手織りもの、衣類、草木染めの布、手すきの紙製品、装身具、チーズ、ハム、パン、ケーキ、手づくり味噌、そば、餅、田舎まんじゅう……。芸術作品から衣食住に関わる日常品まで、手仕事屋たちの自慢の品々を並べた展示即売場が、雑然と軒を連ねていた。

小鳥を油彩した平らな石ころを十個ほど並べて、売る気があるのかないのか、ギターを鳴らしているだけの男もいた。

こぶりの縄文土器を五個だけ地面に置いて、現代人には古代人の手仕事の模倣がいかに難しいかを説いている男もいた。

手仕事屋たちのなかには、ヒッピー風の男女が多い。みな一様に痩せこけている。ジーパンや作務衣で装っている。男たちは、長髪に山羊髭を蓄えている。女たちは、髪の毛を後でひっつめ無造作にひもで束ねている。世俗から離れて、ゆったりと生きる人びとなのだ。彼らのどこに、こんな簡素で多彩な作品を創り出すセンスやエネルギーが隠されているのだろうか。

そういう店々と手仕事屋たちの個性的な顔立ちを見て歩いていると、時間の経つのを忘れた。草っ原の真ん中近くに、ヒマラヤ杉の巨木が一樹、枝を広げている。なんとなく孤高の雰囲気を漂わせる樹だ。広げた枝に軒を借りるようにして、五つ六つの店が作品を並べていた。

店の一つに、私は足を止めた。

縄文の紋様をあしらった素焼きの小鳥。色彩もないのに、妙にリアルな造形だ。小ぶりの土製オカリナは、伏せたダンボールを台にして、十個ほど並べられているだけだった。

うす茶色の作務衣とモンペをまとい、真っ赤な靴下にサンダルをつっかけた、奇妙な風態の男が創った作品にちがいなかった。

男は痩せて、頬が窪んでいた。背中まで垂らした髪に、白髪が半分ほど混じっている。顎の下まで伸びた髭も、同じだった。

心持ち腰が曲がっているようだった。私より若いのか、年取っているのか見当がつかなかない。目を閉じて、芝生に直かにあぐらをかいて座っている。作品が売れようが売れまいが、どうでもいいという静かさだった。

店の前に足を止める客は、誰もいない。私が立ち止まった気配を感じたのか、男は目を開けた。

大きめのオカリナを手に取って、吹き始めた。私一人のために、コンサートをしてくれるのだろうか。

意外に高音の澄んだ音色が彼の指先から流れ出た。音楽ではない。鳥の羽ばたき、鳥のさえずりだ。何の鳥？　そうだ、ヒマラヤ杉のはるか高みを、独り弧を描いて舞うとんびの鳴き声だ。縄文のとんびも、こうやって鳴いたにちがいない。

男の顔に、なんとなく見覚えがあった。最近出会った顔ではない。いつだったか？　どこで？　そうだ、二十数年前、学生運動やセツルメント活動の遠い記憶のなかにある顔だ。

とんびの鳴き声が、不意に止んだ。男も、私の顔をまじまじと見上げる。

「寺沼君じゃないかしら」

「小森さん」

同時に呼び合った。

「やっぱり君だ。寺沼英穂君だ」

「小森大樹さん、ウッドさんなんですね」

そのころのセツルメントの仲間たちは、ウッドという愛称で、小森を呼んだ。大樹という名前も、ウッドにふさわしかった。その呼称が、自然によみがえった。

「奇遇、奇遇、まさかこんな所で行き合うなんて」

小森は立ち上がって、私を覗き込む。ウッドのころのギラギラした眼光でなく、おだやかな眼差しで。

「二十何年ぶりですよ」

私も、彼の眼を見つめ返す。

「君は、ちっとも変っていないよ。あのころのように、元気そうだなあ」

彼が芝生に座ったので、私も並んで腰を下ろした。

「君が大学を卒業して、郷里に帰ったことは知っていたが。そうそう、市の職員になって公民館の仕事に就いたって話を聞いたなあ。で、いまは？」

「あいかわらず、公民館ですよ。ほら、この建物に働いている」

芝生の向こうの木造校舎を指差して答えた。

「もしかして、館長をやっているのかしら。クラフト仲間から、風変わりの館長がいるって聞いたけれど、君がその館長か」

「吹けば飛ぶような館長ですよ。ウッドさんは？」

「ごらんのとおりさ。落ちぶれたといおうか、辿り着いたといおうか」

作務衣の両腕をゆっくりと広げて、彼は笑った。ごく自然な笑いだった。

新潟県との県境に近い過疎地のO村に移り住んで、もう何年になるかなあ。休耕田と廃屋を借りて、暮らしているよ。妻とは、別れたよ。

自から耕し、山菜を摘み
自から織って、着衣を縫う
生活用具は、森や土から創りだす

一頭の山羊を家族とし
オカリナを吹いて野の鳥や虫と語る
星空をながめ
ふくろうの声を聞いて眠る
ぼくは、原始にもどったのさ
すべての人が、自分のために自分で創りだして生きる古代へ
いや、ぼくは、もどったのではない
人々の争いを超克したかなたへ歩み
未来の人類を生きているのだ
たっぷりと、ありのままの自然、あふれる時間に抱かれて
ぼくは農民　ぼくは職人　ぼくは詩人　ぼくは音楽家　ぼくは哲学者

歌うように語って、彼は、私におだやかな顔を向けた。セツルメントの部室で、自論を絞り出す激越さや、全学連のデモ隊に向かって過激なアジ演説をぶった精悍《せいかん》さは、どこにもなかった。
彼は、目を閉じ、オカリナでとんびの鳴き声を再び歌い始めた。
君は変らないなあ
君はまだ、「変革者」の幻想を生きているのか
君らしくて、まあ、それもよかろう

無言で、私に、そう告げているようだった。話しかけようとしたが、自分に没入してしまった彼に、取りつくしまはなかった。

＊　＊　＊

初秋の日差しがまぶしい。色付くにはまだ早い銀杏並木を、心地よい風が通り抜けてゆく。午後のキャンパスには、学生たちが溢れていた。

それにしても、暑い暑い。暑いのは、残暑のせいばかりではない。

一九五七年の春から夏にかけて、キャンパスを揺るがした砂川基地拡張反対闘争や原水禁運動の余韻と熱気が、まだキャンパスに残っていた。

秋の訪れとともに、学生運動の新たな高揚の季節が始まろうとしていた。

とりわけ、学寮前の広場は、授業を終わった学生たちで混雑していた。

三階建の学寮は、三棟並んでいた。旧制高校時代から引き継がれた堅固な建造物だ。壁に這う緑の蔦が、時代を証明していた。各階のローカを挟んでにずらり並んだ部屋は、サークルや運動部に割り当てられている。教養学部の二年間、入寮者たちは寝食と学業とサークル活動を共にして生活する。何百人の学生が起居しているのか見当もつかない。旧制高校の「全寮制」の伝統と自治が生きていた。寮生の選挙で選ばれた委員会と委員長が、寮の管理運営をしていた。

入寮者は、たいがい田舎から出てきた貧乏学生だ。親からのわずかの仕送りがあれば、なんとかやっていけた。家庭教師などのバイトだけで生活している学生もいた。苦学生とばかりは限らない。親から結構仕送りのある学生も、貧乏学生の振りをして入寮していた。そんな学生は、たいがい学生運動の活動家だ。「この寮を制する者は、全学連を制する」などという伝説が伝わっていた。もちろん貧乏学生の活動家も多い。

北寮の二階に、K町セツルメントの入寮者の部屋があった。セツラーが十人、二部屋に分かれて起居していた。

私は、三鷹の学寮から、キャンパス内のこの北寮に移ってきたばかりだ。入学して私が最初に入った三鷹寮は、麦畑に囲まれた落ち着いた環境のなかにあった。首都の近郊に、いまどきこんな麦畑があるのは、驚きだった。一部屋に八人が、蚕だなのベッドに暮らす。ローカを隔てて同室者の学習室があり、一つずつ自分の机を占有できた。ここも、後発の旧制高校の学寮を転用したものだ。大学まで一時間の通学時間を要するが、勉学に打ち込むなら、三鷹寮は最高だった。

だが、セツルメント活動と学生運動に取り組むなら、キャンパス内の寮でなければならなかった。

私たちセツラーが通うK町は、大学から徒歩で三十分ほどの距離にある。東京の空襲で焼け出された人たち、大陸から引き揚げてきた人たち、レッドパージで馘になった失業者たちが、肩を寄せ合って生きている貧民の居住地だ。旧世田谷連隊の兵舎だったという二階建の巨大な木造建築が、幾棟も連なって並んでいる。その建造物を、ベニヤ板で区切った部屋々々に、何百家族もが住んでいる。共同の便所や炊事場は、別棟だ。首都を防衛した兵士たちも、この便所や炊事場を使ったにちがいない。ネクタイをしめて出勤する勤労者は、ほとんどいない。住人たちの多くは、男も女も、作業服で土木現場へ向かう労働者だ。一日炎天下で働いて日当は二四〇円、社会は彼等を「ニコヨン」と呼んだ。

雨や風には　ひるみもせぬが
二コ四ぐらしにゃ　あぶれがこわい
晩ののみしろ　ほしくもないが
帰りまってる　がきかわい
そうだよどっこい
どっこいおいらは　生きている

前年に出された経済白書は、「もはや戦後ではない」と主張したが、K町は、まだ戦後そのものだった。そのK町が、私たちのセツルメント活動の「地元」だった。

親たちが仕事に出た昼間、子どもたちは、ほとんど放っておかれた。セツラーたちはK町に通い、放課後や休日の子どもたちと過ごした。子ども会、勉強会、人形劇大会。夏には多摩川へ水浴びに行き、親の帰りの遅い子は、一緒に混み合った銭湯に入った。

保母、栄養士などの勉強をする都内の大学から、女子学生も参加していた。彼女等は、専門を生かして、子ども会や母親たちの料理講習会に取り組んだ。

秋から、私はK町セツルメントの新委員長になることを予定されていた。夏休みに帰省もせず、しゃにむに地元に通う馬力が認められたにちがいない。

同時に、セツラーたちの多くがそうであったように、私も学生自治会のクラス委員をつとめ、全学連のデモには欠かさず参加していた。

七月の砂川基地拡張反対闘争や米英の原水爆実験と核戦争に反対する平和闘争のなかで、学生運動は高揚の季節を迎えていた。秋には、全学ストで、原水爆禁国際統一行動を闘う方針が提起されていた。ソ連が打ち上げた人類初の人工衛星スプートニクの成功は、社会主義の優位性を世界の人々に示していた。米英帝国主義は、社会主義の躍進を阻むために、核戦争の準備に狂奔している。全学連の総力を結集して、平和闘争を進めるのだ。

音感合唱団の学生が数人、学寮前の広場に据えられた演台に上がって、合唱を始めた。アコーディオンが陽気に伴奏をつけた。全学連歌、労働歌、ロシア民謡が次々に歌われる。たちまち人垣ができ、うたごえが広がった。毎週恒例の「マンモス合唱」が始まるのだ。

頃合いを見て、リーダーが叫んだ。「世界の平和を守るために、我々学生は、米英の原水爆実験を阻止する闘いの先頭に立って闘っています。平和を擁護する学生の決起は、日本の労働者階級を奮い立たせ、また全世界の人民の闘いと連帯するものです。闘いのなかに、うたごえを！　歌声を通じて、平和を！　先週は、イタリア人民の闘いの歌『アバンティ　ポポロ』（人民よ　進め）の歌唱指導をしました。今日は同じくイタリア人民のレジスタン歌『さらば恋人よ』を一緒に歌いましょう」

演説の終わらぬうちに、アコーディオンが奏でられる。楽譜つきの歌詞のチラシが配られる。

ある朝　めざめて
　さらば　さらば恋人よ
めざめて　われは見ぬ
　攻め入る敵を
われをも　連れ行け
　さらば　さらば　恋人よ
連れ行け　パルチザンへ
　やがて死ぬ身を

第二次大戦中、ファシズムに抗して闘ったイタリアのパルチザン部隊の歌だ。哀愁のある四拍子が、みなの心を惹き付ける。歌詞のヒロイズムや悲劇性が学生の胸に響く。
私も、大声を上げげて、楽譜を追った。

いくさに　果てなば
　さらば　さらば　恋人よ
いくさに　果てなば
　山に埋めてや

埋めてや　かの山に
さらば　さらば　恋人よ
埋めてや　かの山に
花さく下に

道行く　ひとびと
さらば　さらば　恋人よ
道行く　ひとびと
その花愛でよ

「寺沼君」

いい気持ちで歌っていると、突然、肩をたたかれた。

振り向くと、小森大樹が笑いかけてきた。

「ウッドさん！」

小森は、北寮の同じ部屋に住まうセツラーだ。私より二歳年長、学年では一学年上だ。私の言葉遣いは、どうしても丁重になる。

「君を探してたんだ。ちょっと頼みがある」

小森に従って、人混みを離れた。グランドの入り口の芝生に座った。遠くから見ると、広場の人垣は、一層増えたようだ。うたごえの音量が、ますます高まってキャンパスに反響する。

「頼みって、なんですか」

「この前、散髪しながら、君に話したろう。あの件だよ」

夏休みが終わって半月ほどたった日だった。夏休み中帰省もしないで、私は、東京の初めての夏をK町に通い続け、セツル活動に没頭していた。金がなくて、ありったけ不精に伸ばした髪が、東京の残暑に鬱っとうしくなっていた。重い腰を上げ、大学の坂下の街の理髪店に行った。

鏡の前の椅子に座ると、隣の理髪台から、突然名前を呼ばれた。鋏を入れている先客は、小森だった。私はぼさぼさの不精な長髪、彼は、日頃からよく手入れしている長髪だ。

「ぼく、迷ってるんだ」

いきなり小森が切り出した。

「都学連の中執に出ろって、いわれてるんだ。この前のS・Kの会議で……」と、彼は私にだけ分かる用語で続けた。

「ぼくが、その候補に挙がったことは、君も知っているだろう。でも、ぼくは、決心がつかないでいるんだ」

そうだ、学生細胞の会議（S・K）で、確かに小森は、わが大学自治会から派遣される都学連中執（中央執行委員）の最有力候補に挙げられていた。

「何を迷ってるんですか」

「都学連に出る。そこで一定期間活動したら、全学連の中執になる。その先にあるのは、さらなる政治闘争の道かな。それとも、あくまでもセツル活動や学部の自治会活動に存在場所を求めて、やがて時代の要請する学問に生きる道を選ぶか。ぼくは、迷っているんだ」

「つまり、活動の道か研究の道かということですか」

「そう、端的にいえば、プロの職業革命家になるか、それとも革命的研究者の道を進むか、その岐路にぼくは立たされているんだなあ」

隣り合った理髪台で雑談するような会話ではない。小森のいうような大げさで単純な二者択一の選択でなく、もっと多様で柔軟な第三、第四の道だってあるのではないか。

そう思ったが、私は、あえて小森に議論を挑まなかった。

小森も、本気で私に相談するつもりもないらしい。やがて、隣の理髪台からいびきがもれ始めた。

グランドの芝生に座って、小森は、あの理髪店での会話のことをいったのだ。

「ぼく、都学連に出るよ」

「そうですか。決心したんですね」

「プロの革命家になれるかどうかは分からないけれど、その可能性は追求してみてもいいと思うんだ。そこで、頼みというのは……」

その時、学寮前のうたごえが、先週習った「アバンティ・ポポロ」にかわった。活発なアコディオンの伴奏が、ここまで明瞭に聞こえてくる。

アバンティ　ポポロ

アラリスコッサ
バンティラロッサ　バンティラロッサ
……
会話を中断して、小森と一緒に歌う。

バンティラロッサ　ラトリオンフェラ
エビバコンミュニズマエラ　リベルタ

歌詞の意味は、よく分からない。要するに、ポポロ・人民よ　アバンティ・進めだ。コミュニズムと自由のためにか。

歌い終わると、小森が口調を改めていった。

「そこで、君に頼みたいんだ」

君、バイト探してただろう。家庭教師の口だよ。ぼくが、半年ほどやってきたいい口があるんだ。都学連に出ると、バイトなんかやってる暇がなくなっちゃうよ。だから、君に、このバイトを譲ろうと思うんだ。

「どんな子なんです?」

願ってもない話しだ。嬉しさを隠しながら聞いた。

家庭教師は、一番割りのいいバイトだ。だが、学生部の掲示板に張り出される求人票を見て応募しても、なかなか当たらない。競争が激しいのだ。

初めて当たった家庭教師は、夏休みだけの期間限定のバイトだった。いまは、武蔵野市の掘っ立て小屋のような住居に住んでいる姉の紹介で、家主の小学六年生の男の子を週に一回教えている。月に一五〇〇円のペイをもらえる。

大学に入学する直前に、定年退職した父は、わずかの退職金を元手にして、近所の子どもや主婦相手の小さな文具・雑貨店を始めた。母は、造花の糊付けの内職をしている。自分たちが食って行くのに精一杯だ。息子への仕送りは、おぼつかない。私も、親からの送金を当てにはしていなかった。学寮にいれば、そんなに金はかからないが、とにかく自分で稼がなくてはならない。封筒の宛名書き、企業の顧客への宣伝書類の発送、引っ越しの手伝い、住宅の便所囲りや下水の側溝の消毒作業……などのバイトをやったが、収入は少ない。

月にもう五〇〇〇円ぐらい稼がないと、学寮の生活もおぼつかない。

「どんな子なんですか」

嬉しさがこみ上げてくるのは、当然だ。

「高校三年の男の子だよ。大学受験なんだ。世界史にとても興味のある子で、私学のK大文学部を受験する予定だよ。世界史は強いけれど、英語と国語は実力が足りない。週二回、この三科目を教えてくれればいいんだ。あ、そうそう、彼の妹が中学二年生なんだけど、この女の子も週一回みているんだ。週三回、時間は夜の七時から九時、夕食付きで、ペイは月四五〇〇円だ。中央線の阿佐ケ谷駅の近くさ。遠くはないだろう」

いい話しだ。いまやっている家庭教師のバイトと合わせると、月六〇〇〇円になる。これなら、家の仕送りがなくても、なんとかかつかつに寮生活はやっていけそうだ。その代わり、週に四日、バイトに拘束される。いまやっているバイトは夕方の四時から六時までだから、うまく組合せてダブルヘッダーでこなせば、週三日でやれる。いずれにしろたいへんだけれど、稼ぐためには、いや生きるためには致し方ない。

「やってみようかな。で、いつからなんですか」

内心の嬉しさを隠しながら答えた。

「早速、来週からどうだい。彼の母親に、話しをつけておくから」

タバコが吸いたくなったのか、小森は胸のポケットから「しんせい」の紙箱を取り出した。タバコは一本もなかった。小森は、箱をねじってつぶし、「タバコあるかよ」と聞いた。私は、「しんせい」を箱ごと渡した。小森は、一本を口にくわえ、二、三本を抜き出して自分の胸ポケットに収め、残りを返してよこした。

「ああ、そうそう」小森はあわてて付け加えた。

「都学連の任務を終えて、もしまた学部に戻ってきたら、その時はバイト返してくれよな」

「もちろん、そうしますよ」

学寮前の広場では、「アバンティ・ポポロ」の歌が終わった。今日のマンモス合唱は、これでお開きだ。

「おれ、これからK町に行かなくちゃあならないんだ」

芝生から立ち上がって、小森にいった。

中学生の子どもたちに、数学を教えてやることになっていた。どこでつまづいたのか、数学がからきし苦手な子たちが、五人ほど集まってくる。その前に、小学生たちに、紙芝居をしてやる約束なっていた。K町セツルメントの部室に寄って、紙芝居を数本選ばなくてはならない。

小森は、何か重要な会議に出るらしい。使命感溢れる活発な背中を見せて、キャンパスの人混みのなかに去って行った。


その家は、阿佐ケ谷駅を降りて十分ほどの住宅地の一角にあった。

小森の書いてくれた地図を頼りに辿り着いた私を、まず驚かせたのは、うっそうとした樹木の茂みだった。

周辺の住宅地から、煉瓦塀に囲まれたその一角だけが、真四角に切り離されている。見当もつかないが、優に二百坪はあろうか。手前が樹木の茂み、その奥に二階建ての古めかしい洋館風のお屋敷が、静まり返っていた。

煉瓦塀には、蔦がからまり合っている。屋敷内に収まりきれないけやきの大木が、周りの道路に枝を張っていた。季節はずれの夕蝉が、しきりに鳴いていた。

こんなお屋敷の前に立つと、私の心は臆してしまう。

意を決して、小森に教えられたとおり、正門横の通用口をくぐった。踏み石の小径を辿った。思い切って、玄関のベルを押した。

「どうぞ」すぐに女の子の声がした。扉を開けると、長い髪を垂らした女の子が、立腰で座って、私を迎えた。

「新しい先生？　寺沼先生？」

真っすぐに私を見つめて聞く。待っていたようだ。「は、はい、寺沼です」

どぎまぎしながら答えた。

「あたし、河原綾美よ。中学二年生。あたしも先生に教わるの」

手をついて、きちんとお辞儀する。大人びた仕草だが、笑うと片方の頬に可愛い笑窪ができた。

奥から地味な和服の母親が出てきて、ていねいに挨拶した。私を応接間に導いて、奥へ下がった。ブルジョアの気取った洋装の奥様という私の予断は外れた。この家と屋敷地のたたずまいからして、戦後の新興成金ではない。昔からの地付きの資産家の奥様は、それなりに質素で着実な生活を切り盛りしているにちがいない。

ソファーに座って待っていると、少し余裕が出てきた。不作法に、きょろきょろ室内を見回した。応接間の壁際に、煉瓦で囲んだ暖炉がしつらえてあった。多分、長年使用してない。天井からシャンデリアが下がっている。部屋の隅には、縦型のピアノが置かれ、ギターが立てかけられていた。机の上の喫煙セットには、小振りのガラス製の灰皿の脇にピースの缶とライターが添えられていた。

母親が、コーヒーを運んできた。母親の後に隠れるように、高校生の男の子が身体を縮ませて入ってきた。真向いのソファーにちょこなんと座った。一見して、運動不足で太り気味の身体をしていた。母親が横に座って、「義っちゃん、ご挨拶は」と促した。

「ぼく、義人です」

　恥ずかしそうにぽつんといって、黙ってしまった。

「こういう子なんです」。母親が後を引き取っていった。

「この子、先生と同じ昭和十四年生まれなんです。遅生まれなんですけど。先生と一学年しか違わないのに、この子って、ずいぶん子どもでございましょう。小学校に入って間もなく、高熱を出して、一ケ月ほど入院しましたの。終戦の一年後でしたけれど。軽い後遺症が残って、そのためでしょうか、時々頭の働きが休んでしまうことがあるんですの。ご迷惑をおかけすると思いますが、どうか気長に教えてやってくださいませ」

　頭の働きが休むという意味は、教え始めてからすぐに分かった。突然、義人は座ったまま、居眠りを始めるのだった。手に持っていた鉛筆をポトリと落とす。それが、居眠りの前兆だった。彼の意志とは別な何かが、唐突な睡眠に彼の心身を誘う。私が何をいっても、通じない。一分、二分。彼は、何事もなかったように目覚め、不思議そうに落ちた鉛筆を拾った。

　この家は、父親が運輸関係の会社の重役をやっていた。東証の株式市場に上場されている企業だ。何年かこの家に通ったが、ついぞ父親に出会ったことはない。長女は家事見習いで、家にいるらしいが、あまり見かけたことはない。長男は私立A大学の学生でサッカーの選手。いつか、新聞のスポーツ欄に、逆転のシュートを放って、強豪を敗ったと紹介されていたことがあった。次男の義人、妹の綾美、その下に小学六年生の紀彦がいる。

　その日から、週に三夜、家庭教師の仕事が始まった。六時半ごろ着くと、応接間に通される。夕食が運ばれる。夕食といっても、カレーライス、チャーハンなど一品ものだ。たまに、うどんなどの丼ものが出ることもあった。家族の夕食は別の献立だろうが、質素で堅実な家風のようなものが感じられた。でも、昼食にコッペパンを噛って済ます私には、ご馳走だ。私の飢えを知っているかのように、夕食はいつも大盛りだった。

夕食を義人と一緒に食べて、七時から勉強が始まる。義人が得意だという世界史は、教えることはなかった。浅薄な丸暗記の受験知識しかない私より、彼の方がよっぽど深い知識があった。丸暗記の量でも適わなかった。特異な才能といってよかった。大学生が使う世界史の教科書から、クイズのように問題を出すと、ことごとく答えてみせた。

現代文や英語の問題集をひろげると、にわかに義人の反応が鈍った。突然、鉛筆を落とす。深い眠りに入る。自分の意志ではどうしようもない睡魔の魔力から解放されるまで、私は、黙って待っているしかなかった。

私は、ギターを引き寄せた。ギターなんて、触ったこともないし、弾き方も分からない。出たらめに爪弾いていると、音階の法則は分かった。高校の音楽の時間に、小柄だが授業に厳しい故にチャボと渾名された音楽の男性教師から、徹底的に「コーリューブンゲン」の教則本を叩き込まれた。なぜかチャボは、私の通知表に「5」の評価をつけてくれた。その授業に一応真面目に出席したので、楽譜の法則や読み方は身についた。ギターの法則も基本的には同じだ。義人の睡眠のおかげで、私は、簡単な曲のメロディだけなら、爪弾けるようになった。

義人の睡眠中、私は、またやたらとタバコをふかした。机の上のピース缶から、吸いたい放題だった。私がヘビースモーカーであることを、母親に知られてしまったらしい。母親は、いつも真新しいピース缶を用意しておいてくれた。二十本百十円の安い「しんせい」しか吸わない私には、ピースは美味く、しかし辛かった。唇がひりひりするほど、立て続けにピースを吸った。

週に二夜は、そうやって義人と過ごし、もう一夜は綾美を教えた。数学と英語だけを教えればよかった。教科書をきちんと復習し、完全にマスターすればいいのだ。綾美は、聡明で、私の教えたことをどんどん吸収した。ミッション系の女子中学で、高校にそのまま進学できた。受験失敗の責任を取らなくてよいから、気が楽だった。

綾美との勉強が一段落すると、母親がケーキと飲み物を運んできた。ふだん口にしたこともないような上等なケーキを食べながら、綾美と談笑するのが楽しかった。

信州の田舎町で育った私の子どものころや高校時代の話しを、綾美は喜んで聞いた。幼児のように甲高い笑い声を上げて、先を促した。少し近視の焦点のぼやけた瞳で深々と見つめられると、私はなお冗舌になって、話しを続けた。

セツルメントや学生運動の話しも、隠さずに語った。仲間内では、バイト先で学生運動の話しは厳禁になっていた。小森からも、きつく忠告されていた。

家庭教師を付けるようなブルジョアの家庭では、「アカい学生」への忌避感は強くて当然だろう。ちょっと口を滑らして、馘になった者もいる、と聞いた。大事な子どもを「洗脳」するのではないかと疑われたという笑い話も聞いた。

そうした「教訓」を忘れて、太平洋の諸島での米英の原水爆実験や砂川基地で闘った体験などを話して聞かせた。時には、遅刻した言い訳に、たったいま終えてきたばかりの街頭デモの様子を話した。

「ごめん、ごめん、遅刻しちゃって」

「来ないかと思った。でも、どうしたの、先生」

「ほら、イギリスがクリスマス島で水爆実験をするって話しは、綾美ちゃんも知ってるよね」

「知ってる、知ってる。だって、先生、この前話してくれたもの」

「そうそう、それで、今日、イギリス大使館に抗議のデモに行ってきたんだ」

率直に遅刻を詫びると、綾美の瞳が好奇心にくるくる回った。

「警官隊に阻止されて、イギリス大使館に近付けなかったんだ。抗議のジグザグ行進をしたら、いきなり公務執行妨害だっていって、実力行使に出てきたんだ。それでみんな、歩道に座り込んだんだけど、警官隊に一人ひとりゴボー抜きされてさ、ありったけ脚を蹴っ飛ばされて、痛くてしょうがない」

「先生、だいじょうぶ？　あっ、先生のシャツのボタンが千切れて取れている」

ゴボー抜きされた時、引き千切られたのにちがいない。

よほど好奇心のある娘なのだろう。綾美は、私の難解な学生運動用語を交えた国際情勢の分析や全学連のデモの様子を、興味ありげに聞いてくれた。

中学生の女の子は、だいたいお喋りだ。自分が聞いた面白い話しを、胸の内に仕舞っておけない。私がケーキを食べながら話したことを、その夜のうちに母親に話しているらしかった。

しかし、不思議なことに、母親は何もいわなかった。どうせ、一過性の熱病だろう、田舎出の純情な大学一年生が、ハシカに罹ったように熱に浮かされて、そんなことを娘に喋ったところで、別にどうってこともないと黙認したのかもしれない。昔からの資産家の、それが家風のおおらかさだったのかもしれない。

数ケ月経つうちに、私は、この家で、どうやらよい家庭教師として認められたらしい。義人や綾美に好かれたことが、一番大きな理由にちがいなかった。教えることに時間を費やすのでなく、勉強半分、雑談半分のような時を共に過ごすことが、義人や綾美の気分にぴったり合ったのだろう。

ときどき母親は、家庭教師を終えた帰りがけに、ハム・チーズの詰め合わせや缶詰のセットを、私に持たせてくれることもあった。

「いただきものですから」というので、私は、遠慮せずに貰うことにした。どれも、バイト学生の私に買える食品ではなかった。学寮の同室のセツラーたちは、私の土産を羨ましがった。そんな夜は、誰かが酒を調達してきて、決まって夜更けまで酒盛りをした。年末になると、クリスマスプレゼントをいただいた。寮に帰って包装紙を開けると、ピース缶のセットと茶色い革製のローソンのライターであった。

私のハードスモーカー振りを、母親はあきれ、そして容認してくれたにちがいない。私にとっては、ぜいたくなクリスマスプレゼントであった。

翌春、義人は、希望の大学にめでたく入学できた。私は、さほどのことを教えたのではない。世界史に対する彼の特異で詳細な知識が、大学の門を開かせたのだ。

これで、私の役割は終わった。義人の目標が達成されたからには、もう、私がこの家に通ってくる必要はない。もともと綾美への家庭教師は、たいして必要性があるものとも思えなかったから、打ち切られても止むを得ない。次のバイトを探さなければ、食っていけない。

義人との最後の雑談を終えた夜だった。紅茶とケーキを運んできた母親がいった。

「先生、四月からも家に通っていただけます?」

「はっ?」。思いがけない申し出だった。

「いいですよ」。即座に答えた。

どうやら、綾美への週一のバイトは、継続してくれるらしい。

「今度は、紀彦もみてほしいの。四月から中学生になりますのよ。数学がちょっと苦手ですから、重点的にご指導いただきたいんです。週二回よろしゅうございますか。綾美も、とても先生になついておりますので、引き続き週一回お願いしますわ」

中学三年生になる姉に週一回、中学生になる弟に週二回、合わせて週三回のバイトは、そのまま継続されるのだ。願ってもない話しだった。

その上、月に四五〇〇円のペイを五〇〇〇円に引き上げてくれることになった。もう、何もいうことはない。

こうして私は、一九五八年四月から、引き続いて、樹木に囲まれたこの洋館の子たちのもとへ通うことになった。

紀彦と数学の問題を解く時間は楽しかった。文科系の学生なのに、私は数学が得意で大好きだった。

　高校三年の秋だった。文科Ⅱ類に受験を決めた私を、数学の教師が職員室に呼んだ。

「寺沼、君はどうして理工系にいかないんだ」

　ウッチャと呼ばれる教師は、東京帝国大学工学部出身だ。造船の設計をしていて、戦後郷里の高校の数学教師になったという変った人物だった。

「おれ、小説か評論を書きたいんです」

　およそ非現実的な、夢のような希望を答えた。

「君が同人雑誌『ポプラ』に発表した詩や俳句を、ぼくも読んでいるよ。なかなか力作だよ。だがなあ、ぼくが見るところ、君は理工系の人間なんだ。理工系にいったって、文学はできるだろう」

　そういわれても、私は意を変えなかった。

　ウッチャは、呆れたようにいった。

「大学を卒業した後の道を、君は考えているのか。それを考えた上での、文科系選択なのか」

　私は、答えられなかった。同じ大学を受ける級友は、みな将来の設計図を描いていた。私は、そもそも自分が何者なのか、よく分からなかった。まして、何年も先の自分の仕事や人生の設計図など描きようがない。大学にいって、それを探すのだ。単位や成績に縛られたくない。大学では、なによりも「自由」が欲しかった。それが、文科Ⅱ類を選んだほんとうの理由だった。

　そのようなことをぼそぼそというと、ウッチャは首肯いてくれた。

　大学の入試科目に、文系・理系の違いはなく、同一の問題が出題された。文系科目の他に、私は、数学（解析Ⅰ・解析Ⅱ）、理科（化学・物理）を受けた。

物理の最後の問題は、かなり難解だった。光源から発する光が、加速度をつけて円運動をする凹面鏡や何枚もの凸レンズを通って像を結ぶ。その像の位置、大きさ、t秒後に回転した距離、速度、加速度を答えさせる問題だった。

ウッチャから叩き込まれた微分・積分が役に立った。実に明快な答えが導き出せた。入試を終え、春休みの職員室にいって、ウッチャに報告した。

「なるほど」とウッチャは賞めてくれた。

「その解き方が正解だ。いまのところ、ぼくの所へ報告にきたなかで、この問題が解けたのは君だけだ。見事、見事」

はるか後に、ウッチャは、県の教育委員会のトップの座についた。公民館大会に出席して、来賓挨拶をされた。郷里の市で公民館主事をしていた私も、その大会に参加していた。開会式が終わって、来賓室にウッチャを訪ねた。ウッチャは、私を覚えていてくれた。

「寺沼かあ」。そう私を懐かしんで、

「理工系にいかなくてよかったなあ。いい公民館活動をやれよ」と励ましてくれた。ウッチャの指導に従って、あの時理工系を選んでいたら、どうなっていただろう。もしかしたら、ウッチャと同じように、信州のどこかの高校で、数学の教師になっていたかもしれない。

私と一緒に数学を解くと、紀彦は、数学が好きになったようだ。中学の試験に、かなり高得点を取るようになった。

綾美に教える時は、相変わらずマイペースだった。高校まで進学できるミッションスクールだから、受験勉強に急かされることはない。

ある夜、勉強が終わって、いつものようにケーキを食べている時だった。

「先生、写真見て」

綾美が、教科書の間にはさんであった一葉の写真を示した。この応接室で撮ったものだろうか。撮影者は、床に座って、やや斜め下から被写体を見上げている。ソファに座った綾美が、長いスカートの膝の上で両手を組んで、つんとすましてこちらを見下ろしている。長い髪を二つに分けて背中に垂らし、リボンで結んでいる。ずいぶん大人びたポーズだった。

「誰が撮ってくれたの」と私は聞いた。

「お兄さんよ」。綾美は、サッカーをやっている大学生の兄の名前をいった。

「かわいいなあ」

率直にほめた。

「先生、あたし、かわいい?」

「うん、かわいいよ」。もう一度いった。

「この写真、先生に上げる」

裏に万年筆で自分の名前を書いて、綾美は写真をくれた。ジャンバーの内ポケットに写真を収めた。なんだか、少女タレントのプロマイドをポケットに仕舞ったような気分だった。

私は、綾美をついついセツルメント活動で通う、K町の女の子たちと比較した。

そのなかの一人、土屋和子は、綾美と同じ中学三年生だった。

和子は、世田谷連隊の兵舎だった巨大な木造建築をベニヤ板で仕切った二間に、母親と妹の三人で暮らしていた。

母親は、終戦後、二人の乳幼児を連れて、満州から命からがら引き揚げてきた。父親は、現地応召を受けて、ついに帰らぬ人となった、と聞いた。母親は、それ以上のことは、セツラーには語らなかった。K町には、同じような境遇を経て住み着いた家族が、おおぜいいた。

母親は、映画館のキップのもぎりや清掃の仕事をしていた。仕事を終えて帰るのは、いつも遅かった。夕飯は、和子が整えて妹と二人で食べるのが常だった。木造舎の裏手の共同炊事場で、米をといだり野菜を洗う和子を見かけた。K町の一角に、揚げ物店があって、一ケ五円のコロッケや天ぷらを売っていた。夕方になると、店には行列ができた。和子は妹と一緒に、しょっちゅう行列に並んでいた。

セツラーたちは、小学生とは一緒になって遊んだり、紙芝居を読んでやったりした。中学生には、宿題の勉強をみてやった。

和子は、勉強があまり得意ではなかった。読めない漢字が多かったし、数学も苦手だった。その代わり、面倒見はよかった。子ども会にくる小学生たちの世話を、実によくやいた。子どもたちも、和子にはよく従った。

午後、K町を訪ねると、木造舎の日陰の空き地で遊び戯れている子どもたちが、セツラーを見つけ、歓声を上げて取り囲む。泥だらけの手で、誰かれかまわずに抱きついてくる。

この手荒な歓迎を、和子からも受けた。和子に抱きつかれると、女のなまなましい汗の匂いがして、たじろいでしまう。私が逃げ出すと、和子はキャッキャッと騒いで、追いかけてきた。

「あたし、来週、修学旅行に行くの」

勉強会に飽きた和子が、私に告げた。

「いいなあ、どこへ行くの」

「奈良と京都。二晩も泊まってくるのよ」

「そうかあ、中学三年の時に、おれも行ったよ」

信州から蒸気機関車が引っ張る夜行列車に乗って、早朝の奈良に着いた。古都の町には、雨が降っていた。私は、記憶のなかの古都の情景を、面白おかしく話してやった。帰りの汽車の座席で、違うクラスの加藤春恵と向かい合って座ることとなった。春恵は、大きな商店の娘で、音楽会の時には、ピアノの伴奏をした。ピアノを弾く金持ちのお嬢さんは、学年にわずかしかいなかった。男子生徒が秘かに憧れる女子生徒の一人だった。

私は緊張して、何もいえなかった。隣に座った藤本が、春恵とぺらぺら喋り続けるのが羨ましかった。眠った振りをしているうちに、木曽路を過ぎて汽車は郷里の町に着いた。

学年末に発行された中学の『校友』誌に、修学旅行記が載った。旅の前半の奈良・大阪編は私が書いた作文で、後半の京都編は春恵の作文だった。発行された日、校舎のローカで行き合った春恵は、私に向かってニコッと笑って通り過ぎた。ただそれだけだった。

「寺沼のお兄ちゃん、その人好きだったんだ。いまでも好きなの?」

和子が、えらい真剣な顔をして聞いた。

「ちがうよ、ちがうよ」。私は、笑って否定した。

「うそ、お兄ちゃん、赤くなった」

「こら、大人をからかうな！」

「お兄ちゃんの初恋の人なんだ」

「三番目のね」。わざと大げさに指を折って数えてみせた。

「あたし、お兄ちゃんにおみやげ買ってきてやるよ」

「ありがとう。うれしいなあ。でも……」

和子の母親が、小遣いを持たせてやれるかどうかが心配だった。

「でも、無理すんなよ。楽しい話しを聞かせてもらうことが、一番のおみやげなんだから」

次の週、子ども会を終えて帰る私を、木造舎の物陰で和子は待っていた。

「寺沼のお兄ちゃん、はい、奈良のおみやげ」

ボール紙の小箱を私に渡した。

「えっ、ありがとう。何かな」

「開けてみて！」

開けてみると、掌に乗るほど小振りの鹿の置物が出てきた。つがいの鹿が寄り添ってちょこんと小首を傾げている真鍮製の置物だ。

「かわいいなあ」

「かわいいでしょう。この鹿、寺沼のお兄ちゃんにそっくり」

和子は雄の鹿を指差していった。そして、

「これが、あたしよ」。雌の鹿を指差して叫ぶと、和子はわざと私に身体をぶっつけて、物陰から飛び出して行った。

たかが中学生の女の子と思っていたが、和子の身体は弾んでやわらかかった。かすかに、女の匂いのようなものを感じさせた。大学二年生といっても、私はまだ十九歳。和子と四歳しか違わない。和子が私と自分とを一対の雄鹿、雌鹿に見立てても、不思議ではない。彼女の私に対する乱暴な身体的表現なのだろうか。

そういえば、バイトの家庭教師先の綾美も、同じ中学三年生だ。綾美は、かわいい女の子のままだ。四歳年長の私を雄鹿と見立てることなど絶対にないだろう。勉強の合間の雑談の折りに、私に向ける綾美の瞳は、好奇心そのものだ。未知のものへの好奇心、違う世界を覗き見して胸をドキドキさせているような好奇心以外のなにものでもない。私にくれた写真は、ちょっとすましたかわいい笑くぼの少女そのものだ。

綾美は、いわば深窓の令嬢、文字通り深い木立の奥にたたずむ西洋館のお嬢様だ。一方和子は、貧民のまちの共同住宅に住む母子家庭の長女だ。西洋館の応接室で、綾美に私は、かなり難問の数学を教え、机上に備え付けのピースをくゆらし、出されたケーキと紅茶をいただいて、原水禁のデモに行って機動隊になぐられ、シャツを破かれた体験などを話している。綾美は、好奇心いっぱいの瞳を開いて、私の話しを受けとめている。

和子に私は、巨大な木造共同住宅の暗く狭い一室で、分数の割算の仕方を教えている。小学校の算数の過程のここでつまづく子は多いが、和子はつまづいたままだ。教師はそのつまづきを意にも留めなかっただろうし、深夜まで映画館のもぎりの仕事をしている母親は、子の不理解に気が付かなかっただろう。気が付いていても、教える学力も時間もなかっただろう。割る数をなぜ引っ繰り返して掛けるのか、いくら和子に説明しても、彼女には理解できない。分数の割算は、そうするものだと説いても、それは教えたことにならない。

「ほら、ここにミカンが六つあるよね」

私は、算数のノートに絵を描いて示す。

「和子と妹の高子とお母さんと三人で同じに分けると、和子はいくつもらえるかな」

「そんなのラクチン、二つでしょう」

「当たり。6÷3＝2」。整数の割算はかんたんだ。

「じゃあねえ、六つのミカンを二つずつ分けると、何人がもらえるかなあ」

「三人でしょう」

「そのとおり。6÷2＝3だよね。では、お母さんが今日のおやつにりんごを一つ置いていってくれたとしよう。和子と高子と二人で食べるとしたら、和子はどうする？」

「ナイフで半分こして、食べる」

「そうだね。半分こするから、二人で仲良く食べられるんだね」

私は、ノートに「1÷1／2＝2」と書いてみせる。

「高子はねえ、ずるいよ。りんご切る時には、いつも自分の方だけ大きく切るもん。いつかケンカになってさあ、あたし高子ひっぱたいちゃった。そうしたら高子わんわん泣いて……」

「お姉ちゃんなんだから、少しぐらいは我慢しなきゃあ」

「やーだね。高子なんて、いつもいつもずるするんだもん」

姉妹とも、育ち盛りの女の子だ。おやつのりんごで、ケンカになっても仕方ない。たわいのない会話から、和子との数学の勉強はすぐ横道にそれて行く。K町の女の子たちのリーダーである和子は、もう、外へ飛び出して遊びたくてしょうがない。

こうやって、綾美にはますます数学の実力が付いて行き、和子はとり残されて行く。貧民の子は、教育環境においても学力においても貧しく、低学力は拡大再生産されるのだ。

昨年の大学祭を見学にきた綾美と和子は、対照的だった。

私たちK町セツルメントのサークルは、一教室を借り切って「K町セツルメント――歴史と展望」と題する展示をおこなった。

入口の最初の壁面は、戦前からのセツルメント運動の歴史を紹介した。昭和の初め片山潜が神田三崎町の労働者街で始めた日本で最初のセツルメント活動。中野重治が『むらぎも』のなかで描いたセツラー像。「セツルメント」と称されるこの帝大学生は、レーニンの「国家と革命」の読書会が果てた後の雑談で、大弁舌をふるう。

戦後、キティ台風の被害に遭った住民を救援することから復活した、大学生たちのセツルメント活動。そして、全国各地のセツルメント地図。全セツ連（全国セツルメント連合）の総会資料。そして各地のセツルメント活動を紹介した、発刊されたばかりの『同じ喜びと悲しみの中で』（全セツ連事務局刊、三一書房、一九五七年）という書物。

二番目の壁面は、地図と写真でK町を紹介した。世田谷連隊の巨大な木造兵舎だった棟々は、戦後引き揚げ者、戦災者、失業者の共同住宅となった。ベニア板で仕切られた住人の狭く暗い部屋。共同便所と炊事場。住宅棟の日陰で、遊ぶ子どもたち。ニコヨンと呼ばれた失対労働者が一日の土木労働から解放されて共同住宅に帰る夕方の風景。戦後一時、この町は、全日自労の労働組合に結集する労働者が自主管理する町であった。

三番目の壁面は、K町セツルメント活動の場面々々を展示した。木造舎の日陰の空き地で開かれる子ども会、中学生の勉強会、夏休み人形劇大会、クリスマス子ども会。夏休みに、私はK町から玉電に乗って多摩川に泳ぎに行った。裸になって水浴びをする子どもたちとセツラーのスナップ写真も展示してある。それにしても、多摩川はなんて汚染された河だったろう。川底の石はぬめってどろどろしていた。流れが滞った所は、気持ちの悪い泡が密集している。小学生の頃、夏休み中水浴びをして遊んだ信州の川の清冽さと比べたら、なんとも言いようがない。わさび畑から湧き出る清冽な水流と比べてもダメか。多摩川の水から上がると、身体中べとべとし、拭いても拭いても悪臭が抜けなかった。東京都民は、こんな水を浄化して水道水にして飲んでいる。なんともないのだろうか。

最後の壁面は、K町セツルメントの問題点や展望を、率直に展示した。K町は、なぜ貧しいのか。この町の貧困は、どこから来るのか。戦争と戦後は、どうやってこの町の住人に貧困をもたらしたか。生活における貧困、住居における貧困、就業における貧困、育児や教育における貧困、文化における貧困。そもそも貧困とは何か。なぜ貧困は、集積する所に集積するのか。貧困を解決するには、どうしたらよいか。K町セツルメントの活動は、この町の貧困をどう解決しようとしているのか。住人が自ら貧困に立ち向かって行けるよう、セツラーにこの町の子ども、青年、ニコヨン労働者、失業者、母親の組織化などできるのだろうか。

そうした問題をセツラーがきちんと論議し、貧困観、子ども観、教育観、セツル観などを共有しないと、K町でのセツルメント活動は、学生の自己満足的な慈善事業で終わってしまう。そういう自己批判を、大胆に展示した。

最後に、いまセツラーたちの間で、貧困者の町から労働者の街へ「地域転換」をするかどうかを巡って、激論が闘わされていることも訴えた。

この部屋の展示作成に、セツラーたちは一週間かかった。われながら、野心的な力作だった。もちろんこの部屋を訪れる大学祭の見学者に観てもらうことが目的だが、自ら問題を抉り出し、わがK町セツルメントの歴史と展望を再確認する意味の方が大きかった。

土曜日の午後は綾美を、日曜日の午前中は和子などK町の子どもたちを招待して、大学祭を案内した。

綾美は、展示に強い関心を示した。私のデモ体験を聞く時のあの好奇の眼差しで、展示を丹念に読んだ。素朴な問いを私に投げかけた。違う世界を垣間見ることへの興味にすぎないかもしれないが、小一時間もこの部屋にいてくれたことが嬉しかった。

和子は、展示の各所に貼られた活動の写真を見て、わあわあと喜んだ。展示は、ほとんど読まなかった。すぐに、私の手を掴んで、せがんだ。

「ねえ、寺沼のお兄ちゃん、寮の部屋へ連れてってよ」

この日ばかりは、学寮も見学者に開放されていた。各部屋は、ローカに面した窓を開け放ち、各サークルや部活動をアッピールするデコレーションを飾った。K町セツルメントの部屋は、人形劇グループのセツラーたちが、ヘンデルとグレーテルのマリオネットを飾った。森とお菓子の家をバックに、ヘンデル、グレーテル、魔法使いのお婆さんの操り人形を配して、色セロハンを使った照明を当てた。グリム童話の世界がカラフルに出現した。なかなかの芸術作品だった。

和子は、歓声を上げて喜んだ。

「ねえ、お兄ちゃんの部屋も見せて」とせがんだ。一室に五人がてんでわれわれの空間を占拠して住まう乱雑極まる室内は、とても見せられない。が、和子の懇請に負けた。

和子は、汗臭い私のベッドに身体を投げ出して、きゃっきゃっと騒いだ。

和子の関心は、すぐに次に移った。私は、学寮の食堂に連れていった。寮食は、この日開放され喫茶店や食堂になって、見学者に飲食を提供した。和子のお目当ては、汁粉だった。和子と仲間たちに、私が購入した食券を渡した。こんな大きな餅もあずきの甘さも口にしたことがなかったように、和子は大事に大事に汁粉を食べた。お碗の底に、ひとしずくも残さなかった。大学祭に満足して、和子は帰って行った。

ブルジョアのお嬢さんの綾美と貧民の母子家庭の娘の和子。綾美には、清楚な少女の可愛らしさがあり、和子には私に向けた甘えと少し乱暴な愛情表現があった。二人の女の子にそれぞれの縁をもち心を捉われる自分が、われながら不可解でおかしかった。

大学祭が終わると、「地域転換論」をめぐって、セツラーの間で激しい論争がおこなわれるようになった。

火付け役は、反戦学同（A・G）のリーダー牧村光夫だった。学生運動と反戦平和を論じた論文のなかで、彼はセツルメントをコテンパンに批判した。

地元に通って地域活動をしていれば社会が変るという楽観的な地域中心主義。

貧困者に手を差し伸べて自己満足している女学生的センチメンタリズム。

理論より実践を優先する卑俗な経験主義。

階級闘争を抜きにした空想的社会主義・社会改良主義。

この見解は、学生運動のリーダーたちが共通にセツラーに投げかける批判でもあった。

もっとも彼らは、別の面からK町セツルメントに期待していた。学生運動の活動家を養成し送り出すという役割であった。学生運動の理論家ではない。デモ隊の最前列に立って街頭デモでも座込みでも果敢に行動する活動家だ。

事実、アメリカ大使館前でも、砂川基地の刺線の外でも、抗議のデモ隊の先頭に、いつもK町セツルメントの旗がひらめいていた。

私がセツラーになって間もなくの一九五七年六月下旬のことだ。アメリカの原水爆実験への抗議デモで、三人の学友が不当逮捕された。彼らの釈放を求めて、全学連は都心の警視庁横の歩道に、三日間の座込みを行なった。座込みをした学生の三割は、K町セツルメントのセツラーたちだった。

K町セツルメントは、活動家の供給地との期待に、見事に応えている。

牧村は、学生運動の課題と体験をきっちり踏まえたセツラーが、階級闘争と結合する時のみ、セツルメント運動は意味を持ちうる、と主張した。

つきつめていえば、セツルメントは「貧困者」の町から「労働者」の町へ地域転換をし、労・学提携の活動をすべきだ、という主張である。牧村の主張を突き詰めれば、学生の革命的思想を、セツルメントの地域活動を通じて労働者に注入せよ、ということである。

K町セツルメントのなかで、この論を最初に採り入れそして先鋭的に主張したのは、小森ウッドだった。

彼は、セツラーのなかで一番の理論家として、自他共に認められていた。いつも部室の一週に陣取って、セツラーの誰かれと論争していた。その代わり、彼は、K町へはあまり足を運ばなかった。実践よりも理論という立場が、セツルメントにおける小森の位置だった。セツラーたちも、彼のその立場を容認していた。学部の自治会の常任委員をしていて、学生運動のリーダーの一人だった小森は、地元に通う暇などほとんどなかった。学生運動とセツルを結ぶ牧村理論によってセツルメントを変革する最適任者だった。

私は、反対に、K町へ通い続けた。小森が理論派なら、私は実践派だった。昨年、セツラーになって間もなくの夏休み、学生になって最初の夏休みを、私は帰省もせずに地元に通いつめた。その活動日誌を、『ひろば』五〇号というK町セツルメントの機関誌に一四ページに渡って載せた。

七月〇日
五時半起床。乾いたパンと魚肉ソーセージで朝食。七時に寮を出て午前中、経堂で夏休み期間だけの家庭教師、名門中学を志望している小学六年生の男の子だ。

昼、セツルメントの部室に行く。セツラーは誰もいない。紙芝居三本借り受け、K町へ行く。玉電三宿の十字路からK町に至る砂利道は庇護物もない直射日光の中で、すごい砂ぼこりだ。私を見付けた子供たちが寄ってきて、むしりつく。遊びの輪に入って一緒に遊ぶ。Yシャツが汗ビッショリで泥んこになる。階段の下の日陰で、紙芝居。その後、K子たちに夏休みの勉強をみてやる。真夏の半日、こうしてK町の子供たちと遊んでいると、自分のガキの頃を思い出す。楽しくてしょうがない。

夕方、S君とH君の母親と立ち話。子供の話、仕事の話。

夜、K町の平和問題の勉強会に出席する。Aさんなど常連十人程。終了後、手分けして原水禁第三回世界大会の署名とカンパを集める。積極的に書いてくれる家もあるが、大半は「お世辞」をいって書いてくれる。子どもたちと遊んだり、勉強を教えてくれる「いいお兄ちゃん」だからか。これが、K町におけるセツルの平和運動なのだろうか?

寮へ帰ったら十一時半。空腹。朝の残りのパンとソーセージと帰り道で買ってきたトマトを切って食べる。裸になって、汗で湿った寝床に寝転んで読書。Mから借りた『毛澤東伝』読了。二時過ぎた。夏休みの学寮には、誰もいない。蚊がうるさい。

今日一日、しっかり生きた。でも、疲れた。

八月〇日

夏休み、地元へ通い続けて二週間が過ぎた。五十何人かの子供たちの名前を覚え、その子の母親とも話ができるようになった。一人ひとりの子等の家庭環境も性格も考えていることも、なんとはなしに分かるようになった。Settleとは、地元に「定着」することだ。住み着いてともに生活することだ。それができなければ、地元に通い続けることだ。

K町セツルには、地元に通い続けた伝説的なセツラーが二人いる。一人は安倍さん、もう一人は古村さんだ。セツルに入ったら高校の二年先輩の古村さんがいたので、びっくりした。古村さんは、高校時代から刻苦勉励の人として有名だった。機関誌『ひろば』のバックナンバーをひもといて、二人のレポートや論文を読んでみた。そこには、実践に裏打ちされた手応えのあるセツル論があった。オレは、安倍・古村の道を辿ろう。K町に通って通って通い詰めて、その実践からオレのセツル論を構築しよう。

八月〇日

子供たちの夏休みも終わる。オレの夏休みは、K町に捧げてきた。毎日々々地元へ通った。子供たちと遊び、中学生の宿題を見てやり、多摩川へ水浴びに行き、一緒に銭湯に入り、泣きながら語る母親たちの身の上話を聞いてきた。寝泊りこそしないが、オレはK町の人になりきろうと、一夏のエネルギーを傾注してきた。

K町セツルメントが誕生して以来、安倍さんや古村さんを始め先輩のセツラーたちは、この町に通い、同じ活動を重ねてきたのである。

だが、その結果、K町という石は動いたか。動かざる石のままか。動かそうとすることが無理なのか。

数日前、こんなことがあった。子供たちに、原水禁のデモに行った話を、正直に話してやった。子供は純真で、だから恐ろしい。話を聞いた子供たちが、ローカで「アメリカの核実験ハンタイ！」と、デモの真似事遊びをするではないか。その日から、アカい学生がアカい教育をしていると噂が立った。階段の下で紙芝居をやっていると、うさんくさい目をした父親が覗きに来、母親が慌ててわが子を連れ戻しにくる。

「勉強会へは、もううちの子はやりません」という母親もいた。地域の共産党員として信望の厚いAさんの部屋を訪ねること自体が、疑惑の眼で見られる。

もちろん、親の意向とかかわりなく、子供たちはセツラーを見ると集まってくるし、一緒に遊びたがる。だが、セツル活動を通じて子供たちを変え、子供たちを通じて親たちを変えることなんて、できるのだろうか。

突如現われたK町という動かざる石の前で、考えこんでいる。セツル活動とは何か。K町の変革に関わることがセツルの目標なのか。青白い顔をした学生（インテリ）が、K町に通い、地域を知り、貧民（ピープル）と交わることに意味があるのか。

そんな問いかけを自分にしながら、夕方、部室に紙芝居を返しに帰ってくると、小森さんがいた。

「寺沼君のやっているセツル活動は、親が働いていて放っておかれる子どもたちのていのいい遊び相手、無料の家庭教師とどうちがうんだ」「貧困者の町で子どもたちと遊んだり、勉強をみてやったりすれば、何かが変ると信じているのか」と、きつい批判を受けた。地元にも通わないセツラーに、何が分かるんだと内心反発したが、彼の批判にきちんと反論できない自分である。

一夏K町へ通い詰めて、セツルとは何かが一層分からなくなった。

消耗した一日だった。

明日という日があるから、希望が生まれるのに、

その明日も、また今日のようであったら。

いかにも田舎出の学生らしく馬力のある奴と認められたらしい。小森が理論派なら、私はその対極の実践派だった。

その馬力と実践が評価されたのか、大学の長い夏休みが終わった秋の十月、私はK町セツルメントの総会で、約百名のセツラーたちから、委員長に選出された。小森が背後で根回しをしての結果であった。私の日記に地域転換論の芽生えを感じ取ったのか。私のような実践派のセツラーを、小森は使い易かったのだろう。

こうして、K町セツルメントで、「地域転換論」が加速された。

全国の学生セツルメントのなかで、こんな議論に明け暮れ、「消耗」しているのは、K町セツルだけだった。

社会の情勢がどうあれ、反動の風がどんなに吹き荒れ、戦争の危機がどんなに深まろうとも、そ

んなことに関係なく地域に通うと主張する幸福なセツルメントもあった。全セツ連（全国セツルメント連合）の全国大会では、「全国のセツラーは、平和問題を学ぼう、平和運動に取り組もう」という呼びかけを、わざわざ発したほどだ。

その対極には、労働者の街で活動しているのだから、階級闘争の一翼をしっかり担っているのだと信じて疑わないセツルメントもあった。

K町セツルには、学生運動の活動家が多かった。全学連の都心の街頭デモや米・英大使館への抗議行動などには、K町セツラーの姿が目立った。それが、他のセツルメントとの際立った違いだった。日本の変革運動の最前線で闘っているのだ。そう確信して、K町セツラーは、自ら果敢に学生運動に参加していた。一方セツラーはK町に通って、日本の貧困や無権利を見つめ、K町の住民がいつか必ず動き出す日がくることを信じていた。が、K町の石は動かなかった。学生運動とK町セツル活動との落差は、大きかった。学生運動とセツル活動との統一を願う気持ちが、「貧困者の町」から「労働者の街」への地域転換論に直截につながって行った。そして、この論が、セツラーの大半の心を捉えた。

小森は、私の委員長就任と同時に、都学連の常任の執行委員になって出ていった。木立に囲まれた西洋館の家庭教師のバイトを私に譲り渡して。当然、セツルの部室には、ほとんど顔を見せなくなった。

学生運動のリーダーが唱え、小森が持ち込み、セツラーの大半の意見となった地域転換論の路線を、皮肉にも地域実践派だった私が、委員長として進めてゆくことになった。

セツルのなかには、あくまでK町に留まるべきだと主張するセツラーはいた。労学提携論の立場からでなく、サークル論として、セツルメントという学生サークルのあり方から、少数派ではあったが、彼等はK町継続論を主張した。

「地域転換論は、二つの間違いを犯しているよ」

K町継続論の中心にいた古村は、私を手厳しく批判した。彼は、K町へ通い詰めた実践派の第一人者であった。私も、古村の後に続けと、K町に通い続けたものだ。その古村から批判を受けた。

「K町セツルメントには、いろんな学生がいる。学生運動の最前線の活動家もいれば、学生運動に距離を置いている仲間もいる。わが大学の学生が中心だけれど、都内の他の大学から女子学生も多数参加しているだろう。保母学院の二部の学生のように、昼間働いている勤労学生もいるよ。出身地も大学も、思想信条も、学生運動への関わりも違う百人もの仲間たちが、大学から遠からぬ所にある貧民の町に出かけ、一つの社会活動に共に参加し、共に成長して行く場、それがK町セツルメントじゃないか。

セツラーは、だいたい教養学部の二年間だけK町セツルメントに参加するだけだ。専門学部に進学すれば、そちらの学部に近いもっと本格的なセツルメントに移籍して活動を続けるセツラーもいるし、セツルから身を引いて勉学に専念する仲間もいるよ。学生運動に専念する者もいる。いずれにしろ、自分の歩むべき道を見通すのに、K町での地域活動の体験って、とても貴重なものだと思うんだ。学生運動では体験できないよ。これが、そもそもK町セツルというサークルの存在意義なんだ。サークル論の欠落、これが地域転換論の第一の誤謬だよ」

たしかに、それはそうだ。社会のことも政治のこともあまり知らない田舎の高校出の私を、わずか半年の間にここまで育ててくれたのは、セツルメントのサークルであり、K町という貧民の地域だ。大学を卒業しても、地域活動に関わる仕事をしたいと漠然と思っている。信州の郷里の町に帰って、公民館活動に取り組むのもいいなあ、と考え始めている。

だが、K町セツルメントが誕生して五年、安倍のような伝説的な人物を始め、熱心なセツラーたちがK町に通い詰め、活動を続けてきたが、K町はどう変わったか。住民たちが貧困から脱出するための力量や運動を蓄積するのに、セツラーの活動は何をなしえたのか。なぜ私は、「アカい学生」として、住民からうさん臭がられるのか。

サークルというのは、一つの手段であって、目的ではない。サークルという方法を活用して、何をなすべきか、どんな目的を実現するのか。手段が目的になってはならない。目的は、あくまでも地域を変えることだ。地域を変えることを通じて、日本の現実をすこしでも変革することだ。手段を目的化してはならない。

私は古村にそう抗弁する。

「それが、第二の誤謬だよ」と彼は反論してきた。

「地域転換論は、セツラーがいくら活動をしても、K町は変えられない、いやK町は変らない、との前提に立っている。そして、組織労働者の居住地に地域転換をして、労働者に働きかければ、地域は変わる。地域が変れば、居住者である労働者が変わる。労働者が変われば、社会が変わる。そういう単純な図式に、地域転換論は依拠している。それは、安易過ぎりゃしないか。もちろん労働者階級、つまり組織化された労働者こそ、社会変革の主体であることは、ぼくも認めるよ。彼等が、闘いの最前線で赤旗を高く掲げなければ、社会変革はできないだろう。だが、だからといって、組織労働者の街へセットルし、セツラーが労働者やその家族に働きかければ、地域が組織化されるなどと考えるのは、どういうものかなあ。労学提携という名のもとに、学生運動の理論を労働者に注入すれば、労働者が革命的意識を獲得するなんていうのは、なおさら思い上りだよ」

学生運動のリーダーたちが、小森を通じて、K町セツルメントに求めていることを、古村はぐさりと批判した。

「安易だ」「単純な図式だ」「思い上りだ」と批判されると、私も、反論したくなった。

「古村さんは、K町こそ日本の国民の無権利と貧困が集中的に蓄積している地域だといいますよね。日本の矛盾の集積地だといいますよね。そういう地域に学生がセットルするから、セツルメントは意義があるんだと主張してきましたよね。では、セツルメント活動が始まって五年、その五年の間に、K町の何がどう変わったのか、貧困の問題はどう改善されたのか、地元に通い続けた古村さんの総括を教えてくださいよ。その総括をきちんとして、明るい展望を示さないと、小森ウッドさんのいう『慈善事業』『経験主義』『無料の家庭教師』『子供の遊び相手』というK町セツルメント批判を乗り越えられないと思うんだけれど。地域は変わらない、でも体験を通じて学生は変わったというだけでは、展望は開けませんよ」

「すぐ結論を出したがる。君はせっかちだなあ。ぼくも君と同じ信州人だが、そこが信州人の欠点だよ。同時に、学生運動活動家の欠点でもある。五年なんて、地域にとってはほんの短い歳月だよ。K町セツルメントは、たった五年過ぎただけだ。まだスタートしたばかりだ。きちんと総括をして次の展望を見通すには、五年は短か過ぎるよ」

「それは、一種の逃げですよ」。せっかちといわれて、私は、少し興奮した。「五年が短かければ、何年やれば古村さんの総括は示されるんですか。長期的な総括は必要だけれど、短期的な総括も絶対しなきゃあなりませんよ。多くのセツラーは教養学部の二年間だけ活動して、K町セツルを去ってゆく。総括を次のセツラーに示さないで。いい体験をした、いい仲間に出会えたという思い出だけを胸に抱いて。古村さんだって、理学部に進学して以後、K町から足が遠退いているんじゃないですか。だから、新しいセツラーは、いつもゼロから出発しなければならない。同じ活動を繰り返し、いつかK町の重い石は動き出すと信じている。経験は繰り返されるだけで、蓄積されてゆかない。K町セツルに、いま、『消耗』が蔓延していることは、古村さんも知ってますよね。K町の重い石をちょっとでも動かすにはどうしたらいいか、実践派セツラーの筆頭だった古村さんは、明確に語るべきですよ」

「では、ぼくから聞こう。地域転換をして貧困者の町から組織労働者の街にセットルすれば、地域は動くのか。石は動かせるのか。その展望を君こそ、きちんと語らなければならないよ。その展望を示さないまま、地域転換をすることは、仲間に対しても、K町の住民に対しても無責任だよ。学生運動の『変革の理論』を地域の労働者に持ち込めば、地域が変わるなどというのは、思い上りも甚だしいよ。だいたい、地域において、つまり工場（生産点だよ）から家（生活点だよ）に帰った組織労働者とK町の住民とは、どんな本質的な違いがあるんだよ。未組織労働者は、生活点でも後衛的な存在なのか。組織労働者は、家に帰っても、階級的・革新的・前衛的なのか。彼等に働きかければ、地域の組織化なんてできるのか。だいたい君等が口にする『地域の組織化』って一体何なんだ。無権利と貧困が集中したK町でできなかったことが、組織労働者の街にゆけばできるのか。君たち地域転換論者こそ、このことを明確に語るべきだよ」

地域転換論とK町残留論の間で、こんな議論が延々と続いた。セツラーのなかに、深い溝が生まれ、「消耗」が広がった。K町セツルメントに見切りをつけて、自分の世界に去って行く者もいた。

ある日、果てしない議論の終わりに、古村が、「建設的、現実的な提案をしよう」といった。

「セツラーの多数は、地域転換論を支持している。だけど、少数派であっても、K町での活動の意義を認め、セツル活動を続けたいと思っているセツラーもいる。両者の立場や気持ちを尊重することを前提として考えると、三つの行き方があると思う」

理学部の学生らしい緻密な分類を、彼はわれわれに提案した。

第一は、〇〇セツルに看板替えをすることを目標に、新しい地域を選定し、序々に移る態勢に入る道だ。これは、K町廃止、丸ごとの地域転換論だ。

第二は、新しい地域で活動したいセツラーは、新たに〇〇セツルをつくって移籍し、K町で続けたい人はK町セツルをあくまで継続する。これは、K町セツル二分論だ。

第三は、労働者の街で活動したい者は、長年そういう活動を展開してきた川崎のF町セツルに移籍し、そこで活動したらどうだろう。これは、セツラーのトレード論だ。

二と三の場合には、いまのように七つの居住棟（ブロック）で活動している七班態勢は無理なので、二つか三つに縮小する。

なるほど、建設的、現実的な提案だ。

古村提言を受けて、私は、差し当たって三つの班を作って活動をすることを提案し、セツラーの同意を得た。

一班、ブロックを縮小してK町での活動を継続する。

二班、鉄鋼労働者の社宅街である川崎のF町セツルに参加し、労働者の街でのセツル活動を体験する。F町セツルは、歴史も長く、セツルハウスを中心に、子ども会はもとより診療所、法律相談、料理講習、労働学校などに取り組んでいる。なかでも労働学校は、川崎の重工業地帯で働く青年プロレタリアートが多数参加して、熱心に経済学・哲学・労働運動論などを学んでいる。川崎に行けば、地域転換論の実際体験ができる。

三班、新しい地域を見つける調査活動をおこなう。新しい地域への先遣隊として位置付ける。

提案は受け入れられ、K町セツラーがいずれかの班に属し、約一年、三つの活動に取り組んでゆくことが決まった。私は、川崎のF町セツルに参加するとともに、新しい地域の調査活動にも加わることになった。

意外にも、古村も、一班と掛け持ちで三班に加わることとなった。

新しい地域、労働者の街。私たちは、それを品川区内に求めることに決めた。品川区は、なんていったって都内で一番の工業地帯だ。セツラーが好んで歌う「民族独立行動隊の歌」にもあるではないか。

　民族の自由を守れ　決起せよ祖国（南部）の労働者　栄えある革命の伝統を守れ
　民族独立勝ち取れ　ふるさと南部工業地帯　再び焼土の原となすな

そこには、革命的な工場労働者が働き、戦闘的な労働組合があり、セツルメントの地域活動を喜んで受け入れてくれるはずだ。

そう意気込んで、第三班は、品川区へ出かけた。

地区労の事務所を訪ねると、書記長の岡田さんが、寮や社宅をもつ有力労組を紹介してくれた。国鉄O工場、M電舎、Mゴム、N光学、S製作所、T製缶、Kプレス、T通信、H印刷。

手分けして、各労組と寮・社宅を廻った。国鉄O工場、M電舎、Mゴム、N光学の寮がある四地域にしぼって、さらに突っ込んだ調査を重ねた。

私は、六名の仲間とともに、Mゴムの寮を訪ねた。労組は、合化労連傘下のかなり戦闘的な労働組合だ。寮長の立木さんは、労組の執行委員も務めている。快く応対してくれた。四棟の寮に、約六十世帯、三百人の家族が住んでいる。自治会があり、婦人会もあった。高校生を中心にした子供会が活動していて、ひな祭り、クリスマス会、幻灯会などをやっているという。小さな集会所があって、そこでセツル活動ができそうだった。

「セツルメントの宣伝をかねて、集会所で子供会をやらしてください」

そうお願いすると、立木さんは、快諾してくれた。

子供会は、盛況だった。小さな集会所いっぱいに小学生が集まり、紙芝居やゲームや歌声に歓声をあげた。これなら、なんとか、住民に受け入れてもらえそうだった。

地区労に行って、岡田書記長に中間報告をした。

「それは、よかった。受け入れられるといいなあ」と書記長は喜んでくれた。

「ところで、去年の暮れから、先生たちへの勤務評定がにわかに浮上してきた。勤務評定は、日教組への弾圧であるとともに、再び子供たちを戦場へ送るための教育をしようという意図が、込められている。だから、勤評を粉砕するするためには、区教組や地区労だけでなく、広範に父母も反対運動に結集していかなければならない。いま、品川区では、『品川区子どもと教育を守る会』結成に向けて、準備委員会を組織し呼びかけを始めたところだ。地区労に事務局が置かれているが、人出が足りなくて困っているんだ。君たちセツラーに頼みたいんだ、事務局を手伝ってもらえないか」

人手がなくて、ほんとうに困っている様子だった。

渡りに船の提案だ。K町でも、勤評反対の行動を体験している。「守る会」に参加すれば、いろいろな労組、民主団体、活動家と知り合える。これこそ、労働者の街における地域活動だ。セツラーは、チラシづくり資料づくりや印刷はお得意だ。

「お手伝いします。させてください」と即答した。

事務所には、「子どものしあわせを守ろう‼」という発会趣意書が、山積みされていた。

まず手始めにセツラーは、区内の労組や民主団体、ＰＴＡなどに、このチラシを配布して歩くことを頼まれた。

子どもの幸せを守ろう‼

――『品川区子どもと教育を守る会』発会趣意書――

品川区民のみなさん、子どもたちの教育はどうなっているのでしょう。

戦後十三年を経た今日、児童憲章や教育基本法で定められているように、子どもたちは、「人として尊ばれ」「よい環境のなかで育てられ」ているでしょうか。

こんな書出しで始まる趣意書は、こういう呼びかけで結ばれていた。

いまこそ平和憲法や「教育は不当な支配に服することなく国民全体に対し直接に責任を負って行なわれるべきものである」という教育基本法の正しい精神を旗じるしとして、先生・父母・青年が一体となり、子どもの幸福と民主教育を守る国民運動を起こすべき時です。「品川区子どもと教育を守る会」に参加し、政党政派をこえて教育を語り合い、わたしたちのほんとうのねがいをもりあげましょう。

日時　1958年8月1日　午後六時

場所　品川公会堂

内容　一部「品川区子どもと教育を守る会」発会式

　　　二部　映画「長崎の子」

発会式まで、もう一月もなかった。在京のセツラーを動員して、労組や民主団体を廻り、また品川・大井町の駅頭でチラシをまき、見事に配り終えた。八月一日、品川区公会堂は、座る席がないほどの大入りであった。議長団の指名によって、仲間のセツラー二人が大会の書記を務めた。発会に到る経過報告の後、社会教育学者の宮原誠一教授が、「発会に寄せる言葉」を述べた。「品川区子どもと教育を守る会の発会は、力強く嬉しい限りである。文部省による学校への圧力は、ただごとではない。朝鮮戦争以来、政府の圧力が強くなって、先生たちだけでは、それは支えきれない。父母が先生方を助けて、圧力をはねかえしていく段階だ。一クラス三十五人以下は、現在世界の常識になっている。日本でも、学校教育法で一クラス五十人以下と規定されているのに、全然実現されていない。文部省及び教育委員会は、教育条件の改善だけを図ればいいのだ。教育の実際は、父母の希望を入れて教師の創意性に委ねられねばならない。現在、勤評が出され、民主教育の危機が叫ばれている時、教育というものに関心をもつ方々が集まって、この会を結成されたことは、喜びに耐えない」

温厚な教授が、怒りを抑えながら述べた励ましの挨拶に、参加者は大きな拍手を送った。長身で大柄、イギリス紳士風に装った東大教授は、信州の農村を歩き廻り、農村青年たちと地道な学習を重ねていると聞いていた。教授の研究室の扉は、信州の農村につながっている、とのことだ。セツルメントOBの幾人かが、この教授のもとで学び、信州の伊那谷や北信濃の農村に出かけ、住み着き(セットルして)、公民館主事として働いているとも聞いた。ブ・ナロード！　人民のなかへ！　だ。私も、この教授の学科に進学し、住民の学習や地域活動について本格的に勉強してみょうかな。会場後方の立ち席から、共感の拍手を送りながら、私は本気になってそう考えていた。

「子どもと教育を守る会」の発会は盛況だったけれど、かんじんの新地域調査の方は、はかばかしく進まなかった。

Mゴム寮の住人たちは、乗り気ではなかった。よそ者の学生たちが、寮に入り込むことを迷惑がる住民もいた。なかには、全学連の学生たちが何をしでかすか分からないと拒否する住民もいた。「子どもと教育を守る会」のチラシを配ったことに反発する住民もいた。寮の人々の立場からみると、それは当然のことだろう。どこの馬の骨とも知れぬ学生たちが、勝手に入り込んできて、セツル活動なるものを押しつけようとしているのだ。

一夏の調査活動は、厚い壁に阻まれた。私たちの意気込みは、地域の労働者家族から拒絶された。調査対象となった他の地域でも、結果は同じだった。

受け入れ不可能を言い渡された夕方、寮長の立木さんは、気落ちした私を駅前の赤提灯に誘ってくれた。ビールとやきとりを注文し、

「学生さんたちの熱意には、頭が下がるよ」

そういって、私のコップにビールを満たした。

コップを合わせながら、私は、立木さんのお世話に感謝し、そして詫びた。私は、立木さんが寮の住民たちを一生懸命説得し、また拒否の突き上げを食らって困っていたことを知っている。

「いや、いや、お陰でおれもさ、いい勉強をさしてもらったよ」

現場の労働者だという立木さんが明るく笑ったので、救われた気分になった。

「勉強になったというのは、つまり労働者の革新性、階級性についてだよ。わがMゴム労組は、君も知ってるように、地区労のなかでは戦闘的な労働組合ということになっているんだ。確かにそのとおりさ。スト権も確立できる。実際に賃上げのストも打ち抜けるよ。組合の動員指令だって行き

渡るよ。組合員の意識も行動力も高いんだ。選挙の時も、組織内候補や革新候補にきちんと投票するよ。だけどさあ……」

立木さんは、ビールをぐっと飲み干して、焼酎を注文した。コップになみなみと満たされた焼酎が出てきた。私にも、焼酎を注文してくれた。やきとりをもう一皿。

「だけどさあ、それは工場という建物のなか、労働組合という組織のなかでの戦闘性さ。企業という敷居のなかでの話さ。君たちが持ってきたセツル活動を受け入れるかどうか、寮の住民と話し合ってみて、そのことがよく分かったんだよ。会社から家に帰ると、労働者はすっかりいいお父ちゃんになってしまう。電気のスウィッチを切り替えるようにさあ、革新から保守へころっと変わってしまうんだ。おれを含めてだよ。家に帰った仲間たちが一番願っていることは、何だと思う?」

立木さんの焼酎を飲むスピードが早くなった。

「さあ」と私は答えた。「幸せな家庭づくり、子どもの健やかな成長かなあ」

われながら、月並みな答えだ。

「いやいや、一刻も早くあんな寮住まいから抜け出ることだよ。おれも、そうだよ。ちっぽけな文化住宅でもいいから、一戸建の家に住まうことだよ」

「分かりますよ。衣食住が人間の生きてゆく基本なんだから」

信州の地方都市で過ごした少年時代、借家住まいの父母が家主から追い立てられてどんなに苦労したことか。ふと、あの辛く、憤りの込み上げる記憶が甦った。東京の住宅事情は、信州の比ではない。猛烈に深刻だ。自分の家がほしいというのは、当然な願いだ。

「問題は、どうやって抜け出るかだよ」

立木さんは、焼酎のお代わりを注文した。

「賃上げや住宅手当てを勝ち取ることによってか。都の住宅政策をしっかり樹立させることによってか。労働者としては、まずそう考えるべきなんだ。ところがさ、戦闘的労組の役員をやっているおれなんだけれど、寮を出たい、家を持ちたいという切実な夢を手に入れるために、早く出世して、いい給料やボーナスを会社から貰おうと考えちゃうんだ。そのために、会社に尽くそうと思っちゃうんだ。これがおれのホンネだよ。労働者としてのタテマエは、家に帰れば、ころっと変わってしまうんだ」

立木さんに、焼酎のお代わりが届いた。私にも、コップを空けろ、空けろと督促する。飲めない焼酎を、私はむりやり喉元に流し込んだ。

「子どものことについても、同じさ。おれはわが子に、自分のような労働者になってほしいなんて、これっぽちも思っていないよ。日本の労働者階級の一員になってくれなんて、願ってないよ。逆なんだよ。わが子だけは、おれのような労働者にはなってくれるなと思っている。父親のおれは、会社に尽くして、せっぺせっぺと働いて金を稼ぎ、わが子を大学に進学させたいと願っている。労働者から抜け出るには、それしかないんだ。君のような最高学府とはいかないだろうけれどさ」

寮から抜け出る。労働者から抜け出る。「抜け出る」「抜け出る」と、立木さんは繰り返した。

「どうだね。これがおれのホンネさ。工場にいれば労組の活動に励み、家に帰れば労働者から抜け出ることを願っている。見事なほど、タテマエとホンネが分裂しているだろう。工場で革新、家で保守とは、こういうことさ」

　相当に、焼酎が効いたようだ。ろれつが回らなくなってきた。酔いにまかせて、自分自身を非難しているみたいだ。

「あんたは、どうなんだ。Mゴムの寮に突然やってきて、タテマエをとうとうと述べ立てたよなあ」風向きが変わってきた。非難の矛先は、なんだかこっちに向いてきそうな気配だ。君と呼んでいたのが、あんたになった。「労働者の地域活動は……なんて、立派なことをいったよなあ。じゃあ、あんたは、大学を卒業したら、労働者になるのかよ。品川の町工場の旋盤工にでもなるのかよ。Mゴムの工場で、汗にまみれ、化学薬品の臭気をかぎながら、おれと一緒に長時間労働に励むのかよ。結婚して、あの寮で所帯をもってさ、子育てをするのかよ。本気になって労働者の地域活動をするなら、おい、おい、どうなんだ」

　おい、どうなんだ。地域活動を本気でやるなら、あんたは労働者になってMゴムの寮に住め。その言葉は、突然私の喉元に突き付けられた槍の穂先だ。

　私は、返事に窮し、コップの焼酎をあおった。

「あんたは、労働者なんかになる気は、さらさらないよな。それがホンネだろう。なんたって、最高学府のエリートだもの。末は博士か大臣か、はたまた社長か官僚か、だもんな。あんた等は、いつも安全地帯に身を置いているんだ。食いっぱぐれることも、失業することもない安全地帯にいてさあ、そこから労働者を眺めてるんだよ。品川の労働者こそ、きたるべき日本革命の戦闘部隊だ、なんて唱えちゃってさ。ちゃんちゃらおかしいよ。そういうあんた等が、一時の気紛れや夢物語で、労働者の街でセツル活動をしようといったって、M寮の住人から拒否されるのは当り前なんだよ」

私に、反論する言葉はない。酔っ払った振りをしながら、立木さんは冷徹に私の正体を見抜いているに違いない。私のなかに居座っているタテマエと違うホンネを見破っている。立木さんは、M寮の住人を代表して、セツラーたちを批判しているのだ。

私は、ぼそぼそと小さな声で礼を述べて、先に席を立った。立木さんが、握手を求めてきた。両方の掌で、私の掌を力強く包んだ。潰れるほど握られた掌から、立木さんの気持ちが伝わってきた。厳しい批判は、励ましなのだ。

一人外に出ると、秋雨がぱらぱら降っていた。これから本降りになるのか、見上げる品川の夜空は真っ黒に垂れ籠めていた。

飲めない焼酎を、立て続けにあおったのがいけなかった。急に吐き気が込み上げてきた。あわてて、物陰に駆け込んでしゃがんだ。喉元を膨らませた嘔吐物は、出てこなかった。指を突っ込んで無理やり吐こうとしたが、沸騰した焼酎は胃の中で、暴れ回っているだけだ。吐き気に代わって、猛烈な虚脱感が込み上げてきた。消耗だ。ほんとうに消耗だ。

ナンセンス！　ナンセンス！　ナンセンス！

臭気が立ち上る下水溝に向かって、しゃがんだまま怒鳴った。自分自身への怒り。槍の穂先でえぐり出された己れの正体への怒り。

おれは、学歴を投げ捨てて、労働者になれるか?!

おれは、品川の町工場の旋盤工になれるか?!

Mゴムの工場で、汗水流して働く肉体労働者になれるか?!

その覚悟がなくて、労働者の街でセツル活動はできるのか?!

答えは出ない。出せない。虚脱感、消耗感に押し潰されそうだ。

急に、無性に、身体をいじめたくなった。高校の水泳部の練習以来、この二年近く肉体の酷使とは無縁だった。身体の芯から、だくだくと大汗をかいたことはない。肺臓を振り絞って、荒々しい呼吸を吐いたこともない。心臓の鼓動に、身体を駆け巡る血流に、限界に近い負担をかけたこともない。肉体を極端に痛み付ければ、嘔吐感も虚脱感も消耗感も身体から抜けていくかもしれない。

学寮まで走って帰ろう。突然、そう決めた。品川から夜っぴいて山手線に沿って走れば、明け方には渋谷に着くだろう。雨が少し強くなった。本降りになりそうだ。構まやしない。私は、大崎駅の方向をめざして、がむしゃらに当てずっぽに走り出した。

それから二ケ月ほど、私は、深い挫折感、虚脱感の底に落ち込んでいた。一夏の新地域調査は、徒労に終わった。品川の労働者や家族から、セツル活動の受け入れを拒否された。労働者街でほんとうにセツル活動をしたければ、あんたがその街の労働者になれ。あんたは、品川の肉体労働者になれるか。酔いに任せて立木さんが発した詰問は、私の胸奥に突きささったままだった。挫折に強い人間かと自負していたが、そうではなかった。

私は、なにもかも厭になった。セツル活動も、学生運動も。そして、大学の授業に出席することも。学寮のセツルの部屋に閉じこもった。同室のセツラーたちから自分の居場所を隔絶するために、穴蔵のようにカーテンで囲ったベッドに寝転んで、終日を過ごした。

まだ活動を続けていたK町へは、責任感のようなものに支えられてなんとか通った。K町の住民からも子どもたちからも、冷たい目で見られているような錯覚に陥った。子どもと遊んでK町から帰ると、疲労感にさいなまれた。

金は稼がなければならなかった。夕方になると、のこのこと起きだして、家庭教師のバイトに通った。家庭教師の口が一つ増えて、三つ掛け持ちをしていた。バイトのない夜は、渋谷の三本立て五十五円の安映画館に通って、西部劇やギャング映画を観た。映画館を出ると、ガード下の屋台で、飲めない酒を飲んだ。

体重も体力も落ちた。高校三年の夏には、水泳部のキャップテンを務めていて、四肢に筋肉がしっかりとついていた。体重は六三キロあった。二年後の今はどうだ。筋肉はそげ落ち、体重は五六キロだ。目はくぼみ、皮膚はカサカサしている。まるで、老化現象が始まったようだ。

虚脱とは、堕落と紙一重だ。もっと堕ちろ、もっと堕ちろと叫ぶ声が身内から聞こえた。飲む、打つ、買うという勇気も金もなかったが、生まれて初めてパチンコ屋とストリップ劇場に行った。出てくると、深い罪悪感に捉われた。パチンコですった金、ストリップ劇場の入場券、その金額の日銭を稼ぐのに、郷里の老母は朝から夜まで造花の内職をして何日かかるだろう。もう二度とパチンコ屋とストリップ劇場に行くまいと思った。これ以上堕ちる勇気もなかった。セツルメントの委員長職は、仲間に引き継いだ。

秋の終わり、K町セツルメントは総会を迎えた。セツラーたちは消耗し、意気は上がらなかった。労働者の街へ、新しい地域へと意気込んで調査に出かけた私たちは、品川の労働者から撥ね返された。K町残留組の活動も停滞していた。

消耗のもう一つの原因は、学生運動の在り方をめぐるセツラー間での意見の対立だった。全学連内部での理論と方針の対立が、K町セツラーのなかにも、さまざまに微妙に違和感をもたらしていた。

K町セツルメントの活動を、もう一度一本の道に引き戻すのは不可能だった。総会には、K町セツルメントの解散が提案された。辛い提案であったが、提案は、たいした議論もなく、あっけなく決まった。K町セツルメントは、六年の短い歴史を閉じた。

どうしても、K町に留まりたいセツラーは、K町のなかのY地域にしぼって、活動を続けることになった。

セツラーの大半は、労働者の街をめざして、歴史の長い川崎のF町セツルメントに移籍する道を選んだ。セツル活動に見切りをつけて、学生運動の専従になっていく者もいた。専門学部に在席する先輩、進学する同級生たちのなかには、学部に近い他のセツルメントに移ってゆくことを決めた仲間もいたが、ほとんどはセツルメントを「卒業」して、勉学に集中することを決めたようだった。古村も、その一人だった。

「ぼくは、国家公務員上級試験を受けて、厚生省に入省するよ」

理学部の古村は、このごろ目立ち始めた東京の河川や堀の汚濁に関心を持っていた。K町の子どもたちと泳いだあの多摩川の汚れようはどうだ。東京都民は、あの水に強い塩素をぶちこんで殺菌した消毒臭く生温い水を飲んでいる。汚れ行く日本の水。古村は、それを自分のテーマに据えたのだろう。先見の明があるにちがいない。彼はまた、田中正造の書物を精力的に読んでいた。厚生省の革新官僚になって、その立場から「開発と自然」の問題に取り組んでゆく。それが、セツルメント実践派だった彼が決めた生き方だった。

私は、一年留年を決めた。進学に必要な単位を満たしていなかった。昨秋、警職法反対を唱えた試験ボイコット闘争（成功はしなかったが）に際して、生真面目に試験を受けなかったからだ。とともに、セツルメントにどうしてもやり残した思いもあった。専門学部に進学せず、もう一年教養学部に在籍する。そしてF町セツルに移り、労働者の街でのセツルメント活動をじっくりとしてみたい。虚脱と堕落から立直るために。K町の住民への贖罪《しょくざい》を果たすために。そして立木さんの詰問への回答を見出だすために。それが私の決めた道だった。来春早々には学寮を退寮し、F町に近い川崎市にアパートを見つけよう。

父母には、ハガキを送って留年を通告しただけだった。「落第しただかやあ」と父母の嘆きが聞こえてきそうだったが、何もいってこなかった。事情が分からないまま、父母は諦めたにちがいなかった。

父母から仕送りをしてもらう気持はなかった。事実、月々の仕送りは受けていなかった。小森から引き継いだ中野の家庭教師をはじめ、三つの家庭教師のバイトを掛け持ちでこなすようになっていたから、留年しても生活はなんとかやっていけた。

K町セツルメントの整理を済ませ、川崎のF町セツルメントに通い出した頃、意外にも小森ウッドが都学連の常任を辞めて、学寮に帰ってきた。たった一年間の都学連中執だった。都学連のなかに渦巻き始めたセクトの内部抗争に、嫌気がさしたと小森は弁明した。

「また、阿佐ヶ谷の家庭教師をやりたいんだ。返してくれるよなあ」

小森は私に要求した。都学連に出るからと、木立の奥の西洋館の家庭教師を私に譲り渡した時の約束を、小森は覚えていた。

「返しますよ。来月から交替しますよ」

内心うろたえながら、私はそう答えた。月五千円のペイがなくなれば、大きな痛手ではあった。が、約束は約束だ。守らなければならない。

数日後のある夜、綾美に教え終わった応接室へ紅茶とケーキを運んできた母親に、私は事情を話し、小森への交替を告げた。

「わたしは、いやよ」。綾美が叫んだ。

「わたしは、いやよ。寺沼先生じゃなければ、わたしはいや」

「えっ、ありがとう。でも」

「寺沼先生ってやさしいんだから、わたし、大好き。面白いお話し、たくさんしてくれるし。だから、寺沼先生でなければ、わたし、絶対にいやよ。ねえ、お母さん、そうでしょう。先生がずっと続けてくれるように、お母さんもお願いしてよ」

「前の先生には、義人の大学受験のご指導をお願いしたのですわ。でも、途中から寺沼先生にみていただいたお陰で、義人はめざす大学に合格できたんですのよ。それで引き続いて、綾美と紀彦を寺沼先生に見ていただいているんです。前の先生に比べたら、寺沼先生って、とても真面目な方でいらっしゃる。子どもたちもこれまで一年みていただいて、先生にこんなになついていますのよ。先生、ぜひ続けてくださいませんでしょうか。寺沼先生だから、きていただいているんですもの。もし先生がお辞めになるとしたら、わたしどもは、もう家庭教師はどなたにもお願いいたしませんわ」

母親が、改まった口調でそういった。

「ねえ、先生、いいでしょう。ねえ、お願い」

綾美が、強い眼差しを私に向けていった。内心ほっとしながら、私は承諾した。

綾美と母親がそういってくれることを、私は秘かに願っていた。小森には申し訳ないがそういってくれるだろうと確信していた。私には、自信があった。小森は、どれだけ真面目に、この西洋館の家に通い、この子らに向き合ったのだろうか。K町セツルでは、部室の真ん中にでんと座り、理論派としてリーダーシップをとっていた小森だ。しかし、彼は、K町の地元へはほとんど通わなかった。K町の子どもたちと、きちんと向き合ってきたとも思えない。小森は、この家にはきちんと通い、ちゃんと勉強をみてやったのだろうか。

それに、彼は、そんなに金に困っているとは思えない。私には買えない書籍や雑誌を次々に購入し、学寮の机の上にどんと積み上げている。マルｘ・エン全集もレーニン全集も全冊取り揃えて、ベッドの脇の書架に並べてある。食い物だってそうだ。私は、値段の安い学寮の夕食で済ませているが、彼が寮食を食べているところなど見かけたことはない。大学の坂の下に連なる学生相手の食堂や寿司屋に行って、それなりに値段の張るカツ定食やチャーハン、学生寿司などを食べている。たまに一人で、ビールビンを傾けていることもある。彼が馴染みの食堂は、彼にツケで食べさせ、飲ませてくれる。月末には、その支払いをまとめてしているはずだ。

一体どこから、その金は出てくるのだろう。たまには、私も、坂の下にでかけるが、食うものといえば具もなにもない汁と麵だけの二十五円の「経済ラーメン」と決まっている。月に一、二回は、食堂の片隅でコロッケ定食を食うが、その都度きちんと支払っている。だいたい私には、ツケで食べるなどという習性はない。ツケで食べるなんていうのは、金銭にルーズな金持ち学生だ。貧乏学生は、食べたらその場で律儀に支払う。金がなければ、ツケで食べるのではなく、食べないだけだ。

そういうわけで、彼にとって、家庭教師のペイの五千円は書籍代かカツ定食のツケの支払いに消えるのだけれど、私にとって五千円は生命を維持してゆくため胃の腑に収める食費代だ。

そう思うと、この家のバイトを小森に返さずに私が続ける理由を合理化できた。引き続き五千円のペイは確保できる。生きていける。それに、来年は高校生になる綾美と毎週顔を合わせ、雑談する楽しみも失わずに済む。

夜、学寮に帰って、小森にその旨話した。彼は、さほどがっかりした様子を見せなかった。バイトを私から取り戻すことを、彼自身それほど切望していなかったのかもしれない。

謝罪の意味を込めて、もらってきたばかりの今月分のペイ五千円を、そっくり小森に差し出した。手切金みたいなものだ。小森は、あっさりとそれを受け取った。

彼が都学連に行っている一年の間に、学寮のセツルの二部屋の住人は、かなり入れ替わっていた。F町セツルに通う新人たちも入寮していた。「理論派」の小森は、もはや彼等には通用しなくなっていた。

小森は学寮を去った。いまはFセツルの部室となった五号館の部屋にも、やってこなくなった。キャンパスで、彼を見かけることもなかった。

聞くところによると、彼は、法学部に進学したとのことだ。将来は、大学院でアジアの旧植民地国の政治や経済を研究したいといっているというから気宇壮大だ。学生運動やセツルメントで培った問題意識を生かして、実践的な研究者になってほしい。彼ほどの理論構築能力があれば、それは可能だろう。

また、別の情報によると、彼は、ある小セクトのメンバーになった、とのことだ。その小セクトのメンバーの幾人かを、私は知っている。既存革新政党に集団入党し内部から造り替えることによって、労働運動や大衆運動に影響力を持っていこうという方針を掲げているセクトだ。そんな偽装加入、政党乗っ取りのようなことを、本気で考えているのだろうか。もっとも、私の知っているそのセクトのメンバーは、他のセクトからケンカ別れした者たちだ。理論も活動歴もちがう。そんな寄せ集め集団に、何ができるというのだろう。

それ以後、記憶の片隅に仕舞い込んだまま、小森を思い起すこともなかった。翌年私は、教育学部に進学し、宮原誠一教授のもとで「社会教育」を専攻した。そして六〇年安保を闘った。六二年四月、信州の郷里のまちで、念願どおり公民館の仕事に就いた。品川区の町工場の肉体労働者にはならなかったけれど、郷里のまちの自治体労働者にはなった。公民館の現場一筋に生きて、出世はしまいと固く自分に誓った。

ある時、全国紙の文化欄に、小森の名前を見つけた。九州のある国立大学の講師という肩書きがついていた。アジアの発展途上国に対する日本の援助の問題点について、学会で報告した、という記事であった。学会では新進気鋭の研究者と評価されているらしかった。

それから、たまに、新聞で小森の記事を読んだ。助教授に昇格し、アジアの旧植民地国の大学で海外研修をしているらしかった。全国紙に、現地レポートが掲載されたことがある。相変わらず鋭い舌鋒で、現地で見た日本政府の海外援助の矛盾を追及していた。

数年して、小森の情報は途絶えた。遠い風の便りで、彼が、アジアの辺境の地を放浪しているらしい、と聞いた。彼に何が起こったのだろうか。国立大学の研究者として、彼なりのテーマの研究を評価されていたのに。彼の内側で起こったどんな変化が、彼を世界の最果ての旅に向かわしたのだろうか。

そして、そして、まったく突然だった。予期しない、思いもかけない今日の再会。彼と疎遠になって途切れたのが一九五九年、そして今日、一九八〇年二十一年振りの再会だ。

小森は、貧しい素朴なヒッピーの身なりをして、クラフトフェアーの会場の片隅にいた。彼は、ヒマラヤ杉の巨木の根元に、静かに独り座っていた。彼は、オカリナを吹いていた。彼は、信州の山村に住み着き、自給自足のような暮らしをしているらしい。彼は、農耕者であり、手づくり職人であり、詩人であり、哲学者である、といっていた。そして、彼は黙し、私の存在を眼中から追い出した。

ちくまの森公民館は、今日一日大忙しだった。午後は、木造の講堂で、市民の消費者団体と共催して、ごみ問題のシンポジウムをやった。

つい最近、市は、三十億円かけて、一日一五〇トン焼却できるゴミ焼却炉を二基整備した。市長は、これだけ大型の焼却炉があれば、今後長期にわたって予定されるゴミ排出量の焼却処理に十分対処できる、と胸を張った。

果たして、そうだろうか。ちくまの森公民館が女性団体と共催して開いた「市民の暮らしとゴミのゆくえ」をテーマにした講座では、参加した主婦たちが、口々に異論を唱えた。

大量に生産し、大量に消費し、大量に廃棄し、大量に焼却し、大量に排煙し、大量に埋め立てる。こんなことをいつまでも続けていたら、地球の資源や環境はどうなるのだろう。

毎年々々ゴミの収集・焼却・埋め立てにかかる経費は、市の予算の五%にもなるという。最新式の焼却炉といえども、フル稼働する炉の寿命は、せいぜい十五年か二十年だというではないか。その時、もっと大規模な、もっと巨額の建設費を要する焼却炉を建て替えるのか。燃えないゴミは、市の山間部にある谷間の埋立地に投棄する。埋立地は、いつまでもつのか。大量にゴミを出すことがムダ使いなら、そのゴミを処理するための巨額な経費も、税金のムダ使いだ。その結果、大気や地下水を汚すのだから、これは地球環境のムダ使いだ。

講座に参加した主婦たちは、そんな疑問をもった。疑問は、彼女たちを駆り立てる。そうと気付いたら、女たちの行動は、素早く身軽だ。毎日わが家から出るゴミの量や内容を記録する者、町会の資源物置場でリサイクルの現状を調べる者、保育園や学校の給食から出る残飯の量を調べる者、清掃センターや埋立地を視察する者、リサイクル業者を訪問する者、スーパーにトレイの扱いを聞きに行く者。

参加者が、それぞれに手分けして、ゴミはどこから出て、どこへ行くかを調べて、報告し合った。十回の講座を通じて、彼女たちの確認した結論は、「わたしに何ができるか」だった。市の清掃行政に、ゴミ収集や処理の徹底を要求する前に、わが家から出るゴミの量を減らし、また地域でリサイクルの取り組みを進めるために、自分にできることを実行してみよう。それが、地方自治を住民が担って行く道だ。一年後、自分のささやかな実践を持ち寄って、報告会をやろう。そう約束して、十回の講座は終わった。

ちくまの森公民館の木造講堂で、今日の午後、シンポジウムと銘打った報告会が行なわれた。シンポジストは、講座に参加した主婦三人、地元の大学の教授、市の清掃課長。そしてコーディネーターは、館長の私がやれと、彼女たちからきついお達しだ。

百五十人ほどの聴衆を前にして、主婦たちの実践報告は、自信に満ちたものだった。なかでも、町会の人々から「ゴミおばさん」と呼はれる活動をしたKさんの報告は、実に見事なものだった。

「あなたの家から出すお勝手の生ゴミを、わたしにください」

そういってゴミを集めて歩くKさんは、最初「ゴミおばさん」と呼ばれた。

ポリ容器を自転車の荷台につけて、近隣の家々を廻り、集めてきた生ゴミは、ＥＭボカシという素剤と混ぜて発酵させ、肥料にして土に還元するのだ。近くの休耕田を五〇〇㎡借りて、出来上がった堆肥を埋め、Ｋさんは花畑をつくった。

だれが花の苗を植えても、種を蒔いてもいい。だれが、花を摘んでいって、自分の家に活けても、墓前に飾ってもいい。アルプスの遠景を背景に、生ゴミのリサイクルで咲いた花畑の光景は、人々の気持ちを和らげ、町会のオアシスになった。

やがて、生ごみ集めやボカシ和えづくり、出来上がった堆肥の土埋めに協力する仲間が増えた。今では、八十世帯の町会で、月に一トンの生ゴミをリサイクルし、土に還元しているという。

「ゴミおばさんのKさんは、花咲きおばさんになったのですね」

コーディネーター役の私がそうまとめると、会場から大きな拍手が起こった。

三十分も時間を延長して、シンポジウムは果てた。みんなで会場の後片付けを終えた時、木造校舎を囲むヒマラヤ杉並木の梢に、明るい夕陽が眩しいほど当たっていた。

私は、慌てて芝生広場のクラフトフェアーの会場へとんで行ってみた。フェアーは終わっていた。ヒッピー風の男女がおおぜい、テントをたたんだり、ダンボール箱を片付けたり荷物を運び出したりして立ち働いていた。

小森が独り座ってオカリナを吹いていたヒマラヤ杉の根元には、だれもいなかった。

とんびが一羽、ヒマラヤ杉のはるか高処《たかみ》で、ピーヒョロ鳴いていた。遠いアルプスに、夕陽が沈むところだった。

二十数年ぶりの思わぬ小森との再会が、私の記憶の底に沈殿していたものを掻き回したのにちがいない。その夜、私は寝付かれなかった。

翌日は月曜日、ちくまの森公民館は休館日だった。学校給食センターの勤務に出て行く妻の操代を見送った後、私は手早く洗濯と掃除を済ませ、物置をガサガサ引っ繰り返した。K町セツルメントの資料だの機関誌だの活動記録ノートだの、雑物を詰め込んだダンボール箱を探した。東京から郷里へ帰る時、未練がましく捨て切れないで持ってきたものだ。以来、今日まで、物置につっこんで置いて、すっかり忘れていた。昨夜、寝付かれないまま、その存在を思い出したのだった。

ダンボール箱は、ずっしりと重い。よくこんなものを、郷里へ持ち帰ったものだ。ほこりを払って箱を開くと、タイムカプセルのなかに、見覚えのある雑物がぎっしり積み重なっていた。

それらを掻き分け、私は、お目当ての一冊を探し出した。

『あゆみ最終号――K町セツルメント終焉特集』

一九五九年三月発行、一一四ページ。苦悩のセツラー群像をスケッチ風に表紙に描き込んだ機関誌は、カビ臭く少し色揺せてはいたが、あの頃の姿のままで箱の底に眠っていた。

K町セツルメント解散に際して、最後に作ったガリ版刷りの一冊だった。

私は、目次を開いた。懐かしい名前が並んでいる。当時の若々しいセツラーの顔が、記憶の彼方から蘇ってくる。

古村の「ぬけきれないもの」と題したレポートをめくってみた。「K町セツルよ、さようなら」という言葉で始まっている。

「K町セツルよ、さようなら。だが、ぼくは君にさようならなんていう必要はないようだ。だって、だってK町セツルはもう過去のものなんだからね。

一九五二年十月に生まれ、五八年十二月に消えたセツルの歴史を誰が書くだろうか。誰かは書かねばならない。

K町がどうして生まれ、どうして育ち、どうして解散したかを、セツラー達はどんな生活を送ったかを。それは過去のものではない。誇りと失敗の連続であったにせよ、そこでの問題は今なお、未解決なのだ。だが、解散の時、誰も自分達の歴史をまとめようと言わなかった。

ぼくが歴史を書く、それはすばらしいことだ。だが、ぼくには書けない。ぼくには、もっとさし迫った問題があって、K町セツルでAがどうしたのBがこう言ったのを考えている余裕はない。

私の頭にあるのは、私の問題を引き出してくれた限りにおけるK町セツルだけだ。

それに書けない理由は他にもある。セツルという所は、討論にあけくれていたように見えたが、その実一つ一つの確認は全然なされていなかった。

『地域転換』『労働者の中へ』といっても、一人一人の意味するのが違っていた。

だから、それをまとめるとなると、一人一人聞きまわらないと書けたものではない。

ぼくは、歴史を書こうとは思わない。誰か書いてくれることを期待しながらも」

この冒頭に続いて、古村は六ページに渡って書き進めているのだが、読み返してみると、意外にも、K町セツルメントについてのそれ以上の言及はない。就職した友人への手紙、勤評問題、学生運動、深夜の商店街をふらついて歩く酔っ払いなどの話題に次々に乗り移りながら、内面の自分を凝視するような思索的な内容が、書き連ねられている。

「深刻ぶるのはやめましょう。明るく明日また会いましょう」と書いて、彼は筆を置く。

地元活動中心の実践派だった古村は、いま、厚生省で、どんな環境問題に直面し、どんな仕事をしているのだろうか。K町セツルメントが引き出してくれた「私の問題」を、古村はどう発展させたのだろうか。

『あゆみ』に、小森ウッドの文章は掲載されていない。編集担当セツラーが、K町セツルメントとは離れてしまってはいたが、彼に寄稿を依頼しないわけはない。K町セツル解散につながった地域転換論にあれだけ影響力を持った理論派の彼だ。

無言が、彼の主張か。空白が、K町セツルメント終焉に対する小森の立場なのだ。

ほんとうなら、小森は、学生運動のリーダーの立場からみたK町セツルメントへの批判、それに基づく大胆な地域転換論の提唱、K町セツルを見放し都学連の中執に出ていった真意を語るべきだった。それを放棄し、小森ウッドはK町セツラーの前から去った。終焉に際しても、無言と空白を貫いたままだ。

そして昨日突然、彼は私の前に現われ、オカリナを吹いて消えた。二十数年の道程のどこかで、無言、空白を、小森は埋め合わせることができたのだろうか。

もっとも、その点、私も同罪だ。『あゆみ』に、私は、一編の小説を書いた。「空ッポの重い荷物」という題そのものが、われながらいかにも、逃避的だ。セツラーの先頭に立って、地域転換論を唱えたならば、その理由と経過、失敗と終焉、新しい挑戦と展望を、きちんと記すべきだった。それをしないで、私は、挫折と堕落の日々を、誇張して書いた。苦笑いしながら、私は、二十数年ぶりに、わが「二十歳の習作」を開いて読んだ。

* * *

オレはいよいよ独りになった。そう、オレはもう一度オレのところへ帰って来たのだ。正にオレのいるところへ。オレはもう一度、オレ自身の底からくぐり出なければならない。(野間宏『暗い絵』)

空ッポの思い荷物

寺沼英穂

(一)

彼はいつも顔をしかめている。蜘蛛の巣の様に、ぶ厚く、憂欝に乱れ落ちた髪の毛の下で、八の字に彫まれた縦じわが額の面積を狭め、くぼんだ眼球に落ち込んで来る顔の上半分の形を奇妙に歪めていた。彼の瞳は、それを支える筋肉の均衡が、なにかの圧力で崩れ去ってしまったものの如く、おどおどした視点を、常に空虚な地面の凹凸に沈めていた。彼は正面を、まっすぐ正視することを知らず、上目づかいに、探る様に人を眺める時、まゆ毛の窮屈な位置と、頭の重みとの間で、例の額が、不規則に造山作用をし、縦じわの深刻さが、彼を、一心に苦悩している人間に見せかけた。しかし、実のところ、物を深刻に考え込むことを、彼は知らなかった。

寮の部屋は、夜の十時と言っても、まだ宵の口である。神経質な喧騒。寒く、暗く、不潔で、洞窟の奥底深い感じのする畳一畳の固いベッドの上で、桂介は、腹ばいに寝ころんだまま、アルバムを操っていた。

辰田は、夕食を摂って戻って来た時から、五時間近く、規則正しい健康な高いびきをたてて、眠っていた。

粗い木目をさらした、そまつな本箱ひとつへだてて、桂介の隣の机では、小野が、ガリ板の音を、ぎりぎり放っていた。

塩川は、ドイツ語の動詞の変化を覚えていたのだが、「sterben」(死ぬ)の変化を、何十回も操り返し発音していた。

そしていつもなら、この時間になると、フランス語の辞書を放り出して、音程の狂った冗漫な「黒い瞳」を、飽きもせず、操り返し操り返し歌っている村井やカーテンを引き巡らした密室の様な机で、賃金論の本を読みふけり、それを的確に批判したことを、内容をすっかり悟り切ってしまったことを示すために、「ちくしょう」とか「ユカイ、ユカイ」とか、時には軽い笑い声を上げて、桂介の聴覚をいらだたせる広岡も、まだ部屋に戻っていなかった。

こうした寮生一人一人の生活の響きが重なり合って、部屋を喧騒で満たす時、桂介は神経質になって、ベッドに這い込み、大声で歌を歌うとか、アルバムを繰るとかの抵抗の姿勢をとる以外に為すべきことを知らぬのだ。

オレは、矢張り、得をしているのかな、アルバムの頁を丹念に操りながら、桂介は、そう思った。

小学校の時の色あせたものから、最近のものに至るまで、写真の片隅に固く座り、不畳用な脇役の仕草に似た不自然さの中から、きまって、この表情を浮かべている桂介は、内容の空虚を巧みに隠ぺいして、苦悩する人間の重たい感じを人に与えていたに違いない。

　これは、確かに、得なことだ。

　中でも、一番最後に貼られた写真の彼は、最も緻密な技巧で、この表情を装っている。デモの帰りのスナップ写真か。最前列の左端に、少し前こごみに座っていること自体、既にそうなのに、右手に持った自治会旗が、強い風に煽られて、全面積を写真の左上に拡げ切って居るその下で、額に縦じわを寄せ、不安げな瞳を精いっぱいに見開き、どこともつかぬ遠方を見やっている表情は、人に、憂鬱な感じを呼び覚ます充分な演技であった。

　桂介は、腹ばいに寝そべったまま、煙草に火をつけ、かぶっていたフトンを肩の辺まで引き上げた。その写真から桂介はきまって連想の鎖を解きほぐすのだ。当時のオレ――少なくとも思想がそのまま、自己の生活と一致していると信じ切っていたオレ。その充足感に満ち溢れていたオレ。人に感動し、こぶしを天につき上げ、全エネルギーを放出していたオレ。あれはもう幻想なのか。

　その時、階段に、調子はずれの「インター」を怒鳴りながら、周章しく駆け上がって来る人の気配がして、桂介の五感は緊張した。歌を歌って駆け上がって来るのは、セツラーにきまっている。

「おお、外は寒いや」

　扉を開けて、勢いよく飛び込んで来たのは村井だった。

「おい、みんな居るかな。これから寮まわりをして貰いたいんだけどさ」

「寮まわり？　なんだよ、今日は？」

　ガリ板の手を休め、固まった指をポキポキ鳴らして、小野が大きな声で聞いた。

「うん、X日に安保改定反対の行動があるだろう。その事なんだ」

自治会の常任委員に出た村井は、時々こんな仕事を貰い受けて来た。彼等が手分けして、この寮全体に、ビラを入れ、適当にアジって来る寮まわりに、彼等はもう慣れっこになっていた。

「すまねえな。えーと、何人いるの？　五人か。じゃ一人で十部屋ずつとしよう」

眠ってた辰田を起こし、小脇にかかえこんだ分厚いピラのたばから、一人々々に適当な枚数だけ渡すと、村井は桂介のところに来て、改まった調子で言った。

「安本さん、お瀬いします。やってくれますか」

桂介は、アルバムをパタリと閉じ、机の上に放り投げた。

「オレか．オレア行かないぜ」

「どうしてですか。ビラを入れて来るだけでいいんですよ。ねえ、お願いします」

「村井君、考えてみてくれよ。オレみたいのが行けると思うのかい。新聞も読まない、勉強もしない、ダラクし切ったオレがさ。それにオレア、X日にも行く気がないしね」

「安本さん、そんなこと問題じゃないよ。君がね、安保改定に反対して、本当に怒りを感じていれは、充分ですよ。そうでしょう」

「バカ言うなよ。オレはもう二年間も、そんなことしてな、威勢のいいことやって来たけどさ、その挙句が、今のざまよ。自分自身に対してさえ責任の持てないオレが、どうして善良なる学生に説得出来るんだよう？」

小野と塩川は、与えられた仕事を早くすませるために、部屋を出て行った。十部屋も廻ると小一時間かかり、「また遅くやって来やがつた」「喧せえなあ」という反発で、彼等は迎えられねばならないのだ。

「そうですか、じゃ、いいですよ。僕が廻りますから」

むっとした言葉で、村井がくぎりをつけた時、ベッドの上でズボンをはいていた辰田が口を入れた。

「安本君、君おかしいよ。君は、X日の重要性を理解していないから、そんなことを言えるんだ」

辰田は、す早く草履をひっかけて来て、寝ころんでいる桂介の足もと近くのふとんの上に座った。

「君は、安閑として、こんな風に寝ていられるけどなあ。あれだろう、今や日本の情勢は……」

真面目に言っているのか、戯れなのか、決して人に識別させない朴訥な調子で、今や日本の情勢は、と大上段に振りかぶったところが、おかしくもあり、下らなくもあり、桂介は、独り笑いがこみ上げて来た。聞いていようがいまいが、一向に頓着せず、辰田は言葉をつづった。安保をアンポンと発音し、言葉が途切れると「あれだろう」という間投詞を、特に「れ」と「だ」にアクセントを置いて入れる。まるで文章を暗記した音声機械から、一定の速度のコンベアーを伝わって流れ出す言葉の部品のようだ。一見、無感動に見える彼の朴訥さの背後に、自己の発言に対する感動がこめられているのだろう。

「そこ迄は、君も認めるだろう」

一息ついてから辰田は、桂介に返答を要求した。決して否とは言わせぬぞと言った固い信念の冷たさを感じて、桂介は生返事で先を促した。

「うん。それで?」

「それでだな、そういう情勢の中で、我々がX日に行動を起こすと言うことの意義なんだ。特に、安保が今年の政治的な対決の中心点として最大の鍵を握っている時、非常に重要だと思うんだ。労働者は、社民の指導者に毒されて、なんにも出来ないしね」

「それで、どうなんだい」

「だからなあ、その重要性を認識したら、君も断固たる態度を執るべきだよ」

まぜっ返すのさえ、めんどうくさくって桂介は黙って煙草に火をつけた。

「寮まわりは、やるのか、やらないのか」

「オレは、やらないよ」

桂介がそう答えると、辰田は、突然立ち上って、机を拳でどんとたたいた。

「安本君ねえ、オレは考えるんだが、問題は思想そのものじゃなくて、その思想に基づいて、どういう行動をするかってことだ。逆に言えば、行動によって思想を判別できるんだ。その点から言えば、今夜の君の態度によって、君の……」

「解ったよ。オレの全思想体系はナンセンスってことだろう」

「そうだよ」

「どうせ、そうなんだろうよ。オレァ一向にかまわないが」

「ああ、君は、階級的良心までなくしたのか」

捨て科白めいた怒った言葉を投げつけて、辰田は部屋を出て行った。階級的良心までなくしたのか。桂介は、突然、胸の中で、真赤に焼けた強烈な光が炸裂し、稲光の様に、体内を走り廻り、身体から沸き出る熱さを感じた。憤りでもあり、差恥でもあり、不安でもあり、焦燥でもあり、結局は罪悪感に還元され――彼を太陽の灼熱の許に引き出すものだった。君は、階級的良心までなくしたのか。この言葉には、彼の一切を否定し、崩壊させる全てが含まれていた。最近の桂介に対する彼等の、無関心、気取り、軽蔑、嘲笑、反発は、階級的良心までなくしたのかという不信感に根を張っている故に、正当な示唆なのであり、桂介自身も罪の意識に首根子を掴えられて、身動きも出来ず、頭をうなだれて忍従しているのだ。彼等の熱心な学習の態度や議論に、無関心を装い、チョッカイを差し挟むことによって、桂介は自己のナンセンスを、愚鈍を、「変心」を、敢えて彼等に見せつけているのだ。それは、一層、彼等の冷厳な態度を硬化させる。彼は、そうして、階級的良心をうしなった、罪ある存在としての自分にリンチのムチ打ちを加えているのだ。

しかし、それが今、辰田の口を通して、非難としてはっきり言われると、桂介は悲しくなり、泣きたくなった。あの時以来――それはK町セツルメントがつぶれたこともその一つの要素であるが――彼は一切を失った。その喪失のあまりの痛手に、彼は去勢され、生活意欲の全てを忘却し、生理的不快感の毎日を送っているのだ。

君は、階級的良心まで失ったのか。

君は、階級的良心まで失ったのか。

良かろう！　オレァ階級の先頭に立って、真すぐ進んで行ける様な人間ではないのだ。歩道に這いつくばって、冷え切ったアスファルトに頬を寄せ、泥土の苦渋を噛み、汚物の悪臭に鼻を突っ込んでいなければならないのだ。オレァそんな下らぬ人間なのだ。

その時、部屋の扉が開いて、終電近い電車で帰って来た広岡が入って来た。寮廻りに行った者達は、未だ戻らず、桂介独りの部屋は森閑としていた。

「ただ今。ばかに静かだな。皆どこへ行ったんだ」

桂介の机の脇に立って、広岡が言った。オーバーを脱ぎ、学生服の衿を正して髪をかき上げている姿は、暗闇の中から突然現われた魔物にも似て、桂介を怖がらせた。広岡の様に、毎日々々生活の大部分をさいて、いそがしくとび廻っている人間は、桂介に窒息しそうな雰囲気を与えるのだ。

「寮廻りだよ」

「オメエサマは？　いいなあ、毎日々々寝ていられる御身分は」

羨ましいと言う様子でなく、軽蔑めいた気取った笑いを、広岡は残した。

「煙草あるか。一本くれよ」

桂介の様な生活を唾棄すべきものとして、そんな暇があったら、資本論でも読んでいる広岡は、真面目な節制した生活を送り、煙草などの奢侈品を、あまり所持している事がない。そうして桂介を見ると、必ず煙草を所望するのだ。桂介は、壁に掛けたズボンのポケットから、しんせいの箱をとり出して広岡に渡した。

「寝ていられる御身分か。君みたいな革命家には、解らないだろうよ。ブルジョア的退廃の味は」

桂介は、ぼっそり言った。広岡が煙草を三本取り出して、一本に火をつけ、あとの二本を胸のポケットに入れる様子を横目に見ながら、桂介の独白は、嘲笑めいた溜息で途切れた。レーニンを気取って、野辺山という通称名で通用している広岡は、革命路線の歩行者として、胸を張って、日々を強靱に生き抜いている。この広岡の目から見れば、桂介は、最も卑劣な「脱落者」なのである。広岡を見ると、桂介は、きまって彼の瞳に、桂介に対する侮蔑を読み取り、溜息をつくのだ。

自分の机に戻り、カーテンを張りめぐらしてから、広岡は、ベッドの上に、仰向けに寝転んだ気配を示した。

「あゝ疲れた。消耗だなあ。いそがしいったらありゃしねえ」と、広岡は言った。

これは、決して独り言ではない。敢えて桂介にこの言葉を投げ付ける事によって、桂介との対比の上で、広岡は、革命家・野辺山の悲壮感を享受しているのだ。少なくとも、桂介には、そんな風に思われた。

桂介は、低い、すすけた天井に目を凝結した。太く縦皺が彫まれた額は、桂介の顔面を歪め、そこに苦悩の表情を与えた。桂介は、そのまま、身動き一つせず、時を過ごした。そして時間の観念が失せた頃、寮廻りを終えて帰った村井が、桂介に言った。

「安本さん、また深刻な顔してますね。いいですよ、そんなに考え込まなくても」

桂介は自然にこみ上げて来る笑いで顔を崩しながら思った。「オレのマスクは、損じゃない」

(二)

「おにいちゃ！　ねえ、オハジキやらない」

小学校一年の節子が、桂介の背中で、そっとささやいた。寮（ブロック）と寮（ブロック）との間の狭い谷間には、一年中太陽の光は明るい波動を送り伝える事もなく、便所や、残飯のゴミ捨て場や、下水の悪臭を発散させていた。地面はいつもじめじめ湿っていて、蟻や虫ケラの生存に、まして人間の子供達の遊び場に決して適するものではない。しかし、子供達は、一日中、ここで遊び戯れているのであった。

桂介は、白いワイシャツの袖を高くまくり上げ、額に油汗の滴をびっしり浮かせて、子供達に取り囲まれていた。真夏の午後の火炎が吹き出す熱風は、静まりかえった、暗闇の巨大な廃墟と言った感じを与える、不気味な、だらしなく伸び切った寮の建築のスキ間を通して煮え立ち、谷間へ降りて来て、そこで動きを停止した。そうして子供達も、桂介も肌にじっとり汗を感じた。

「うん、節っちゃん、やろうね」

桂介は答えた。両腕で節子を抱きかかえて、背中から地面におろした。

「おにいちゃん、あっちへ行かない」

節子は、寮の建物の隅に、二階から降りて来る階段の下のコンクリートを指さして言った。そして、スカートのポケットからオハジキやセキヒツを取り出し、桂介の腕をとった。

「うん、あそこがいゝな。お兄ちゃんもオハジキ持ってんだよ」

桂介は、ここに来る時、必ずオハジキやビー玉やメンコ等をズボンのポケットにつっこんでいた。

その時、秋夫、辰男、良夫、隆達数人の男の子が桂介のうしろから、とびついて来た。背中に飛び乗り、首をしめ、髪の毛を引っぱった。

「ヤスモト、ずるいよ、行っちゃうなんて」

「よう、紙芝居やってくれよ」

「おにいさん、こうしてやる」

背中にしがみついていた辰男と隆が、泥まみれの運動靴で桂介のワイシャツを蹴とばし始めた。

「ごめん、ごめん、やめてくれよう」

桂介は、男の子達のこうしたいたずらに対して、どうしても怒鳴りつける事は出来ないのだ。父親も母親も働きに出ている子供達にとって、大人の飛び上がるに格好な背中や、頭を撫でたり、高く身体を差し上げてくれる腕は、不器用で素朴な愛情の対象であった。彼等の乱暴な行為こそ、そのありたけの発露を示すものだった。

「あんた達、よしなさいよ．おにいちゃんかわいそうじゃないの」

身をもがいている桂介を見て、節子が言った。桂介の背中の辰男と隆の足を、うしろにまわって、節子は引きおろした。

「なにっ、節、生意気するな」

秋夫が怒鳴る。と同時に、男の子達の手は節子の顔にとんだ。節子がワッと泣き出した。男の子達は、身慣れた動作で、ワッと周囲に散った。

「ほーら、泣き出しちゃった。誰だ、一体、節っちゃんを泣かした奴は」

ようやく自由になった身体で、桂介は言った。口々に悪態をついている男の子達の顔を一人々々のぞきこんだ。

この子供たちは、怒り易く、素早かった。社会の重みが、激しい労働に背骨の曲がったニコヨンの親達を通して、貨物船のような寮の闇を通して、子供達にのしかかって来る時、彼等は孤独で、一切の夢を奪われて疲労し切った瞳をしていた。一日中彼等の間に、喧騒が絶えなかった。子供達は、何の原因もなしに殴り合った。それは、この様な行為だけにしか、彼等がなにかしら自分を押さえつけている物に対する抵抗の姿勢を見つけ出すことが出来ないものの様に思えた。中でも、とりわけ彼等は、桂介達セツラーを独占したがった。愛情の独占。その欲望。丁度、砂漠の乾燥に飢渇した獣が水を渇望するのに似て、この子供達は愛情に飢えていた。愛情の配分をめぐって、彼等は必ず争いを演ずるのだった。

桂介は節子を連れて、階段の下の、コンクリートで打ち固められた、狭い日陰に座った。節子は泣き止んで、地面に小さなセキヒツで、不器用な四角形を描いた。節子の小さな指が、水色のオハジキを弾き出し、その軌跡の範囲に自己の小さな領地を作った。桂介は無理にしくじって、オハジキを遠くに弾き飛ばした。

「節っちゃん、上手だなあ」

「あたしねえ、里子といつもやってんのよ」

親指と人差し指のコンパスを思い切りひろげ、扇型の面積を桂介から分割していた節子は、手を休め、桂介を見上げて笑った。

「お母さんが帰るのを待ってる時、やるのよ」

「ふーん、お母さん、いつもいつごろ帰って来るの」

「あのねー、えーと、十一時ごろ」

節子は、父親がなく、母親は場末の映画館の煙草売場にいた。毎晩遅い母の帰りを待ちながら、節子は、妹の、まだ満足に言葉も喋れない里子と遊んでいるのであろう。

「節ちゃん、お腹すいたら、いつもどうするの？」

「お母さんがねえ、毎朝、三十円おいていってくれるから、コッペパン買って食べるのよ」

コッペパン一つ十円、二人分で二十円。コロッケ二つ十円。この貧しい食事が、節子と妹の里子の二食分に当るのだ。

「そう、大変だねえ」

桂介は、言葉もなく黙った。節子のひ弱な身体、11から先は数えられない遅れた知能。それが、コッペパンとコロッケの二食の結果なのだ。

「お兄さん、いつも節っちゃんとばかし遊んでいるじゃないの」

水泳から帰ったものらしく、まだ髪の毛をぬらし、顔を上気させた女の子達が、桂介の囲りに立った。京子、八重子、菊美であった。

「お兄ちゃん、負けてるじゃないの。節はいつも、ずるいから、止めなさいよ」

年長の八重子が言った。

「そうよ、ほーら、そんなことするなんて、ずるいわ、ずるいわ、節っちゃん」

指のコンパスを伸ばし、親指の中心点をずらして、桂介の最後の領地を領有しつくそうと努力している節子に菊美が言った。

「ずるくないわ。ねえ、お兄ちゃん。ほら、届いたじゃない」

節子は、指をありったけ伸ばし、桂介の助けを得ようと抗弁した。

「そうだよ。ずるくはなかったよ。ああ、ああ、これで、お兄ちゃんの負けだ。やっぱり節っちゃんは強いよ」

桂介は、節子が、常に女の子の集団から疎外されている事を知っていた。節子の年頃の女の子達の家庭は、この寮の中でも、割合裕福であった。彼女等は、きれいな服装をしていた。頭も良かった。彼女達は、これを敏感に意識し、節子をのけものにする事によって、自分達の集団を固めていた。節子の感受性は、しかし、悲しみの色彩を知らなかった。節子は孤独に耐える愚鈍さを有していた。桂介はそれを知って、余計に節子と遊んだ。

「お兄さん、おんぶしてよ」

赤い、大きなリボンを、長くお下げにした髪にゆわえつけた京子が、女王の如く桂介に命令した。桂介の背中に両手を置き、白く豊かな両肢で、桂介の胴体をしめつけた。桂介は、柔らかく暖かい生物の重みを感じた。桂介の胴体に密着し、強く食い入った弾力性豊かな身体と、そこから発散する匂いは、桂介に貧しい節子とはまた別な、生命の愛らしさを覚えさせた。桂介は、大ゲサな態度で、どっこいしょと起った。京子が背中で、明るい笑い声を上げた。桂介の背中に顔を埋めて、京子は、あっちへ行ってよ、と炊事場の方を指さした。

その時、遊び戯れていた子供達が桂介のかたわらを駆け抜けて行った。

「あっ、お姉さんが来た」

「お姉さんだ」

子供達の弾んだ叫びに、京子を背負ったまま、桂介は振り返った。子供達の渦の中心に、木村真奈子がいた。葡萄の房の様に子供にしがみつかれ、しゃがんだ姿勢で、彼女は桂介に顔を上げた。真奈子の湿った様な大きな瞳が、笑いで黒く光り、子供達と遊ぶ雰囲気を喜ぶ感動を率直に反射させた。無造作に束ねた髪の毛の下で、日に焼けた顔が、頬に盛り上がった微笑によって不均衡に形を変えた。不均衡な釣り合いの、その表情を見た時、桂介は、彼女の存在が、息苦しく、窮屈で、重圧感を自分に与えるものだと思った。

「お姉さんのところへ行ってよ」

背中の京子が乱暴に身を動かして、うながした。

「京子ちゃん、またお兄さんにおんぶしてるのね」

近づいた桂介から、意識的に瞳をはずし、真奈子が言った。そして、ゆっくりと桂介の顔に、人なつっこい大きな瞳の焦点を移した。

「まだ赤ちゃんなんだものね．京子ちゃんは」

背中の京子を直接的な話し相手にして、桂介は真奈子の言葉を受けた。京子がはずかしげに身体を揺すって、桂介の背中に顔を埋めた．二人は顔を見合わせて笑った。

「ワイシャツが真っ黒よ」

「うん、男の子達が乱暴なんだ」

「いつごろ、いらしたの」

「昼ごろかな．もう四時間程になるから」

「毎日来てるの大変でしょう」

「うん、だけど楽しくてしょうがないんだ」

後から飛びついて来た男の子を、真奈子は背中に腕を廻して受けとめ、桂介に大きな瞳で笑いかけた。その笑いの余韻の中に、子供達から乱暴な甘えの動作を加えられた時、もの悲しい満足感を覚える二人だけの共感がこめられていた。

「そうね。私もついふらっと来てしまうの。子供達と遊んでいると、本当に楽しいんですよ。私、それだけでセツルしているみたいな感じ」

節子が割り込んできて、二人の会話を中絶した。節子は両手を伸ばして、桂介と真奈子の腕を取った。

「ねえ、ナワトビやりましょうよ」

「やろうか」

節子を中にはさんで、丁度父親と母親の関係になった二人はうなずいた。子供達が、声を上げて群がった。

「京子ちゃん、縄を持って来てよ。あそこで、みんなでやりましょう」

京子に話しかけた時、真奈子の髪が、桂介の額に接近し、すき透った湧水の香を送った。桂介は当惑して、思わず怒鳴った。

「さあ、京子ちゃん、降りるんだ」

一昔前の記憶が、ふと甦って来て、桂介は言葉を切った。桂介の尖った口先から、煙草の煙が輪になって、うす暗い地下のバーの天井に昇って行き、天井へ達する手前で、ゆっくりと円形の輪郭を崩した。四散した煙は、うす暗い湿った空気に潤色され、天井の青いエナメルに溶け去った。桂介は、煙が消え去るのを見送ってから、言った。

「それで、君達は、これからどうして行くんだい」

「分からないわ」

真奈子は、まゆ毛を寄せて、息をとめた。壁にはめ込んだスタンドが照らし出す、うす桃色の淡い光の中で、彼女の下向きの顔が、彫刻のような、激しい陰翳を見せた。真奈子の前に置かれたコーヒーの茶碗は、先刻から半分程空にされたまま、冷え切っていた。

「本当に分からないわ。ただ私、私達の事実を取り逃がすまいと、一生懸命しがみついているだけなの」

「広岡は、何て言ってる?」

「広岡さんはね、私達の力が、1＋1だけでなく、プラスαを、セツルや私達の運動に生み出さなくちゃあいけないいなんて、言ってるわ」

ジャズの金属性の騒音が地下室全体に反響して、桂介はいらだたしく思った。桂介は残っていたハイボールをぐっと飲みほした。

「私、広岡さんにそう言われても、よく理解出来ないわ。私、自分のことしか考えられないのよ」

「そんな一般的な問題じゃなくて、例えば――」

「例えば、何よ」

桂介は新しい煙草を取り出して、マッチをすった。

「いいんだ、言う事忘れたよ」

数日前、広岡と真奈子の関係を知った時、桂介は自己を放棄した。夢だ。桂介の願望が、いまだかって、果たされた事があるだろうか。「人間」という抽象的な言葉など問題ではない。その人間の生活、その人間の行動、その物質的な結果こそ重要なのだ。広岡の本棚の端に、画鋲でとめられた紙には、

「吾が当面の任務。

一　春闘をめぐる情勢分析

一　X労組学習サークルでマニフェスト講読

一　三月中に完遂すべき読書計画

・レーニン全集　七〜十二巻

・資本論　第二巻

一　寸暇も惜しめ！　厳しく！」

とある。桂介の豚畜生にも劣る生活態度に比して、広岡の、疲れを知らぬ、鷹のような強ジンな生き方に、生存鏡争における人間の強弱を敏感に見分けて、真奈子は追従したのだろうか。

そうでなくても広岡の持っている人間的雰囲気は、人に畏敬の念を起こさす。夜遅く、机に向かって一生懸命勉強している広岡の声を、眠れないで寝がえりを打つ合間に聞く時、桂介は自分がいやになる。広岡が持っている力の総合的な幅広さの中に、真奈子は、安住の地を見つけ出したのだろう。

しかし、兎に角、物事は当然落ち着くべき所へ落ち着いただけだ。二人の結合した力が、日本の革命運動に何か偉大な力を生み出すものと彼等は考えれば良い。二人は幸福になれば良い。「革命

運動の苦悩」の上に、「恋の苦悩」の悲壮感をつけ加えれば良い。二人は充分幸福になれるだろう。この幸福の前には、例えば桂介の存在は、どうでもいいのだ。廻り舞台が一回転して、次の場面が、スポットライトの光を浴びて浮き出た時、桂介の胸の内で、今迄、真奈子の占めていた位置に、スッポリと空洞が開いていた。だが、一つの力に対して、反作用が生ずるのが自然界の原則であれば、この反作用は、彼一人の中だけで喜悲劇を繰返せば良かろう。それに値する犯罪的な生活を、行動を桂介はしているのだから、この刑を甘んじて受けるより仕方あるまい。

桂介が言葉を言いかけて切った意味を、おぼろげに理解した如く、その時スプーンを使ってテーブルの上にこぼれた水で幾何学的な模様を描いていた真奈子が顔を上げた。

「あなたは、どうするの」

「どうするって?」

「私達に対して、どういう態度をとるの?」

桂介は黙って、吸いさしの煙草を灰皿になすりつけた。

「私、ほんとうに自分の事しか考えられないの。それに、この事実に、全く圧倒されているって形だわ。広岡さんが私を愛していたなんて、考えられなかったんですもの。だから私ね、あなたに厳しく接してほしいの」

厳しく接する、厳しい態度をとる。それが一体、桂介にとって、何を産み出すと言うのか。初めに人間がいたのだ。そしてその人間が様々な役割を演ずる過程があって、最後に、それに対応する結果が、人間の力関係として、生み出されたにすぎない。この結果が、新しい運動の原因に転化するのなら、広岡と真奈子は、彼等の原因から、勝手にくだものを実らせれば良い。オレなんかは、彼等の根に、肥料を施す必要がどこにあろう。

　桂介は、「愛する」という言葉を発音する時、幸福そうに顔を赤らめる真奈子の表情に優越感を読み取った。広岡も真奈子も、彼等が結び合わされた瞬間、手に入れた一つの未知の荷物によって、オレに優越したのだ。その時、オレはもはや彼等には必要でないのだ。

　渋谷駅の雑踏で真奈子と別れて、桂介は重い足取りで、人ごみの中を歩いた。

　一体、他の人間が、自分にとって、何の意味を持ち合わせているのか。同志、愛、友情。なんと言う白々しい言葉だ。各々が、勝手に自分の事だけを考えて生きているだけじゃないか。

　オレの知っている全ての人間が嫌いだ。セツラーの誰もかれもが。広岡が。真奈子が。そしてオレ自身が一番嫌いだ。自意識過剰のマゾヒスト野郎奴！

　桂介は、思い出した様に顔を上げた。桂介の囲りを歩いている、桂介とは緑もゆかりもない疲れた足取りの人達に、桂介は妙ななつかしさを感じた。これらの人達の中を歩いていると、満員電車に揺られている時感じる安心感に身をゆだねる事が出来た。それは、セツラー達と話している時の、あのぎしぎしした尖った焦燥を和らげてくれた。その中にいると、自分の事を考えなくても良いのだ。うじゃうじゃとナメクジの様に本を読んだり、議論をしたりする必要がないのだ。これらの人達は、皆、なんと興味深いのだろう。人間供が生きている証拠だ。そして、なんと明るいのだろう。

「これから、寮に帰るのか」

　桂介は、溜息をついた。寮の部屋には、過去の全てが、現実の全ての重みが、息苦しく充満していた。そこにいると、桂介は窒息してしまうのだ。そうだ、早速、寮を出よう。下宿に移ろう。静かで清潔で、誰もいないプチブル的な雰囲気に！

（三）

下痢と便秘が、二、三日おきに続いている。
食っても、食っても、食い足りない、みみずの食欲。
頭痛。疲労。無気力。倦怠。
一日中、映画を観て歩く。
西部劇二本。チャンバラ二本。ギャングもの。
明け方のオデン屋にて、チュウ。

「豚の祝祭」

（四）

桂介の事は、誰も、もうすっかり忘れ去ってしまったに違いない。時に誰かが、彼を想い起しても、嘲笑を浮かべて、彼の退廃を憐れむだけだ。
或る日、寮食堂で、いつものボロボロの麦飯の昼食をすまし、例のごとくオルガンでも弾こうと、セツルの部屋にやって来た。その部屋に入る時、桂介は、常に、戸口のすき間に耳を寄せ、中に人の気配をうかがい、身構えをこしらえて、入るのだ。

部屋の中から、笑い声が聞こえた。セッラーの笑いは、必ず、人を不愉快にさせる陰性の作為なのだ。不自然に顔を歪めるヒステリカルな表情は、陽気と言えるものでは決してなく、従って、彼等は、笑えば笑う程、腹の中に生理的な不愉快を蓄えて行く。それは、逆の意味で、一種の排泄作用かもしれない。ぎしぎしと歯の隙間からもれる笑い――いや悲鳴と言った方が良いかもしれない――は、暗く陰鬱だった。

「連中、また集まってるな」

そうつぶやきながら、扉の金具に手をかけた時、哄笑が絶え、一瞬誰も居ないと思いまごう沈黙が桂介に伝わって来た。そして突然、誰かが言った。

「安本の奴、この頃どうしたんだい」

「怒こりっぽくてよ。映画ばかり観てよ」

他の誰かが答えた。そして、また、沈黙。桂介は、錆ついた金具の冷たさを、指先に感じながら、耳をすまして立っていた。

「本当にどうかしてるわ。この部屋にも、顔出さないじゃない。だめね。あんなになっちゃあ」

ぽつりと沈黙を破ったのは、真奈子だった。彼女は何か言いかけて、口をつぐんだ。

だめね。あんなになっちゃあ――なんと言う冷たい響きだろう。

そしてまた彼女は、なんと桂介から客体化してしまったのだろう。

以前の彼女だったら、桂介に対する動作や言葉の中に、必ず、二人を一致させようとする暖かい海水の様に、明るく豊かな思いやりをこめていたではないか。彼女の黒く、大きく、湿った瞳は、静かにまた熱く、彼を見守り、彼の存在を茶色の瞳孔に写し出して呉れたではないか。しかし最近、大学の人気の無い並木道やアーケードの前で出逢っても、彼女は彼から瞳をはずし、彼の存在を意識的に回避しているのだ。まるで汚れたものに鼻をつまむ様に。これは、みな桂介の遅疑逡巡とした運動に生じる遠心力なのだろう。

桂介は、素足にひっかけた、かかとの高いサンダルに、ねばねばした汗を感じた。その感触を、桂介は不愉快に思った。

「駄目だよ。にせものだよ。思想が金メッキだったのさ」

誰かが、椅子をガタガタと動かして立ち上がり、あくびをしながら吐き出した。

「猿の人真似、人真似の猿——か。オレは苦しいんだよう……」とんきょうな声色を使って、誰かが続けた。そして申し合わせた様に、笑いが上がった。笑いは、桂介に、虚しくこだました。桂介は、いたたまれなくなって、扉を離れた。桂介を、この様にして、彼等は脳細胞の隅々から放逐して行くに違いない。桂介は、この様にして彼等の至高な生活範囲から離脱して行くのに相違なかろう。

桂介は、寮の部屋に戻ってオーバーをひっかけると、外へ出た。何処に行く当てもないのだ。何処へ行くべきなのか。しかし桂介は、歩かなければならないのだ。セツルの部屋、寮の部屋——どこにでも桂介の仲間達は桂介の存在を忘却しようとする冷笑の眼球を光らせていた。かつて共に生活し、塩水の様に相互の労苦の中で、なんの抵抗もなく融解し合っていた彼等の間で、自分を忘却させることの不安は、堪らないのだ。桂介は、しばしば何の意味も持たない独白をつぶやく。目的のない歩みや掴み所のない焦燥や、新鮮な新陳代謝と血液の循環を失った生理の不愉快さや、またそう言う漠然とした重々しい圧縮の中で感じる虚しい不安は、桂介を孤独にさせた。桂介は、人からも自分からも、自己の存在を敬遠されつつあるのだ。そんな時、口をつく独白の舌ざわりは、自己の存在の――いかに不条理なものであっても――確証への試みだった。

桂介は、歩かなければならないのだ。何処へ？　何故に？　それは、知らぬ。生きることの宿命なのだろうか。人間は、脚を持っているのだから。

渋谷駅に出て、桂介は切符を買った。昼下がりの人気も疎らな山手線に乗った。

二、三日前、セツルの会合があった。進まない気分で、遅れて出席した桂介は、一番端の腰カケに、背をこごめて座った。討論が行なわれている間、いつもそうである様に、セツラー達は、下を向いて、鉛の様におし黙り、椅子の背にへばりついて、時間の経過を忍んでいた。それは、苦痛に耐えている石ころの姿であった。桂介は、机の上にひろげた半紙の端切れに、意味もなく落書きを書き連ねていた。やがて、討論が終わって、自分の所属すべき部について、一人々々確認する発言があった。最後に桂介のところへ順番が廻って来た。議長席に座った山本が、肥った身体をねじまげて聞いた。

「安本君、君は？」

桂介は、自分が指名されているのも知らずに、落書きの上に身体を落としていた。隣に座っていた誰かが、桂介の膝をつついた。

「安本、なにしてんだよ。君だよ」

桂介は、顔を上げて、しはらく黙っていた。そして言った。

「オレ――当分、無所属にしておいてくれないか」
二、三人おいて隣の席にかけていた広岡が低く言った。
「ナンセンスだぞ！」

「うるさいな」。桂介は言った。

「ナンセンス。ナンセンス」

そして広岡は笑った。例の笑い。気取った、自己を誇示する笑い。もし、これが、個人的な話し合いやコンパの席上ででもあったら、広岡の顔は、桂介の打撃で、赤くハレ上がっていたに違いない。そんな衝動を桂介は覚えた。議長の山本は、無関心に、ペンを動かして事務を執る者の几帳面さで、桂介の名を書き取っていた。桂介は、其の場にいたたまれなくなって、抜け出した。無所属にして呉れ、と答えた時示された周囲の者の硬直した態度は、その時初めて公にされた、桂介に対する「軽蔑宣言」ではなかったか。

有楽町で下車してから、桂介の足は、人ごみの中を日比谷公園に向かった。桂介は、ベンチに座った。冬の午後の、風のない暖かい日差しの下で、着飾った婦人や子供が、鳩と戯れていた。紳士然とした男達が、そこここのベンチに疎らに座って、煙草をふかしながら、新聞を読んでいた。

公園のベンチや芝生や並木道は、桂介の苦しい記憶の中に、一つ一つたたみ込まれていた。警官との激しいもみ合いの後、煙草を吸いながら座ったベンチ。あの時は、雨が降っていた。桂介のワイシャツは、ずたずたに引き裂かれていた。隊の先頭に立って、インターを高唱し、赤旗を振りかざして通った並木道。パクられた学友を奪い返すために、夜遅く、小さな輪を作って、作戦をねった芝生。その後、四、五人の班を編成して別れ、秘かに警視庁に向かったものだ。

しかし、今、何事も無かった様に、公園は静まりかえっていた。暖かな、のどかな冬の光。人々は、心地良げに戯れていた。興奮に上気した顔をして座ったベンチや、激情で身を震わした並木道や、激怒のあまり踏みにじった芝生は、今、沈黙して、そこに横たわっているだけだ。桂介が歴史に加えた小さな痕跡は、何処へ行ってしまったのだ。歴史の先端に、いや、歴史の終焉に、桂介は、退廃によどんだ眼をきょろきょろさせて、草臥れているのだ。

桂介は、ぐったりとベンチの上に横になった。疲労。曇天の様なうっとうしさ。こんなに疲れ切ってしまった事は、未だかつて無かった。もう何もしたくない。この身体で、革命の日まで持つだろうか。それにしても、革命は本当にやって来るのだろうか。桂介の身体が働ける間に。桂介は溜息をついて目を閉じた時、桂介の耳に地の中から湧きだした様などよめきが伝わって来た。桂介は、ベンチの上に身体を起こして、見た。冬木のうすら寒い肌が長く連なって、トンネルを想像させる並木道の中から、人々の流れが溢れ出した。労働者のデモ隊だった。豪雨の後の、泥土に汚濁した運河の流れは、桂介の脇を重苦しく通り過ぎて行く。林立する赤旗とプラカードの波が、裸の梢をゆさぶり、あちこちで不規則に破裂する合唱の破片は、公園の空気を震撼させた。

太陽は呼ぶ　地は叫ぶ
起てたくましい労働者

デモ隊の人達は、怒った表情をして前方をにらんでいた。怒鳴っていた。全ての人の目が、充血し、頬に鉛色の静脈を浮き出していた。合唱が突然とぎれ、瞬間的な静寂が襲うと、彼等は身をふるわして、大地を踏みにじった。そして怒鳴った。

働く者の赤い血で
世界をつなげ花の輪に

デモ隊の先頭は、公園の入口に達した。警官隊の黒い防波堤が、幾重にも折り重なって立ちふさがった。デモ隊は、そこで少し逡巡し、後から押し寄せる濃密な人垣によって圧縮されると、次の瞬間、河口に溢れる濁流の運動に従って、防波堤を突き破り、交差点の虚空に巨大な渦を巻き始めた。渦は波紋を打ち、高い波濤が欝然とした海鳴りを伴って、交差点いっぱいに拡がった。そして空気が圧し殺した悲鳴を上げた。

その時、向い側の道に、一台の装甲車が姿を表した。無数の警官隊の黒い外皮で護られ、銀白の射光で四囲を威圧しながら、渦巻きの真っ只中めがけて進んだ。デモ隊の渦は切断された，警官隊の黒とデモ隊の雑色が溶け合って、沸騰した。その中から、瞬く間に黒の部分が析出され、黒い結晶体は、デモ隊をこま切れにして包んだ。デモ隊は、抵抗の余燼を残す事もなく、向い側の歩道に追い上げられてしまった。デモ隊は、警官隊に両脇を固められ、細々と流れ落ちて行った。

桂介は、思わず跳び上がって、走り出した。桂介の脇を通り過ぎて行った時、デモ隊は陰欝に燃え盛っていた。それは、暗夜の大火山の噴火を思わせた。また警官隊の制動機を爆裂して、彼等は渦巻いたではないか。それにも拘らず、今、彼等は、下を向いて歩いている。警官隊の挟撃の谷合いを、卑屈にも押し黙って進んで行く。赤旗を下げ、プラカードを降ろし、沈黙したデモ隊は、意志のない野良犬の群れに似ている。

桂介は、デモ隊と平行して、反対側の歩道を歩き出した。口惜しく思った。絶対的な量において反比例したデモ隊と警官隊との力関係を、傍観者的な位置から初めて目の当たりに見て、桂介は胸につのる救いようのない悲しみの衝動をどうすることも出来なかった。警官隊が立ちはだかって、ここは通っちゃいけないと言うと、頭を下げて廻り道する労働者の姿は、桂介の最後に残った、ただ一つの希望像を打ち砕いた。デモ隊の重い足取りは、そのまま現実の歴史の歩幅でもあった。それは、桂介がかつて考え、桂介の仲間達が今すがりついている現実とは、完全に逆の映像だった。日本の鷹は、いつ大空に飛翔するのだろうか。鷹がいつかは翼をひろげ、宙に躍ることを確信してもよいのだろうか。それに対する回答すらも、目前で仔細に眺めたフィルムの透写は、自信なげに拒否していた。そして桂介は、分からなくなった。

桂介は、立ち止まって、煙草を探した。胸のポケットからよれよれに折れ曲がった一本の煙草を取り出した時、桂介の聴覚は、「ワッショイ、ワッショイ」という怒声を把えた。デモ隊の中ごろが、急激に膨張して、赤旗が四、五本高く揺れ動いた。警官隊の堤防を乗り越えて、一団の人々が路上に溢れ出た。彼等はデモ隊から断ち切られ、三十人程の一群となって孤立した。しかし彼等は、周章てて駆けつけて来た予備の警官達の前にもひるまなかった。

ワッショイ　ワッショイ

ワッショイ　ワッショイ

彼等は、がむしゃらに、不器用に、ジグザグを始めた。そして警官隊の黒山に、乱暴に立ち向かって行った。真正面から衝突して、見えなくなった。赤旗だけが一本、視界を被う警官隊の黒波の上につき出て揺れていた。

ワッショイ　ワッショイ

ワッショイ　ワッショイ

しかし、怒声は消え去らなかった。前よりも一層高く響いて続いた。そして、意外に明るかった。桂介は、無意識に拳を固めた。急に目の前が明るくなった気持がした。見たのだ。この目で、しかと見極めたのだ。それは、最も大事な事だったのだ。大切な事を見てしまったからには、それを解決しなければならない。それに綱を縛りつけて、陰湿の沼地から、退廃と汚辱の墓場から抜け出さねば。

そう思った途端、桂介の思考は逆転した。物を考える事を失った長い習慣は、桂介を、灰色の空漠とした不安の中へ、引き戻してしまうのだった。そして再び桂介は、寒々とした混迷に身をゆだねた。

路上の喧騒は、絶えた。しかし、デモ隊は、以前の沈鬱な忿怒を、今、再び、みなぎらせていた。インターの歌声が噴出し、赤旗が、それに和して揺らいだ。

桂介は、ひたすら祈れる者の如く、身をひきしぼって叫んだ。

われに闘いを与えよ、しからずんば死を、と。

（完）

*　　*　　*

K町セツルメントの解散にともなう機関誌『あゆみ』の最終号を閉じた。

一九五九年三月に発刊された誌は、紙質の劣化が進んでいた。表紙も本文の頁も茶褐色に変色し、破けている頁も目立った。私は、それをそっとダンボールの箱に戻した。

古びてはいても、『あゆみ』には、セツラーたちの苦悩がぎっしり詰まっていた。青春とは、苦悩である。苦悩があるからこそ、はるかに過ぎ去っても青春は色褪せない記憶なのだ。

「桂介は、ひたすら祈れる者の如く、身をひきしぼって叫んだ。

われに闘いを与えよ、しからずんば死を、と」

なんと大げさな末文よ。われながら苦笑してしまう。よくまあ、しゃあしゃあと書いたものだ。五九年三月、私はまだ二十歳になったばかりだった。その年齢だからこそ、こんな二行が生真面目に書けたのにちがいない。ともに活動し励まし合ってきたセツラーみんなを敵《かたき》にして、なんと大げさに悲愴ぶっていたことか。あの時、私は、「失恋」に酔っていたかもしれない。堕落ともいえないささやかな「堕落」に、私は快感を覚えていたのにちがいない。

もっとも、私よりもっと以前に、「われに闘いを与えよ、しからずんば死を」と叫んだ者がいた。小森ウッドである。

K町セツルメントを休めて都学連の「常任」に出て行く小森を、一夜、寮のセツラー仲間がコンパを開いて送り出した。

北寮の玄関脇に寮生誰でも使用できる畳の部屋がある。その部屋で、電気コンロに乗せたすき焼きの洗面器（鉄鍋代わり）を囲んで、痛飲した。

酔っ払った小森が、三回も四回も繰り返して、都学連に出て行く決意をそう叫んだのであった。彼にとって、もはや貧民のまちでのセツル活動は、「闘い」ではなかった。都学連の中執として全都の、やがては全国の学生運動を指導することこそが、彼がいまなすべき闘いだった。その先には、プロの革命家としての前途が待ち受けていた。

ぼくは、いつまでもセツルメントなんかに留まってはいないよ、新しい闘いの戦場に出て行くんだ。そういう気負いを、彼は、こういう叫びで表現したのであった。

学生運動の路線をめぐる分裂と抗争の兆し、それは、やがて来る六〇年安保闘争と日本の革命路線をめぐる激しい争論と対立の季節を予感させた。そんな情況に巻き込まれ縛られながら、K町セツルメントもセツラーたちも、揺れに揺れた。確信があれば迷いがあった。高揚があれば躓《つまず》きがあった。躓きは転落に堕落につながっていた。恋愛があり、失恋があった。連帯があり、不信があった。小森のように学生運動に深く専念する仲間がおり、運動から離れて行く仲間がいた。

貧困者の町でなく労働者の街に出かけてセツル活動をしなければならない。K町セツルメントを支配したその論を唱えたのは理論派の小森で、引き継いだのは実践派の私だった。品川区の労働者住宅街を候補地に上げて調査をしたが、セツル活動の受け入れは拒否された。その挙げ句に、K町セツルは解散し、貧民のまちK町での六年の歴史を終えた。

その後の数か月、私は、一種の虚脱に陥った。失ったものは、大きかった。K町セツルという大きな荷物を背負って歩くことが、二十歳の私の生そのものだった。だが、その荷物は空っぽになった。これから私は、どんな場で、どんな闘いをすればよいのか。解答は見つけられなかった。かといって、小森のように学生運動に専従する気もなかったし、能力もなかった。まして、公然と姿を表しつつあったあれこれの学生運動のセクトに属し、その活動家として闘う気持ちもなかった。その数か月の迷いと蹉跌《さてつ》が、私に、あんな小説を書かせたのであった。

小説のなかで、「桂介」と対象的な活動家、学習者であった「広岡」。もし何年かして、小説の続編を書くとしたら、「広岡」のその後をどう描いただろう。彼は、法学部を卒業して、大手の鉄鋼企業に就職した。しばらくしてアメリカの支社に派遣され法律対策の仕事をしていたらしいが、その後の消息は知らない。「真奈子」が選んだ相手は、「広岡」でなく、ある国立大学の新進気鋭の物理学者だった。核実験や平和運動について、総合雑誌で鋭い発言をする彼と結婚した「真奈子」は、専業主婦となり三人の子の母親となる。そんなふうに描くだろう。

K町セツルメントから都学連に出て行った小森は、新しい戦場になじむことができなかった。どれかのセクトに属して、強烈にその主張を展開しなければ、中執としての存在意義を認めてもらえなかった。彼には、それができなかった。たった一年で、小森は中執から弾き飛ばされ、キャンパスに戻ってきた。が、そこに、彼の闘いの場はなかった。彼は、学業に、学問に、研究活動に、次の闘いのステージを見つけ出したのか。彼は、次の戦場で、満たされたのか。

私は、結局、「空っぽの重い荷物」を捨てられなかった。一年留年を決めた私は、数ケ月の逡巡の後、川崎の鉄鋼労働者の街で活動するFセツルセントに移籍した。キャンパスの寮を出て、同じFセツルで活動をすることになった友人と川崎のアパートに引っ越した。セツルメントから離れられなかったのだ。そしてセツル活動の延長線上に、信州の郷里での地域活動、住民の学習活動に関わる公民館活動を、一生の仕事として選んだ。

信州の田舎まちでそんな仕事に取り組んだからといって、変革すべき社会の巨石を揺るがすことはできない。だが、セツル活動の「志《こころざし》」だけは、生涯を通じて灯し続けていきたい。小さな灯火を寄せ集めれば、何かが起こるかもしれない。

つらつら考えてみると、私をセツルから信州の公民館活動の道に導いたのは、革命的精神や理念ではなかった。時代に対する恨みや意地のようなものが、私をそうさせたのだ。

明治時代に信州の農村・山村の貧農の子に生まれ、尋常小学校を卒業してすぐ製糸の職工・女工として働いた父母、時代に流されて逆らうことを知らなかった父母が、知らず知らず子の体内に植え付けた遺伝子のような恨み。親に代わって子が、いつか恨みを晴らしてやるぞという意地のようなものを、無意識のうちに、私は心魂深く宿していたにちがいない。

もし私が、大学教授の進歩的な言説に感化され、また革命的情熱や理論だけで社会変革を夢見ている学生だったら、夢覚めた時、「広岡」のように、経済成長を推進する側の戦士になっていたかもしれない。あるいは、小森ウッドのように、社会のなかに自分が存在する居場所を見付けようと、永遠の蹉跌と放浪を重ねていたかもしれない。

そして、もし、セツル活動のなかで、有田さんや立木さんに出会わなければ。

K町で出会った居住細胞の共産党員だった有田さん。国鉄をレッドパージで追放され、ガリ版の筆耕で生活を支えていた。越後の貧農の出身であった有田さんは、私の父母と違って、搾取や貧困と闘う戦士だった。口下手で昂ぶることのない有田さんから、私は、いつも励ましを受けた。地域での地道で末永い闘いとは何かを、身を以て教わった。

セツルメント活動の地域転換を唱え、受入先の調査に赴《おもむ》いた時、品川の労働者である立木さんから突き付けられた鋭く思いがけない問い。「君は、品川の町工場の労働者になれるか！」ショッキングなこの問いは、地域のなかで、一住民として、一生かかって答えを見つけ出して行かねばならない深遠な問いかけだろう。

あれやこれやが絡み付き、こんがらがって、「空っぽの重い荷物」を、私はとうとう背中から放り出すことができなかった。

そして、あれから二十年、いま私は、郷里の町の「ちくまの森公民館」にいる。


翌年の五月、ちくまの森のクラフトフェアーに小森の姿は見えなかった。

小森は、いつか、私の意識の表層から消え去っていた。

その年の十一月中旬、北信濃の山深いO村で、県下の若手公民館主事の宿泊研修会が行なわれた。十月の体育祭、十一月の文化祭が終われば、信州の公民館は、冬場の各種学級講座の開催を前に、しはらく暇になる。その時期に、毎年、宿泊研修会は行なわれていた。私は、助言者に呼ばれ、自分の公民館活動の体験をレポートし、若手の公民館主事の仲間と語り合った。

会場となったO村の保養施設は、古くからの湯治場であった。昼間の研修が終わって、湯量の豊かな温泉につかった後、大広間で、五十人ほどの参加者の懇親交流会が盛大に行なわれた。要するに酒飲み会だ。

信州の村々の公民館活動には、酒がつきものだ。夜の会合が終わった後には、必ず酒が出てくる。干物のつまみや漬物を肴にして、茶碗酒を呑み回わしたり、ヤカンでお燗《かん》した酒を飲んで喋り合い、深夜に及ぶ。オッサマたちのホンネが語られたり、思わぬアイデアが飛び出したりするのが、この時間だ。公民館主事は、酒やつまみを用意したり、酒の燗をつけたりして立ち働く。信州の公民館主事が「公民館酒司」と呼ばれる所以だ。村人とわーわーやるのが好きな主事には、この上ない楽しみのいっ時だ。酒と人付き合いが苦手な主事には、忍耐を強いられる深夜の苦行だろう。「公民館酒司」として鍛えられているから、若手の公民館主事は、みな酒が強く、交流会は賑やかだ。信州各地で進められた地域開発や農業衰退のなかで、どう地域づくりに取り組んでゆくか、公民館の課題と主事の悩みは尽きない。助言者を務めた私の所へ酒を注ぎにきては、次から次と議論をふっかけて行く。

会が果てたのは、深夜の一時を回っていた。私も、かなり酔っ払った。雑魚寝《ざこね》の部屋に戻ってみると、同室の三人は、もう高鼾《いびき》で寝ている。押し入れから布団を取り出し、六畳の間の片隅にやっと空間を見つけて敷いた。横になったが、彼等の高鼾で眠れない。唐紙を隔てた隣の部屋では、まだ酒を飲みながら、「信州の公民館は……」などと大声で議論している奴等がいる。何回も寝返りを打つうちに、すうっと頭がぼやけてきた。

意識が薄れ、眠りの世界の入口を出たり入ったりしながらさ迷っていた。何かぼんやり見えたり、隠れたりする。山深いO村の風景のようでもあり、鎮守の森の大木のようでもある。茅葺きの古い百姓家のようでもあり、家に出入りする人物のようでもある。

「やあ、寺沼君」

その人物が、呼んだようだ。

「なんだい、ウッドさん」

私も、そう答える。

「また逢えたなあ」

「逢えましたねえ」と、私も答える。

「相変わらず、元気だなあ」

「セツル活動みたいなことを、懲りもせずにやっているせいです！」

「君は、実践派だったからなあ。君らしいよ」

「ウッドさんは、理論派だった」

「あはは」。小森は昔のように明るく笑った。

「そう言われたこともあったっけ」

「覚えてます？『労働者の街へ！』なんて、だいそれたことを一緒になって唱えましたよね」

「地域転換論だよなあ」

「だけれど、ウッドさんは突き詰めた理論の上に立って、おれはがむしゃらなセツル活動の実践から、だったですよ」

「小森と寺沼は、顔は違うが一卵性双生児だと、仲間からからかわれたよなあ」

「そうそう。小森も寺沼も同根だなんて、批判されましたねえ」

「同根か。ぼくも君も、学生が労働者を変えるなんて思い上っていたのさ」

「思い上りは、若者の特権ですよ。同じ根っこから、ウッドさんの樹とおれの樹が生えたんだ。で、ウッドさんは、近ごろはどうしてます?」

「ぼく? ぼくはぼくさ」

「じゃあ、オカリナを作っているんですね」

「作っているよ。とても澄んだ音色が出るようになったよ」

「聞かせてくださいよ」

「明日なあ」

明日なあ、明日なあ、明日なあ。そんな会話をしたのかしないのか、すべてがぼんやりしてきて、私は深い眠りに落ちた。

翌朝、朝飯を食べながら、地元O村から参加している若いS主事に聞いた。

「小森大樹という変わった人物が、この村に住みついているはずなんだけれど」

「小森さんねえ」

Sは考え込み、そして思い出したようだ。

「たしか、あの人が小森さんだ。ほんと、変わった人だったいね。何年前からだったずら。離村して空家になった農家に住んでたんね。山っ畑で雑穀を作ったり、山羊を飼ったりして。村の衆とは、ほとんどお付き合いはなかったもんで、どこからきた人かなんて、誰も知らんだじ。あの頃、この村には、ヒッピーみたいな人が何人か住み込んで、絵を描いたり、作曲をしたり、焼き物を焼いたり、木工品を作ったりしていたで、その一人だったと思うんね。うん、思い出した。土製のオカリナ作ってたんじゃねえかや」

「たぶん、その人だ。昔の知り合いさ。帰りに、ちょっと訪ねてみたいんだけどさ」

「あの人、死んじまったじ」

Sは、あっさりといった。

「えっ、死んだ?」

突然いわれて、問い直した。

「死んだ? まさか。いつ」

「えーと、去年の今頃かいなあ」

「また、なんで?」

「行き倒れみたいなもんせ。慈恵寺ってお寺知ってるかい」

知ってるよ、と私は答えた。この過疎村の唯一の寺だ。茅葺きの本堂は、大分傷みが目立つ。階段なんか、ぼこぼこだ。過疎村の貧乏寺なら仕方あるまい。寺の脇の山腹に、村人の墓地が続いている。古い墓石に並んで、結構新しい墓石も建てられている。ご先祖様との年に数回の出会いや人々の死への門出に無くてはならない山里の寺なのにちがいない。

本堂の裏手に廻って石段を三十段ほど登った所に、三間四方の阿弥陀堂がひっそりとたたずんでいる。室町時代に建てられた簡素なつくりのお堂だ。こんな山間地の小さなお堂だけれど、国の重要文化財に指定されている。昔の山人は、よほど信心深かかったのだろう。幾世紀にも渡って、この寺や阿弥陀堂を守ってきたのだ。

お堂には、同じく文化財になっている木造の阿弥陀様が祀られている。ふだんは拝めないが、春秋のお彼岸の時だけご開帳となる。

もうずっと前、秋のお彼岸の時に、妻にせがまれて、ドライブがてらこの寺を訪ねたことがあった。阿弥陀仏は、なんとなくふくよかな女性の立ち姿をして掌を合わせていた。拝んだ瞬間、私は、もう女仏と思い込んだ。幾百年もの間、村人の生も死も、苦しみも悲しみも、アルカイックなほほ笑みを浮かべて受け入れ、信仰を集めてきたにちがいない。

「石段を登った阿弥陀堂の手前に、大木が一本立っているだけんどせ」

その大木も、私の記憶に留まっている。一つの根元から、杉と赤松の巨木が二股になって幹を伸ばし、阿弥陀堂の屋根より遥かな高みに樹勢を張っている。一根二木、どちらかが他方に寄生していると思うのだが、とにかく不思議な古樹だ。村の天然記念物になっていて、たしか「双身樹」と解説板に書いてあった。

「杉と松が、一緒に生えているやつかい」

記憶を頼って聞いた。

「そうそう、その大木せ。今頃の季節の朝早くだね、毎朝拝みに来ている近くのばあ様が、木の根元にうっつかって寝ている人を見っけただいね。それが、小森さんという人だっただね。もう、その時にゃあ、息が無かったたっていうがね。なんか、木の根元で、座禅組んでる姿だったたっていうじ。

瞑想していて、眠っちまって、そのまま凍え死んじまったじゃねぇんかい。霜が降って、急に冷え込んだ朝だったでせ」

S主事はそう告げると、残りの飯をかき込み、会場の準備に席を立っていった。

小森ウッドは、人知れず死んだ？　四十を半ば過ぎたばかりの、あまりにも急いだ死だ。それとも変転の人生を歩いた末の、充分に生きた死か。彼はこの村に居場所を見付けたのか。

午前中の日程が済んで、研修会が終わった。帰路寄り道をして、私は、慈恵寺の門前に車を止めた。境内に人影はなかった。本堂に掌を合わせ、裏手の石段を阿弥陀堂へ登った。杉の山林を背にして山の中腹にたたずむ阿弥陀堂は、静まり返っている。

私は、双身樹に向き合った。地面から露出した幾本かの太い根が、たくましく四囲に伸びている。彼は、その根の一つに座って座禅を組んでいたのか。深夜の境内に、何を瞑想して。

私もその根のひとつに座って目をつぶった。小森ウッドが並んで座っているはずはない。いま見ているのは、幻影か。ぼんやりとした横顔の輪郭が浮かぶ。私に議論を吹きかけようとして、口元が笑っている。いや、泣き笑いか。なんだか悲しみに歪んだ顔だ。なにがそんなに悲しいのか。なにを嘆くのか。どうして、そんなに元気がないんだ。

勇んでたたかいに行ったのにワーシャ
　どうしてそんなに元気がないんだ
わけを話せよ　力になるぜ

俺とお前は一つのからだ

唐突というしかない。単調の哀しげな歌が、私の喉元からこみ上げてきた。K町セツルメントで、みんなで輪になって歌った。落ち込んでいる仲間、消耗しているセツラー、失恋してうな垂れている奴がいると、肩をたたいて、歌って励ました。人を励ます歌なのに、なぜ哀しげなメロディなのだ。小森ウッドは、この歌が特に好きだった。少しはずれた音程で、四番までの長い歌詞を諳じていて、ちゃあんと歌った。

オイ　ミーロック　オイ　ワーシャ　ワシリョーク　エイ！
　クヨクヨするなよ　なげくじゃないぞ
　お前は勇敢な戦士じゃないか
　元気を出してさあ行こう
　もう悲しむなよ　嘆くな

勇んでたたかいに行ったのにワーシャ　どうしてそんなに元気がないんだ　わけを話せよ　力になるぜ　俺とお前は一つのからだ。

俺とお前は一つのからだ、俺とお前は一つのからだ……。

小森ウッドを慰めているのか。励ましているのか。葬っているのか。自分ながらに分からなくなってきた。

私が彼に歌っているのか。彼が私に歌っているのか。私が自分自身に歌っているのか。それも分からなくなってきた。

双身樹の梢の先端が、急に騒ぎ出した。その風音で、私は、やっと現《うつ》つに還った。枯葉が足元を渦巻いて舞っている。空が暗くなってきたから、雨になるか。みぞれになるかもしれない。

かすかに空の高みから、オカリナの音色が聞こえた。約束どおりウッドが吹いてくれているのか。

天候の急変に、巣に帰り急ぐとんびが鳴いているのか。

阿弥陀堂の石段を降りて、車に戻った。山里の秋の雨足は早い。案じたように、パラパラと落ちてきた。ちくまの森公民館の夜の事業に間に合うように、七〇キロの道のりを駆け戻らなければならない。寒い。ジャンバーの衿を立て、車に乗ってエンジンをかけた。

「ワーシャ　ワシリョーク」の続きが頭のなかで鳴っている。

元気で行こう　頭を上げて
足をふみしめしっかり進め
悲しみをすてろ　あすはよい日

小森ウッドが、双身樹の辺りから、そう歌いかけているようだ。

歌が終わった。山からうっすらと霧が下りてきた。雨足が急に激しくなった。霧はどんどん広がってくる。もう半月もすると、この村に雪が降る。その先ぶれの雨だ。

霧の先に対向車はいない。アクセルを踏んで、急な県道のカーブを一気に駆け下った。

【参考】各編でうたわれる「うたごえ歌」

＊『青年歌集』編集：関　鑑子　発行：音楽運動社・音楽センター
第一編（一九五一年）～第九編（一九六五年）特集（一九六七年）

◆第一巻

宵梅雨

「ぐみの木」ロシア民謡
なぜか揺れる　細きぐみよ　かしらうなだれ　おもいこめて
＊『青年歌集』第一編

薔薇雨

「死んだ女の子」ナジム・ヒクメット／作詞　飯塚広／訳詞　木下航二／作曲
扉をたたくのは　あたし　あなたの胸にひびくでしょう
＊『青年歌集』第五編

「国際学生連盟の歌」ムラデリ／作曲
学生の歌声に　若き友よ手をのべよ
＊『青年歌集』第三編

「たたかいの中に」高橋正夫／作詞　林光／作曲
闘いの中に嵐の中に　若者の魂はきたえられる
＊『青年歌集』第二編

「組曲『砂川』」窪田享／作詞　小林秀雄／作曲
はてなく広がる武蔵野　西に果てるところ
＊インターネットサイト『おけら歌集』掲載

「ワルシャワ労働歌」鹿地亘／編詞　ポーランド歌曲
暴虐の雲光をおおい　敵の嵐は荒れくるう
＊『青年歌集』第三編

「しあわせの歌」石原健治／作詞　木下航二／作曲
しあわせはおいらの願い　仕事はとっても苦しいが
＊『青年歌集』第五編

【参考】各編でうたわれる「うたごえ歌」

「赤旗」赤松克麿／作詞　労働歌
民衆の旗赤旗は　戦士のかばねをつつむ
＊『青年歌集』第五編

「五月の恋人」アンリ・パシス／作詞　ジョセフ・コスコ／作曲
旗の波うずまく　わが恋人パリ　喜びにわきたち　愛の火にもえる
＊『青年歌集』特集

くみ花

「ポー・ボーイ」（プア・ボーイ）アメリカ黒人歌
おふくろは死んじゃうし　おやじゃうらかるし
妹はやくざといっちゃうし（または「妹は遠くへ売られちゃうし」）　オラまでへまやった
＊『ともしび歌集』

「ゴーホーム・ヤンキー」イギリス勤労者音楽協会／作詞　アメリカ民謡（トランプ・トランプ）
あのヒトラーにも　踏ませなかった　祖国イギリスの土地に
＊『青年歌集』第四編
富士山めがけオネストジョンを　ポカポカ撃ち込んだすえ（替え歌・口承）

「リンゴの花咲く頃」イザコフスキー／作詞　ドナエフスキー／作曲
若葉かおる五月の庭　リンゴの花咲き　流れてくる乙女達の　うたごえはたのし
＊『青年歌集』第二編

双身樹

「どっこい生きている」中央合唱団／編詞・編曲
雨や風には　ひるみもせぬが　二コ四ぐらしにゃ　あぶれがこわい
＊『青年歌集』第一編

「さらば恋人よ」イタリー歌曲　東大音感合唱団／訳詞
ある朝　めざめて　さらば　さらば恋人よ
＊『青年歌集』第五編

「アバンティ・ポポロ（人民よ進め）」イタリー国民闘争歌
アバンティ・ポポロ　アラリスコッサ　パンテイラロッサ　パンテイラロッサ
（すすめいざ　はたかざして　うたごえ　よびかわし）
＊『青年歌集』第三編

【参考】各編でうたわれる「うたごえ歌」

「世界をつなげ花の輪に」篠崎正／作詞　箕作秋吉／作曲
　太陽は呼ぶ　地は叫ぶ　起てたくましい労働者
　＊『青年歌集』第一編

「ワーシャ　ワシリョーク」アリィモフ／作詞　ノヴィコフ／作曲　合唱団白樺／訳詞
　勇んでたたかいに行ったのにワーシャ　どうしてそんなに元気がないんだ
　＊『青年歌集』第六編

ワープロ個人文芸誌『枯々草』掲載号

（手塚英男　著・編・刊）

宵梅雨　2号　97年7月刊
薔薇雨　4号　99年10月刊
くみ花　5号　02年4月刊
双身樹　9号　07年8月刊

著者略歴

手塚　英男（てづか・ひでお）

1939年信州・松本に生まれ育つ。57年東京大学(文Ⅱ)入学。北町・川崎セツルメントで地域活動に取り組み、60年安保闘争を闘う。教育学部(社会教育専攻)卒業後、郷里のまちで公民館・図書館など社会教育の現場の仕事にたずさわる。98年退職後は、ハコモノ行政、市町村合併、市民の財政白書づくりをめぐる住民運動や市民オンブズマン活動に取り組む。92年から08年まで、100人の読者に宛てたワープロ個人文芸誌『枯々草』(全10巻)を発行し、小説「酔十夢」(10編)、雑話「日本老民考」(6話)を掲載。

酔《よい》十《じゅう》夢《む》〔第一巻〕

2009年8月10日　初版第1刷発行

著　者　手塚英男
装　幀　クリエィティブ・コンセプト
制　作　いりす
発行者　川上　徹
発行所　㈱同時代社
〒101-0065　東京都千代田区西神田2-7-6川合ビル
電話 03(3261)3149　FAX 03(3261)3237
印　刷　株式会社シナノ

ISBN978-4-88683-649-6